GONE ゴーンV
暗闇

マイケル・グラント

片桐恵理子 訳

FEAR : A GONE NOVEL
BY MICHAEL GRANT
TRANSLATION BY ERIKO KATAGIRI

ハーパー
BOOKS

FEAR : A GONE NOVEL

BY MICHAEL GRANT

Published by K.K. HarperCollins Japan, 2023

GONE

ゴーンV

暗闇

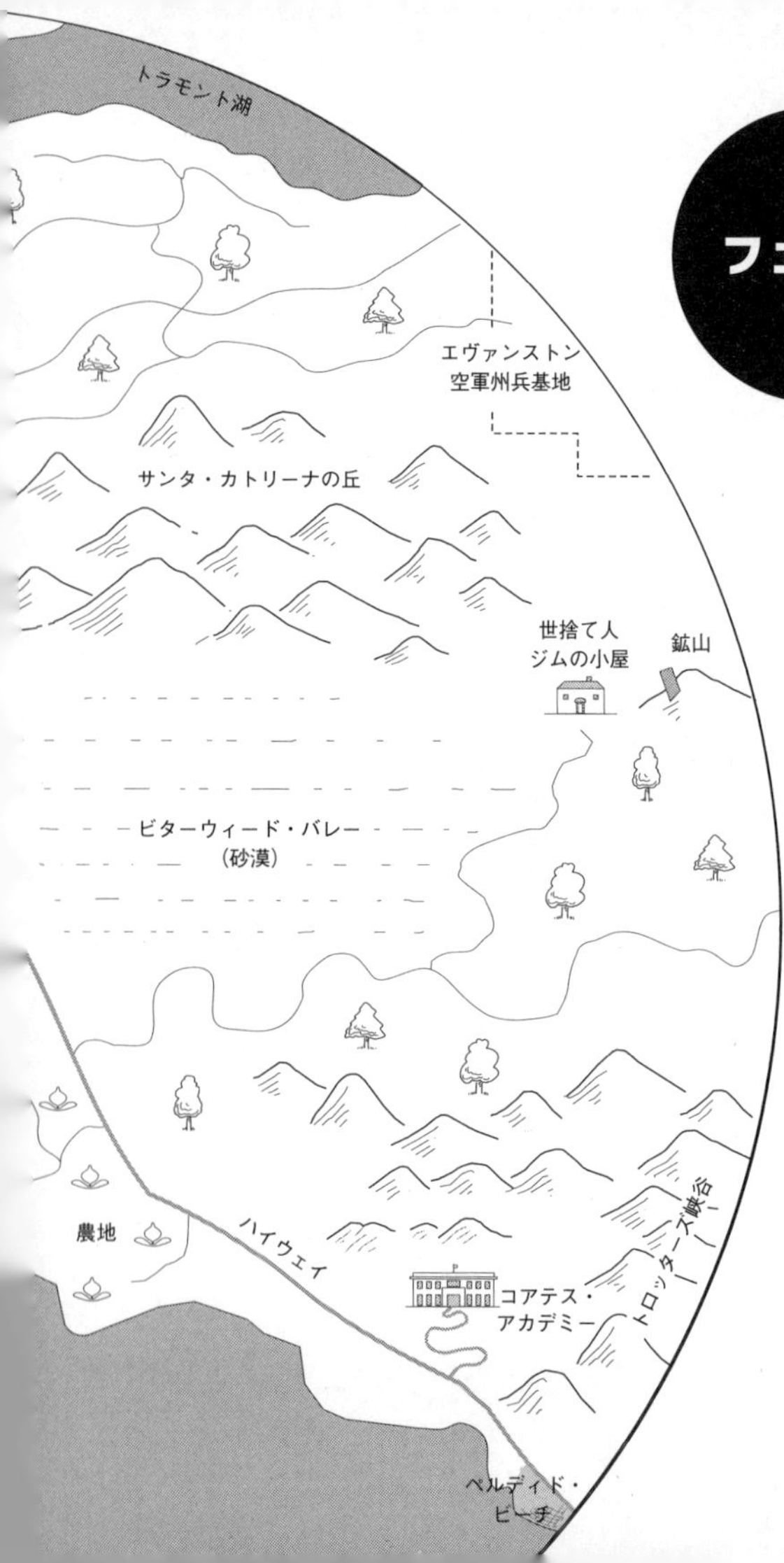
トラモント湖
エヴァンストン
空軍州兵基地
サンタ・カトリーナの丘
世捨て人
ジムの小屋
鉱山
ビターウィード・バレー
（砂漠）
農地
ハイウェイ
コアテス・
アカデミー
トロッターズ峡谷
ペルディド・
ビーチ

フェイズ

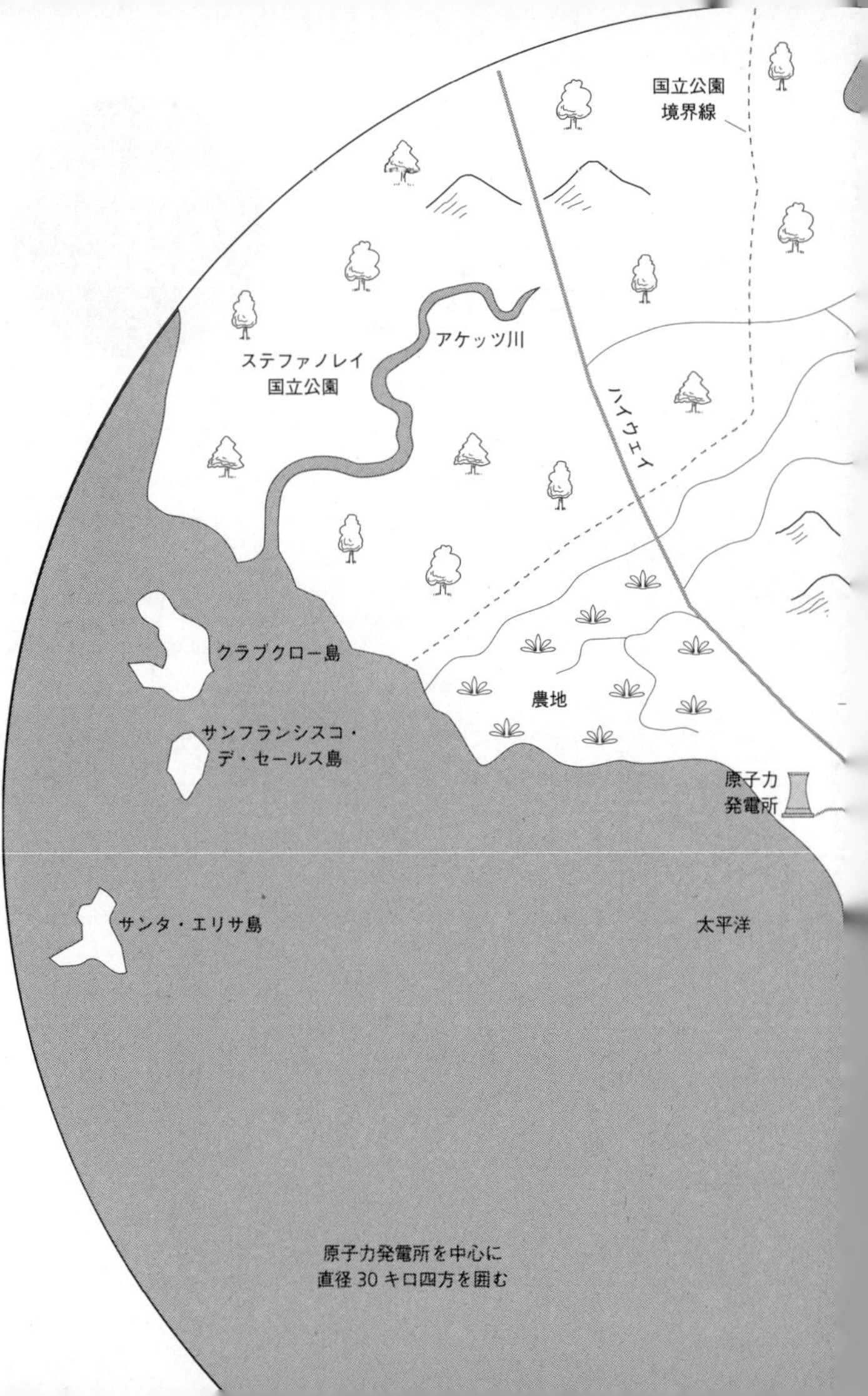

国立公園
境界線
アケッツ川
ステファノレイ
国立公園
ハイウェイ
クラブクロー島
農地
サンフランシスコ・
デ・セールス島
原子力
発電所
サンタ・エリサ島
太平洋
原子力発電所を中心に
直径 30 キロ四方を囲む

ペルディド・ビーチ——カリフォルニア

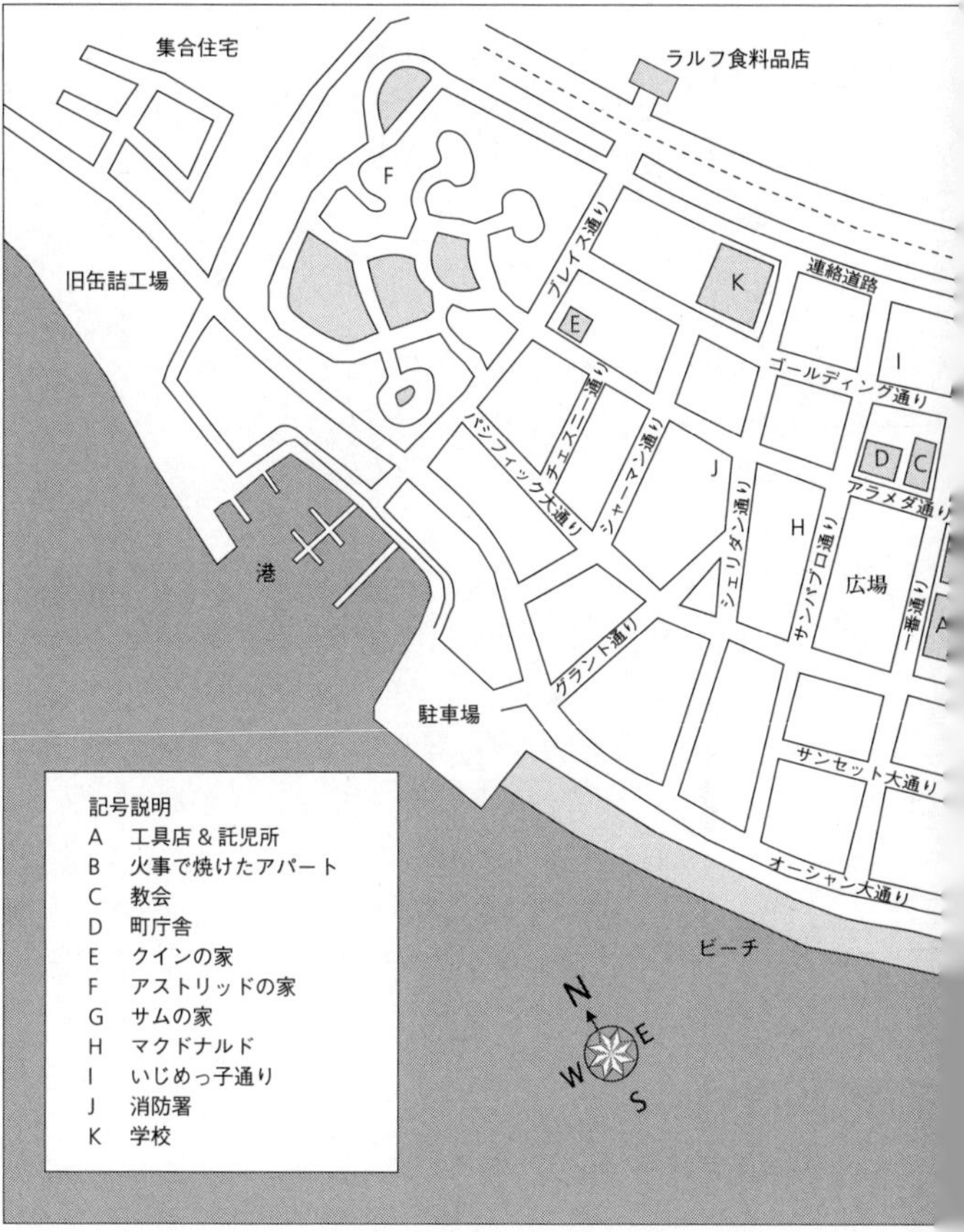
集合住宅
ラルフ食料品店
旧缶詰工場
F
ブレイス通り
K
連絡道路
E
ゴールディング通り
I
チェスニー通り
シャーマン通り
J
パシフィック大通り
D
C
アラメダ通り
H
シェリダン通り
サンパブロ通り
広場
一番通り
A
港
グラント通り
駐車場
サンセット大通り
オーシャン大通り
ビーチ
記号説明
A　工具店＆託児所
B　火事で焼けたアパート
C　教会
D　町庁舎
E　クインの家
F　アストリッドの家
G　サムの家
H　マクドナルド
I　いじめっ子通り
J　消防署
K　学校
N
E
W
S

キャサリン、ジェイク、そしてジュリアに

神よ、主よ、昼にわたしは助けを求め、夜に御前で叫びます。
深い穴に、暗い深みに、あなたはわたしを置かれました。
あなたの怒りが重くのしかかり、わたしはあなたの起こす波に苦しんでいます。
あなたはわたしから知人たちを遠ざけ、
わたしを彼らにとって忌むべきものとされました。
わたしは閉じこめられ、出ていくことができません。
悲しみのために、わたしの目は衰えています。
わたしは若いころから苦悩し、そして死に瀕しています。
あなたの恐怖におののくばかりで、わたしは無力です。
あなたの憤怒がわたしを襲い、あなたの恐怖にわたしは滅びてしまうでしょう。
あなたはわたしから愛する者や友人を遠ざけてしまわれました。
わたしの知人たちは暗い場所にいます。

——詩篇八十八篇：一節、六節、七節、八節、九節、
十五節、十六節、十八節（改訂標準訳聖書）

前回までのあらすじ

授業中、教室から先生が忽然と消えた。騒然となったサムたち生徒はやがて、消えたのが町じゅうの大人——15歳以上の人間全員だと知る。異様な混乱のなか、親友クインらとともに町のはずれまで行ったサムが見たものは、バリアのように町を取り囲む、巨大な半透明の壁だった。子供たちはこの閉ざされた世界を〝フェイズ〟と名づけることに。

携帯電話もテレビも繋がらず、外界との繋がりを絶たれたフェイズ内では、突然変異と思われる生き物が現れるようになり、子供たちのあいだにも不思議な能力を持つ者が現れはじめた。〝能力者〟と〝普通の子供〟とのあいだには対立が生じ、また、食料不足や疫病、派閥抗争など子供たちに次々と試練が襲いかかる。

何度も危機に見舞われながらも仲間とともに乗りきってきたサムたち。そんなある日、町を覆うバリアに黒い染みがじわじわと広がっていることに気づく。電気のないフェイズでは、それは絶望を意味していて……。

人物紹介

フェイズの子供たち

トラモント湖

サム ………… 子供たちのリーダー的存在。**能力者**（手から光を出す）
エディリオ ………… 責任者
デッカ ………… **能力者**（重力を無効化する）
ブリアナ（ブリーズ） ………… **能力者**（超高速で動く）

ダイアナ ………… 美少女。**能力者**（相手の能力レベルを読む）
ジャック ………… コンピュータの天才。**能力者**（怪力）

オーク ………… 元いじめっ子。石の体
ハワード ………… オークの右腕
シンダーとジェジー ………… 農場担当
ロジャー ………… 芸術家
トト ………… **能力者**（嘘を見抜く）

ペルディド・ビーチ

ケイン ………… サムの双子の弟。**能力者**（念動力）
ペニー ………… ケインの部下。**能力者**（人に幻覚を見せる）
ターク ………… ケインの部下。元ヒューマン・クルー
バグ ………… **能力者**（姿を消す）
テイラー ………… **能力者**（瞬間移動）

アルバート ………… 商売人。子供たちに仕事を割り振る
モハメド ………… アルバートの部下。連絡係

クイン ………… サムの親友。漁船長
シガー ………… 漁師
ダーラ・バイドゥー ………… 病院責任者

ペルディド・ビーチ/クリフトップ

ラナ ―― **能力者**(ヒーラー)
パトリック ―― ラナの愛犬
サンジット ―― 島から来た少年
ヴァーチュ(チュー) ―― サンジットの弟分

その他

アストリッド ―― 天才少女。サムのガールフレンド
ピーター ―― アストリッドの弟。**能力者**(未知)

ドレイク ―― 鞭の腕を持つ少年。ブリトニーと一体化
ブリトニー ―― 元エディリオ部隊の少女。ドレイクと一体化

ガイアファージ ―― 別名ダークネス。謎の邪悪な存在

外の世界

コニー・テンプル ―― 看護師。サムとケインの母親
アバナ・バイドゥー ―― ダーラの母親
ダリウス・アシュトン ―― 軍曹

おもな登場人物

サム・テンプル――フェイズのリーダー的存在
クイン・ゲイザー――サムの親友
アストリッド・エリソン――天才少女。サムのガールフレンド
ピーター・エリソン――アストリッドの弟
エディリオ・エスコバール――サムの仲間。子供たちのまとめ役
アルバート・ヒルスブロー――商売人。仕事の割り振りを担当
デッカ――サムの仲間
ブリアナ――サムの仲間。通称ブリーズ
ジャック――コンピュータの天才。通称コンピュータ・ジャック
オーク――元いじめっ子。本名チャールズ
ハワード・バッセム――オークの友人
ケイン・ソレン――サムの双子の弟
ペニー――ケインの部下
ダイアナ・ラドリス――ケインのガールフレンド
ラナ・アーウェン・レイザー――ラスベガスから来た少女。ヒーラー
ドレイク・マーウィン――鞭の腕を持つ少年。ブリトニーと一体化
ブリトニー――歯列矯正具をつけた少女。ドレイクと一体化
ガイアファージ――フェイズを支配する生命体

外の世界

ノートパソコンで日記をつけていたコニー・テンプルが、いきなり消えた。

その場から。

忽然《こつぜん》と。

なんの前触れもなく。

気づくと、コニー・テンプルはビーチにいた。仰向《あおむ》けで。砂の上に。先ほどまでの座った姿勢のまま、膝を曲げ、いきなり砂の上に倒れていた。

周囲に人がいる。見知らぬ人や、町で見かけたことのある人々。

立っている人、座っている人、車のハンドルを握った姿勢のままの人。突如ここに飛ばされたとおぼしいトレーニングウェアに身を包んだ人々が、ビーチやハイウェイを走っている。

コニーの見知った男性――サムの学校の先生だ――が、まさに黒板に文字を書こうと片手をあげた状態で、ぱちくりとまばたきをした。

呆然《ぼうぜん》と、わけがわからぬまま、コニーはゆっくりと立ちあがった。もしかして発作でも起こしたのだろうか、と思う。何かの幻影を見ているのだろうか。これは世界の終わりで、いや、自分の人生が幕を下ろそうとしているのだろうか。

やがて、それを見た。虚《うつ》ろな、これといった特徴のない、灰色の壁。驚くほど巨大なそれは、カーブを描いているようだった。

沖のほうまで張り出している。ハイウェイを切断し、クリフトップの高級ホテルを二分し、見わたすかぎり、触れるものすべてを分断しながら、陸地にも伸びている。

その壁が直径三十キロにわたる球体だと知ったのは、あとのことだ。ほどなくして、いくつもの航空写真がインターネット上に溢《あふ》れ返った。

そして、誰の子供もこちら側にやってきていないという結論にいたったのは、そんなはずはないと、幾日も否定しながら過ごしたのちのこと。十五歳未満の子供たちは全員いなくなっていた。

いきなり砂漠や海に放り出され、あるいは丘を転がるはめになってけがを負った人たちはいたものの、カリフォルニア州ペルディド・ビーチ及びその周辺地域に住む大人のなかで、亡くなった者はいなかった。ある女性は、気づくと他人の家にいた。ある男性は水着姿で濡《ぬ》れたままハイウェイのど真ん中に現れたが、ドライバーたちの懸命なハンドルさばきによってことなきを得た。

しかし、命を落としてしまった人がひとりだけいた。サンルイスオビスポという、少し離れた町からやってきた保険会社のセールスマンだ。その日彼は、商品説明のためにペルディド・ビーチに住む夫婦のもとへ車で訪れる途中だったが、ステファノレイ国立公園を横切るバリアに気がつかず、乗っていた車ごと、時速百十キロで壁に激突してしまったのだ。

その男性の名前を、コニーはもう覚えていない。

あの日以来、あまりに多くの名前が彼女の人生に入ってきては消えていった。

「エネルギー場が変わったようです」

マテウ大佐の言葉に、コニーははっとわれに返った。

「え？」と言って、アバナ・バイドゥーをちらりと見る。この長く悲惨な数カ月のあいだに、コニーとアバナは気の置けない友人になっていた。アバナはコニーよりも科学的な話に通じているが、このときはただ、肩をすくめただけだった。

ジョージ・ジェリコーという三人目の親族代表者は、ずっと前にメンタルチェックを受けていた。いまも集まりには顔を出すものの、ひと言もしゃべらない。コニーもアバナも彼を助けようと努力したが、無駄だった。鬱病に侵されてしまった彼に、以前の頑《かたく》ななまでに決然とした面影は、ほとんど残っていなかった。

「エネルギー場とは、われわれがJ波と呼んでいるものです」マテウ大佐は言った。

「具体的にはどういったものなんですか？」コニーが訊《き》く。

マテウ大佐は、あまり〝大佐〟らしくない。もちろん、完璧な折り目のついた軍服をまとっているし、髪の毛もきっちりと刈りこまれているのだが、制服の下にある体は猫背気味で、そのためか、制服が大きいように見えるのだ。あるいは、昔より大佐が縮んでしまったみたいに。

大佐は〝金魚鉢〟――ペルディド・ビーチにできたバリアのことだ――作戦を指揮する部隊のナンバー・スリーだった。こちらからの簡単な質問には、大佐がまず率直に答えることになっている。

「わかりません。わかっているのは、これまでずっと一定していたこの磁場が、変わりつつあるということだけです」

「でも、具体的にどういうことかはわからないのね？」アバナが言った。アバナはいつも不審げに、挑むように問う。

「ええ、わかっていません」

やや強い調子でそう答えた大佐に、コニーはかすかな違和感を覚えた。

「軍は何を疑っているんです？」

コニーが切りこむと、大佐はため息をついた。「最初に言っておきますが、今回の現象にはいくつもの、それこそ何百という仮説が議論されてきました。いまのところ正解は示されていません。双子が無事に帰ってきたときにはそのときの仮説が立ちましたし、それからフランシスが……」

フランシスのことは、改めて思い出させてもらうまでもなかった。少年のおぞましい姿はカメラに収められ、ライブで放送されたあとも、何度もくり返し俗にまみれた世間に放映されたのだ。YouTubeでの再生回数は七千万回を超えている。

それからほどなくしてマリアが現れた。幸いにも、彼女の姿がカメラに収められることはなかった。少女の残骸とおぼしいその肉体は、延命のため——それを生命と呼べるなら——ある施設に運びこまれていた。

ふいに、エアコンが息を吹き返した。海風が吹く今日のような涼しい日でさえ、トレーラーハウスには熱がこもりがちだ。

「仮説を鵜呑《うの》みにしちゃいけないことくらい、もうわかってるわ」アバナが皮肉をこめて言う。

大佐はうなずき「専門家は、その……〝軟化〟していると考えているようです」と続けてから、すぐに片手をあげて反論を封じた。「もちろん、まだこのバリアを通過することはできません。しかし以前にX線やガンマ線を用いて衝撃波実験をしたときには、まるで鏡のように、バリアはすべてのエネルギーをはね返してきました」

「それが変わったの？」

「最新の実験における屈折率は九十八・四パーセント。とりたてて大きな変化ではありませんし、もしかしたらまったく意味のないことなのかもしれません。ですが、初日の実験からこれまでずっと、バリアはこちらのエネルギーを百パーセントはね返してきました。それがここへきて、百パーセントではなくなったのです」

「弱ってきているってことね」アバナがつぶやく。

「おそらくは」

やがてコニーとアバナとジョージ（それぞれサム、ダーラ、EZの親たち）は、トレーラーをあとにした。〈カミノ・リアル基地〉という大層な名を冠したこのカリフォルニア州兵の駐屯地は、ハイウェイを挟んだ陸地側、〝金魚鉢〟の南側に当たる境界からほんの四百メートルのところに広がる、だだっ広い土地に設置されていた。一帯には二十以上のトレーラーや仮設小屋が整然と立ち並び、兵舎、駐車場、管理施設等が目下建設の途上にある。

カミノ・リアル基地ができたばかりのころ、周辺にはほかに高層階の建物は存在しなかった。しかしその後、マリオット・ホテルが完成し、その数日前には〈カールスジュニア〉や〈デルタコ〉レストランで最初のブリトーが販売され、別館の建設が終わらぬうちに、〈ホリデイ・イン・エクスプレス〉の本館が早々にオープンした。

ハイウェイ沿いに、テレビ中継車が二台、停《と》まっていた。といっても、もうこの辺りが中継されることはめったにない。世間の大半はとっくに興味を失っているのだ。それでもこの地を訪れる観光客はいまなお一日二千人ばかりいて、ハイウェイ沿いに停められた車列は何キロにも及ぶ。

天幕を張った土産物屋で暮らしを立てている人々も、まだいくらか残っていた。

ジョージは車に乗りこむと、何も言わずに走り去った。コニーとアバナは現在、この地で共同生活を送っていた。住まいは、太平洋を見わたせる特別駐車場に停められたキャンピング・カー。ふたりは毎週金曜日、ホームセンターが寄付してくれたガス式バーベキューセットを使ってメディア関係者や非番の兵士たちと一緒にバーガーやリブを焼く。

ハイウェイを渡り、カミノ・リアル基地から戻ると、ふたりは海に向けられた長椅子に腰を下ろした。コニーがコーヒーを淹《い》れ、アバナにカップを持っていく。

「さっきの話、みんなに伝えたほうがいいと思う？」アバナが訊いた。

コニーはため息をついた。「家族は知りたいでしょうね」

〝家族〟。いまではその呼び名が定着している。はじめ、メディアはドームから出てきた人々のことを〝生還者〟と呼んでいた。しかしその呼び名は、ほかの人間、つまり彼らの子供たちが死んだことを暗に意味してしまうため、ドーム内に子供が閉じこめられている両親や兄妹たちが、当初から強く反発していたのだ。

海上では、穏やかな波間に浮かんだ沿岸警備隊の巡視船がバリアの境界を監視していた。数カ月前、悲しみにわれを失った家族のひとりが、ボートに爆発物を積んでバリアに突っこんだ。もちろん、その爆発で〝金魚鉢〟が受けたダメージはゼロだ。

「なんだかもう……」コニーが口を開く。

コーヒーをすすりながら、アバナは続きを待った。

「とにかく決着をつけなきゃって思っているだけの気がしてきたわ。ほら、今度こそ先へ進めるかもしれないって」

アバナがうなずく。「今回の可能性はこれね。バリアの弱体化。一・六パーセントの変化」

「今度こそ、今度こそって、これまで何度も思ってきた」コニーが力なく言う。「希望って残酷よね」

「スタンフォード大学のある物理学者によると、バリアの崩壊によって甚大な被害がもたらされる可能性があるそうよ」

「その仮説を最初に唱えたのは彼じゃないわ」

「たしかにね。でも、彼はノーベル賞をとっている学者よ。その人物によると、このバリアは反物質の球体を覆う保護膜みたいなもので、この国の西側半分を全滅させるほどの爆発を引き起こす可能性をはらんでいるって」

コニーはふんと鼻を鳴らした。「八千七百四十二番目の仮説ね」

「そうね」アバナもうなずいたが、その顔は不安に曇っていた。

「そんなことにはならないわ」コニーは断固として言った。「だってバリアは消えるし、私の息子のサムとあなたの娘のダーラはこの道路を歩いて帰ってくるんだから」

アバナは笑みを見せると、お決まりの軽口のオチを引き取った。「そうして私たちを素通りして、あの子たちはハンバーガーを買いに行くのよね」

コニーはアバナに手を伸ばした。「そうよ。きっとそう。『やあ、母さん。ちょっとハンバーガーを買ってくるからあとでね』って、そんなふうに言われるの」

ふたりはしばらく黙りこんだ。どちらも目を閉じ、太陽に顔を向けている。

「せめて、少しでも予兆があれば……」アバナがぽつりと言う。

彼女は以前にも同じことを口にしていた。あの日の朝、娘と口論してしまったことを悔やんでいるのだ。

その台詞《せりふ》を聞くたび、コニーの口から言葉がこぼれ出そうになる。予兆ならあった、と。

そう、コニーは予兆を感じていた。

しかし今回も、やはりコニー・テンプルは何も言わなかった。

1

65時間　11分

少女は、ジーンズにぶかぶかの黒いTシャツ、その上から格子柄のネルシャツをはおっていた。

腰を二周している革のベルトは男物で、しかも男性用のなかでもとくに大きなサイズのものだ。だが頑丈なこのベルトなら、三十八口径のリボルバーと山刀《マチエテ》、水筒の重みに耐えられる。

すっかり薄汚れ、縫い目のほつれたバックパックが、華奢《きやしや》な肩にすんなりと収まっていた。バックパックには、遠くのキャンプ場で手に入れた、貴重なマカロニの真空パック——水を注ぐだけで食べられるタイプだ——が三つ入っている。そのほかにはタッパーに入ったほぼ調理済みの鳩《はと》一羽、大量の野草、ビタミン剤の入ったボトルがひとつ——三日に一錠のむことにしている——鉛筆と紙、本三冊、マリファナの入った小袋と小さなパイプ、針と糸、使い捨てライター二個、予備の水筒がひとつ。救急キットもある。そちらの中身は、絆創膏《ばんそうこう》数枚、ほとんど空になった軟膏《なんこう》のチューブ、貴重な鎮痛剤、そしてさらに貴重なタンポンがいくつか。

アストリッド・エリソンは様変わりしていた。

ブロンドの髪はナイフでぞんざいに短く切られ、顔はすっかり日に焼けている。両手には貝を開けようとして負った無数の小さな切り傷やタコがあり、爪のひとつが完全にはがれ落ちている。急坂で足を滑らせ、必死に岩や茂みをつかんで這《は》いあがった際にはがれてしまったのだ。

アストリッドは肩からバックパックを下ろすと、鞄《かばん》の紐《ひも》をほどき、男物のごつい手袋を取り出した。

ブラックベリーの茂みに目をこらす。ベリーの熟す時期はまちまちで、まだ若いものは取らないことに決めていた。ここは彼女の知る、唯一のベリー畑だ。欲張ってはいけない。ときに手袋を貫通するほど鋭く尖《とが》ったベリーのとげと格闘している最中に、アストリッドのお腹《なか》が鳴った。手袋にくっついたベリーを引きはがすと、二十個以上採れていた。食後のデザートにしよう。

アストリッドはフェイズの北端、ステファノレイ国立公園を分断するバリアのすぐそばにいた。セコイア、オーク、ポプラ、トネリコなど、この辺りの樹木は大きく、ところどころでバリアに分断され、一部の枝はバリアの向こうに消えている。はたしてあの枝は向こう側にあるのだろうか、その光景を見るたび、アストリッドは思うのだった。

それほど奥地にいるわけではなかった。たぶん海岸から四百メートルちょっとしか離れていない。アストリッドはいつもその海岸に、カキやアサリ、ムール貝や小さなカニなどを探しに行く。

空腹ではあったが、飢えてはいなかった。

一番の悩みは水だった。レンジャー小屋で水のタンクを見つけ、地下から湧き出た清水らしき小川も見つけていたが、どちらもアストリッドの野営地から離れていた。それに水を運ぶのは重くて、落とさないよう気をつけなければ——。

物音がした。

身をかがめ、肩からショットガンを引き抜き、構えた銃身の先に目をこらす。訓練を積んだ、流れるような身のこなし。

じっと耳を澄ます。自分の鼓動が耳を打つ。周囲の音が聞こえるよう、ゆっくりと心音を鎮める。

やがて、乱れた呼吸が少しずつおさまっていく。

左から右、そして音がしたと思われる背後の森へと上半身をひねり、ゆっくり辺りを確認する。あらゆる方向に耳をそばだてる。

何もいない。

物音！

乾いた葉っぱと、湿った地面。音の正体がなんであれ、重たいものではない。重量のある音ではなかった。ドレイクではないだろう。コヨーテですらないはずだ。

アストリッドはわずかに緊張を解いた。肩がこわばっている。筋肉がつらないよう、両肩をまわす。

小さな物体が走り去っていく。たぶん、ポッサムかスカンクだ。

ドレイクでは、ない。

腕が触手と化したあの怪物じゃない。あのサディストじゃ……。

ドレイク。鞭《むち》の手をした、人殺し。

立ちあがり、ショットガンをもとの位置に戻す。

これまで、いったい何度同じ恐怖に耐えてきただろう。細い死んだ目を持つあの顔を探して、何百回、茂みや岩の背後をのぞいただろう。昼も夜も、着替え中も、調理中も、用を足しているときも、寝ているときも……。いったいどれだけ怯《おび》えてきただろう。そして何度、あの顔面をショットガンで吹き飛ばし、血の飛沫《しぶき》が飛び散る場面を想像しただろう。

それでもまだ、ドレイクが追いかけてくると知りながら……。

銃弾を容赦なく撃ちこんだあとも、息を切らし、森でつまずき、泣きながら逃げているのはやはり自分で、あいつを止める手立てなどどこにもなくて……。

遅かれ早かれ、きっと捕まってしまうのだ。

あの不死身の悪魔に。

収穫したベリーをバックパックに入れると、アストリッドは自分の野営地へ向かった。

野営地にはテントがふたつ設営されていた。薄い黄褐色のテントは眠る用で、茶の裏地が張られた緑のテントは保管用――ほかのキャンプ場やレンジャー事務所、ステファノレイ公園内のゴミの山から集めてきた、食料品以外の諸々《もろもろ》をしまっておくためのものだ。

野営地に戻ると、アストリッドは収穫した食料を取り出し、赤と白のクーラーボックスにしまった。このクーラーボックスは、バリア沿いに掘られた穴にぴたりと収まっている。

みんなのもとを離れ、森に入ってからの四カ月、アストリッドはさまざまなことを学んでいた。動物がバリアを避けるというのもそのひとつで、虫さえもバリアのすぐそばまでは近づかない。だからあの幻覚を誘う、灰色の壁の近くに食料を置いておけば安全なのだ。それに、彼女自身の安全も確保できる。バリアのすぐそばで、しかも崖沿いで寝起きしていれば、捕食者が彼女に近づく方法はいくらもない。

野営地のまわりには、ぐるりとワイヤーを張りめぐらしてあった。ワイヤーには石の入ったボトルや錆《さ》びた缶がいくつかぶら下げてあって、何かがぶつかれば音が鳴るようになっている。

もちろん、これで安心というわけではない。ドレイクがいまも生きているであろうこの世界が、安全であるはずがない。それでも、ここにいればフェイズのどこにいるよりも安心できた。

アストリッドはナイロンの折りたたみ椅子にどさりと腰を下ろした。くたびれた脚を別の椅子にのせ、本を開く。生活の大半を食料探しに費やし、加えてランプもない現在、本を読む時間は日没までの一時間程度しかない。

海のそばにそびえる断崖の上。この美しいロケーションで、赤い夕陽《ゆうひ》の光をライト代わりにページを繰る。

本のタイトルは『闇の奥』。

忘れていた非情な本能の覚醒と、満ち足りた、そして恐ろしいほどの激情の記憶によって、その酷薄な胸に彼を引き寄せたであろう呪いを――重い、無言の荒野の呪いを――私は解こうとした。それこそが、と私は確信したのだ。この森の果てに、茂みの奥に、たいまつのきらめきとドラムの打音、奇怪な呪文が淡々と鳴り響く場所に、彼を駆り立てたのだと。それこそが、許された野心の限界を超え、彼の背徳に満ちた魂をたぶらかしたのだと。

アストリッドは顔をあげて森を見た。野営地は小さな空き地に設置されていたが、両側からは木々が迫っている。もっとも、海岸にほど近いこの辺りの木々は、奥地にある樹木ほど鬱蒼とそびえているわけではない。奥地の木々よりは親しげな気がする。

「重い、無言の荒野の呪い」声に出して読んでみる。

アストリッドにとっての呪いは、忘れてしまうことだった。いま送っている厳しい暮らしも、ペルディド・ビーチに置き去りにしてきた現実に比べれば、それほど厳しいものではない。あの場所こそが、真の荒野だった。あの場所で彼女は、忘れられていた獣の本能を呼び醒まされたのだ。

飢えやけがや食あたりなど、ここで彼女に苦しみを与えるのは自然だけ。たしかに自然は無慈悲かもしれないが、邪悪ではない。自然は彼女に憎しみを抱いたりしない。

彼女が弟の命を犠牲にしたのは、自然に駆り立てられたからではない。

アストリッドは目を閉じ、本を閉じた。自分の内で渦巻く感情を鎮めようとする。罪悪感とは、面白いものだ。いつまでも色褪《いろあ》せてはくれないらしい。それどころか、悲惨な体験が薄らぎ、恐怖や窮乏があいまいになるほど、際立ってくる。そして自分の行為だけが、まざまざと立ちあがってくるのだ。

アストリッドは病気を患った風変わりな弟を、自分を含むフェイズ中の子供を脅かす巨大な恐ろしい虫の群れへと投げ入れた。

弟は消えた。

そして、虫たちも。

弟の犠牲は、功を奏した。

それから神はこうおっしゃった。「おまえの息子、おまえの愛するたったひとりの息子イサクを連れて、モリヤの地へ向かいなさい。そして私の示す山の上で、息子を焼き、いけにえとして捧《ささ》げなさい」

しかし彼女の神は、その行為を止めてはくれなかった。

それこそが、愛すべき神などどこにもいないという、まぎれもない証拠だった。

この事実に長らく気づけなかったことを、アストリッドは恥ずかしく思った。かりにも〝天才アストリッド〟の肩書を何年も背負ってきたというのに。信仰にほとんど関心のないサムのほうが、よっぽど真実に近いところにいたのだ。

こんな世界で――とりわけフェイズのような悲惨な世界で――神を信じるなど、愚かしいにもほどがある。神がこの世界を、自分の創造物を気にかけている？

私は、弟をこの手にかけたのだ。

殺人。あの行為を、どんな言葉で取り繕うつもりもない。

その言葉で、もっと厳しく、紙やすりでむき出しの良心をこするように傷つけてほしい。そのひどい言葉で、天才アストリッドの残骸を跡形もなく消し去ってしまいたい。

神がいないと思い定めるのは、悪くなかった。かりに実在するのなら、これで自分は永遠に地獄で苦しむことになるだろう。

両手が震えていた。本を膝に置く。バックパックからマリファナの入った小袋を取り出す。このドラッグは眠りにつくためのものだった。そう、言い聞かせていた。普通の世界でいうところの睡眠薬と同じ。睡眠薬を服用して何が悪い？

とにかく、睡眠が必要だった。狩りや釣りは早朝におこなうもので、だから眠らなくてはならないのだ。

ライターをともし、パイプの先に近づける。吸うのはふた口。それがルールだ。ふた口だけ。

ふと、アストリッドは手を止めた。記憶がうずく。何かが意識に引っかかり、大切なことを見落としていると警鐘が鳴る。

顔をしかめ、今日の行動を思い出す。マリファナと本を横に置き、貯蔵庫の穴へと向かう。クーラーボックスを引きあげた。暗すぎて穴のようすが見えないので、貴重なバッテリーを使って一瞬だけ懐中電灯をともすことにする。

ひざまずくと、やはり、あった。穴の三辺は土の壁だが、一辺だけバリアに接している。バリアには何もくっつかない——絶対に。それなのに、そこには小さな土のかたまりが、たしかにくっついていた。

ナイフを引き抜き、土くれをつついてみる。とれた。

幻覚、だろうか?　地中にあるバリアのようすが何やらちがって見える。いつものかすかな輝きを放っていない。半透明に見えていた錯覚が消え、くすんでいるように、黒っぽくなっているように見える。

ナイフの切っ先をバリアに押し当て、穴の上から地中へとこするように下ろしていく。ほとんど気づかないほどの、かすかな手応え。滑らかに動いていた刃先が、黒っぽい箇所に達したとたん、ほんのわずかに引っかかった。たとえるなら、滑らかなガラスが磨きあげられた鋼鉄に変わったような……。

アストリッドは懐中電灯を消すと、大きく、震える息をついた。

バリアが、変化している――。

目を閉じて、しばらくその場にゆらゆらと立ちつくす。

クーラーボックスを穴に戻した。詳しく調べるには、夜明けを待たなければならない。しかし自分の目にしたものが何か、アストリッドはすでに理解していた。そう、このゲームの最終章がはじまったのだ。いまだ、なんのゲームをしているかもわからないままに。

マリファナのパイプに火を点《つ》け、大きく吸いこむ。間を置いて、もうひと口。感情の渦がぼんやりとあいまいになっていく。罪悪感が褪せていく。ほどなく眠気に襲われ、アストリッドはテントに敷いた寝袋にもぐりこんだ。両腕にショットガンを抱きしめて。

ふと、笑みがこぼれた。そうか、自分は地獄に行かなくてもいいのだ。地獄のほうから出向いてきてくれるのだ。

そうして最期の夜がやってきて、自分はドレイクに見つかってしまうのだ。

どれほど走っても、決して逃げきることなどできはしない。

2

64時間　57分

「パトリック、君の天才ぶりが出たね！」テリーが甲高い声で叫んだ。

「本当？」フィリップが低い、間抜けな口調で訊き返しながら両手で股の辺りを隠すと、集まった観客からどっと笑い声があがった。

恒例のお楽しみ会でのひと幕。毎週金曜日の夜、トラモント湖で暮らす子供たちは、こうした出し物を楽しみながら労をねぎらう。この日は、テリーとフィリップがアニメ『スポンジ・ボブ』の寸劇を披露していた。テリーはスポンジを模した穴の描かれた黄色いTシャツを着ていて、桃色のヒトデ〝パトリック・スター〟役のフィリップは、ピンクに見えなくもないTシャツを着ている。

出し物の〝ステージ〟は、桟橋から二十メートルほど離れた水面に浮かぶ、大きなハウスボートの甲板に設置されていた。〝サンディ〟役のベッカと、見事に〝イカルド〟になりきったダリルが、キャビンのなかで出番を待っている。

サム・テンプルは、港の事務所からそのようすを眺めていた。二階建ての、狭い灰色の建物からは、眼下の子供たちの頭がよく見える。普段、サムは会場となっているハウスボートを使っているが、お楽しみ会の日には、みんなに譲ることにしていた。

ここにいる子供は全部で百三名。一歳から十五歳まで。そして残念ながら、その誰もが年相応には見えない。

五歳以上の者は全員、武器を携帯していた。ナイフ、マチェテ、野球バット、トゲトゲのついたこん棒、チェーン、銃など。

まともな身なりの者もいない。少なくとも〝普通〟の格好をしている者はひとりもいなかった。ぶかぶかのジーンズにぼろぼろのシャツ。毛布で作ったポンチョをまとう者。大半の子供たちは裸足《はだし》で、髪の毛に羽をさしたり、大きなダイヤの指輪を指にテープで貼りつけたり、顔にペイントしたり、造花やバンダナ、ネクタイ、ベルト等々、あらゆるものを駆使して飾り立てている者もいる。

それでも、少なくとも清潔ではあった。およそ一年に及んだペルディド・ビーチでの暮らしに比べれば、みんなはるかに身ぎれいだった。トラモント湖へ移住したおかげで、水は無限にあるといっていい。石鹸《せっけん》や洗剤こそとうの昔になくなったものの、なんといっても真水がある。おかげで、ひどいにおいに苦しむことなく、集団生活を送ることができていた。

陽が沈み、夕闇が濃くなるにつれ、あちこちで煙草《たばこ》の火がともるのが見えた。これまでの努力もむなしく、いまだにアルコールが——オリジナルも密造酒も——一部の子供たちのあいだで横行していた。本気で探せば、マリファナを吸っている子供も見つかるだろう。

それでも、おおむね順調だった。ここで育てている作物、湖で獲《と》れる魚、ペルディド・ビーチとの交易で手に入る食料のおかげで、誰も飢えてはいなかった。

っていい。

それに、シンダーの計画もある。すばらしい可能性を秘めた計画が。

それなのに、なぜ、サムの胸は不穏にざわめいているのか。しかも、ざわめくだけではない。その正体がうっすらと見えるような気さえするのだ。見るべき何かがそこにはあって、すばやくふり返れば見えるかもしれない、そんな感覚。

たとえば、自分のちょうど死角に何かが立っていて、ふり向けば、まだそれが見えるのではないかと思うような……。

それは、サムを見つめている。

いま、このときも。

「妄想だ」サムはつぶやいた。「少しずつ頭がおかしくなってきてるんだ。いや、こんなふうに自分に話しかけてる時点で、少しずつどころじゃないかもな」

ため息をついて頭をふり、無理やり笑みを作ってみる。そう、きっとこの状況に慣れていないのだ。四カ月にわたる、この……平穏な日々に。

そのとき、ぐらつく階段をのぼってくる足音が聞こえた。扉が開く。

「ダイアナ」

ダイアナの姿を認めると、サムは立ちあがって椅子を勧めた。

「気を遣わないで。妊娠しているってだけで、体が不自由なわけじゃないから」言いつつも、ダイアナは腰を下ろした。

「体調はどう?」

「胸が腫れて痛いわ」そう答えてから、ダイアナは小首をかしげ、楽しそうにサムを見た。

「うそ、いまので照れてるの?」

「別に照れてなんか……」

「へえ。なら、もう少し私の体の話をさせてもらうわね。いいことがひとつあってね、朝のつわりがなくなったの」

「それはよかった」

「でもその代わり、ものすごくトイレが近くなっちゃって」

「ああ……」やはり、この会話は気まずい。実際サムは、ダイアナを見るだけでも落ち着かなかった。Tシャツの下の大きな胸の膨らみ、相変わらずの美貌、そしてその顔に浮かぶ、見透かすような挑戦的な笑み。

「乳輪が黒ずんできた話をしてもいい?」ダイアナがからかうような口調で言う。

「頼む、勘弁してくれ」

「つまりね、早すぎるのよ」ダイアナは言った。軽い調子で言おうとしたが、無理だった。

「え？」

「このお腹、大きすぎるの。妊娠についての本を読《よ》み漁《あさ》ったけど、いまの時点でこんなになるはずはないそうよ。妊娠四カ月の大きさじゃない」

「でも、問題はなさそうだけど」ため息交じりに、サムは応えた。「見た目も大丈夫そうだし、その、充分きれいだと思うよ」

「やだ、もしかして口説いてるの？」

「ちがう！　そうじゃなくて、だから、つまり……」言葉に詰まって唇を噛《か》む。

「あなたって本当にからかいがいがあるわ」ダイアナが楽しげに笑ってから、ふと真顔になる。「胎動って聞いたことある？」

「誰かを連れてどっかに行くこと？」

「ちがう、ちがう。それは帯同でしょ。私が言ってるのは、胎児がお腹で動くやつ」

「ああ、そっちね」

「手を貸して」

　絶対に貸したくなかった。ダイアナがその手をどうするつもりかはわかっている。けれど、断る理由が見つからない。

　ダイアナが無邪気な顔で見つめてくる。「ねえ、あなたは生死にかかわる深刻な問題を解決できるほどの人間でしょう。それなのに、私の頼みを断る理由も思いつかないの？」

　その言葉に、サムは思わず笑ってしまった。「がんばってみたんだけど、頭が働かなくて」

「なら、手を貸して」

サムが手を差し出すと、ダイアナはその手を自分のお腹に当てた。

「うん、あれだ……まちがいなく、お腹だね」とサム。

「ええ、これがお腹だって言ってくれてよかったわ。セカンド・オピニオンが欲しかったところなの。あ、ちょっと待って……ほら！」

サムも感じた。張りつめた膨らみの下にある、小さな動き。

サムは弱々しく微笑《ほほえ》むと、手を引っこめた。「胎動、だね？」

「そう」ダイアナがうなずく。その顔からは、もはやからかいの色は消えていた。「でも、動きが大きすぎるの。これは〝キック〟だと思う。これが三週間前、つまり妊娠十三週目にはじまった。あなたはたいしたことじゃないって思うでしょうね。でもね、サム。人間の赤ちゃんはみんな同じ速さで成長するものなの。きっちり、規則正しく。そして人間の赤ちゃんは、十三週目でキックをしたりしない」

ダイアナの言う〝人間の〟という言葉に反応すべきかどうかわからず、サムはうろたえた。彼女が抱く恐怖や疑念、あるいはそれが妄想であれ、この問題に深入りしたくはなかった。

問題なら、すでにたくさん抱えているのだ。たとえば、人けのない海岸に放置された、肩かけ式ミサイルが詰まったコンテナのこと。サムの知るかぎり、弟のケインはまだその武器を見つけていない。もしサムが武器を回収しようとして、それがケインにばれれば、きっとペルディド・ビーチ組とのあいだに戦争が勃発するだろう。

それに、個人的な問題もある。ブリアナが、ステファノレイ国立公園でアストリッドの野営地を見つけていた。アストリッドが生きていることは知っていた。例の巨大昆虫との戦いが終わり、フェイズの子供たちがペルディド・ビーチとトラモント湖に分かれた〝大分裂セレモニー〟の数日後、アストリッドが原子力発電所の近くにいるという報告を受けていたのだ。

しばらくのあいだ、彼女が農場の側道でひっくり返ったキャンピング・カーで寝起きしていたことも知っていた。アストリッドが戻ってくるのを、サムは辛抱強く待った。しかし彼女は現れず、ここ三カ月のあいだにその痕跡はすっかり途絶えていた。

そして昨日の朝、ようやくブリアナがアストリッドの居場所を突き止めたのだ。整備された道路上なら、ブリアナは極めて優秀な探索者だといっていい。だが、森のなかではそうもいかない。何しろ時速百キロで木の根につまずくというのは、あまりいい考えではないからだ。

もちろん、ブリアナの仕事はアストリッドを探し出すことではなかった。彼女の任務は、ドレイク／ブリトニーを見つけること。目撃証言も噂話《うわさばなし》も一切聞こえてこなかったが、誰ひとり、ドレイクが死んだとは思っていなかった。

サムはしぶしぶダイアナの問題に戻った。「赤ん坊に能力はあるの？」

「三本よ」とダイアナ。「初めて読んだときは二本だった。つまり、能力も成長してるってわけ」

サムは驚いた。「三本だって？」

「そう。彼、彼女、あるいはこれは、能力者なの。強力な。この先もっと強くなるかもしれない」

「この話をほかに知っている人は？」

ダイアナは首をふった。「私だってばかじゃないわ。ケインがこのことを知れば、この子は狙われる。必要なら私もろとも殺すかもしれない」

「自分の子供を？」

サムには、いくらケインでも、そこまで冷酷になれるとは思えなかった。

「わからない。妊娠のことを伝えたとき、ケインの態度は明らかだった。一切かかわりたくないんだって。不快ですらあったかも。でも、その赤ん坊が強力な能力者だってわかったら？　もしそうなら話はまったくちがってくる。ケインは私たちを連れ戻すかもしれない。そしてこの子を自分の思いどおりに操ろうとするか、もしくは消してしまうかも。ケインのなかに三つ目の選択肢はないの。それ以外の選択肢は……」そこで言葉を切り、サムの顔に正しい言葉が書かれているとでもいうように、その顔を探る。「屈辱すぎて受け入れられない」

サムは胃がむかむかするのを感じた。この四カ月、平穏無事に過ごしてきた。サムとエディリオとデッカが中心になって、この水辺の町を作りあげてきた。いや、大部分はエディリオのおかげだろう。町作りにあたっては、まずハウスボート、ヨット、モーターボート、キャンピング・カー、テントなどに子供たちをふりわけた。それから病気の蔓延《まんえん》を避けるために湖から離れた場所に汚物用の穴を掘った。さらには〝低地〟と呼ばれる東側の岸辺に水をくみあげる装置を設置して、水浴び場や遊泳場の水を飲むことを禁止した。

　こうした仕事を淡々とこなしていくエディリオの姿に、サムは感心しきりだった。サムは、たいてい責任を負う立場にいたが、これほど衛生面を気にしたことはなかったのだ。

　クインの仲間の漁師たちが釣った魚は、いまもペルディド・ビーチからかなりの量が毎日届けられていた。湖の低地、バリアのすぐそばの一角にはニンジン、トマト、カボチャが植えられていて、シンダーの世話のもと、順調に育っている。

　貴重なヌテラ、カップヌードル、ペプシは厳重に保管され、アサリやムール貝など、クインたちの獲ってくる魚介類を追加で購入する際に、通貨として使用されている。

　農場の管理についても交渉をおこない、アーティチョークやキャベツ、それにときどきメロンも手に入るようになっていた。

　実際には、湖と町との交易はアルバートがすべて取り仕切っていたが、湖の日々の管理だけはサムが、というかエディリオがおこなっている。

　フェイズがはじまった当初から、サムはいつか自分が裁かれる日を思い描いて生きてきた。想像のなかで、サムは裁判官の前に立ち、こちらをじっと見下ろす裁判官に、これまでの行動を逐一問いただされる。

すべての失敗について。

あらゆるミスについて。

町の広場に埋められた、ひとりひとりの遺体について。

ここ数カ月で、空想の裁判はますます頻繁に開かれるようになっていた。しかし最近では、ひょっとすると評価される行動もあるかもしれないと思うようになっていた。

「このことは、誰にも言わないほうがいい」サムはダイアナに警告した。「想像したことはあるかい？　もし君の赤ん坊が……いや、その子がどんな能力を持っているかはまだわからないけど――」

ダイアナが皮肉っぽく笑ってみせる。「もしこの子があなたみたいに物を燃やせたりしたらって？　それとも父親みたいに念動力が使えたら？　複数の能力を持っているかもしれない？　いいえ、サム、この子が、これが、癇癪《かんしゃく》を起こして私のお腹に風穴を開けるかもしれないなんて、まったく考えたこともないわ」

サムはため息をついた。「赤ん坊は男の子か女の子だ。〝これ〟じゃない」てっきりダイアナから皮肉めかした返事があるものだと思っていた。しかし彼女は、崩れそうになる表情を、どうにか取り繕っていた。「この子の父親は邪悪なの。それに母親も」ささやくように言う。痛そうなほど、両の指をきつく絡ませて。「この子がまともなはずがない」

「判決を言い渡す前に、シガーを擁護したい者は?」

ケインは、自分の椅子を玉座とは呼ばなかった。いくら自分を〝王〟と位置付けてはいても、さすがにやりすぎだろう。

それは無人の家から持ち出した、ずっしりと重たい暗褐色の木製の椅子だった。おそらくムーア風、というのだろう。崩れた教会に続く石段の最上段、そこから数メートル離れたところに置かれている。

呼び名こそ〝玉座〟ではないものの、実質的には玉座も同然のその椅子に、ケインは堂々と背を伸ばして座っていた。身につけているのは、紫のポロシャツ、ジーンズ、黒いカウボーイ・ブーツ。ブーツの一方を布張りのフットスツールにのせている。

ケインの左側にはペニーが立っていた。ヒーラーであるラナのおかげで、粉砕された両脚はもとどおりになっていた。細い肩にサンドレスを頼りなく引っかけ、足には何も履いていない。脚が治って以来、なぜかペニーは靴を履くことを拒んでいた。

反対側にはタークがいる。タークは一応、ケインのボディガードということになっているが、自分の手で解決できない事態が発生するなど、ケインにはまず考えられなかった。万一のときには、タークはせいぜい盾として役立ってもらえばいい。とはいえ、仕える人間がいるのは大事なことだ。そのほうがより〝王〟らしく見える。

むっつりとした、ちんけなごろつきのタークは、二連式の短いショットガンを肩にかけ、巨大なパイプ・レンチをベルトに下げていた。

タークはシガーの見張りをしていた。愛らしい顔立ちをした十三歳のシガーは、固い手のひらに、たくましい背中、その顔は漁師らしくよく日に焼けている。

二十五名ほどの子供たちが石段の下に集まっていた。本来なら、こうした裁判には全員が参加することになっているのだが、アルバートの提案——法的効力を持つ提案——により、仕事のある者は参加しなくてもいいことになっていた。アルバートの世界では仕事が何よりも優先され、ケインのほうも、アルバートの働きがなければこの座を守れないことを承知していた。

その夜、ジェイデンという少年と、シガーのあいだで喧嘩《けんか》が勃発した。

ジェイデンもシガーもハワードの違法酒を飲んでいたらしく、喧嘩の理由ははっきりしない。しかし、三人の目撃者の証言によって明らかになったのは、口汚い罵り合いからはじまったその喧嘩が、あっという間に殴り合いに発展し、そうして武器が持ち出されたということだ。

ジェイデンがシガーに向かってふりあげた鉛のパイプが的をはずす一方で、シガーがふりあげた釘《くぎ》の突き出たオーク材の重たいテーブルの脚は、的をはずさなかった。

クインのもとで働く仕事熱心で気のいい漁師のシガーが、意図的にジェイデンを殺したなどとは誰も思っていなかった。それでも、結果としてジェイデンの脳みそは、歩道の上でとどめを刺されてしまったのだった。

ケイン王の統べるペルディド・ビーチには、四つの罰則がある。罰金、収監、ペニー、死刑。

些細《ささい》な違反——王への礼を欠く、仕事をサボる、取引で人を欺くなど——には罰金が科される。罰金は一日分の食料だったり、二日間の無料奉仕だったり、あるいはそれなりに価値あるものを差し出すことであがなわれる。

収監は、以前ロスコーという少年が、肉体を内側から虫に食いつくされてしまうまで閉じこめられていた町庁舎内の一室でおこなわれる。期間は二日以上。水だけで過ごさなければならない。喧嘩や破壊行為などがこれにあたる。

これまでケインは、多くの罰金刑を言い渡し、幾度かの収監刑を言い渡してきた。

一度だけ、ペニーの刑を科したことがある。

ペニーは、人にこのうえなくリアルな幻覚を見せる能力者だ。しかも本人は、身の毛もよだつ想像力の持ち主で、それはおぞましい幻影を創り出す。以前、三十分間ペニーの刑に処された少女は、自分で自分を制御できなくなり、悲鳴をあげ続けたあげく、みずから肉体を傷つけた。二日経《た》っても、彼女は仕事に行くことができなかった。

もっとも重い罰は死刑だ。死刑はまだ、誰にも言い渡したことはない。

「シガーを弁護したい」そう言ったのは、もちろんクインだ。その昔、クインはサムの親友で、サーフィン仲間だった。以前のクインは、脆《もろ》く、不安定で、フェイズにうまく適応できない子供のひとりだった。

しかしクインは、いまや漁師軍団のボスとしてその名を馳《は》せていた。長らく船を漕《こ》ぎ続けてきたおかげで、首も、肩も、背中もたくましく盛りあがり、肌もすっかりマホガニー色になっている。

「これまでシガーはなんのトラブルも起こさなかった」クインは言った。「仕事にも時間どおり来るし、休んだこともない。シガーはいいやつだし、それに優秀な漁師だ。アリスが海に落ちて、オールに当たって気を失ったときだって、真っ先に飛びこんで助けてくれた」

ケインは考えるようにうなずいた。一見すると、いかにも落ち着き払い、分別のある態度に見える。だがその内面は、ひどく動揺していた。シガーはジェイデンを殺した。これは器物破損やつまらない窃盗とはわけがちがう。このケースで死刑を言い渡さなければ、この先いつ死刑判決を言い渡せるというのか。

できることなら……いや、ケインは確実に死刑を言い渡したかった。シガーじゃなくてもいい。誰かに。これはケインの力を試すテストであり、メッセージを伝える絶好の機会なのだ。

とはいえ、クインともめるのは避けたかった。クインがストライキでも起こせば、あっという間に子供たちは飢えてしまう。

それに、アルバートの存在もある。クインはアルバートのもとで働いているのだ。王を名乗るのは気分がいい、とケインは思う。ただし、会計簿を手にした痩せっぽちの生真面目なアルバート少年に、真の権力を握られていなければ、だ。

「これは殺人だ」逡巡《しゅんじゅん》したのち、ケインは言った。

「シガーが罰を受けるべきじゃないとは誰も言っていない」クインが言い返す。「たしかにあれはまずかった。酒なんて飲むべきじゃなかった。本人だってわかっているはずだ」

シガーはうなだれた。

「ジェイデンだっていい人だったわ」ひとりの少女が声をあげた。泣いている。「殺されるなんてひどすぎる」

ケインは歯ぎしりした。今度はガールフレンドの登場か。

これ以上、先延ばしにするわけにはいかない。決断しなくては。ジェイデンの彼女より、クインを、そしてアルバートを敵にまわしたほうが、はるかに都合が悪いだろう。

ケインは片手をあげた。「王として、正義をくだすことを約束する。これが故意の殺人であったなら、死刑以外に選択の余地はない。しかしシガーは大事な働き手だ。それにジェイデンに対して殺意があったわけでもない。死刑のつぎに重い刑罰は、ペニーの刑だ。通常は三十分だが、しかしそれでは今回の事件の深刻さに見合わない。したがって、以下の判決を言い渡す」

ペニーのほうに顔を向けると、ペニーはすでに期待で身を震わせていた。

「シガーに対するペニーの刑は、日の出から日暮れまで。明日、太陽が丘の上に姿を現した時点から刑を開始し、太陽が地平線に触れた時点で終了とする」

クインの瞳に妥協の色が浮かぶのが見えた。群衆も小さく賛同の声をあげている。ケインは密《ひそ》かにため息をついた。シガーまでもがほっとしているようだった。しかし、とケインは思う。あの地獄のような痛みを経験して以来、ペニーがどれほどの狂気に沈んでいるか、クインもシガーもまったくわかっていないのだ。もともと残酷な少女ではあったが、あの痛みと彼女の持つ能力によりペニーは怪物と化していた。

幸いにも、このモンスターはケインの手駒だ。

いまのところは。

タークがシガーを収容部屋に引き立てていく。群衆がわらわらと散りはじめる。

「おまえなら大丈夫だ」クインがシガーに向かって声を張りあげた。

「うん」とシガー。「平気だよ」

ペニーが笑い声をあげた。

3

53時間　52分

ドレイクは暗闇に、己の主人、ガイアファージが放つほのかな緑色の光しか見えないことに、すっかり慣れていた。

地下十六キロ。すさまじい熱気。水もなく、酸素も薄い。普通なら、死んでいてもおかしくない。しかし、ドレイクはそもそも生きていない。生きていない人間を殺すのはむずかしい。

刻々と時間が過ぎていく。それはわかっていた。だが、どのくらい？　数日、あるいは数年かもしれない。ここには、朝も夜も存在しない。

あるのは、ガイアファージの果てしない怒りと、いらだちだけ。この地下にいるあいだに、ドレイクはガイアファージのそうした感情をすっかり理解できるようになっていた。常にドレイクの意識のなかに存在し、飢えを訴え、切実に、あるひとつのことを欲し続けている。

ネメシス。

ネメシスを連れてこい。

ネメシス――ピーター・エリソン――は、見つからなかった。

ピーターは死んだと、ドレイクはガイアファージに報告した。消えてしまったのだと。

ピーターの姉、アストリッドが弟を巨大昆虫の群れに投げ入れたあの日、パニックを起こしたピーターは、周囲にいた虫だけでなく、すべての巨大昆虫を消滅させた。

衝撃的な光景だった。

たった五歳の、重度の自閉症をわずらった鼻たれ小僧が、このフェイズにおける最強の存在だったのだ。能力が抑えこまれていた理由はただひとつ、歪《ゆが》んだ、奇妙な脳のせい。ピーター自身に自覚はなかった。理解も意図もできぬまま、ただ、放出した。

信じられない、想像も及ばぬ力の奔流。それは幼児の指が、核爆弾のスイッチに触れたようなものだった。

ネメシスはガイアファージをひるませた。それでもなお、ガイアファージはネメシスを欲している。

一度、ドレイクは訊いたことがある。なぜそうまでして必要なのかと。

私は生まれなければならない。

そう答えてからガイアファージは、疑問を呈したドレイクを、刺すような鋭い痛みで罰した。

しかし痛みより、その答えがドレイクを悩ませた。私は生まれなければならない。そこにはむき出しの、切実な響きがあった。単なる欲望を超え、恐怖を掘りさげた先にある切望。

この神は全能ではない。そう思って、ドレイクは衝撃を受けた。つまりそれは、ガイアファージが失敗する可能性を示唆していた。もし失敗したら、いったい自分はどうなるのだろう。

自分は死にゆく神に忠誠を誓ったのだろうか?

ドレイクは内なる恐怖をひた隠そうとした。ガイアファージの意識がドレイクに向けば、この恐怖を悟られてしまう。

しかし幾日かわからぬまま日々が過ぎ、昼夜を問わずガイアファージの絶望とやるせない怒りに耳を傾けているあいだに、じょじょに疑念が膨れあがっていった。ガイアファージのいない世界で、いったい自分は何を得られるだろう。不死身のままでいることは可能だろうか。ガイアファージの失敗は、すなわちこの身の破滅を意味するのではないだろうか。

ドレイクは、こうした不安をブリトニーに話してみたかった。だがそれは絶対に不可能だ。ブリトニーは、ドレイクの肉体が溶けたのちにこの体を支配するのだから。

その間ドレイクは、見ることも、聞くことも、感じることもやめている。ガイアファージの地下空間よりも、さらに暗い世界を漂っている。あまりに窮屈なその場所は、ひどく息苦しい。

その場所では、ガイアファージの切望に圧迫され、思考も、行動力も、不在の時間すら、すべて無効化されてしまう。

ドレイクはこの時間を空想で満たした。みずからがもたらした痛みの記憶――サムを鞭で打ったこと――を思い返し、これからもたらす痛みの数々――アストリッド、ダイアナ、そしてあの憎たらしいブリアナが痛みにもだえる場面――を詳細に、何度も何度も思い描いた。

地下空間のようすが変わっていた。数週間前に、バリアの最底部にあたる床が変化したのだ。床は、もう白い輝きを放ってはおらず、黒く変色していた。足もとにある黒い部分は滑らかではなく、何やら感触がちがっていた。

さらに、バリアに触れているガイアファージの一部にも、黒い染みのようなものが浮き出ていた。いまのところ染みは小さく、ガイアファージという緑色の放射性スポンジに、ブラックコーヒーをちょっとこぼしてしまったような状態だ。

ドレイクはそれが何を意味するのだろうと思ったが、しかしたずねることはしなかった。

突然、ガイアファージの気持ちがびくりと揺れるのを感じた。

感じる……。

「ネメシスか?」緑色に光る洞窟の壁に向かって、ドレイクは訊いた。

私の上に腕をのせろ。

ドレイクはひるんだ。以前にも、何度か触れたことがある。まったく楽しい経験ではなかった。ガイアファージとの交流は、じかに接触するほうがはるかに強烈だった。

とはいえ、ドレイクに断るだけの気力はない。腰に巻いた三メートルほどの触手をほどき、巨大な、波打つ緑の物体に近づいていく。その姿は、芯のない、頭のない化け物を否《いや》応《おう》なく想起させる。ドレイクは慎重に触手をその上に置いた。

「うわあああ！」ふいに訪れた鋭い痛みに、がっくりと膝をつく。両目をかっと見開き、そのまま目玉が飛び出してしまうのではないかと思うほど、さらに大きく見開いた。

イメージが流れこんでくる。

庭の映像。

緩やかに水面に浮かぶボートの映像。

皮肉めいた笑みをうっすらと浮かべた、黒髪の美しい少女の映像。

この少女を連れてこい！

ドレイクはここしばらく、ほとんど言葉を発していなかった。喉がひりつき、舌がもつれる。かすかなささやきとなって、その名がこぼれ出た。

「ダイアナ」

クインは沈んだようすでオールを漕いでいた。暗い水平線に背を向け、まもなく太陽の昇りくる山々を不安げに見つめながら、岸を離れていく。

仲間たちも沈んでいた。いつも賑《にぎ》やかに飛び交っている、つまらない冗談やおしゃべりも、今日はひとつも聞こえない。聞こえるのは、漕ぎ手の息遣いと、オールのきしみ音、船の側面でちゃぷちゃぷちゃぷと揺れる水音に、船首を打つ小さな波音だけ。

彼らがシガーの件で腹を立てているのはわかっていた。シガーがとんでもないヘマを犯したことは、誰もが認めている。いったい自分はどうすればよかったのだろう、と思う。相手が先に攻撃を仕かけてきたのだ。やり返さなければ、シガーはジェイデンに殺されていたかもしれない。

仲間たちは、シガーが罰金を払い、あるいは二、三日収監され、ことによると数分間、ペニーのお仕置きを受けることになるかもしれないとは思っていた。

しかし、あの残酷な少女のもとで丸一日精神攻撃を受けるというのは……やはり度を越している。シガーは人並みの恐怖心を持つ、普通の子供だ。そして一日あれば、邪悪なペニーは、シガーの内に潜むすべての恐怖を見つけてしまうだろう。

みんなに何か言うべきだろうか、とクインは思った。この沈鬱な空気は耐えがたい。だが、いったい何を？　何を言えば、みんながシガーの心配をしなくてすむ？

クインも心配だった。そしてみんなと同じように、少なからず自分と、アルバートに対する怒りを抱えていた。クインはあのとき、アルバートが止めてくれるのを期待した。アルバートがその気になれば、きっと止められたはずだ。たとえケインが王を名乗っていても、アルバートが皇帝であることは誰もが知っているのだ。

船団がそれぞれの場所に散っていく。網の船はバリアのほうへ、釣り船は別の場所へ。おととい、青コウモリの群れがバリアから百メートルほどのところにいるのが目撃されていた。

クインはボートを止め、エリスに網の用意をするよう合図した。今日、クインと同乗しているのはエリス、ジョナス、アニーの三人。エリスとアニーはクインやジョナスに比べるとオールを漕ぐ力は弱いけれど、網さばきが巧みで、完璧な丸を描いて網を打ち、錘《おもり》の引きを察知するのに長《た》けている。

ジョナスとふたりの少女が青コウモリ二匹と二十センチほどの魚一匹を引きあげているあいだ、クインは船尾に座り、オールと舵《かじ》を使ってボートを安定させていた。

船を安定させておくのは簡単ではないが、いまでは自動的にこの作業をこなせるようになっていた。それぞれの場所で仕事をしている別のボートへ視線を移す。

そのとき、水音が耳を打ち、クインはバリアをふり向いた。トビウオが跳ねている。たいした獲物ではないが、食べられなくはない。

だが、朝の弱い光のなかでクインが目を細めたのは、トビウオのせいではなかった。

エリスとアニーがふたたび網を打とうと構えていた。

「待て」クインは言った。

「何よ?」エリスが口を尖らせる。朝は機嫌が悪いのだ。とりわけ今朝は。

「ジョナス、オールを」クインは指示した。

エリスが網についた海藻を取りのぞいているあいだに、ボートをバリアのほうへ近づけていく。バリアから六メートルほどのところでオールをしまう。

「なんだ、これ？」ジョナスが訊いた。

四人はバリアをまじまじと見つめた。上のほうに、空の幻影が見える。そして正面には、フェイズができて以来ずっと変わらない、灰色がかった半透明の壁。

しかし、海面のすぐ上辺りに見えるそれは、灰色ではなく黒かった。黒い影が、ジェットコースターのような不規則な模様を描いている。

クインは視線をはずすと、山々の背後から顔を出したばかりの太陽を見た。まもなく、暗い海原に光が満ちる。バリアと自分のあいだに横たわる海面に、日光が触れるのを待つ。

「変化している」

クインはそう言うと、シャツを頭から引き抜きベンチに放った。それからロッカーでシュノーケリング用のマスクを見つけ出すと、唾をマスクにこすりつけて装着し、何も言わずに海へ飛びこんだ。冷たい水に、さっきまでのもやもやがたちまち霧散する。

慎重に、触れないように、バリアのほうへ泳いでいく。水深二メートル辺りまでバリアは黒かった。

海面に顔を出し、大きく息を吸ってから、ふたたび潜る。フィンを積んでおけばよかったと思う。浮力のある体で潜水するのはむずかしい。六メートルほど潜った辺りで、クインはふたたび浮上した。

ジョナスの手を借りて、ボートに這いのぼる。

「見たところ、染みは下まで続いているっぽいな」クインは言った。

四人は互いに顔を見合わせた。

「それで？」エリスが訊く。「こっちには仕事があるし、魚は勝手に捕まったりしてくれないよ」

クインは考えていた。誰かに報告しなければ。ケイン？　いや、アルバートだろうか？　正直、どちらと話すのも気が進まなかった。それに、水面下では青コウモリが待っている。もしかしたらなんでもないこの報告を聞けば、ケインも、アルバートも、クインを叱り飛ばすかもしれない。つまらないことで仕事を中断するな、と。

あのふたりではなく、サムに伝えられたら、と思うのはこれが初めてではない。いや、クインが本当に知らせたい人物がいるとすればアストリッドだろう。彼女が行方知れずだというのは残念でならない。ひょっとしたらもう死んでいるのかもしれない。こうした謎を調べ、きちんと意味を見出《みいだ》そうとするのは彼女だけなのに。

「よし、仕事に戻ろう」クインは言った。「この件は頭の片隅に留めておいて、日が沈むころにまた見に来よう」

4

50時間

五年という人生のすべてを、ピーター・エリソンは、ねじれて歪んだ脳内で過ごしてきた。けれど、もうちがう。

ピーターは、病んで、死にかけ、熱に浮かされた体を破壊した。

一瞬で。

跡形もなく。

そしていま……ここは、どこだろう？ この場所を表す言葉は持っていない。ピーターは、色を悲鳴に、音をやかましいシンバルに変換する脳から解き放たれていた。

いまは静かに、穏やかな場所を漂っている。大きな音も、まぶしい色もなく、神経が高ぶりすぎて頭が混乱することもない。鮮やかな黄色い髪と、刺すような青い瞳を持つ姉の姿もない。

けれど、ダークネスはいる。

いまも、ピーターを探している。

ピーターに向かってささやきかけてくる。こちらへ来い、と。

不快な脳から解き放たれたピーターは、ダークネスの姿が前よりもはっきりと見えるようになっていた。ボールの底で、ぼんやりと光るかたまり。

ピーターのボールで。

そう思って、驚いた。だけど、そう、思い出した。けたたましい音、人々の悲鳴、パニックになった父親の姿、そうしたすべてが、熱々の溶岩のようにピーターの脳内に注ぎこまれたことを。

何が起こっているかはわからなかった。それでも、混乱の原因ははっきりと見えていた。緑色の触手が、きらめく長い燃料棒のほうへ伸びていき、切実に、貪欲に、愛《いと》おしむように触れたあと、今度は脆く、柔軟な人々の心に触手を伸ばし、その棒から流れ出るエネルギーを寄こすよう要求したのだ。

その要求にしたがうことは、すなわち、とてつもない光を解放し、ダークネスをのぞくすべての生命が灰になることを意味していた。

メルトダウン。そう呼ばれる現象だ。あのとき、すでにそれははじまっていて、父親があわてふためき、ピーターがうめきながら揺れていたときには、もう手遅れだった。

核反応を、メルトダウンを止めるには遅すぎる。そう、普通の手段では。

だからピーターは、ボールを創り出したのだ。

はたして自分はその行動を理解していたのだろうか。いや、そうではない、とピーターは思った。あの当時のことを、不思議な気持ちでふり返る。あれはパニックが引き起こした、とっさの反応だった。

これまで生じた多くの出来事は、ピーターが意図して起こしたわけではなかった。

ピーターは、姉がよく読んでくれた物語に登場する男のようなものだった。神、と呼ばれる人物。「すべてを消し去り、創り直せ！」と言った人物だ。

ピーターの世界は、痛みと病と悲しみに満ちている。とはいえ、以前の世界も似たようなものではなかったか。

ピーターはもう、携帯ゲームを持っていなかった。肉体も、混乱した脳も消え去り、ガラスの上でバランスをとってもいない。

ゲーム機が恋しかった。あのゲームは、ピーターの持っている唯一のものだった。

ピーターはいま、ぼんやりとした世界を、霞《かす》んだ、断片的なイメージと夢の世界をたゆたっている。とても静かだ。静寂は好ましい。それにここでは、ピーターにあれこれ指示をする者もいない。

姉のやかましい黄色い髪も、刺すような青い瞳もない。

しかし時間が経つにつれ――時間が過ぎていることはわかっていた、ここではないにしても、どこかでは――姉のことを冷静に思い描けるようになっていた。

そう気づいて、驚いた。原子力発電所での出来事をふり返っても、ほとんど取り乱すことなく、混乱や非常ベルやパニックを眺めることができる。いまでも圧倒されるし、たしかに手に余る混乱ぶりだが、それでも自分を見失うほどではない。

記憶のほうが静かだからだろうか。それとも、自分の何かが変わったのだろうか。きっと、後者にちがいない。というのもピーターはもう、以前とちがう感覚を持っていたからだ。煩雑きわまりない人生のなかで、ピーターは初めて自己というものを認識できるようになった気がしていた。自分がどこにいて、あるいは何者なのか。

さらには、このあいまいな世界に退屈している自分を認識していた。これまでの人生の大半において、ピーターが平穏と幸福を見出せたのは携帯ゲームのなかだけだった。しかし、ここに遊べるゲームはない。

ピーターはゲームがしたかった。

ゲームを探しに出かけてみたが、あの携帯ゲームのようなものは見つからなかった。ただ、アヴァターのようなものだけが行き交っていた。アヴァター、渦巻き状の物体を内包した記号たち。それらはひとかたまりで存在し、ときにはひとつきりで立っている。

ここにもゲームがあるのかもしれない、ピーターはアヴァターを見てそう思ったが、コントローラーなしで、いったいどうやって遊べばいいのだろう。何度もアヴァターたちを眺めてみる。ときどき、アヴァターが自分を見返しているような気がした。

じっくりと、それらを観察する。面白い。内側がぐるぐるとねじれた、小さな幾何学模様を見ているうちに、アヴァターのなかに入って、彼らの世界をのぞいてみたい欲求に駆られてくる。

触れてみようか……。それは危険で、よくない考えに思えた。けれど、ピーターは退屈していた。

ピーターは、アヴァターのひとつに触れた。


少年の名前はテレル・ジョーンズ。みんなにはジョネシーと呼ばれていた。まだ七歳だが、年のわりには体が大きい。

ジョネシーは、アーティチョーク畑で働いていた。大変な、きつい仕事。胸まであるアーティチョークの畝のあいだで、手袋をした右手にナイフを持ち、背中にバックパックを担いで、日に六時間作業する。

大きなアーティチョークは高いところになっていて、小さいのは低いところになっている。高いところにある実は石を投げて落とすのだが、最低でも十二センチまで育っていなくてはならず、足もとにある実は、七センチなければ収穫できない。これは、一度に全部取ってしまわないよう決められたルールだ。

ジョネシーは慣れたようすで畝のあいだを移動しながら、バックパックにアーティチョークを放り投げていった。もう一往復もすれば、バックパックはいっぱいになるだろう。いっぱいになったら古びた荷台――溝のない四つのタイヤの上に置かれた、大きな、不安定な木製の容器――に入れる。

ふいに、ジョネシーはけだるさを感じた。なんだか、息苦しい。畝の端にたどり着いたところで、よろよろと荷台に向かう。荷台係はジャミラという八歳の少女で、体が小さい彼女には、比較的楽なこの仕事が割り当てられていた。ジャミラの仕事は、容器からこぼれたアーティチョークを拾い、荷台のなかのアーティチョークを平らにならし、アルバートが一日の収穫量を把握できるよう、各自の収穫量を用紙に書きこんでいくというものだ。

「ジョネシー！」ジョネシーの手からバックパックが滑り落ち、アーティチョークが辺りに散らばると、ジャミラの怒声が飛んだ。

ジョネシーは何か言おうとしたが、声が出ない。一切、出てこない。

息を吸い、大声を出そうとするが、空気すら吸いこめない。そのとき、突然ナイフで首を掻《か》き切られたような、焼けつくような痛みに襲われた。

「ジョネシー！」ジョネシーが顔から地面に倒れ、ジャミラが叫んだ。

ジョネシーの口が空気を求めて、むなしく動く。喉に触れようとしたが腕が動かない。

ジャミラが荷台から飛び降りた。ジョネシーの目に、ぼんやりと彼女の姿が映る。その顔が、口を大きく開け、無言の叫びを放っている。

ジャミラの後ろに何かが見えた。何やら半透明な、でも、たしかにいる……。人差し指を突き出した、巨大な手。その指がジョネシーの体を突き抜けた。感覚はなかった。

やがてジョネシーは、何も感じなくなった。

ジャミラの悲鳴を聞きつけ、近くの畑からエドゥアルドとターボが駆けてきた。別々の方向からやってきた彼らの姿に、はじめ、ジャミラはほとんど気づいていなかった。呆然と立ちつくしたまま、ひたすら悲鳴をあげ続けていた。

やがて、くるりと背を向け、駆け出した。ターボがジャミラを抱きとめた。が、なおも駆け出そうとすると、体ごと持ちあげられた。

「何があった？　ミミズか？」

ここでいうミミズとは、多くの畑に生息する肉食ミミズのことで、ミミズの餌となる青コウモリや小魚を与えることで、子供たちは身の安全を守っている。

ジャミラは固まっていた。その場にはターボと、エドゥアルドも到着していた。ふたりはジャミラの友だちで、ともに働く同僚だ。

ジャミラは気持ちを落ち着け、いまの出来事を説明しようとした。しかし、ジャミラが声を取り戻す前に、エドゥアルドが口を開いた。「なんだ、あれ？」

ジャミラは、ターボが自分の背後をのぞきこむ気配を感じた。ターボがジャミラを地面に下ろす。地面に下ろされたジャミラは、走る気力も、叫ぶ気力もなくしていた。ターボがジャミラを置いて、十歩ほど離れたエドゥアルドのもとへ歩いていく。

「なんだ、あの物体は？」ターボが訊く。「ジャミラはあれに驚いたのか？」

「なんだろう？　変わった魚みたいに見えるけど」

「大きいな。それに、妙な形だ」ターボがうなずく。「何度かクインたちと釣りに出たことがあるけど、あんなものは見たことないぞ」

「鎧《よろい》をまとった魚みたいだね。でも、どうしてあんなものが畑の真ん中にいるんだろう?」

ジャミラは近づこうとはしなかった。けれど、ようやく声が出た。

「あれは、ジョネシーだよ」

ふたりの少年が、ゆっくりとジャミラをふり返った。「なんだって?」

「何かが……何かがジョネシーに触ったの。そしたら体が……」ジャミラは両手をもぞもぞと動かすと、どういうわけかジョネシーの一部がねじれ、裏表が逆になり、そうしてこうなってしまった経緯を説明した。

ふたりは少女を見つめていた。おそらくは、ジョネシーと呼ばれる物体を見なくていいことに感謝しながら。

「何かが触ったって、何がジョナシーに触ったんだ?」

「神さま」ジャミラは言った。「神さまの手が」

タークが、両手を後ろ手に縛られたシガーを連れてきた。

「ほどいてあげて」ペニーは言った。

シガーの体がこわばっている。ペニーは笑いかけた。少し、緊張がほぐれたようだ。

「私にシガーを嫌う理由はないわ」タークに向かって言う。

「普段はいい人だし」

シガーがごくりと唾をのんで、うなずく。

窓には板が打ちつけられていた。がらんとした部屋。町を出る前、サムはこの部屋の片隅に小さな〈サムの太陽〉を残していった。片隅から暗い緑の光を投げかける唯一の光源のおかげで、室内はより不気味な雰囲気をかもしている。すでに夜明けを迎えていたが、この部屋ではそれもわからない。たとえ真昼の陽射《ひざ》しでも、ここには射しこんでこないだろう。

「今回のことは、本当にすまないと思っている」シガーは言った。「でも、君の言うとおり、僕は悪い人間じゃないんだ」

「もちろん、あなたは悪い人間じゃないわ」ペニーが応じる。「ただ、人を殺しただけよね」

シガーの顔から血の気が引いた。左手が震え出す。なぜ、左手だけが震えているのかわからない。その手をつかみ、震えを止めたい衝動をこらえる。左手をポケットにしまいながら、呼吸が荒くならないよう注意する。

「シガー、好きなものは何？」ペニーが訊いた。

「好きなもの？」

肩をすくめたペニーは、裸足で音もなくシガーのまわりを歩いていた。「何が恋しい？つまり、昔の生活にあったもののなかで」

思わず、身じろぎする。シガーはばかではない。猫とネズミの追いかけっこがはじまっているのはわかっていた。ペニーの評判は知っている。噂は聞き及んでいる。シガーのまわりをうろつきながら、探るように、見透かすようにのぞきこんでくる視線に、吐き気がこみあげる。

「棒状のやつ？」

シガーは、無難な答えを口にすることにした。「キャンディーかな」

「粒状のスキットルズでも、棒状のレッドバインズでも、どっちでも」

ペニーがにっこりと笑う。「ポケットを見て」

シガーはジーパンの前ポケットに触れた。それまで入っていなかった、袋状の何かが入っている。ポケットから引っ張り出したシガーは、驚きに目をみはった。新品のスキットルズが入っていたのだ。

「どうぞ、召しあがれ」ペニーが言う。

「どうせ本物じゃないんだろう？」

ペニーは肩をすくめた。両手を背中にまわして組んでいる。「本物かどうか、食べてみれば？」

震える指先で、袋を開ける。色とりどりのキャンディーが、ばらばらと床にこぼれ落ちた。ようやくいくつか手に受け、口に放りこむ。

この半分もおいしいものを、シガーは味わったことがなかった。「これ……どこで手に入れたんだ？」

ペニーが立ち止まった。シガーのほうへ身を寄せ、いきなりシガーの頭を指でつついてきた。たいして痛くはなかった。「ここよ。あなたの頭のなか」

シガーは、袋に入ったキャンディーをいぶかしげに見た。口に唾が溢れてくる。砂糖なんていつぶりだろう。とはいえ、実際のキャンディーはここまでおいしくなかったはずだ。異常に、おいしい。それこそ、何百万個でも食べられそうなほど。けれど、たぶんこれは本物じゃなくて、でも本物にしか見えなくて、しかも本物よりもおいしくて……。

「おいしいでしょう？」ペニーが言った。まだ、距離が異様に近い。

「うん、すごくおいしい」

「本物じゃないものに、たいして喜びは感じないって普通は思われている。私も昔はそう思ってた。だけど、頭のなかにあるものって美化されたりするじゃない？　だから、本物のさらに上をいくの」

気づくとシガーは、キャンディーを全部食べ終わっていた。もっと欲しい。これほど何かを求めたことは初めてだ。

「もっとくれない？」

「丁寧に頼めば、考えてあげる」

「お願いします。もう少しいただけませんか？」

ペニーがシガーの耳に唇を近づけ、ささやきかける。「ひざまずいて」

シガーはほとんどためらわなかった。刻一刻と、キャンディーへの思いが募っていく。信じがたいほど切実に。息もできなくなるほど、シガーはキャンディーが欲しくてたまらなかった。

ひざまずき、哀願する。「キャンディーをください」

「お利口さんね」ペニーがにやりと笑う。

いきなり、シガーの手のひらにひと握りのスキットルズが現れた。ひと口で平らげた。

「もっとください」

「レッドバインズはどう?」

「はい、お願いします!」

「じゃあ、足を舐《な》めて。ちがう、足の甲じゃないわ、ばかね」

ペニーが足を持ちあげ、シガーが汚れた足の裏を舐めると、シガーの手にレッドバインズが現れた。シガーは仰向けになってそれを平らげ、ふたたび足の裏を舐めてはキャンディーを手に入れ、次第に頭がくらくらし、呆然としながら、ますますキャンディーの味に圧倒されていく。これまで味わったことのないような、とにかく、とてつもなくおいしいキャンディーだった。もっと、もっと欲しい。

レッドバインズが手のなかに現れた。でも、なぜだか持ちあげられない。まるで皮膚にくっついてしまったようなそれを、無理やり爪で掘り起こし、その端っこにしゃぶりつく。

その瞬間、レッドバインズがキャンディーではなくなった。それは手首の血管だった。

「うわあああああ！」シガーは恐怖に叫んだ。
ペニーが楽しげに手を叩《たた》く。「さあ、シガー。これからがお楽しみよ」

5

44時間 12分

アストリッドは食料を残らずバックパックに詰めこんだ。それほど多くはなかったが、ここにはしばらく戻ってこられないかもしれないのだ。貴重な食料を無駄にするのは忍びない。

ショットガンを点検する。装塡《そうてん》された四発の弾薬のほかに、予備が五発。九発あれば、たいていのものは仕留められるだろう。

そう、ドレイク以外なら。

ドレイクのことが死ぬほど怖かった。ドレイクは、人生で初めて自分を殴った人間だ。いまでもあの平手の痛みを覚えている。平手がこぶしに変わるのは、時間の問題だった。アストリッドを叩きのめし、その行為に快感を覚え、どれほど懇願しても、絶対にやめてはくれないだろう。

ドレイクは、弟を侮辱するよう、裏切るよう脅してきた。

もちろん、ピーターは気にしていない。しかし、アストリッドは打ちのめされた。その罪悪感も、いまとなっては滑稽に思える。のちに、それとは比較にならない残酷な仕打ちを弟にしようとは、当時は夢にも思っていなかったのだ。

ドレイクに対する恐怖は、サムの力を利用した理由のひとつだ。アストリッドには、自分と、何より弟を守ってくれるサムの庇護《ひご》が必要だった。ドレイクはケインとはちがう。たしかにケインは、自分の力を誇示するためなら何をも厭《いと》わない、冷酷無比な社会病質者だ。けれど、痛みや暴力や恐怖を楽しんだりはしない。道徳心はなくとも、理性は備えている。

ケインにとって、アストリッドはいわばチェス盤上の駒にすぎない。しかしドレイクにとっては、このうえなく残酷な喜びをもたらしてくれる犠牲者なのだ。

ショットガンじゃドレイクを殺せないことはわかっていた。たとえ頭を吹き飛ばしても、あいつが死ぬことはないだろう。

それでも、その空想は不安を和らげてくれた。

ショットガンを肩に担ぐ。銃の重みと、水筒をぶら下げたバックパックのせいで、慣れた道も、いつもより歩きにくい。

自分の野営地からトラモント湖までの距離を測ったことはなかったが、おそらく十キロくらいだろうか。バリアをたどっていけば、道に迷うことはないと思うが、そのためには、道なき丘を登り、険しい地形を進むことになる。日暮れ前にサムに会うためには、かなりのペースで進まなければならないだろう。

サム。

その名前を思って、胃がきりきりと痛んだ。サムからは、きっと多くの質問や非難を浴びせられるにちがいない。腹を立て、叱り飛ばされるかもしれない。いや、怒りや非難は受け止められる。私は強いのだ。

だけど、もしサムが怒っていなかったら？　笑顔を向けてきたら？　その腕に抱きとめられてしまったら？

サムがまだ、自分のことを愛していると言ったら？

そうした展開には、まったく心の準備ができていなかった。

アストリッドは変わった。確信に満ちた信心深い少女は、ピーターとともに消え去った。許しがたい行為に手を染め、そうして自分の正体を知ったのだ。自分勝手で、人を操る、冷酷な本性を。

自分はサムに愛されるような人物ではなかった。サムの愛に応えられるような人物ではなかった。

いまサムのもとに行くのは、まちがった行為なのかもしれない。それでも、どれほど失敗や愚かな行為をくり返そうと、自分にはまだ、この脳みそがある。以前より鈍ったとはいえ、私はまだ〝天才アストリッド〟なのだ。

「は、たしかに。天才だわ」アストリッドはつぶやいた。だからこそ、ノミに食われ、腐肉と煙のにおいを身にまとい、両手に無数の傷をこしらえ、物音がするたびにすばやく目を配り、気を張りつめ、ショットガンをスムーズに撃てるよう訓練をしながら、森で暮らしているのだ。それが、賢い暮らし方だから。

小径《こみち》の先にバリアが近づいてきた。この道は知りつくしている。ほどなく道はバリアの向こうに消え、つぎの小径が現れるまでしばらく険しい地形が続くだろう。

そのとき、アストリッドの目に、バリアの表面を這う黒い染みが飛びこんできた。地面から突き出た指みたいに、バリアの上方へ伸びる二本の突起。高いほうの突起は、五、六メートルほどあるだろうか。

アストリッドはわれに返ると、必要な実験をおこなった。指を一本突き出して、その黒い部分に触れてみる。

「くっ！」やはり、触れると痛い。そこは変わっていなかった。

深い茂みのあいだを縫うように進み、わずかに開けた場所に出たところで、例の染みの進行具合をどう測ろうかと考えた。ここにも、黒く突き出た指のような染みがあった。別の場所で見たものよりも小さく、薄い。三十分ほどかけて、そのうちのひとつをじっくり調べあげていった。時間を無駄にしたくはなかったが、やはり観察しておきたかったのだ。脳みそのほかの部分は縮小し、あるいは消滅してしまったが、科学的思考を司《つかさど》る領域は無傷で生き残っている。

染みは広がっていた。すぐにそのことに気づかなかったのは、濃さではなく、大きさに気を取られていたからだ。

「球の表面積の計算の仕方は覚えてる?」アストリッドはひとりごちた。「4π×半径の二乗」

歩きながら、頭のなかで計算する。バリアの直径は約三十キロ。つまり半径は十五キロ。「4×πはおよそ十二・六。半径×半径は二百二十五。したがって表面積は十二・六×二百二十五で二千八百三十五平方キロメートル。もちろん半分は地面や海中に沈んでいるわけだから、千四百十七・五平方キロメートルになって……」

「この染みがどのくらいの速さで広がっているかが問題だわ」数字の正確さに喜びを感じながら、アストリッドはつぶやいた。

ドームが闇に閉ざされるまで、どれだけの時間が残されているだろう。おそらく染みは、このまま広がり続けていく可能性が高い。

ふいに、昔の記憶がよみがえった。暗闇が怖いとアストリッドに告げたサムの姿。あれはサムの自宅だった。母親と一緒に暮らしていた、昔の家。パニックに陥り、のちに〈サムの太陽〉として知られる最初の光を生み出した理由は、たぶん、暗闇のせいだろう。いまでは、もっと怖いものがいくらでもある。もちろんサムは、昔の恐怖などとっくに克服しているはずだ。

そうであってほしい、とアストリッドは願った。この先、とてつもなく長い夜が訪れる、そんな不吉な予感がしていた。

赤ん坊は自分のことを見ようとしない。しかしダイアナは、胸の悪くなるような恐怖でいっぱいになりながら、赤ん坊を見つめている。

その子はすでに歩くことができた。けれど、これは夢だ。だからつじつまが合わないのは当然だ。そう、これは夢。赤ん坊が歩けるはずなどないのだから。

それは、自分の内側にいる。この生き物は、自分の体内で息づいている。肉体の内側にいる、もうひとつの肉体。ダイアナは、目を閉じ、小さな足を胸に引き寄せて丸まっている姿を思い描くことができた。

自分の体内で。

しかしいま、それはダイアナの頭のなかにいた。夢のなかに。こちらを見ることを拒みながら。

その目を私に見せたくないのね、ダイアナは言った。

気づくと、その子は何かを握っていた。小さな、水かきのある指が、人形を握りしめている。

黒と白の人形。

やめて、ダイアナは懇願した。

人形の口は不満げに、怒ったように突き出ている。小さな、赤い口。

やめて、もう一度訴えたダイアナは、怯えていた。

赤ん坊にはその声が聞こえているらしく、人形を差し出してくる。まるで受け取れとでもいうように。けれど、ダイアナは受け取れない。両腕が鉛になったみたいに、ひどく重い。

やめて、ダイアナはうめいた。見たくない。

しかし、赤ん坊は見せたがる。執拗《しつよう》に見るよう迫り、ダイアナは目をそらすことも、動くことも、背を向けることも、逃げ出すこともできぬまま……ああ、神さま、この場から逃げ出したい。

ママ、これは何？ 無機質なその声は、ただの言葉。声でも、音でもない、まるでタイプで打ち出され、聞こえてはいても文字の羅列を見ているようで、カタ、カタ、カタ、と脳内に短く響いてくる。

ママ、これは何？

赤ん坊が黒と白のぬいぐるみを顔の前にかかげて訊いてくる。**ママ、これは何？**

だめだ、言うしかない。答えなければ。

パンダよ、ダイアナは答えた。その言葉を口にした瞬間、悲しみと自己嫌悪がダイアナの胸に押し寄せた。

パンダ、と言って赤ん坊が笑い、歯のない口が、パンダの赤いそれになり――。

ダイアナは、はっと目を覚ました。

涙で視界がぼやけていた。ベッドから転がり出る。トレーラーハウスは小さいが、普段からきちんと片づけてあった。自分はラッキーだ、と思う。この湖でひとり部屋を与えられているのは、サムのほかにはダイアナだけだった。

パンダ。

この子は知っているのだ。ダイアナが、パンダと呼ばれていた少年を食べたことを。自分の魂は赤ん坊にのぞかれている。これは、私の内側を見とおしている。

ああ、神さま、こんな恐ろしい罪を抱えた私がどうして母親になれるというのでしょう。

自分には地獄がふさわしい、とダイアナは思う。そしてダイアナは、体内にいるこの赤ん坊こそ、自分を地獄へと導く悪魔なのではないかと感じていた。

「あのままミサイルを放っておくのは、やっぱりよくないと思う」サムは言った。

エディリオは何も答えなかった。気まずそうに身じろぎし、誰にも聞かれていないことを確かめるように、桟橋をちらりとふり返る。

サム、エディリオ、デッカ、モハメド・カーディルは、ハウスボートのデッキにいた。〝ホワイトハウス・ボート〟と呼ばれるこの船は、厳密には白ではなく、薄汚れたピンク色に近い。それに、実際の〈ホワイトハウス〉とは似ても似つかない。それでも、この舳《へ》先《さき》側の甲板はリーダーたちが集まる場所で、だから、やはりホワイトハウス・ボートなのだろう。

ここはサムの住居でもあった。サムとデッカ、それにシンダー、ジェジー、モハメドが暮らす家。

　モハメドは、正式にはトラモント議会のメンバーではない。議会メンバーよりも重要な、アルバートの連絡係として働いている。

〝連絡係〟あるいは〝スパイ〟と呼ぶ者もいるが、そのふたつのあいだに大きなちがいはない。サムは早々に、アルバートに隠し事はしないでおこうと決めていた。アルバートにはこちらの状況を知っておく必要がある。それに、いずれにしても、こちらの状況はアルバートの知るところとなるだろう。アルバートは、いわばフェイズの億万長者だ。もっともその財産は〝ベルト〟と呼ばれるマクドナルドのクーポン券、食料、仕事に換算されるのだが。

　ホワイトハウス・ボートには、それぞれ二段ベッドひとつとダブルベッドを備えた船室がふたつあり、そのひとつをシンダーとジェジーが、もうひとつをモハメドとデッカがシェアしていた。サムはそれより広い、船尾側にある船室をひとりで使っていた。

「もしケインの仲間が見つけたら……」デッカが言った。

「そうなったらまずい」サムがうなずく。「こっちがミサイルを使うつもりはないけど、ケインたちにも使われないようにしておかないと」

「ああ、お人好《ひとよ》しのケインならその説明を信じるだろうね」デッカが痛烈な嫌味《いやみ》をこめて言う。

　ミサイルは、ある絶望的な作戦の一部として、エヴァンストン空軍州兵基地から海岸へと持ち出されていた。サムたちはその積み荷の上に乗り、デッカの能力で浮きあがった積み荷もろとも、バリアをこすりながら移動したのだ。

作戦はどう考えても無謀だった。それでも、成功したといっていい。完璧ではなかったにしろ、ともかく最大のピンチは切り抜けられた。だがそのおかげで、人目につく場所に武器を置き去りにすることとなってしまった。

人に見つかり、使われる可能性のある場所に。

デッキにいた五人目の人物は、議会メンバーではなかった。トトと呼ばれる少年だ。砂漠のある施設で発見されたトトは、ペルディド・ビーチ周辺で起きている突然変異の研究のために、施設に隔離されていた。

その施設はフェイズができる以前から存在していて、政府はバリアのできる何カ月も前から、この奇妙な出来事の兆しを認識していたか、少なくとも疑っていたと考えられる。

トトはたぶん、常軌を逸しかけていた。七カ月ものあいだ、ずっとひとりぼっちだったのだ。いまでもスパイダーマンに話しかけることがある。いらだったサムに一瞬で燃やされた発泡スチロール製の胸像にではなく、胸像の幽霊に。それだって明らかに普通とはいいがたいが、彼には瞬時に嘘《うそ》を見抜く力があった。

そう、たとえ都合の悪いときでさえも。

「サムは真実を言っていない」

トトの言葉に、サムはむきになって言い返した。「ミサイルを使うつもりはないよ」

「真実だ」淡々とした口調。「でも、この先ずっと使うつもりがないっていうのは嘘だ」

それから、ぼそりと言い添える。「サムはいつか使うかもしれないと思っている」

サムは奥歯を嚙みしめた。トトはものすごく役に立つ。ただし、こういう場合をのぞいては。

「トト、それはここにいる全員がわかっているさ」デッカが言った。

虫に寄生されるという恐ろしい試練を耐え抜いたあと、デッカは元来の強さを取り戻していた。だが、死の床でブリアナに告白してしまったあの出来事からは、完全に立ち直ってはいなかった。ふたりのあいだはいまだにぎくしゃくしている。

デッカがブリアナに何を伝えたのか、具体的に知らされたわけではなかったが、サムにはだいたいの予想がついていた。デッカはブリアナに恋をしている。そして明らかに、ブリアナのほうはそうではない。

「うん、デッカはそう思ってる」トトが、今度は自分の袖に向かってそう答えた。

「モハメド、アルバートの意見は?」

モハメドには、質問に答える前に長い間をとる癖があった。それこそ「元気かい?」と訊かれただけでも。おそらくは、そういうところがアルバートに気に入られている理由のひとつなのだろう。アルバートはますます猜疑心《さいぎしん》が強くなり、自分の秘密を守りたいあまり、パラノイアを発症していると言う者さえいるほどだった。

「アルバートがその話を僕にしたことはないし、彼がミサイルの存在を知っているかどうかもわからない」

「へえ」デッカがぐるりと両目をまわす。それからトトのほうへ手のひらを突き出した。「あんたに教えてもらうまでもないよ。そんなの嘘に決まってる」

ところがトトはこう言った。「彼は真実を言っている」

モハメドがふたたび長い間を置く。上唇の辺りに、わずかにひげが生えはじめたこの少年は、整った顔立ちをしている。「もちろん、僕はいまこうして知ってしまったわけだから、アルバートに伝えなくちゃいけないけど」

「もしあのままミサイルを放置しておけば、いずれ誰かに見つかってしまう」とサム。

エディリオが口を開いた。「ねえ、悪いんだけど、サムはそうやって自分に言い聞かせてるだけなんじゃないかな」

「なんでそんなことしなきゃいけないんだ？」サムは椅子から身を乗り出すと、両腕と両脚を広げ、隠し事など何もないというジェスチャーをしてみせた。

エディリオが優しく微笑んだ。「理由はこの四カ月間の平和だよ。君は退屈しているんだ」

「そんなこと――」サムは言いかけたが、ちらりとトトを見て口をつぐんだ。

「でもミサイルがあるなら、それは僕たちが持っていたほうがいいだろうね」エディリオはしぶしぶそう認めた。

この件に強くこだわっている自分に、サムは少々気恥ずかしさを覚えた。わかった。認めよう。たしかに退屈している。それでも、やはりあの武器はこちらで確保しておいたほうがいい。

「よし」サムは言った。「ミサイルを取りに行こう。ミサイルを移動させるのはデッカとジャックにまかせる。まずはブリアナを派遣して、あの周辺に誰もいないか確かめてもらう。ミサイルのある場所はぎりぎりケインの領地だ。できるだけ速やかにこちら側に運びこみたい。それからピックアップトラックに積みこもう」

「ガソリンを使う気?」モハメドが訊いた。

「使う価値はある」サムは答えた。

モハメドが申し訳なさそうに両手を広げる。「ガソリンを管理しているのはアルバートだ」

「なあ、もしアルバートがガソリンの使用を許可したら、僕らを支援していることになってしまう」とサム。「だから、今回だけ黙っていてくれないか? ほんの数リットルの話だ。どこかのタンクからちょっとだけ拝借すれば、帳簿にも残らないだろう?」

モハメドが、いつもより長く黙りこむ。「君は何も言っていない。だから僕も何も聞いていない」

「真実じゃない」と、トト。

「ああ」デッカがぐるりと目をまわす。「わかってる」

「よし、じゃあ今夜決行する」サムが言った。「ブリーズを先に行かせて、デッカとジャックと僕はトラックで行く。トラックを停めたら、ミサイルのあるビーチまで歩く。うまくいけば朝までに戻ってこられるはずだ」

「ボス、僕は?」エディリオが訊いた。

「副市長は、ときとしてつらい仕事なんだよ」サムはそう言うと微笑んでみせた。この大胆不敵な夜間ミッションに、早くも全身が熱くなっていた。エディリオの言うとおりだ。懸命に町づくりに没頭したひと月が過ぎると、湖の暮らしを管理するのは退屈な仕事だった。基本的に、サムはこまごまとした案件をさばくのが好きではない。おもちゃや食料をめぐる喧嘩、仕事をサボる子供たち、フェイズを脱出するというばかげた妄想、住居への不満、衛生上のルール違反……サムの生活の大半は、そうしたくだらないごたごたを処理することに費やされていた。悪いとは思いながらも、サムは次第にそうした仕事をエディリオにまかせるようになっていた。

本気で深刻な事態には、ここ数カ月出くわしていない。そして今回のミッションは、実際の脅威はないとはいえ、充分な深刻性を帯びていた。

会合が終わり、立ちあがって伸びをしたサムの目に、シンダーとジェジーが湖岸を駆けてくるのが見えた。ふたりは湖の東端で、野菜を育てるためのささやかな灌漑《かんがい》事業に取り組んでいる。

何やら、トラブルの予兆を感じさせる走り方――。

サムのハウスボートは、桟橋の先端に係留されている(ちなみに金曜の〝お楽しみ会〟

のときには、ロープの長さは二倍になる)。サムは、シンダーとジェジーが眼下の桟橋に現れるのを待った。

「サム!」シンダーが息を切らして呼びかけた。ゴス少女のシンダーは、いまではゴスもどきといった格好で、すっぴんに黒い衣服を身につけてどうにかその体裁を保っていた。

「どうしたシンダー? やあ、ジェジー」

気持ちを落ち着け、呼吸を整えてから、シンダーが口を開く。「信じられないかもしれないけど、壁が……バリアが変化してる」

「私たち、ニンジン畑の草取りをしていたの」ジェジーも続く。「そしたらあれが、黒い染みみたいのがバリアにできていて……」

「なんだって?」

「だから」と、シンダー。「バリアの色が変化してるの」

6

43時間　17分

魚の荷揚げを仲間にまかせ、クインは桟橋をあとにした。いつもなら一日の漁獲量を報告しに、まっすぐアルバートのもとへ向かうところだが、今日はそれどころではなかった。シガーのようすを確かめておきたい。

日没まで、まだ一時間かそこらある。友人の、そして漁師仲間のシガーに、せめて励ましの言葉をかけてやりたかった。

広場は無人だった。というより、町自体にほとんど人がいないのだ。まだみんな畑で作業をしているのだろう。

町庁舎の階段でタークが横になっていた。野球帽を目もとまで引き下げ、組んだ脚のあいだにライフルを挟んで眠っている。

ひとりの少女がそそくさと階段を下りてきた。びくついたようすで町庁舎を一瞥《いちべつ》する。

クインは顔見知りのその少女に軽く手をふった。しかし少女はクインをちらりと見ただけで、頭をふり、逃げるように行ってしまった。

いよいよ不安を募らせながら、クインは町庁舎へ向かった。

階段をのぼり、シガーが拘留されているはずの部屋を目指す。

扉はすぐに見つかった。耳をそばだてたが、室内からは何も聞こえない。

「シガー？　そこにいるのか？」

扉が開き、ペニーが現れた。いつものサマードレス姿に、相変わらず素足のまま。戸口をふさぐ。

「まだ時間じゃないわ」

ペニーのサマードレスに血がついていた。

小さな両足にも。

熱っぽい瞳はらんらんと輝き、恍惚《こうこつ》の色を帯びている。

クインはすぐに状況を悟った。「そこをどいてくれ」

ペニーがクインを見つめる。まるで脳内を見とおそうとするかのように。その顔に浮かぶのは熟慮と、計算と――期待。

「おまえ、あいつに何をした？」クインは怒鳴った。息が切れ、心臓が早鐘を打つ。そのとき、日に焼けた両腕が死んだように白くなり、乾いた泥のようにひび割れた。深い裂傷。

「まさか私を脅しているわけじゃないわよね、クイン？」

腕のひび割れが止まった。修復され、もとの肌へと戻っていく。

「シガーに会いたい」恐怖をのみこみ、クインは言った。

ペニーがうなずく。「いいわ、入って」

クインはペニーを押しのけた。

シガーは部屋の隅にいた。はじめ、眠っているのかと思った。しかしそのシャツは血でぐっしょりと濡れていた。

「シガー、おい、大丈夫か？」

反応がない。クインは隣にひざまずき、シガーの頭を持ちあげる。自分の見ているものを理解するのに数秒かかった。

シガーの両目がなくなっていた。赤黒いふたつの穴が、じっとこちらを見つめている。

そのとき、シガーが悲鳴をあげた。

クインは飛びすさった。

「おまえ、いったい何をした？　こいつに何をした！」

「私は指一本触れてないわ」ペニーが楽しげな笑い声をあげた。「ほら、その指！　手首を見てよ！　シガーは自分でやったのよ。ああ、面白かった」

考える前に、クインはこぶしを後ろに引いていた。ペニーの鼻に炸裂《さくれつ》したこぶしが、少女の頭をのけぞらせ、仰向けに打ち倒す。

クインはシガーの血まみれの腕をきつく握った。シガーの悲鳴に負けないよう、声を張りあげる。「ラナのところへ行こう」

ペニーがうなり声をあげ、と同時に、クインの肉体が炎に包まれた。クインは恐怖に吠《ほ》えた。あっという間に炎が衣服と肉をのみこんでいく。

現実じゃないことはわかっていた。そう、現実じゃない。それでも、とてもそうは思えなかった。幻覚の痛みを拒めない。肉体が燃え、爆《は》ぜるにおいが立ちこめて――。

クインは必死に足を蹴り出した。

スニーカーがペニーのこめかみを直撃。

炎が消えた。

ペニーが転がり、ふらふらと立ちあがる。その隙にすばやくペニーの背後にまわったクインが、力強い腕を彼女の首に巻きつける。

「この首をへし折ってやる。脅しじゃない。止められるものなら止めてみろ」

ペニーはだらりと力を抜いた。「クイン、こんなことして王が黙ってると思う？」

「誰であろうと邪魔するやつがいたら、いいか、俺はストライキを行使する。俺たち漁師の働きなしで、食料なしで、どれだけ楽しい生活が送れるか試してみるといい」

クインはペニーを突き放すと、ふたたびシガーの腕を取った。

仕事のなかには、ほかよりもきつい仕事がある。ブレークとボニーは、なかでも最低の仕事についていた。汚物処理タンク――またの名をぼっとん便所――の管理である。

トイレの穴は、デッカの助けを借りて掘られたが、浮いた土くれを片づけるのに、さらに二十人の労力を要した。そして現在、地面には深さ三メートル、長さ三・六メートル、幅一メートルほどの穴が開いている。

基本的には、長方形の大きな溝だ。そしてその溝は、鋼鉄の〝ヌテラ列車〟でふさがれていた。サムが連結を焼ききった屋根のない貨物列車を、デッカとオークがはるばる事故現場から引きずってきたのだ。

サムは、貨物車の床に六十センチ大の穴を五つ開けた。

ブレークとボニーがやってきたのはそのころだった。どちらも建築に関して特別な才能があったわけではないが、どういう化学反応が起きたのか、ふたりは、直属の上司エディリオも認める天才的アイディアをひらめいた。ブレークとボニーは（多少エディリオの手も借りて）五つの穴の上に個室を作ってみせたのだ。それは貨物用の木箱のてっぺんをはがし、戸口となる場所を切り出すことで完成した。最終的に、狭い戸口にシャワーカーテンを備えた、天井のない木箱ができあがった。

天井がないので、背の高い人は頭が見えてしまうのが難点ではあったが、その代わり、狭い個室に汚物のにおいがこもることもなかった。

各個室には、空軍基地から運びこまれた机の天板で作ったベンチが置かれていた。サムが穴を開けた各ベンチの上に、ブレークとボニーは賢くも本物の便座を取りつけた。

いったん慣れてしまえば、星や太陽のもとで用を足すのは悪くなかった。ただし、トイレットペーパーがないことをのぞいては。

しかしブレークとボニーは、空軍基地にあった書類や記録用紙、さらには古い辞典など、さまざまな種類の紙を売ることで、その問題も——完全にではないが——クリアした。

当然のことながら、ふたりにはこの施設をきれいに保っておく責任があった。といっても、とくにボニーは汚れるとすぐに誰かを呼んで掃除を手伝ってもらっていたので、それほど大変ではなかった。

勤務時間も悪くなかった。もちろんこんな仕事は誰もやりたがらないので、ブレークとボニーにはたっぷりと自由時間が与えられていた。そして六歳と七歳のふたりは、湖で泳いだり、石を集めたり、あるいは延々とアクションフィギュアを戦わせたり、人形や虫の頭をちぎったりして、自由時間を過ごしていた。

このときも、トイレから三十メートルほど離れた場所に掘り起こした砂場で、ふたりは戦争ごっこをして遊んでいた。厳密には、ぼろぼろになった人形の頭が、三匹のカブトムシ軍団を倒したかどうかでもめていた。

ふたつの個室が使用中だった。一番の個室にはパット、四番の個室にはダイアナが入っていた。妊娠の影響で、ダイアナはしょっちゅうトイレへやってくる。

「わかった、もしルールにしたがわないなら——」ブレークが言い、怒りにまかせて人形の頭をひっつかんだ。日に六度はこうしたいさかいがくり返されているが、実際のところ、ルールなど存在しない。

ボニーがむきになって言い返そうとした、そのときだった。ボニーの顔がぐにゃりと歪んだ。まるで、ペンキ塗り立てのところへ誰かが刷毛《はけ》を引いたみたいに――。

この世でもっともなじみのある顔を呆然と見つめるブレークの目の前で、その姿がふいにぺしゃんと潰れた。透明の、けれどもかろうじて目に映る何かが、彼女の体を貫通している。

ボニーが操り人形のように唐突に立ちあがった。その目は大きく見開かれ、またも顔が歪むと同時に、口もとがだらりと垂れ下がる。

木みたいな巨大な指がボニーの体をかすめ、そうしてふたたび彼女に触れると、見えなくなった。

ボニーがぶるりと体を震わし、人形の兵隊たちの上に倒れこんだ。

ブレークは立ちつくしたまま、いまやボニーではなくなった何かを――これまで見たこともないような何かを――呆然と見つめた。地面に倒れているそれは、腕が一本に、顔が半分、そして六十センチにも満たない残りの部分は、朽ちた丸太にそっくりだった。

ブレークの悲鳴を聞きつけたダイアナとパットは、慌てて身支度を整えた。しかしブレークは、すでに行動を起こしていた。顔が半分残った丸太の腕をつかみ、悲鳴とともにトイレの穴のほうへ力いっぱい投げつけたのだ。

遠くまでは飛ばせなかった。ふたたび拾いあげ、あらんかぎりの叫び声をあげながら、ダイアナとパットの制止を無視して、五番トイレへと引きずっていく。どうにかしなければ。これを、友だちに成り代わったこの化け物を。

ブレークはすんでのところでダイアナの制止をふりきった。そうしてその物体を、五番トイレの穴に投げ入れた。

「いったいどうしたんだ?」駆けつけたパットが問いただす。

ブレークは黙っていた。

「この子、何かを……」ダイアナが言いかけて、顔をしかめる。「あれはなんだったのかしら」

「怪物だよ」ブレークが言った。

「まじかよ、ブレーク。こっちは死ぬほどびびったんだぞ。別に何をして遊んでもいいけどよ、俺が用を足してる最中に悲鳴はあげないでくれ」そう言うと、パットは足音も荒く湖のほうへ歩き去った。

ダイアナはブレークを叱らなかった。「もうひとりの子は? 名前はなんだっけ? あの女の子は?」

ブレークはけだるそうに首をふった。その瞳がどんよりと曇っている。「知らない。たぶん、いなくなったんだと思う」

オークは座って読書をしていた。

この状況が、本を手に石に腰かけているオークの姿が、ハワードにはいまだに理解できかねていた。

〝大分裂〟の日、オークとハワードはサムと一緒にトラモント湖へやってきた。サムの存在は厄介だったが、それでも、ケインのように誰かを壁に投げつける可能性は低かった。

ここでの唯一の問題は、酒やドラッグを必要とする人間のほとんどがペルディド・ビーチに残っていることだ。ハワードはコアテス・アカデミーで酒の醸造をおこなっていたが、コアテスから湖までの道のりは楽とは言いがたい。しかもハワードがバックパックに入れて運べるボトルの数はせいぜい十数本。

当然、オークならもっと運べるが、もう手伝ってくれなかった。オークは本を読んでいる。聖書を読んでいるのだ。

酔ったオークは鬱々とし、危険で、予測不能、ときに凶暴きわまりない。それでも酔っていないオークなど、うどの大木に等しい。まったくの役立たずだった。

オークには、シンダーの小さな農場を警備する仕事が与えられていた。そうして仕事のほとんどの時間を、突き出た岩に腰をかけ、読書をして過ごしている。

せいぜい大きな裏庭くらいのシンダーの農場は、楔《くさび》形をした土地の一角にある。まだ山に降った雨が湖に流れこんでいた当時、川床だったその場所に、オークとふたりの少女は湖水が畑の畝を潤すよう、浅い水路を張りめぐらせていた。

シンダーとジェジーは一日中畑の世話をしていた。だからオークも同じだけ畑で過ごす。それどころか、オークは岩の隣に小さなテントを設営し、ほとんどの夜をそこで過ごしていた。

ハワードも何度かそのテントで眠ったが、それはオークとの友情を繫《つな》ぎとめるためであり、オークをまっとうな世界から連れ戻すためだった。

酔っているオークが好きなわけではない（何しろ金のないオークが飲むたびに、ハワードの懐が痛むのだ）。ただ、しらふで聖書を読んでいるオークなど、ハワードにとっては役立たずも同然なのだ。誰かを脅すことにも、借金を取り立てることにも使えなければ、酒を運ぶのにも使えない。

「なあ『従順《ミーク》』ってどういう意味だ?」オークがハワードにたずねた。それから読み方に自信がなかったのか、「M、E、E、K」とスペルを読みあげる。

「教えてもらわなくても綴《つづ》りくらい知ってるさ」ハワードはぴしゃりと言った。「ミークっていうのは弱虫のことだ。弱くて、痛ましくて、惨め。カモ、被害者、愚か者、怪物のなりをして聖書を読むばか者、そういう意味だ」

「でもミークは、祝福されるって」

「ああ」意地悪く言い返す。「そうしておけば、ことがうまく収まるからな。いつだって弱者を勝たせておけばいいんだよ」

「そいつらが地上を継承するぞ」オークは言うと、そこでいぶかしげな顔をした。「『継承』ってなんだ?」

「なあ、もういい加減にしてくれよ」

明かりが当たるよう、オークが本を動かす。陽が沈みはじめている。

「ところで、ゴス少女とロック少女はどこに行ったんだ？」

「サムのところだ」

「サム？　なんでそれを言わないんだよ」ハワードは辺りを見まわし、バックパックの隠し場所を探した。届け物の途中だったのだ。いまのところサムがハワードの商売を邪魔する気配はなかったが、いつ密売品の没収に乗り出すか知れたものではない。

「『継承』は、何かを引き継ぐってことだな、きっと」オークが言う。

ハワードはバックパックをやぶの後ろに引っかけると、ちょっと下がって、見えるかどうかを確認した。「そうだ。ミークが引き継ぐってことだ。ウサギがコヨーテに取って代わるみたいなもんだ。ばかばかしい」

以前なら、絶対にオークを侮辱したりはしなかった。オークがオークだったあのころなら。いまこのときも、オークの目が――オークに残された数少ない人間のパーツが――すぼまっているのがわかる。オークは、口もとと片頬にわずかばかりの人間の皮膚を残した、生きた砂利のかたまりだった。

いっそオークが立ちあがって自分を殴り飛ばしてくれたらいいのに、と思う。せめて〝オーク〟らしさを垣間見《かいまみ》せてほしい。しかしオークは目を細めたまま、こう言った。「けど、コヨーテよりウサギの数のほうがずっと多いぞ」

「どうしてあのふたりはサムを呼びに行ったんだ？」ハワードは、この湖の中心である港のほうをふり返った。まちがいない、サムとジェジーとシンダーが足早にこちらへ向かっている。

「ぎにうえ、かわくものはさいわいである」オークがゆっくりと、たどたどしい口調で読みあげる。

「その意味も教えてやろうか、オーク?」ハワードの口調は容赦ない。「でも〝義〟なんて、きっと知りたくもない言葉だろうよ」

オークの顔は、ほとんど感情を示すことができない。それでもハワードには、いまの言葉がオークに刺さったのがわかった。ペルディド・ビーチにいた当時、酔っ払いの怒れる怪物《オーク》は、うっかり子供を殺してしまったことがある。その事実を知っているのはハワードだけだ。

「なんだ、あれ?」ハワードが言い、指をさす。オークの背後のバリアが変色しているのに気づいたのだ。

「それがサムを呼びに行った理由だ」

ちょうどそのとき、サムとふたりの少女がやってきた。サムがハワードにうなずいてから、「調子はどうだ?」とオークに声をかける。

それからまっすぐバリアに近づき、オークの背後に伸びる、黒い染みのてっぺんを見つめた。

「これ、ほかの場所でも見たことある?」サムがシンダーにたずねた。

「私たち、ここ以外の場所には行かないから」とシンダー。

「君たちの働きには感謝してるよ」そうねぎらいながらも、サムはシンダーのこともジェジーのことも見ていなかった。バリアに沿って湖のほうへ歩き出す。

バックパックを見咎《みとが》められなかったことにほっとしながら、ハワードはサムの隣に並んだ。

「なんなんだこれ？」ハワードがたずねる。

「ここにもある」サムは地面から伸びる小さな黒い突起を指さした。しばらく歩き続けると、やがて湖の端に到達した。ここにも、緩やかに波打つ黒い染みがあった。

「いったい……」サムがつぶやく。「ハワード、こんなの見たことあるか？」

ハワードは肩をすくめた。「いや、気づかなかったな。ていうか、バリア沿いなんてめったに歩かないし」

「だろうな。なにせおまえはコアテスの醸造所とここを往復するだけだもんな」

ふいの攻撃に、ひやりとした。

「醸造所のことくらい知ってるさ」サムが言う。「でもあそこはケインの領地だ。あいつに捕まったら悲惨だぞ。まあ利益を差し出せば助かるかもしれないけど」

ハワードは顔をしかめたが、何も言わないことにした。

サムはじっと染みを見つめていた。「これ、広がってる。見たか？　いま動いたの」

「私も見た」シンダーが言った。サムにすがるような目を向けている。おかしなもんだ、とハワードは思った。ハワードもまた、サムを頼りにしているのだ。サムとはこれまでも、そして現在も、敵対することが少なからずある。にもかかわらず、やはり自分もサムにこの染み問題を解決してほしいと願っている。

困惑を浮かべたサムの顔は、しかし安心材料にはならなかった。

「これ、なんなんだ?」ハワードはもう一度訊いた。

サムがゆっくり首をふる。日に焼けた、やっと十五歳になったばかりの少年の顔は、一気に老けこんだようだった。ハワードの脳裏に年老いたサムの姿が浮かぶ。白く細くなった髪に、深いしわの刻まれた顔。それは、これまで耐え続けてきた痛みと不安が、余すところなく刻まれた顔だった。

ふいにサムに酒を勧めたくなった。サムは、そんな顔をしていた。

7

36時間　19分

アストリッドは山の西側から湖を見下ろしていた。バリアは当然のように湖を突き抜け、ざっくりと湖面を二分していた。湖岸の隆起が激しいからこれ以上バリアをたどるのは無理だろう。いずれにしても、まもなく夜が訪れ、染みが見えなくなる。そろそろ人間の居住区に向かう時間だ。

陽が沈み、円形に並んだテントやトレーラーの中心で、小さなかがり火が燃えていた。火のまわりにいる子供たちの姿までは判別できないが、ときおり炎を横切る影が見える。

いよいよこのときを迎え、アストリッドは、もはや冷静を装うことができなかった。これからサムに会いに行く。そして、ほかの子供たちにも。彼らの視線や挨拶に耐え、おそらくは侮辱にも耐えなければならないだろう。

いや、それくらいなら問題ない。だけど、もうすぐサムに会う。そう、それが怖い。サム、サム、サム。

「落ち着いて」アストリッドは自分に言い聞かせた。危機が訪れようとしているのだ。自分には、それをみんなに理解してもらうという役目がある。

「意気地なし」小さく、つぶやく。

ひょっとしてこれはサムに会うためのただの口実なのだろうか、次第に、そんな疑念が膨らんでいく。と同時にその疑念こそ、みんなから離れ、役目を放棄するための言い訳なのではないだろうか、とも思う。

昔なら導きを求めて祈ったかもしれない。そう思って、自嘲の笑みがこぼれる。それで、どうなったの？　私はどこへ向かったの？　アストリッドはもうずっと祈りを捧げていなかった。あの日以来……。

子供じみたことはやめなさい、そう胸のなかでつぶやく。聖書の言葉だ。皮肉にも。バックパックの位置をずらし、ショットガンを痛む右肩から左肩に担ぎ直す。アストリッドは炎に向かって歩きはじめた。

ここまでの道中で、アストリッドは、黒い染みの広がる速度を特定する簡単な方法を思いついていた。誰かがまだ使えるデジタルカメラを持っていれば、それこそ簡単にできるだろう。頭のなかで計算をめぐらす。観測地帯は五カ所ほど。染みの進行具合を一日ごとに計算すれば、充分なデータがとれるはずだ。

いまでも数字はアストリッドに喜びを与えてくれた。数字はすばらしい。信仰などなくても二＋二は四になる。それに数字は、人の抱く思考や欲望を絶対に責めたりしない。

「誰だ？」物陰から声が叫んだ。

「落ち着いて」アストリッドが言う。

「名乗らないと撃つぞ」

「アストリッドよ」

「嘘だろ」

十歳かそこらの少年が、茂みの裏から歩み出てきた。いつでも撃てるようライフルを構えてはいるが、引き金に指はかかっていない。

「ティム？」と、アストリッド。

「うわ、本物だ」少年が言った。「もう死んだのかと思ったよ」

「マーク・トウェインがなんて言ったか知ってる？『私の死亡記事はずいぶん誇張されている』」

「うん、たしかにアストリッドだ」ティムは武器を肩に担いだ。「通っていいよ。知らないやつは通しちゃいけないことになってるけど、あんたのことは知ってるから」

「ありがとう。元気そうでよかったわ。最後に見たとき、あなた例の風邪を患っていたから」

「風邪は消滅したよ。二度と戻ってこないでほしいね」

アストリッドは先へ進んだ。次第に道が開けて、夜目にも歩きやすくなっていく。

いくつかのテントと古いトレーラーを通り過ぎ、かがり火の辺りまでやってきた。子供たちの笑い声が聞こえてくる。

身を硬くして近づいていく。最初にアストリッドに気づいたのは小さな少女だった。その少女が隣にいた年長の少女をつつく。アストリッドは、それがすぐにダイアナだと気づいた。

ダイアナは、平然とアストリッドの姿を認めて言った。「あら、アストリッド。いままでどこに行ってたの？」

話し声と笑い声がやみ、オレンジとゴールドの光に照らされた三十ほどの顔がこちらを向いた。

「その……遠くに」アストリッドは答えた。

ダイアナが立ちあがる。と同時に、アストリッドは彼女が妊娠していることに気づいた。アストリッドの驚いた表情を見て、ダイアナが笑みを浮かべる。「ええ、あなたがいないあいだに、いろんなことがあったのよ」

「サムに会いたいんだけど」

ダイアナが笑い声をあげた。「でしょうね。案内するわ」

ダイアナはアストリッドをハウスボートまで先導した。大きなお腹を抱えていても、その動きは相変わらず優雅だ。自分もあんな身のこなしができたらいいのにと、アストリッドは思った。

「そうだ、ここに来る途中で女の子に会わなかった？　たしか七歳くらいの、ボニーっていう子なんだけど」

「いいえ、行方不明なの？」

エディリオは舳先のデッキで折りたたみ椅子に座り、テント、トレーラー、キャンピング・カー、ボートなど、点在する住居の監視をしていた。膝の上にはライフルをのせている。

「エディリオ」アストリッドは声をかけた。

エディリオが飛びあがり、桟橋へ下りてくる。ぶら下げたライフルをどかしてアストリッドに腕をまわす。「よかった。やっと会えた」

アストリッドは涙がせりあがってくるのを感じた。「会いたかった」

「サムに会いに来たんだね？」

「ええ」

エディリオはダイアナに向かってうなずくと、あとを引き取った。アストリッドをハウスボートに案内し、無人の船室へ連れていく。それから「ちょっと問題があって」と小声で言う。

「サムが私に会いたくないとか？」

「いや、その……サムは出かけてるんだ」

アストリッドは笑った。「そのようすからすると、また何か危険なことをしようとしているのね?」

エディリオがちょっと笑って肩をすくめる。「サムは相変わらずサムだから。朝までには戻ってくるはずだよ。ついてきて、まずは腹ごしらえをしよう。今夜はここで眠るといい」


ピックアップトラックが道路を這うようにして進んでいく。這うように進む理由は、いくつもあった。ひとつ、ガソリンを節約するため。ふたつ、人目につかないようライトを消しているため。

三つ、湖からハイウェイまでの道のりは狭くて舗装が甘いため。

そして四つ目の理由は、サムが運転を習ったことがないためだ。

サムは運転席に座っていた。助手席にはデッカ。コンピュータ・ジャックはフロントシート裏の狭いスペースに、不機嫌そうに体を押しこんでいる。

「サム、がんばってるとこ悪いんだけど、このままじゃ道をはずれちゃうよ。ほら! 危ない! 落ちるって!」

「うるさい! 大丈夫だ」危うく溝に落ちかけた巨大なトラックを道路のほうへ戻しながら、サムは怒鳴り返した。

「きっと僕はこうやって死んじゃうんだ」ジャックが泣き言をもらす。「こんな窮屈な体勢で溝にはまって」

「頼むよ、ジャック」とサム。「たとえ事故ったって、その怪力なら簡単に脱出できるだろう」

「そうなったら私のことも助けてくれ」デッカが言う。

「大丈夫だってば。もうここまで来たんだし」

「コヨーテに食べられちゃうよ」ジャックがうめく。「ばりばり内臓を引き裂かれて……」

そこで、ふと黙りこむ。

サムがバックミラーに目をやると、ジャックの口が「ごめん」と動くのが見えた。

デッカがため息をつく。「そういうのやめてくれないか。腫れものに触るような扱いを受けるのはうんざりだ。嬉《うれ》しくもなんともない」

昆虫に寄生されたデッカは、命を取り留めるため、その腹を引き裂かれた。現場に駆けつけたラナが癒《いや》したものの、無傷ではいられなかった。平気なふりをしていても、彼女はもう、かつての恐れ知らずで何事にも動じない少女ではなかった。

その事件と、ブリアナのあからさまな拒絶で、デッカは打ちのめされ、希望を失っていたのだ。

「ブリアナが無事だといいんだけど」ジャックがぽつりと言った。「暗闇を走りまわるのは危険だよ」

「速度を落として道路を走っていれば問題ない」

ブリアナの話題はこれで打ち切りだというように、サムはきっぱりと答えた。テクノロジー関係のことならジャックは極めて優秀だ。しかし人間のこととなると、さっぱりなのだ。

そしてもちろん、ジャックは地雷に踏みこんだ。

「最近ブリアナのようすが変なんだ」と続ける。「湖に来てからさ、なんていうか……」

サムはあえて続きを促さなかった。

デッカがサムを横目で見てから、代わりに言う。「あの子がどうしたって?」

「なんていうか……わかんないけど。なんだかその、あれだ、わかるだろう?」

「いや、わからないね」デッカがうなる。「言いたいことがあるならはっきり言ったらどうだ」

「ええと、その、やけに親密にしてくるんだ。この前も、その、いちゃついてきて……」

「それは気の毒だったな」そう応じたデッカの声は、人の気持ちが多少なりともわかる人間なら、氷のかたまりになってしまいそうなほど冷えきっていた。

ジャックは両手を広げた。「僕は忙しかったんだ。忙しいのをわかっていてあの子は……」

ここへきてサムは、いっそ道路をはずれてフェンスにぶつかったほうがましかもしれないと思いいたった。

「サム！　危ない！　サム！」ジャックが叫ぶ。恐怖にまかせて怪力を発動し、サムの座席を前に押しやる。サムはハンドルに叩きつけられた。

「おいっ！」サムはブレーキを踏んだ。「いい加減にしてくれ。君たちのどっちかが運転してくれるのか？　無理だろう。なら黙っててくれ。くそっ、頭から血が出てる」

ふたたび動き出したトラックは、ほどなく砂利道を抜け、滑らかに舗装されたハイウェイへ出た。そのままハイウェイを四百メートルほど進み、目印を見つけたところで車を路肩に停める。

「たしかここを抜けたところだったよな？」

サムの問いかけに、デッカが目をこらしてうなずく。「ああ、たぶんそうだと思う」

一行は車から降りて伸びをした。海岸まではまだ八百メートルほどある。そしてその八百メートルのあいだには、ミミズ畑が横たわっている。

青コウモリをはじめとする、人間が食べられない動物を餌として畑にまくという取り決めが成立して以来、ミミズたちに悩まされることはなくなっていた。しかし万一に備えてデッカは魚の内臓やアライグマの断片、鹿の腱《けん》などの入った袋をいくつか持参していた。そのひとつを足もとにまくと、たちまちミミズが地面から湧き出し、食べ物に殺到した。

三人は無事だった。

「この状況にもすっかり慣れちゃったね」そう言ってジャックが頭をふる。

「ふたりに伝えておきたいことがある」サムは言った。「すぐに耳に入ると思うけど、いまバリアが変態しはじめている」

「ヘンタイ？」

「異変が起こってること」サムは自分の見たものを説明した。

「シンダーの能力のせいじゃない?」

ジャックの指摘に、サムがうなずく。「かもしれない。とにかく明日になったらもう少し詳しく調べて、ほかの場所にも同じものがあるかどうか確認してみようと思う」

畑を通り抜けた三人は、草の生い茂る道をかき分けながら、断崖のてっぺんを目指した。海を見たのは久しぶりだった。湖に移住して以来初めてのことだ。真っ黒な海に、わずかな星明かりだけがきらめいている。月はまだ出ていない。海の音はもう長いこと失われていた。フェイズに大きな波は立たないのだ。それでも、水が砂に打ち寄せる静かな音は、サムの心をざわつかせた。

目的地を少々読みちがえた三人は、潰れたコンテナを探して、そこからさらに北上しなければならなかった。〈マースク〉のロゴが横に書かれた鋼鉄製のコンテナは、デッカが上空でコントロールを失った際に、かなりの高さから落下した。

コンテナの中身——長くて重たい木箱——が砂に散乱していた。そのうちのひとつが開いていた。サムは貴重なバッテリーを少しだけ使って懐中電灯をともすことにした。ミサイルの尾翼がはっきり見えた。

ライトを消し、思案する。

何かがおかしい。

「ふたりとも動かないで」サムは言った。ライトで砂の上を照らす。「誰かが砂をならしている」

「なんだって？」ジャックが訊き返す。

「ほら、ここ。砂がきっちり平らになってる。足跡か何かを消したみたいに」

「ああ」とデッカ。「誰かがここへ来て、その痕跡を消したんだ」

しばらく無言のまま、三人はその意味するところを考えた。

「ケインならミサイルを持ちあげて運ぶくらい簡単だ」サムが言った。

「じゃあ、どうしてまだこんなに残ってるの？」ジャックはそう訊いてから、すぐに自分で答えを出した。「そうか、きっとほかのミサイルを運んで、これだけ残していったんだ。封の状態を調べたほうがいいかもね」

サムはゆっくり、慎重な足取りで近づいた。木箱に貼られている、鮮やかな黄色いテープにライトを向ける。テープは注意深くはがされ、そうして元の位置に戻されていた。

「空っぽだ」サムは淡々と言った。「ケインに持っていかれた」

「でも、どうしてひとつだけ残していったんだろう？」ジャックがいぶかしげに言う。

サムは浅く息を吸った。「ブービートラップだ」

8

36時間　10分

「このまま放っておくなんてありえない！」ペニーが金切り声をあげた。

ケインは取り合わなかった。「ふざけるな。誰があそこまでやれと言った！」

「一日好きにしていいって約束でしょ」ペニーは、ふたたび出血しはじめた鼻にぼろ切れを押し当てた。

「あいつは自分の目玉をえぐり出したんだぞ。クインが反発しないとでも思ったか？　これからアルバートがどうすると思う？」ケインは乱暴に親指を嚙んだ。いらついたときの癖だ。

「は、とんだ王さまね！」

考えるより先に動いていた。ペニーの顔に手の甲を思いきりふりおろす。だが、物理的な一撃よりも、思考のほうが速かった。ペニーがバスにはねられたみたいに吹き飛んだ。オフィスの壁に激しくぶつかる。

ペニーが朦朧《もうろう》としているあいだに、すかさず間合いを詰める。

銃を構えたタークが部屋に飛びこんできた。「何事だ?」

「ペニーが転んだだけだ」

そばかすの浮いたペニーの顔は、怒りで蒼白《そうはく》になっていた。

「やめておけ」ケインが警告する。見えない手でペニーの頭をきつく締め、不自然な方向にねじりあげる。

やがて、ケインは拘束を解いた。

荒い呼吸をしながら、ペニーがにらみつけてくる。だが、ケインの脳内が悪夢に支配されることはなかった。「ラナがあいつを治してくれることを祈っておけ、ペニー」

「あんた、やわになったんじゃない?」ペニーが苦しげに言葉を吐き出す。

「王になるのは、胸くそ悪い異常者になることじゃない。あいつらに必要なのは責任者だ。あいつらは羊で、指示をくれる牧羊犬を求めている。羊を殺しはじめたら終わりだ」

「あんたはアルバートが怖いのよ」ペニーが言って、小ばかにしたように笑う。

「俺は誰も怖くない。とくにペニー、おまえのことなどこれっぽっちも恐れちゃいない。おまえが生きているのは俺が生かしてやっているからだ。よく覚えておけ。それにほかの連中だって」そこで窓のほうへ手をふり、ペルディド・ビーチの子供たちを示してみせる。

「おまえのことを憎んでいる。おまえにはひとりの友だちもいない。わかったらさっさとここを出ていけ。土下座して俺に許しを請う気になるまで戻ってくるな」

「くたばれ」

ペニーの暴言に、ケインは笑った。「それを言うなら『くたばってください、陛下』だろう」

ケインは片手をわずかに動かしてペニーを持ちあげると、開いている扉から廊下へと放り投げた。

「あいつは問題になります、陛下」タークが注進した。

「もうすでになってるさ。ドレイクのつぎは、ペニーだ。俺のまわりは異常者とばかばっかりだな」

それを聞いたタークが、傷ついたような顔をする。

「ひとつ言っておくぞ、ターク。もし俺がペニーの能力でおかしくなっていたら、あの魔女を撃て。いいな？」

「もちろんです、陛下」

「ターク、自分が間抜けだってことはわかってるな？」

「それは……」

ケインはいらだちもあらわに部屋を出た。「ダイアナがいてくれればな」

クリフトップにたどり着いてもまだ、クインは怒りに震えていた。怒り。それから恐怖にも。ペニーの手からシガーを取り返したあの瞬間、クインはとんでもなく危険な敵を作ってしまった。おそらくふたり。いや、アルバートの判断によっては三人になるかもしれない。

手探りでカーペットの敷かれた暗い廊下を進んでいくと、賑やかな声が聞こえてくるのに気がついた。廊下の奥、海の見えるラナの部屋から子供たちの声が聞こえてくる。

立ち止まり、耳を澄ます。

「わーい、ピースの負けだよ」

「ちがうもん。ずるしないでよぉ！」

「おい、もう少し声を落としてくれ」

最後の声には聞き覚えがあった。〝チュー〟ことヴァーチュ少年だ。

サンジットと弟妹たちがクリフトップに越してきたのだろうか？　いつの間に？　島から来た子供たちは全員ラナと一緒に湖へ移住していたが、ラナは数日後にまたここへ戻ってきていた。クリフトップはラナの一部に、彼女が安心できる場所になっていたのだ。

ラナが島の子供たちをここに住まわせていることに、クインは刺すような嫉妬を覚えた。ラナに口ごたえする者はいない。そしてラナはこれまで、自分の要塞であるクリフトップに――たとえ片隅にでも――誰かが住むことを断じて認めようとはしなかった。

ラナがサンジットと会っているのは知っていた。でも、その家族全員をクリフトップに住まわせるとは……。

クインは以前、ラナと付き合うかもしれないと思っていた。けれど、数々の出来事と現実の前に、その夢は砕け散った。クインはしがない漁師で、一方のラナはフェイズでもっとも手厚く庇護され、尊敬を集め、崇拝までされるヒーラーだった。ケインでさえ、ラナに手を出そうとは夢にも思っていない。

そのうえ、ラナはとげのついた野球のバットに匹敵するほどタフな少女で——そんな彼女にクインは怖《お》じ気《け》づいたのだ。

クインにとって、ラナははるか高みの存在に思えた。

パトリックが物音を聞きつけたのか、大声で吠えはじめた。

必要ないとは思いつつ、一応ドアをノックする。のぞき穴が暗くなる。サンジットがドアを開けた。

「クインだ」と、部屋に向かって叫ぶ。「やあクイン、入ってくれ」

クインは室内に足を踏み入れた。小さな〈サムの太陽〉の奇妙な光に照らされた室内は、驚くべき変化を遂げていた。きれいに片づいていたのだ。

それこそ、見ちがえるようだった。整えられたベッドに、すっかりきれいになったコーヒーテーブル、吸殻でいっぱいだった灰皿はどこにも見当たらず、異臭もしない。

パトリックでさえ、体を洗ってブラシをかけてもらったみたいだった。クインに駆け寄り、体をすり寄せてくる。たぶん、シャンプーで無理やり洗い流されてしまったにおいの代わりに、かぐわしい魚の香りを嗅ごうとしているのだろう。

サンジット——思わず釣りこまれるような笑みと、長い黒髪を持つ、すらりとしたインド系の少年――は、クインの驚きに気づいたようすだったが、何も言わなかった。ラナがバルコニーからやってきた。少なくとも彼女に大きな変化は見られない。相変わらず巨大なセミオートマチック拳銃を分厚いベルトに差し、美形ではないが愛らしい顔立ちもそのままで、依然として脆さと近寄りがたさを漂わせている。たとえばそう、あっけなく涙にくれるか、躊躇《ちゅうちょ》なく相手の腹を撃ち抜くか、そんな感じの。

「クイン、どうしたの？」

気軽に問いかけてきた声音には、恥じ入るところも、嫌悪の響きもなかった。かりにクインの嫉妬を感じ取っていたとしても、まったく表には出ていなかった。

いや、そんなことを考えている場合じゃない。哀れなシガーの姿がまだ生々しく脳裏に焼きついているというのに、個人的な感情にとらわれてしまったことに罪悪感を覚えながら、クインは自分を叱咤《しった》した。

「シガーのことだ。いま、ダーラのところにいる」クインは手短に事情を説明した。

ラナがうなずき、自分のバックパックをつかむ。「先に寝てていいから」

サンジットに向かって告げたその台詞に、クインはぐっと唾をのみこんだ。サンジットはラナと一緒に暮らしているのだろうか？　同じ部屋で？　それとも自分の勘ちがい？いや、いまの台詞はそうとしか考えられない。

冒険の気配をかぎ取ったパトリックが、ラナの隣に並んだ。

廊下を進み、一階まで階段をくだる。ラナのあとに続いて真っ暗なロビーを抜けると、やがてロビーよりはいくぶん明るい夜のなかに出た。

「それで」クインは切り出し、その言葉がふたりのあいだに漂うにまかせた。

「寂しかったの」とラナ。「悪夢がひどくて。ときどき誰かが近くにいてくれると気がまぎれるから」

「まあ、俺には関係ないけど」クインはつぶやいた。

ラナが立ち止まり、クインに顔を向ける。

「どうして？　関係あるでしょう。だって私たちは……」その先をどう続けるべきかわからなかったのだろう、ラナは口調を変え、吐き捨てるように言った。「そうだね、これは誰の知ったことでもない」

ふたりは足早に歩き続けた。

「俺はどうすりゃいいんだよ」ぼそりと言う。

「あなたも話し相手を見つけたほうがいいと思う。私がこんなこと言うなんておかしいだろうけど」

「たしかに、妙だな」クインはどうにか腹を立てようとしたが、しかし結局のところ、クインはラナが好きだった。ずっと前から。だから、彼女に腹を立て続けることなんてできはしない。いずれにしても、ラナには平穏なときを過ごす権利がある。

「いまも、ときどきあれが接触してくるの」ラナが言った。

〝あれ〟がダークネスを、みずからをガイアファージと名乗る何者かを指していることは、わかっていた。

「目的は？」クインは訊いた。ガイアファージの話をしているだけでも、その影がクインにのしかかり、息が詰まって動悸が激しくなる。

「あれはネメシスを求めてる」

「ネメシス？」

「噂話も知らないみたいだね」

「たいていは漁師仲間とつるんでるから」

「ピーターだよ」ラナは説明した。「ネメシスっていうのはピーターのこと。あれは四六時中ピーターを求めていて、私の頭のなかで悲鳴をあげてるようなときもある。ときどきそれが耐えられなくて、だから私には、自分を現実に引き戻してくれる誰かが必要なの」

「でもピーターは死んでいなくなっただろう」

ラナが硬く、冷たい笑い声をあげた。「へえ？　じゃあ私の頭の声にそう言ってくれない？　頭の声は怯えている。ガイアファージは怯えているの」

「それって、いいことなんじゃないのか？」

ラナが首をふる。「そうは思えない。何か大きな異変が起こる気がする。絶対にいいことじゃない何かが」

「そういえば……」クインは顔をしかめた。真っ先にアルバートに報告しておくべきだったが、もう遅い。「バリアの色が変わっているみたいだった」

「色が変わってる？　何色に？」

「黒だ。バリアは黒くなるのかもしれない」

9

35時間　25分

これまでのところ、ピーターは新しいゲームをまだ少ししか試せてはいなかった。それはたくさんのピースを含む、ものすごく複雑なゲームだった。どこをどうしたらいいのかわからない。

ゲームには約三百ものアヴァターがいた。よく見ると、長い二本のらせん階段がねじれたり収縮したりして絡まり合ったような、複雑な構造をしているのだが、一見したところなんの変哲もないので、遠くから見るとただの記号にしか見えない。

いくつかのアヴァターに触れてみたが、触れた瞬間に崩れて消えてしまった。たぶん、正しい遊び方ではないのだろう。

しかし一番わからないのは、ゲームの目的だった。得点表のようなものは見当たらない。わかっているのは、これが〝ボール〟の内側でおこなわれているということだけだ。ボールの外側では遊べない。内側だけがゲームの舞台で、底辺には、ぼんやりと光を放つダークネスがいるのだけど、ダークネスも、ボールそのものも動かせない。一度ダークネスを動かそうとしてみたが、だめだった。

あまり面白いゲームじゃないのかもしれない。

ピーターは適当なアヴァターを選び、内側のらせんが見えるところまで顔を寄せてみた。うっとりするほど繊細で、美しい。あんな触れ方をしたら、壊れてしまうのも無理はない。ついさっきも、この複雑な飾り細工をだめにしてしまった。

今度はちがう方法を試してみよう。目の前には、魔法のようにあちこち飛びまわる、完璧なアヴァターがいた。


テイラーは、それぞれの世界を堪能していた。彼女の能力を使えば、島から町、そして湖へと〝瞬間移動〟できるのだ。最高に便利な能力。ブリアナの超高速移動のように靴が磨《す》り減ることもなければ、転倒して手首を折る心配もない。

行ったことのある場所を思い浮かべるだけで、ポンッ！　たどり着くのだ。一瞬で。だからケインが一度島に——かつてジェニファー・ブラトルとトッド・チャンスが所有していたサンフランシスコ・デ・セールス島に——案内してくれたら、あとは自由に行き来することができた。

おかげでテイラーは、すてきな別荘のすてきな寝室で眠ることが可能となった。ジェニファー・ブラトルの豪華な衣装を身に着けてもよかったが、これはサイズが大きすぎた。

そして寂しくなったときには、ペルディド・ビーチを思い描けばいい。

この能力は極めて有用だ。そんなわけでテイラーはいま、ケイン王とアルバート、両方のもとで働いている。ケインはサムと湖の情報を求め、アルバートはそれに加えてケインの情報を求めていた。

フェイズのゴシップを一手に引き受けるテイラーは、いわばフェイズの〝歩くゴシップ誌〟だといっていい。

もしくはフェイズのＣＩＡ。

いずれにしても、あちこちを飛びまわり、しかも即座に姿を消すことのできる賢い少女の人生は上々だった。

このとき、テイラーはベッドに寝転んでいた。緑の壁とジャガーがプリントされた寝具を備えたこの部屋は、通称アマゾン部屋。別荘には多くの寝室があり、驚くほど清潔なシーツがいまなお残っている。

清潔なシーツ！　しばらくのあいだ誰もおしっこをしていないマットレスを見つけられれば幸運という、惨めなフェイズのほかの場所に比べたら、ここの暮らしは宮殿住まいに匹敵する。

テイラーはベッドの上で、少しばかりしけったクラッカーを頬張りながら――食料の在庫はアルバートが管理しているため、盗み食いは注意しておこなう必要がある――『ヘイ・アーノルド！』という昔のアニメのＤＶＤを見ていた。ジェネレータ用の燃料も管理され、厳しく制限されていたが、ときどき使う電力はテイラーの給料に含まれている。

ふいに、室内に誰かの気配を感じた。テイラーのうなじの毛が逆立つ。

「誰かいるの？」

返事はない。バグだろうか？　いや、バグがこの島にいるなら、事前に知らされているはずだ。

静寂。きっと、気のせい――。

何かが動いた。すぐ目の前で。一瞬、テレビ画面がぼやけた。まるで透明な、いびつな何かが横切ったみたいに……。

「ちょっと！」声をあげ、この場から消えようと身構える。部屋の気配に耳を澄ます。異常はない。何がいたのかは知らないが、どうやら消えたらしかった。いや、はじめから何もいなかったのかもしれない。きっと、妄想にちがいない。

リモコンに手を伸ばしたテイラーは、そのとき、自分の肌が金色になっているのに気がついた。はじめ、アニメの光が当たってそう見えるだけだと思った。しかしすぐに、そうではないと思い直した。やだ、何これ。

ベッドを下りて窓際に向かう。月明かりを受けた肌は、やはり金色だった。

嘘でしょ。信じられない。

暗闇のなか、手探りでろうそくを探す。ぎこちなくライターの火をつけ、ろうそくの芯に近づける。

やはり。テイラーの肌は金色だった。

ろうそくを持ってバスルームに行き、鏡に映った自分の姿を確認する。

金色。頭のてっぺんから、つま先まで。もともとの黒髪だけは黒いままだったが、あとは全身どこもかしこもきんぴかだった。

鏡に身を寄せ、自分の両目をまじまじと見つめる。そうして、悲鳴をあげた。瞳の虹彩《こうさい》までもが深い金色に変わっていたのだ。

「どうしよう」

震えながら寝間着を脱ぎ捨て、ジーンズとTシャツを身につける。ひょっとしたら幻覚を見ているだけかもしれない。誰かに確認してもらわなければ。

テイラーはラナのホテルの廊下を思い浮かべた。

クリフトップへ。

次の瞬間、耐えがたい痛みが駆け抜けた。それこそ、想像を絶するような。まるで左手と左ふくらはぎに、焼きごてを当てられたみたいな――。

悲鳴をあげてのたうちまわるあいだにも、痛みはどんどんひどくなっていく。足もとに地面はなく、テイラーはどこかにぶら下がっていた。ここは……。自分がクリフトップにいないことに気づき、またも悲鳴がほとばしる。テイラーは森にいた。高い木にぶら下がっていた。左手と左ふくらはぎが、木のなかに吸いこまれている。

木のなかに――。

悲鳴をあげ、無我夢中で両手を伸ばす。金色の肉体が月明かりを浴び、鈍く、きらめく。

痛い！

きっと夢にちがいない。こんなの現実なわけがない。自分は森なんかに飛んでいない。きっと悪い夢なのだ。ここから脱出しなければ。たとえ夢だとしても、自分のベッドに戻らなければ。

テイラーは懸命に自室を思い浮かべた。痛みを我慢し……。

我慢して……。

ポンッ。

左手が消えた。手首ですっぱり切れていた。出血はなく、ただ、唐突に消えていた。ふくらはぎは見えず、感覚もない。

テイラーは自室にいなかった。クリフトップの私道に停められた一台の車に乗っていた。車の上に。両脚は車内にあるのに、テイラー自身は埃《ほこり》の積もったレクサスのルーフに乗っている。ルーフから両脚を車内に突き出した状態で、姿を現してしまったのだ。

痛みと恐怖に絶叫する。

その拍子にひっくり返った。脚の付け根だけではうまく体を支えられないのだ。ごろりと一回転し、一メートルちょっとの高さから歩道に落下、胸を打ちつけた。

恐怖に震えながら車のドアハンドルをつかみ、体を起こす。両脚が、膝のすぐ上辺りできれいになくなっていた。左手と同じように。

出血はない。

けれど痛みは耐えがたい。

テイラーは悲鳴をあげて倒れこみ、やがて意識を失った。


明らかに妊娠しているダイアナの姿に、アストリッドは動揺していた。どんな場合であっても、十五歳で妊娠するというのはただごとではない。とくにフェイズにおいては、なおさら異常事態だといっていい。フェイズは閉鎖空間で、監獄で、あるいは煉獄《れんごく》といってもおかしくないのだ。そんな場所で子供を育てる？　週を経るごとに、フェイズの生存者の数は減少していた。減少するだけで、増加することは決してなかった。フェイズとは、ふいに恐ろしい死が訪れる場所なのだ。生を育む場所ではない。

しかもその鉄則を変えたのが、残酷で辛辣な少女と、邪悪の化身ともいえる少年？

アストリッドは命を奪った。一方で、ダイアナは命をもたらそうとしている。

アストリッドは、ハウスボートの小さなダイニングテーブルを囲む、べたつくプラスチックの椅子に腰かけた。テーブルにひじをつき、両手で頭を支える。

エディリオがやってきた。アストリッドに軽くうなずき、カウンターにある水差しからグラスに水を注ぐ。彼女の気持ちをおもんぱかっているのだろう、何も訊かずに――あるいは何も訊きたくないのかもしれないが――黙ってその場に控えている。

「エディリオ、皮肉は好き?」アストリッドは訊いた。

つかのま、エディリオのわからない言葉を使って戸惑わせてしまったのだろうかと思った。しかし長い沈黙のあと、エディリオが口を開いた。「君の言う皮肉って、たとえばホンジュラスから来た不法移民の僕が、最終的にいまの状態になっているみたいなこと?」

アストリッドは微笑んだ。「そうね、そんなところ」

エディリオの視線が鋭くなる。「もしくは、ダイアナが赤ん坊を妊娠したこととか?」

その指摘に、アストリッドは笑うしかなかった。力なく首をふる。「ほんと、あなたってフェイズ一謙虚な人だわ」

「謙虚さは僕の特殊能力だからね」

アストリッドはエディリオに座るよう促した。エディリオが慎重に銃を置き、アストリッドの向かいの椅子に腰を下ろす。

「ねえ、フェイズで力のある人間を十人挙げるとしたら誰だと思う?」

エディリオはいぶかしげに眉をあげた。「本気で訊いてるの?」

「本気よ」

「まずは、アルバート」エディリオが名前を挙げていく。「それからケイン、サム、ラナ」そこでしばらく考えて続けた。「クインと、残念だけどドレイク、あとはデッカ、君、僕、ダイアナかな」

アストリッドは胸の前で腕を組んだ。「ブリアナやオークは?」

「もちろんふたりとも強力な能力を持っている。でも人を動かす力は持っていないだろう。ブリアナはかっこいいけど、みんながついていこうって思うタイプじゃない。ジャックもちがうし、オークなんてなおさらだ」

「いま挙げた十人に関しておかしなことに気づかない？」アストリッドはそう言ってから、自分でその質問に答えた。「十人のうち四人は特殊能力を持っていない」

「皮肉かい？」

「それにダイアナが重要だっていうのも、彼女の能力とは関係ない。彼女が重要なのは赤ん坊がいるからだわ。母親としてのダイアナ・ラドリス」

「彼女は変わったよ」エディリオは言った。「それに君もね」

「ええ、ちょっと日焼けしたかも」アストリッドははぐらかした。

「それだけじゃない」エディリオが切りこむ。「以前の君ならこんなふうに姿を消したりはしなかったはずだ。自分ひとりで生きていこうなんて絶対にしなかった」

「そうね」アストリッドは認めた。「その……ちょっと自分を罰していたの」

エディリオが優しく微笑んだ。「昔ながらのやり方だね。世捨て人とか、修行僧、もしくは聖人みたいな。自然に分け入って、神とともに平穏を見つけ出すんだろう」

「私は聖人なんかじゃない」

「でも平穏は見つけた？」

アストリッドは大きく息を吸った。「私は変わったの」

「そんな簡単に？　あのさ、つらいことがあると多くの人は信仰を見失う。でも結局は戻ってくるんだ」

「私は信仰を見失ったんじゃない。捨てたの。書物で読んだことや、耳にしたことの影に隠れることなく、初めてじっくり向き合ったわ。ほかの人にどう思われようと関係なかった。たとえばかだって思われても。私はひとりぼっちで、誰かのために正しくある必要はなかった。そうやってじっくり向き合ったの。そうしたら……」そこで指を動かして、風に舞い散り、飛ばされる何かを示してみせる。「そこには何もなかった」

エディリオは、とても悲しそうだった。

「エディリオ、あなたはあなたが正しいと思うことを信じればいい。私も同じ。『天才アストリッド』なんて異名を持つ私が過ちを認めるのは、簡単じゃなかったけどね」アストリッドは弱々しく笑ってみせた。「でも、昔の私は幸せじゃなかった……ううん、幸せっていうのはちがうかもしれない。幸福かどうかじゃなくて、そうね……自分に対して正直じゃなかった」

「じゃあ、僕は自分に嘘をついているってこと？」エディリオが穏やかにたずねる。

アストリッドは首をふった。「あなたは誠実よ。でも、私はそうじゃなかった」

エディリオが立ちあがった。「そろそろ戻らなきゃ」アストリッドのそばに行き、両腕を彼女の肩にまわす。アストリッドもハグを返した。

「戻ってきてくれて嬉しいよ。ゆっくり休んで。サムのベッドを使うといい」

エディリオが出ていくと、アストリッドはどっと疲れが押し寄せるのを感じ、危うくその場で目を閉じそうになった。少し眠ったほうがいいかもしれない。ほんの少しだけ。そうしてサムのベッドまで行き、どさりと倒れこんだ。

ベッドは潮とサムのにおいがした。このふたつのにおいは、いつもアストリッドのなかで分かちがたく結びついている。

サムはいま、誰と付き合っているのだろう。もちろん、誰かいるはずだ。それでいい。そのほうがいい。サムには面倒を見てくれる誰かが必要だし、その誰かを見つけてくれていることを、アストリッドは願っていた。

手探りで、枕を探す。ずいぶん長いこと枕を使っていなかったから、枕で寝るなんてこのうえなく贅沢《ぜいたく》に思えた。

その手が枕ではなく、何やら滑らかな生地に触れた。それを引き寄せ、頬に滑らせる。懐かしい感触。それはまだ、アストリッドが服を着たまま寝る必要も、ショットガンを胸に引き寄せて寝る必要もなかったころに身につけていた、白い薄布のナイトガウンだった。

私のナイトガウン。サムはまだ持っていたのだ。ベッドのなかに。

10

34時間　31分

「危険かもしれないけど、明かりをつけてみるよ」サムは言った。

「ああ、そうしたほうがいいな」デッカが応じる。

サムは両手をかかげると、薄緑色をした太陽のような光の玉を宙に浮かべた。明かりよりも、むしろ影が色濃く落ちる。足を動かさないようにして体を右に傾け、なるべく離れたところにふたつめの光を浮かべる。交差したふたつの光で、影がいくらか相殺された。

「よし、ゆっくり膝をついて足もとを調べてみてくれ」

「うわあ！」ジャックの声。

「動くな！」

「動いてない。ていうか動けない。ワイヤーが僕の足の上に乗ってるんだ。どうしよう、死んじゃうよ！」

サムはジャックの足もとに三つ目の光を浮かべた。ブーツのつま先の上を走る、張りつめたワイヤーがはっきりと見えた。

「デッカ、そっちは？」

「たぶん大丈夫。とりあえずワイヤーの位置は確認できる」

「じゃあ、安全な場所まで下がってくれ」

「安全な場所って？」

「とにかく遠くまで」サムが言う。「ジャック、動くなよ。いまから足の下の砂を掘って
ワイヤーに圧力がかからないようにするから」

サムは両手の人差し指を使い、ゆっくり、慎重に砂を取りのぞいていった。それからも
う一本ずつ指を増やす。

ジャックの靴が一センチほど沈んだ。さらに数ミリ。

「よし、足をどかしてみて」

「本当に大丈夫？」

「僕だってここにいるんだ」

ジャックは足を動かした。何も爆発しなかった。

「そのまま後ろに下がって」

「ねえ、何してるの？」ブリアナだった。崖の上に立っていた。「その光は何？　たしか
内緒でやるんじゃ……」

「そこを動くな！」デッカが叫んだ。

「わかったってば。もう、怒鳴らなくてもいいでしょ」

サムは事情を説明した。「このブービートラップをこのまま放置するわけにはいかない。何も知らない子供がうっかりここにやってくるかもしれないし。解除するか、爆破するかしないと」

「機械オタクから言わせてもらえば」ジャックが言った。「とにかく安全な距離を取って爆破したほうがいいと思う」

「ずいぶん弱気なことを言うんだな」とデッカ。

「ブリーズ」サムが呼びかける。「ロープか長い紐を探してきてくれ」

ブリアナの姿が消えた。

「よし、じゃあみんな水際まで下がって」

それほど待つ必要はなかった。五分も経たないうちに、ブリアナが小刻みに揺れながら三人の隣に現れた。

「爆発よりも速く移動するのは無理なんだっけ?」確認するように、サムがブリアナに問いかける。

ジャックが呆《あき》れたように目玉をまわし、オタク全開の見下すようなため息をついた。

「本気じゃないよね? ブリアナのスピードは時速いくらだけど、爆破スピードは秒速いくらなんだ。映画と一緒にされちゃ困るよ」

「そうだぞ、サム」デッカも続く。

「昔は、僕が間抜けな質問をするたびにアストリッドが小ばかにしてくれたけど、いまはその仕事をジャックが引き継いでくれたみたいで嬉しいよ」

サムは軽口を返したつもりだったが、アストリッドの名前を口にしたことで、一瞬、気まずい沈黙が生じてしまった。

ブリアナが言った。「爆発よりは速く走れないけど、私がワイヤーに紐を結んでくる」

そう言うや、ブリアナはあっという間にワイヤーに紐を結びつけ、紐の端を握りしめて立っていた。「それで、誰がこの紐を引く?」

「紐を結んできた人間にお願いしよう」サムは言った。「でも、その前に――」

ズッドーン!

コンテナ、砂、流木、断崖に生えた茂み、そのすべてが炎に包まれた。サムは熱波を顔に感じた。耳鳴りがし、砂で目が開けられない。

大量の破片が地面に落ちるまでに、ずいぶん長い時間がかかったような気がした。

ようやく辺りが静まり返ったところで、サムは口を開いた。「その前に、地面に腹這いになって衝撃を避けようって言おうと思ったんだけど、まあ、結果オーライだったみたいだね」

サムは南に視線を向けた。ここからペルディド・ビーチのようすをうかがうことはできない。町に〈サムの太陽〉以外の光は存在しないし、その光も、夜間はカーテンの後ろに隠れているだろう。

あそこで弟は、ケインはいったい何をしているのだろう。それが問題だった。ブービートラップを仕かけたのはケインだろうか？　いまの爆発を聞き、あるいは目にし、僕の死を思って喜んでいるのだろうか。サムを仕留めたと思ったら、ケインはどうするだろう。湖を襲う？　はたしてアルバートは止めるだろうか。

自分が生きているかぎり、おそらく、ケインが湖を襲うことはない。サムが生きていて、アルバートと結託する可能性があるかぎり、ケインは慎重にことを進めるはずだ。

だが、と思う。ケインがアルバートと自分に反旗を翻すまでに、あとどのくらい時間があるだろうか、と。ケインは本気でダイアナとその子供をこちらに置いておくつもりだろうか。

そのとき、ミサイルを奪ったのはケインではないかもしれないという考えが、ほんの一瞬、脳裏をよぎった。いや、ちがう。それができるのは、ケインをのぞけばひとりしかいない。

そんなはずはない。

ミサイルを奪ったのはケインだ。そう、四カ月にわたる平和な暮らしが、いよいよ終わりを告げるのだ。辺りは暗く、誰もサムを見ていなかった。おかげでサムは、笑みを浮かべた自分にそれほど罪悪感を覚えずにすんだのだった。

シガーは誰かの手が触れるのを感じた。

たぶん、手だと思う。けれどそれは恐ろしい爪を立て、腕の肉を引きちぎろうとしている化け物の手かもしれない。

シガーは悲鳴をあげた。

つもりだった。よくわからない。まだ、自分は叫んでいる？

遠くのほうから弱々しい、絶望的な音が聞こえてくる。自分の発している音だろうか。

「臓器をもとどおりに治せたことはないから」ラナの声だ。「最後に試したときは……とにかく〝鞭の目〟にならないよう祈るしかない」

彼女の声は知っていた。ラナがそばにいるのはわかった。そうか、自分に触れているのはラナだったのだ。いや、本当にラナだろうか。化け物じゃない保証がどこにある？　にこりと微笑んで指を嚙みちぎり、そうして腕を食べつくし、鋭い歯をむき出してにやりと笑う口のまわりに血をしたたらせ、獲物の痛みに笑い声をあげ、その叫びが獣の咆哮《ほうこう》に変わるまで嚙みしだき……。

「見ろ！　変化してる」

その声は、聞き覚えがなかった。少年の声、だろうか？

「誰だ？」シガーは叫んだ。

「ラナだよ」

「おまえは誰だ！」

「いや、俺のことみたいだ。俺はサンジットだ」

シガーの血の乾いた眼窩《がんか》にヘビがいた。動いている。狂ったようにうごめいている。

「神経だ」サンジットが言う。

「何か感じるかもしれないけど」とラナ。

「うわあああああ！」シガーは叫び、目をかきむしろうとしたが、両手が動かない。どうしよう。そういえば、両手は食べてしまったのではなかったか。もう、腕はないのだ。腕がなければどうやって目のなかの虫どもを追い出せばいいのだろう。答えろ、ブラドリー。そう、それが自分の本名だ。ブラドリー。

答えろ。

それに腕がなければ、どうやって葉巻《シガー》の火をつければいい？　太い葉巻の先端が赤く燃えるまで吹かし、熱く燃えたそれを空っぽの眼窩に押しつけて痛みに叫び、神に「殺してくれ」と懇願するにはどうしたら……。

「神経が再生してる。信じられない」サンジットが言った。

「また目をかきむしろうとしてる」とラナ。

「ああ、こんなことは二度とくり返させちゃだめだ。あの魔女を止めないと」

「これはケインの責任だよ」ラナの声は怒っていた。「ケインはペニーがどういう人間か知っていたんだから。あの子は異常で、邪悪なの。もともと歪んでいたけれど、あのけがのせいで……一線を越えてしまった」

「目が！」シガーは叫んだ。

これは、なんだ？　遠くのほうに、ぼんやりとした光の棒らしきものが見える。早朝の空に差した陽光みたいな、漆黒の闇がわずかに和らいだような……。

「何か出てきたぞ」サンジットが声をあげた。「ほら、ここ！」

「目が！」

「もう少しだ、シガー。何かができかけてる。ＢＢ弾ほどの白い小さなボールだ」サンジットがシガーの胸に手を置き、ぼろぼろの、鋭く尖った指先をその心臓にうずめて……。

ちがう。そうじゃない。幻覚だ。これは現実じゃない。

ほのかに輝く光の棒が、次第に大きくなっていく。それが現実であることを願いながら、シガーは必死にその光を見つめた。本物の何かが欲しかった。悪夢以外の何かが。

「シガー」サンジットが優しく話しかけてくる。「眼窩の傷は治りはじめてる。それに小さな眼球も形成されつつあるぞ」

そこへラナの厳しい声が割りこんだ。「あんまり期待しないで」

彼女の手がこめかみから眉へと移動し、ゆっくりと、慎重に暗い眼窩のほうへと向かう。

「やめろ、やめてくれぇぇぇ」シガーは泣き叫んだ。

ラナの指が引っこんだ。

ラナは本物だ。彼女が触れる感触は本物だ。目の前に見える光は本物だ。シガーはその考えに、懸命にしがみつこうとした。

「シガー、ちょっと両目を布で覆うぞ」サンジットが言った。「たぶん〈サムの太陽〉の光のせいで、眼球が激しく動いてしまっているんだと思う」

それから延々と意識と無意識の狭間《はざま》をさまよい、悪夢にうなされることをくり返した。ときに炎に包まれ、ときにベーコンのように肌を焼かれ、かと思えば、サソリが肉体に侵入し——。

そのあいだ、ラナの両手はずっとシガーの顔に当てられていた。

「シガー」ようやく、ラナが口を開いた。「ねえ、聞こえる?」

どのくらい時間が過ぎたのだろう。狂気は終わっていなかったものの、いくぶんましになっていた。相変わらず喉から悲鳴がもれそうになったが、どうにかのみこみ、少なくとも、のみこもうという意思を発動することはできた。

「ひと晩中試してみたんだけど」ラナが続ける。「これが限界。これ以上は治せない」

「シガー、俺だ、クインだ」クインのたこだらけの手が肩に置かれ、シガーは泣きたくなった。「いいか、シガー。どんな結果になろうと、おまえは俺たちと一緒にいればいい。おまえは仲間なんだから」

「じゃあ、布を取るぞ」サンジットの声がした。

シガーは顔から布が滑り落ちるのを感じた。

クインが息をのむ。

目の前に、クインによく似た何かが見えた。ただしその頭部のまわりには、紫と赤の光が渦巻いている。クインは、竜巻のはじまりとおぼしい何かに包まれていた。

クインの後ろにいるサンジットに視線を移す。少年は穏やかな、安定した銀色の光を放っていた。

それからラナ。彼女の瞳は美しかった。虹色に変化するその瞳が、ふいにまばゆい月光に似た鋭い光を放つ。彼女の光は、クインやサンジットのものより強かった。彼らが星なら、彼女は月だ。だが、その周囲を不気味な緑色の触手が取り巻いている。まるで、彼女の脳内に入りこむ道を求めてのたうつ、果てしなく長いヘビのように。

それが、シガーの見たすべてだった。三人の姿のほかには、虚ろで空っぽの暗闇が広がるばかりだった。

湖に戻る道中、軽口も、会話さえも途絶えていた。サムはゆっくりと車を進めていた。ジャックは眠っていて、たまにいびきが聞こえたが、耳障りというほどではない。

デッカは窓の外を見つめていた。一行は夜明けを待って出発した。何しろ秘密にすべきものはとうの昔に消えていたのだ。わざわざ危険を冒して暗い夜道を戻る理由はなかった。

サムは、ミサイルを奪ったのはケインだと確信していた。

絶対に。けれども頭の片隅で、それならケインはとっくに湖を攻撃していたはずだと、しきりにささやく声がする。

ちがう。そんなはずはない。ケインはきっとチャンスをうかがっているのだ。そう、待っているのだ。

ブリアナがトラックの横に並び、窓を下げるよう身ぶりで示した。

「ほかに用事ある？　なければ、ちょっと休みたいんだけど」

「ああ、おつかれさま。もういいよ」

しかしブリアナは、そのまま並走し続けていた。時速四十キロほどで走るトラックは、ブリアナにとってはちょっとした散歩くらいのスピードだ。

「このままケインにミサイルを持たせておくなんてことないよね？」

「とりあえず今夜は休もう。もうへとへとなんだ。いまは考えたくないし、とにかくベッドに入って、ふとんをひっかぶらせてくれないか」

ブリアナは何か言い返したそうに見えたが、しかし大げさにため息をつくと、サムの気持ちはお見とおしだとばかりにウィンクし、そうして道路の先へ駆けていった。

サムは、デッカがブリアナを見ないようにしているのに気づいていた。ブリアナのことを話してみようとかと考え、やっぱりやめた。もう目を開けているのもつらかった。

そのとき、またあの奇妙な感覚に襲われた。視線を感じる。暗い砂漠のどこかから、何かがこちらを見つめている。

「コヨーテだ」サムはつぶやき、自分を納得させた。

一行が湖に戻ったのは、偽物の太陽がようやく辺りを照らしはじめたころだった。湖の夜明けはすばらしい――といっても、その〝太陽〟が、湖から一キロも離れていないバリアを這うようにして昇る幻覚だという事実に目をつぶれるのなら、だが。

サムの体はこわばり、疲れきっていた。ハウスボートにようよう戻り、みんなを起こさないよう注意しながら、静かに狭い通路を抜けて自室のベッドへと向かう。日よけが引かれた、明かりのない室内を手探りで進んでベッドの端にたどり着くと、四つん這いになって枕を探した。

仰向けで倒れこむ。

ベッドの端に寝転がったサムは、しかし、何やら違和感を覚えた。

頬にかかる柔らかな息遣い――。

ふり向くと、彼女の唇が重なった。優しい、軽いものではない。全身に電気が駆けめぐったかのような、激しいキス。

彼女がキスをしながらサムの上にまたがった。

そのまま、ふたりの肉体が重なり合う。

数時間が過ぎたころ、サムは口を開いた。「アストリッド？」

「ねえ、それって三回もする前に確認したほうがよかったんじゃない？」

懐かしい、ちょっと嘲るような口調でアストリッドが言った。

そうしてふたりは、さまざまなことを語り合った。ただし、言葉を使わずに。

外の世界

マリア・テラフィーノは、四カ月前にバリアを通り抜けていた。十五歳の誕生日を迎えたその瞬間に、フェイズ内にある崖から飛び降りたのだ。

マリアは着地した。崖下の砂や石の上にではなく、バリアから三キロほど離れた場所に。乾いた峡谷に現れたマリアは、ふたりのバイク乗りがいなければ、死んでしまっていたにちがいない。彼らは、楽しげに声をあげ、まさかそんなものを発見しようとは思いもせずに、こぶや窪《くぼ》みだらけの道を走っていた。

バイク乗りは救急車を呼ばなかった。動物管理局に連絡した。というのも、はじめふたりは、ひどい傷を負った動物を見つけたと思ったからだ。そう思ったのも無理からぬ話だった。

マリアはロサンゼルスにあるＵＣＬＡ医療センターの特別病棟に運ばれた。その病棟には別の患者もいた——フランシスという名の少年だ。

担当医はチャンディラマーニーという女性の医師で、四十八歳、伝統的なサリーの上に白衣をまとっていた。彼女は、多少の緊張をはらみながらも、オニックス少佐と適切な関係を築いていた。ペンタゴンとの連絡係として派遣されたオニックス少佐は、本来であれば、ドクター・チャンディラマーニーのチームに必要なサポートを提供するのがその役目である。しかし実際には、少佐は、自分こそがこの病棟の責任者だと思っていた。少佐とドクターはたびたび衝突した。

といっても声を荒らげるようなことはなく、いたって静かなやり取りだった。ペンタゴンの優先順位は、医師たちのそれとは多少異なる。医師たちはふたりの重症患者の生命と安静を望み、兵士たちは答えを求めた。

オニックス少佐は、マリアの病室と両隣の部屋に、明らかにマリアの病状とは関係のない機材を持ちこんでいた。ドクター・チャンディラマーニーはその機材の正体に気づかないふりをしていたが、しかしドクターが勉強したのは医療だけではなかった。若いころ、本気で物理を学んでいたのだ。だからひと目見て、それが質量分析計だと気がついた。この病室とフランシスの病室の両方に、極めて精密な質量分析計のたぐいがあるのを知っていた。ただし、壁や天井や床にびっしりと設置されたほかの機器の正体は、想像するほかなかった。

フランシスは生きていた。ところが、コミュニケーションを取る方法がなかった。脳波があるから意識はある。けれど、口も、目も見当たらないのだ。腕とおぼしい器官がひとつついてはいるものの、ずっと痙攣《けいれん》していて、だからたとえ指が変形していなかったとしても、キーボードを打ったり鉛筆を握ったりするのは無理だっただろう。

一方マリアのほうは、いくぶん光明があった。彼女の顔には口があり、どうにか言葉を話せるだけの機能が残されているようだった。両の頰から生えていた不気味な歯が取りのぞかれ、舌、唇、喉にできるかぎりの外科治療が施された。

その結果、マリアは話すことが可能となった。

それでもしばらくは、悲鳴をあげ、片方しかない瞳に涙をにじませるばかりだった。

しかし最近になって、鎮静剤と抗てんかん薬の効果的な配合が判明し、ドクターはようやく、オニックス少佐と軍の心理学者が少女に質問することに同意したのだった。

最初の質問は漠然としたものだった。

「なかの状況を教えてくれるかい？」

「ママ？」ささやきにもならないほど小さな声でマリアが言う。

「お母さんはあとでみえるよ」なだめるように心理学者が応じた。「私はグリーン博士だ。一緒にいるのがオニックス少佐。そしてこちらは、君が脱出して以来ずっと付き添ってくださっているドクター・チャンディラマーニーだよ」

「こんにちは、マリア」ドクター・チャンディラマーニーは言った。

「あの子たちは？」マリアがたずねる。

「あの子たちというのは？」とグリーン博士。

「小さな、私の子供たち」

オニックス少佐は短く刈りこんだ黒髪に、よく焼けた肌、刺すような青い瞳をしている。

「こちらの情報によると、彼女は幼い子供たちの面倒を見ていたらしい」

グリーン博士がマリアのほうへ身を寄せる。だがその顔に、マリアを目にした誰もが抱く不快感をこらえているのがドクター・チャンディラマーニーにはわかった。「あの子たちというのは、君が面倒を見ていた子供たちのことかな?」

「あの子たちを殺してしまった」マリアは言った。ひとつしかない涙腺から涙が溢れ、真っ赤に焼けただれた肌を伝う。

「それはちがう」グリーン博士は言った。

マリアが声をあげて泣き出した。痛々しい、絶望のにじむ慟哭《どうこく》。

「話題を変えましょう」モニターを見ながら、ドクター・チャンディラマーニーが言う。

「マリア、これは非常に大事なことだが、どうしてバリアができたか知っているかい?」

返事なし。

「誰がやったの、マリア?」ドクター・チャンディラマーニーが続く。「誰がこの異常空間を――あなたたちがフェイズと呼ぶ空間を創り出したの?」

「リトル・ピーター……ダークネス……」

ドクターと博士と少佐は戸惑ったように顔を見合わせた。

少佐が顔をしかめてiPhoneを取り出した。何度か画面をタップしてから「フェイズの情報だ」と説明する。「リストにはピーターと、ピーターズという子供がいる」

「年齢は?」ドクター・チャンディラマーニーが訊く。

「ひとりは十二歳で、ひとりは四歳。いや、もう五歳になってるか」

「少佐、子供はいる？　私はいるわ。〝リトル・ピーター〟と呼ばれて喜ぶ十二歳はいない。つまり彼女が話しているのはきっと五歳のほうね」

「ばかな。五歳児がこんな異常空間を創れるはずがない」グリーン博士は顔をしかめると、ノートに何かを書きこんだ。「ダークネス……。彼女は暗闇が怖いのかもしれない」

「誰だって暗闇は怖いわ」ドクター・チャンディラマーニーは言った。グリーン博士に対するいらだちが募っていく。それに少佐と、少佐のぞっとするような視線にも。

マリアのベッドの上のモニターが、突然けたたましいビープ音を鳴らしはじめた。

ドクターは呼び出しパネルに手を伸ばして容体の急変を告げたが、そうするまでもなく、看護師たちが病室のドアから駆けこんできた。

ちょうどそのとき、オニックス少佐のスマートフォンが鳴った。少佐は電話には出ず、その代わり、何かのアプリを開いた。

緑色の手術着に身を包んだ、背の高い、やせぎすの医師が看護師の後ろから現れた。モニターを一瞥し、聴診器を耳に当て「心臓の場所は？」とたずねる。

ドクターは予想外の場所を指し示した。しかし彼女は、もう手遅れだと悟っていた。モニターの波形は、すでに平らになっていたのだ。ぴたりと、一斉に。心臓、脳、すべての生命活動がこれほど唐突に停止するなど、普通ではありえなかった。

「もうひとりもだめだったみたいだ」電話をチェックしながら、オニックス少佐が淡々と告げた。「フランシスだ。向こうのプラグも引き抜かれている」

「どういうことか説明してくださる？」ドクターは冷ややかに言った。

少佐がドアのほうへ頭をふり、ほかの面々に退出するよう促した。彼らは大人しくしたがった。

オニックス少佐がアプリを閉じ、電話をしまう。「ドームができたときに外へ弾《はじ》かれた人々に異常はなかった。それからあの双子にも。だがほかの人間は、時間が経ってから出てきた子供たちには、ドームと彼らを結ぶ、その……へその緒みたいなコードがついていたんだ。J波、とわれわれは呼んでいる。それが何かと訊かれても、私には答えられない。それらを検知することはできるが、自然界に存在するような物質ではない」

「J波のJはなんの略？」

ドクターの質問に、オニックス少佐が声をあげて笑った。「欧州原子核研究機構〝CERN〟の賢い物理学者がそれを『ヤハウェ・ウェーブ《Jehovah Waves》』と呼んだんだ。得体の知れないその物体は神の御業《みわざ》かもしれないと言ってね。それがそのまま定着したってわけさ」

「それで、何が変わったの？　そのJ波に何かが起きたの？」

少佐は答えようとしたが、ぐっと言葉をのみこみ、愕然《がくぜん》とした面持ちでマリアを見た。

「いまの会話はなかったことにしてくれ」

少佐が出ていくと、あとにはドクター・チャンディラマーニーと患者だけが残された。

おぞましい姿で現れてから四カ月、マリア・テラフィーノはこの世を去った。

11

26時間　45分

目覚めると、サムは驚くほど深い安らぎのなかにいた。

起きていたら何かよくないことを招いてしまいそうで、開いた目をすぐに閉じる。アストリッドが戻ってきた。しかも、その頭をサムの腕に預けて眠っている。腕はすっかり痺れて感覚がなくなっていたが、このブロンドの頭がそこにあるかぎり、それくらいなんでもない。

彼女からは松の木と煙のにおいがした。

恐る恐る、ゆっくりと目を開ける。フェイズは、サムの純粋な幸せを許してはくれない。少しでも幸福の気配があれば、踏みつけてくる。そしてこの幸福は、まちがいなく報復を招くたぐいのものだった。これほどの高みからの落下は、さぞ長いものになるだろう。

ほんの昨日まで、サムは退屈し、トラブルを求めていた。そう思って愕然とする。ケインとの戦いを期待して、暗闇で笑みを浮かべたのは、本当に自分だったのだろうか。

もちろん、ちがう。自分はそんな人間ではない……はずだ。

もし本当にそんな人間だとしたら、なぜいま、これほど真逆の気持ちを抱いているのだろう。アストリッドのせい？　彼女が自分のベッドにいるから？

身じろぎもせず、アストリッドの頭頂部と――草刈り機で刈られたような髪形だ――、右の頰、まつげ、鼻筋を見つめ、それから自分の足に絡みつけられた、傷だらけの長く形のよい脚に視線を落とす。

アストリッドの片手がサムの胸、ちょうど心臓の上に乗っていて、先ほどから痛いほど高まりはじめた心音が、彼女を起こしてしまうのではないかと不安だった。彼女の吐息がくすぐったい。

このままでも、心は充分満たされていた。だが、肉体はそうではなかった。サムはごくりと唾をのんだ。

アストリッドのまつげがピクリと動いた。呼吸が変わる。「話をする前にどのくらい時間がある？」と言う。

「もうしばらくは」

もうしばらくは、やがて終わりを告げた。アストリッドがようやく体を離し、起きあがった。ふたりの目が合う。

その目に何を期待していたのか、サムにはわからなかった。罪悪感？　後悔？　それとも自己嫌悪だろうか？　彼女の瞳に、そうした要素はひとつも見当たらなかった。

「どうしてこれを、あれほど頑なに拒んでいたのかしら」アストリッドは言った。

サムが微笑む。「その理由を思い出させるつもりはないよ」

アストリッドは、思わずたじろいでしまうような飾りけのない眼差《まなざ》しで、サムを見た。まるで在庫チェックをしているみたいな、映像を記憶に焼きつけているみたいな、淡々とした視線だ。

「戻ってきたんだよね？」

サムの問いに、アストリッドの視線が揺れる。それから思い直したように、まっすぐサムの視線を受け止めた。「サム、本当のことだけを話したいの」

「いいよ」

「そんなふうに即答しないで。でも、もう嘘はうんざり。ひとりきりで暮らしているとね、くだらない嘘に耐えられなくなるみたい。とくに自分をごまかすことに」

サムは体を起こした。「わかった。話をしよう。でもまずは湖でさっぱりしてからだ」

ふたりは甲板に出ると、冷たい水に飛びこんだ。

「人に見られちゃうかも」髪をかきあげ、額の日焼けの線をあらわにしながら、アストリッドが言った。「それでもいいの？」

「言っておくけど、もういまごろは湖にいる全員どころか、ペルディド・ビーチ中に知れ渡っているし、もしかしたら島にいる子供たちだって知っているかもしれない。ここにはテイラーやバグが出入りしているんだから」

アストリッドは笑った。「文字どおり、ありえないスピードで噂話が広まるってわけね」

「こんな面白い話、光の速さなんて比較にならないくらいの速度で広まるよ」

ふたりは船に戻ると、タオルで体を拭いた。服を着て、甲板の舳先で朝食をとる。ニンジン、昨日の焼き魚、水。

アストリッドが切り出した。「私が戻ってきたのは、ドームが変化しているからよ」

「染みのこと？」

「知ってたの？」

「ああ、でもてっきりシンダーが原因だと思ってた」

アストリッドの眉があがる。「シンダー？」

「あの子は能力を発現したんだ。物質の成長を加速させることができる。彼女はバリアのすぐそばで小さな畑を世話しているんだけど、そこでちょっとした実験をしていて……ほら、その能力が野菜にも効果があるかどうか」

「とっても科学的ね」

サムは肩をすくめた。「まあね、科学に強い僕のガールフレンドが森に消えちゃったから、自分でどうにかしなきゃいけなくて」

〝ガールフレンド〟という言葉に、アストリッドが反応したように見えた。

「ごめん」と慌てて言う。「そうじゃなくて……」ではなんなのか、サムにはわからない。

「別に『ガールフレンド』に反応したわけじゃないわ。気になったのは『僕の』っていう所有格よ。ばかげているのはわかっているけど、これまで自分が誰かの何かだって意識したことがなかったから」

「少女はひとりでは生きられない《No girl is an island》」

「それを言うなら『人はひとりでは生きられない《No man is an island》』でしょう。ジョン・ダンを引用するなら正確にしてくれなくちゃ」

「わざとだよ。この数カ月、僕が詩集を読んで過ごしていたかもしれないだろ?」

アストリッドが声を出して笑った。サムの大好きな笑い声だ。それからふと、真顔になる。「あの染みは、調べたかぎりあらゆるところにあったわ。バリア沿いを歩いてきたの。ほんの数センチのものもあれば、六メートルくらいの高さのものもあった」

「広がっていると思う?」

アストリッドは肩をすくめた。「広がっているでしょうね。ただ、速度がわからない。これから調べてみるつもり」

「あれはなんだと思う?」

アストリッドはゆっくりと首を横にふった。「わからない」

サムの心臓がぎゅっと縮こまった。フェイズは幸福を許さない。幸福を手にしたサムは、過ちを犯したのだ。

「ひょっとして……」と言いかけたものの、続く言葉が出てこない。質問を変える。「もしあの染みが広がり続けたら?」

「バリアはこれまでずっと錯覚のような状態を保ってきたわ。でも正面に立つと、虚ろな、灰色の壁が見えるばかり。上を向けば昼も夜も空が見えるけど、飛行機は一機も見当たらない。それでも月の満ち欠けはちゃんとある。幻覚ではあっても、あれが私たちの唯一の光源で……」アストリッドは考えていることをそのまま口に出していた。そう、これこそがアストリッドだ。サムの会いたかったアストリッドだ。

「わからないけど、なんらかのシステムダウンが生じているのかも。ほら、学校で使ったプロジェクターって覚えてる？　あれの画面を暗くしていくと、だんだん見えにくくなるでしょう？」

「つまり、真っ暗になるってこと？」自分の声が震えなかったことにサムはほっとした。

アストリッドはサムの脚に触れようとして、思いとどまった。代わりに、自分の指と指を絡ませる。サムではなく、サムの少し後ろに向けられた視線が、左から右へと泳いだ。

「かもしれない」彼女は言った。「ええ、そうね。私も最初にそう思ったの。暗闇が訪れるって」

サムは大きく息を吸った。大丈夫、取り乱したりはしない。しかしそれは、自分に光を生み出す能力があるからだ。ささやかな〈サムの太陽〉と、目のくらむような光線。まばゆい太陽どころか、月にさえ及ばない。それでも、自分には光がある。完全な闇に支配されることはない。

闇のなかでは生きられない。漆黒の闇のなかでは……。

サムは、いつの間にかじっとりと汗ばんでいた手のひらを短パンでぬぐった。顔をあげ、アストリッドの視線に気づく。そうして、自分の気持ちがばれていることに気がついた。弱々しく笑ってみせる。「ばかみたいだろう？　これまで散々な目に遭ってきたくせに、まだ暗闇が怖いなんて」

「誰にだって怖いものはある」

「まるで小さな子供だ」

「人間らしいわ」

サムは湖に、湖面にきらめく陽光に目を向けた。子供たちが笑い声をあげ、幼い子らが水際で遊んでいる。

「漆黒の闇」声に出して、言ってみる。その響きを耳にし、自分が耐えられるかどうかを試すように。「何も育たなくなる。釣りもできない。そんな状況になったら……飢え死にするまで暗闇をさまようことになる。みんなもすぐに気づくだろう。そうなったら、パニックだ」

「染みはこれ以上広がらないかもしれない」アストリッドは言った。

だがサムは聞いていなかった。「いよいよ終わりがくる」

その日の朝、ランニングに出かけたサンジットとヴァーチュが、テイラーを発見した。サンジットは、ぜいぜいと息を切らしているヴァーチュのまわりをくるくるとまわりながら、行きつ戻りつをくり返していた。ヴァーチュは運動が苦手なのだ。

「ほらほら、どうしたチュー、ランニングは健康にいいんだぞ」

「わかってるよ」ヴァーチュが食いしばった歯の隙間から声を絞り出す。「だからって楽しめるとはかぎらないだろう」

「ほら、いい景色じゃないか。砂浜に――」そこでヴァーチュの姿が車に隠れて見えなくなり、サンジットは口をつぐんだ。もと来た道を引き返すと、そこで何かの上にかがみこんでいる弟と、弟が見ているものを発見したのだった。

「おい……大変だ。いったい何があったんだ？」

サンジットはヴァーチュの隣にひざまずいた。どちらも彼女に触れようとしない。金の延べ棒と同じ肌の色をした少女は、両脚の膝から下と、片方の手がきれいさっぱりなくなっていた。

ヴァーチュが息を止め、テイラーの口もとに耳を近づける。「まだ生きてるみたいだ」

「ラナを呼んでくる！」

サンジットはホテルに駆けこむと、廊下を抜け、ラナと彼らが暮らす部屋へ向かった。室内に飛びこんで大声をあげる。「ラナ！　ラナ！」

気づくと、ラナの拳銃の銃口を見つめていた。「私を驚かさないでってて何度言ったらわかるの！」

サンジットは何も言わず、ラナの手を引いて駆けはじめた。

「やっぱり呼吸があるよ」ふたりが到着すると、ヴァーチュが言った。「首の脈も触れてる」

金色の肌に、突如片手と両足を失った少女――。ラナならこの意味を理解できるかもしれない、そんな眼差しでサンジットはラナを見た。しかしラナも、サンジットと同じ恐怖を浮かべて、呆然と立ちつくしていた。

やがてその顔に、ガイアファージの気配を感じたときに示す、不信に満ちた、硬い怒りの表情がひらめいた。ラナのあごがこわばり、筋肉が引きつる。

ふと、嫌な予感に襲われ、サンジットは車の汚れた窓をのぞきこんだ。「脚を見つけたぞ」

「回収して」ラナが言った。「ヴァーチュ、彼女をなかに運ぶのを手伝って」

「おい、まだ海に出るつもりか？　シガーがあんな目に遭ったっていうのに？」フィルは激昂《げっこう》していた。彼だけではない。

クインは何も言わなかった。自分が何を口走ってしまうかわからなかった。体の内でマグマが煮えたぎり、寝不足の頭は混乱している。シガーの、あのおぞましい姿。黒く落ちくぼんだ眼窩から、蛇のように伸びた神経にぶら下がるビー玉サイズの不気味な目玉……。

シガーは自分の目玉をえぐり出していた。

シガーは仲間だ、その言葉が、クインの脳内で何度もこだまする。シガーは自分の仲間なのだ。

たしかにシガーはばかなことを、ひどいことをした。罰を受けるのは当然だ。それでも、拷問を受けるのはまちがっている。狂気に走らされていいはずがない。その姿に悲鳴をのみこまずにいられなくなるような、おぞましい怪物に変えられるなんてひどすぎる。

クインはボートに乗りこんだ。同乗する三人の漁師が顔を見合わせ、ためらいながらもあとに続く。ほかの三艘《そう》もしたがった。

ロープをほどき、オールを準備し、沖へと漕ぎ出していく。

二百メートルほど行ったところで——岸からまだその姿が確認できる場所で——クインは静かに指示を出した。

「オールをしまえ」

「でも、こんな近くじゃ魚はいないぞ」フィルが抗議する。

クインは黙っていた。オールが引きあげられる。かすかなうねりを受け、船体がわずかに揺れる。

クインは桟橋とビーチを見つめた。それほど間を置かず、自分たちが釣りをしていないという報告が、アルバートかケインの耳に届くだろう。

はたして誰が最初に動くのか。

アルバートか、それともケインか。

クインは目を閉じ、帽子を引き下げた。「少し眠らせてもらう。オールは流されそうになったときだけ使うこと。誰か来たら知らせてくれ」

「了解、ボス」

最初に知らせを受けたのはアルバートだった。ケインもアルバートもスパイを使っているが——ときには同じ子供を——アルバートのほうが報酬がいい。

アルバートは現在、二十四時間態勢でボディガードをつけていた。〈ヒューマン・クルー〉の残党に押し入られて撃たれたあの日、危うく、本当に危うく命を落とすところだったのだ。

犯人のひとり、ランスはケインに処刑された。もうひとりの犯人タークは、執行猶予を与えられ、いまはケインのもとで働いている。ケインがタークを抱えているのは、アルバートに対する脅しのメッセージにほかならない。

前に雇っていたボディガードは、ドレイクに殺された。

いまは全部で四人のボディガードがいた。毎日三交代制で、八時間労働。残りのひとりは待機人員で、アルバートの新たな屋敷に常駐している。アルバートが屋敷の門を出るときには、勤務中の護衛ひとりに加え、待機人員も付き添うことになっている。重武装した、ふたりの屈強な子供たちだ。

それでもまだ、充分ではなかった。アルバート自身も銃を携帯した。茶色い革のホルスターに収まった九ミリ拳銃は、ライフルのような大きな武器ではないが、殺傷力の高い危険な銃だ。撃ち方も習得した。

さらに最後の安全対策として、自分に対する謀略の証拠を持ってきた者に、褒賞を与える旨を告知していた。アルバートはそうした情報を誰よりも高く買う。

残念ながら、それでもケインの——自称国王の——脅威は残っていた。

ケインに戦いで勝てないことはわかっていた。だからこそ、ケインの情報は正確に把握しておかなければならなかった。ケインの側近には、アルバートの息のかかった者もいる。

そしてこれだけ準備をしてもなお、新たな問題が持ちあがってしまうのだ。

町の端にある屋敷から港までは、結構な距離がある。アルバートは急いだ。ケインより先に問題を解決しなければ。ケインは短気だ。気が短い人間は商売に向かない。

アルバートが桟橋の端から見たものは、あまりよくない光景だった。何もせず、四艘のボートに分乗した十五人の子供たち。頭のなかで計算する。三日分の食料と二日分に相当する青コウモリの損失。青コウモリがいなければ、ミミズのいる畑の収穫は安全におこなえない。

「クイン！」アルバートは叫んだ。

砂浜で聞き耳を立てている三人の子供たちの姿に、怒りが湧きあがってくる。ほかにやることはないのだろうか？

「アルバートか」クインが叫び返した。どこか気のないようすだ。アルバートは、クインがほかの仲間を制すような仕草をしたのを見て取った。

「いつまでこんなこと続けるつもりだ？」アルバートは訊いた。

「正義を勝ち取るまで」とクイン。

「正義だって？　人類は恐竜時代から正義を待ち望んでいるんだぞ」

クインは何も答えず、アルバートは軽口を叩いてしまった自分に悪態をついた。「クイン、望みはなんだ？　具体的な条件は？」

「ペニーの追放」

「これ以上給料をあげることはできない」アルバートは叫び返した。

「金のことなんて言っちゃいない」クインが戸惑ったように応じる。

「わかってる。正義だろ。でも人間の目的はたいてい金だ。だからクイン、話し合おう」

「ペニーだ。あいつが町を出て、姿を消すこと。それが叶《かな》ったら俺たちは釣りをする。それまでは動かない」その言葉を強調するかのように、クインはどかりと座りこんだ。

いらだちのあまり、アルバートは唇を噛んだ。「クイン、僕との交渉が決裂したら、ケインと交渉することになるんだぞ。わかっているのか？」

「あいつの能力はここまでは届かない」そう言ったクインの顔は、得意げとまではいかないにしても、決然としているように見えた。「それに、あいつだって食料は必要だろ？」

アルバートは考えた。脳内で計算する。「わかった。こうしよう。そっちの取り分を五パーセント上げる。それが精いっぱいだ」

クインは帽子を――いまや原型もわからないほど、染みだらけでぼろぼろになった中折れ帽を――目の辺りまで引き下げ、船縁《ふなべり》に足を投げ出した。

アルバートはそのようすをしばらく眺めた。だめだ、クインは買収できない。

大きく息を吸いこみ、いらだちとともに思いきり吐き出す。クインの引き起こす問題は、
いつもすべてを台無しにしてしまう。アルバートの築きあげてきた、すべてのものを。

クインがいなければ、魚は手に入らない。魚がなければ、畑の収穫はできない。簡単な計算だ。あの性格からして、ケインは絶対に折れないだろう。そしてクインのほうは、かつての従順な臆病者から成長を遂げ、頼もしい、役立つ男になっていた。

どちらかひとりが消えざるを得ない。そしてその選択がケインかクインであれば、答えは決まっていた。

問題は、ケインにこの知らせをどう伝えるか、だ。とうの昔に仕かけた罠《わな》は、準備万端整い、ケイン王を待ち受けている。あとはどうにかペニーも一緒に排除できれば……。あのふたりにはうんざりだった。両人ともに厄介でしかない。こっちは商売をしようとしているのだ。

人目につかないあのビーチ、木箱に入った興味深いおもちゃのことを、そろそろケインに伝えるときかもしれない。

いまこそ、王を亡き者にする潮時かもしれない。

ビジネスのために。

12

25時間　8分

ケインへ
この手紙を書いているのは、ほかに選択肢がないからだ。きっと僕が何か企《たくら》んでいると思うかもしれない。だからこれを書き終えたら、トトとモハメドの前で読みあげるつもりだ。僕が真実を言っているというトトの証言をモハメドが裏づけてくれるだろう。

バリアに異変が起こっていて、黒く変色しはじめている。〝染み〟と僕らは呼んでいるけど、いま、その染みがどれほどの速さで広がっているのか突き止めようとしているところだ。詳細はまだわからない。ただ、染みはこのまま広がり続けるかもしれない。そうなればバリア全体が暗くなって、暗闇に包まれてしまう可能性がある。

それがどれだけ深刻な事態か、おまえならわかるはずだ。

フェイズが闇に包まれたら、できるだけ多くの〈サムの太陽〉をともそうと思っている。たいして明るくはないかもしれないけど、うまくいけば子供たちのパニックを和らげられるかもしれないし、そうしたら、そのあいだに何か対策を――。

悪い、いまのはなしだ。まるで解決策があるみたいな言い方をしてしまったけど、僕には思いつかない。そっちに考えがあれば聞かせてほしいくらいだ。

すぐにアルバートにも同じ内容の手紙を送る。ペルディド・ビーチへ行って明かりをともす許可を、おまえたちふたりに仰ぎたい。

サム・テンプル

サムは約束どおり、声に出して手紙を読みあげた。「真実だ」とトトが何度かつぶやく。

モハメドは、サムがアルバート宛の手紙を書き終えるのを待った。それから二通の手紙を受け取り、ジーンズのポケットに押しこんだ。

「モハメド、もうひとつ頼みがある。僕は、ケインが僕らに向けてミサイルを使うつもりだと思っていた。そして、それなら受けて立とうと思っていた。けど、いまはそれどころじゃない。そうケインに、弟に伝えてほしい」

「わかった」

「トト、僕の書いたこと、それから話したことは真実か？」

トトがうなずき、「サムはそう思ってる」とつぶやいた。

「モハメド、これでいいか？」

モハメドはうなずいた。

「じゃあ、急いで」サムはそう言ってから、皮肉めかして言い添えた。「存分に日の光を浴びてくれ」

「ナイフを取って」使われていないホテルの一室にテイラーの残骸を寝かせると、ラナは言った。

サンジットは、片手に一本ずつ持っていた両脚をベッドの上、テイラーのすぐそばに置いた。

「ナイフ?」その場にいたのは、ラナとサンジットだけだった。ヴァーチュはいま、弟妹たちの面倒を見ている。ヴァーチュにこれを直視するだけの勇気はなかったし、幼い弟妹たちにうっかりこの恐怖を見せたくなかったからだ。

ラナが説明しないので、サンジットはナイフを手渡した。ラナはしばし刃先を見つめ、それからテイラーに刃先を向けた。先ほどよりわずかに聞き取りやすくなったテイラーの呼吸は、それでも弱く、おぼつかない。ラナはテイラーのシャツを少しまくると、その腹に刃先を滑らせた。傷は浅く、出血はごくわずか。

「なんでそんなことするんだ?」ラナを疑っているわけではなかったが、サンジットは理由を知りたかった。それにテイラーから意識をそらすためにも、会話を続けていたかった。

「この前、眼球を再生しようとしてBB弾が形成された。その前に腕全体を再生しようとしたときには、予想外のものがはえてきた」

「ドレイクか?」

「そう、ドレイク。だからテイラーの脚を再生する前に……」自分のつけた傷口に触れ、ラナが黙りこむ。

傷口はふさがっていなかった。代わりに、過酸化水素をかけたみたいにぶくぶくと泡立っている。

ラナは身を引いた。「おかしい」

サンジットはラナの眉間に深いしわが刻まれるのを見た。いまにも逃げ出さんばかりの形相だ。「ダークネスか?」

サンジットの言葉に、ラナが首をふる。「ちがう。何か……もっと別のもの。何か、よくないもの」そう言って目を閉じ、ゆっくりと後ろに体を傾ける。そして、誰かを驚かそうとするように、ぱっとふり返る。

「誰かいたら教えてやるよ」

「ダークネスじゃない」ラナは言った。「そうじゃない。でも、感じるの……何かを」

サンジットは疑念を差しはさみそうになった。しかしラナは、ガイアファージとの絶望的な戦いの一切を話してくれた。いまもその化け物がラナの心に触れ、ラナに呼びかけてくることを、サンジットは理解している。昔なら信じられなかった出来事――絶対にありえなかった出来事――が、ここでは起こるのだ。

けれど今回のこれは、何かがちがう。ラナの目に、ダークネスに触れられたときのような抑えきれない怒りや恐怖は浮かんでいない。その顔は、戸惑っているように見える。

ラナがだしぬけにサンジットの腕をつかんで引き寄せ、額に手を当てた。手を離し、今度はテイラーの額に触れる。

「冷たい」ラナの視線が揺れた。

「出血がひどかったからだろう？」サンジットは言った。

「そうかな。切断面はすべてふさがっているのに？」

「じゃあ、どうしてこの子はこんなに冷たいんだ？」テイラーは、たしかに冷たかった。サンジットは切断された両脚に触れると、もう一度テイラーの額に手を伸ばし、そうして自分の額に触れてみた。両脚も、胴体と同じくらい冷ややかだった。

「サンジット、あっち向いてて」そう言ったラナは、すでにテイラーのTシャツを引きあげはじめていて、サンジットは慌てて顔をそむけた。

ラナがテイラーのジーンズのチャックを開ける音が聞こえた。

「……いいよ」ラナが言う。「見られてまずいものはないから」

サンジットはふり向き、息をのんだ。「これって……彼女、どうなってるんだ？」

「哺乳類の条件をすべて覚えているわけじゃないけど」平静を保った口調でラナが言う。

「たしか哺乳類は、赤ん坊を産んで授乳する。それに体温も一定のはず。テイラーは、そのいずれも備えていない……」そこで首をふり、咳払《せきばら》いをする。「テイラーはもう、哺乳類じゃない」

「髪の毛は？　哺乳類には体毛があるだろう」サンジットはテイラーの髪に触れた。薄く伸ばした粘土みたいな手触りだった。「つまり、彼女は突然変異を起こしたってことか？」

「この子はすでに能力を発現していた。これまで能力者がさらなる変異を起こした例はない。それに人間をやめた例も。オークだってあの鎧の下には人間の肉体があるみたいだし」

「じゃあ、ルールが変わったとか」

「もしくは変えられたか」

「彼女、どうする？　まだ生きてるぞ」

ラナは答えなかった。数センチ先の空間を、じっとにらんでいるように見える。サンジットは手を伸ばし、腕に触れ、彼女にひとりではないことを思い出させようとして、思いとどまった。ラナの孤独の壁が高くそびえ、サンジットには理解の及ばない力とともに、閉じこもってしまっていたからだ。

ただ、そばにいることしかできない。サンジットは強烈な疎外感を覚えた。視線が否応なく、変わり果てたテイラーの姿に引き寄せられる。

ふいにテイラーの口が開いた。先の割れた、深緑色の長い舌が、空気を味わうみたいにひらめいて引っこんだ。幸いにも、目は閉じたままだ。

バンコクの通りに戻ったような気分だった。当時、見知ったホームレスのひとりが、二本脚の犬を連れていた。ホームレス自身にも脚がなく、両手の指も変形していた。

路上に暮らすほかの子供たちは、男と犬を融合したひとつの生き物のように、〝ふたつ頭の怪物〟と呼んでいた。石を投げつけることもあった。男は異質で、人々に恐怖を与えた。

しかし、とサンジットは思う。恐ろしいのは、異質な外見をした化け物などではない。あまりに人間すぎる、その姿なのだと。彼らは、自分たちに起こったことは誰にでも起こり得ると、警告を発している。

心のどこかで、サンジットはテイラーの化け物じみた肉体を破壊すべきだと思っていた。テイラーが助かる見こみは万にひとつもない。そうしてやるのが慈悲だろう。何しろ彼女は、ただの意識のある物体で、この先もきっと変わらないのだから。輪廻《りんね》転生。テイラーの業《カルマ》がつぎの命に向かえば、慈悲の手を差し伸べたサンジットのカルマにも、いい影響があるはずだ。

とはいえ、カルマを説く宗教はこうも言っている。決して命を奪うことなかれ。その行為は、輪廻の正しいサイクルを妨げるものである、と。

「説明できない感情って感じたことある？」ラナが訊いた。

サンジットははっとし、現実の世界に引き戻された。「あると思うけど、たとえば？」

「たとえば……嵐が来る予感とか。飛行機に乗らないほうがいいとか、まちがったタイミングでまちがった角を曲がったら、何かひどいことに直面する気がするとか」

サンジットは今度こそラナの手を取った。ラナは拒まなかった。「昔、友だちと市場で待ち合わせをしたことがあったんだ。そのとき、急に足が動かなくなった。まるで足が『行くな』って言ってるみたいに」

「それで？」

「車が爆発した」

「行こうとしていた市場のなかで？」

「ちがう。自分の足が止まった場所から三メートルほどのところで。俺は止まった足を無視して、市場に向かったんだ」サンジットは肩をすくめた。「直感は何かを告げていた。でも俺が思ったのとはちがうことだった」

ラナはうなずいた。ひどく、暗い顔で。「もうすぐ、はじまる」

「何が？」

ラナが身じろぎをして、サンジットの手を払った。それから弱々しく笑うと、今度は自分からサンジットの手を取り、両手で握りしめた。「戦争がはじまる予感がするの。ついに……」

サンジットは微笑んだ。「なんだ、それだけ？　それなら生き残る方法を考えればいい。『サンジット』の意味は教えたっけ？　サンスクリット語で『無敵』って意味だ」

ラナが笑い、その貴重な笑顔に、サンジットの胸は張り裂けそうになった。「覚えてるよ。敵が無なんでしょう」

「ああ、誰にも俺は倒せない」

「暗闇《ダークネス》がやってくる」ラナの笑顔が消えた。

「未来なんてわからない」サンジットは断固とした口調で言った。「誰にも。たとえフェイズであっても。それで、テイラーはどうする？」

ラナはため息をついた。「部屋を用意しよう」

13

25時間

ドームの表面に線を引いたり、しるしをつけたりするのは不可能だ。アストリッドがサムに計画を伝えると、サムは同じ木枠を十個作るよう、芸術家《アートフル》ロジャーに指示をした。きっちり六十センチ四方の、額縁のようなものを。

できあがった木枠は、それぞれ長さ一・五メートルのポールにくくりつけられた。

それからアストリッドは、エディリオに警護を、ロジャーに木枠の運搬を頼み、バリア沿いを西から東へと移動した。三百歩進んだところで、バリアの根元から三十メートル離れた地点を巻き尺で測定し、そこに穴を掘ってひとつ目の木枠を設置する。そうしてまた三百歩進んでは三十メートル測り、つぎの木枠を設置していく。

アストリッドは、それぞれの木枠からきっちり十歩下がった場所で写真を撮り、日時と、木枠内に見える染みの大きさを慎重に記録していった。

彼女が戻ってきたのは、この作業をおこなうためだった。ジャックが染みを計測する方法を思いつく可能性はあったが、そうでない可能性もあったのだ。

寂しかったからじゃない。サムのもとに行く言い訳を探していたわけじゃない。

それでも今回の件で、ようやくサムのもとへ戻ってきた。

思わず笑みが浮かび、アストリッドはエディリオに見られないよう、慌てて顔をそむけた。

はじめから、これが望みだったのだろうか？　言い訳を見つけてサムのもとに駆け戻り、この身を投げ出すことが？　以前なら、こうした疑問にこだわったかもしれない。昔なら、自分の動機に強い関心を抱き、正当化しなければ気がすまなかっただろう。そう、昔の自分には、モラルや倫理的枠組み、自己を評価するための漠然とした基準が必要だった。

そしてもちろん、その基準を他人にも当てはめた。そうして生き残りをかけた戦いがはじまり、恐怖を終わらせるために手段を選ばなくなると、彼女は冷酷なおこないに手を染めた。たしかに、そこには道理があった。ピーターを犠牲にしたのは大義のためだ。一方でそれは、歴史上の暴君や悪人の言い訳でもある。世のため人のため、ひとりを、十人を、あるいは百万の民を犠牲にする。

彼女のしたことは道義にもとる行為であり、まちがった行為だ。彼女は信仰を捨てていたが、それでもいいことはいいし、悪いことは悪いことで、だから、弟を化け物の群れに投げ入れるというのは……。

自分の悪行を疑っているわけではない。自分の受ける罰に疑問を抱いているわけではない。それどころか、〝許し〟を思うだけで吐き気がする。許しなどいらない。罪を洗い流そうなどとは思わない。自分の罪を抱いたまま、傷のように刻みつけておきたい。なぜならあれは現実の出来事で、なかったことにはできないのだから。

自分は冷酷非道なことをした。その事実を、一生背負って生きていく。

「事実は事実」アストリッドはつぶやいた。「ありのままを受け止めるしかない」

おかしなものだ、とアストリッドは思った。罪を背負い、許しを拒み、それでいて同じ過ちを二度とくり返さないと誓うことで、人は強さを感じられるのだから。

「今度はいつ確認に来る?」すべての木枠の設置が終わると、エディリオがたずねた。

アストリッドは肩をすくめた。「明日も確認したほうがいいかも。染みが予想以上に速く広がるかもしれないから」

「それでどうするの?」ふたたびエディリオが訊く。

「計測するのよ。二十四時間でどのくらい成長したかを確認して、その翌日と翌々日にもどうなったかを確認する。そうすれば染みの成長速度や、成長の加速の有無がわかるから」

「それがわかったら?」

アストリッドは首をふった。「わからない」

「祈るっていうのは?」

「悪くないかもね」

そのとき、物音がした。

三人は音のしたほうをすばやくふり向いた。エディリオがマシンガンを肩からはずし、一瞬のうちに撃鉄を起こして安全装置をオフにする。ロジャーがエディリオの背後にさりげなく身を寄せた。

「コヨーテだわ」アストリッドは小声でささやいた。木枠の半分を運んできたため、ショットガンは持ってきていなかった。代わりに、携帯していたリボルバーを引き抜いた。

だがすぐに、そのコヨーテが脅威でないことがわかった。コヨーテは一頭きりで、しかもまともに歩けていないのだ。ふらふらとよろめき、何やらバランスが悪い。

いや、頭部が、なんだかおかしい……。

あまりのことに、アストリッドは状況をうまくのみこめなかった。まじまじと見つめ、まばたきをする。頭をふり、もう一度よく見る。

はじめ、コヨーテが子供の頭を口にくわえているのだと思った。

ちがう。

そうじゃない。

「聖母マリアさま《マードレ・デ・ディオス》」エディリオは泣いていた。このときエディリオは、その生物に六メートルほどのところまで近づいていて、だからはっきりと見えていたのだ。ロジャーがそっとエディリオの肩に手をのせたが、ロジャーも気分が悪そうだった。

アストリッドはその場に立ちつくした。

「ボニー」エディリオが金切り声をあげた。「あの子だ。あれはあの子の顔だ。なんで……」そう言ったきり、長く、悲痛なうめき声をもらす。

その生物はエディリオを無視し、二本のコヨーテの前脚と、ねじれた人間の後ろ脚で歩き続けた。虚ろな、人間の青い瞳は何も映さず、人の形をした桃色の耳は何も聞いていない。

歩き続けるそれのそばで、エディリオは泣いていた。

アストリッドはその生物の心臓にリボルバーで狙いをつけ、引き金を引いた。彼女の手のなかで銃が跳ね、小さな、赤い穴から血が流れ出す。

もう一度引き金を引き、コヨーテの首を撃つ。

生物が倒れた。首から血が溢れ、砂に血だまりができていく。

また、アヴァターが壊れてしまった。

ぴょんぴょんと飛びまわるアヴァターで遊ぼうと思ったら、色と形が変化し、動かなくなってしまったのだ。

別のアヴァターも試してみたが、そっちは溶けてちがうものになった。

はたして、これはゲームなのだろうか。

あまり楽しくない。

それにアヴァターが壊れると、なんだか申し訳ない気持ちになってくる。まるで悪いことをしているみたいに。

だからピーターは、アヴァターを壊れる前の状態に戻そうと願ってみた。

何も起こらなかった。本気で願えば、いつもそのとおりになったのに。あのうるさいサイレンや悲鳴が止《や》むように、町が炎上しないようにと願ったら、いま暮らしているボールが出現したのだ。

ほかのことだって現実になった。だから本気で願えば、願いは叶うはずなのだ。たぶん。いまは心がもやもやしていて、だからアヴァターをもとどおりに直したい。なのに、もとには戻らない。

そうか、とピーターは思い直した。何か大きなことが起こったとき、自分はいつも怯えていた。ただ願うだけではダメなのだ。これまで自分はずっと怯え、パニックを起こし、そうしてショートした脳が悲鳴をあげていた。

いまは怯えていない。制御不能な狂乱に惑わされることはない。あれは昔のピーターだ。新たなピーターは、音も、色も、すばやく動くものも怖くない。

新たなピーターはただ、退屈だった。

見覚えのあるアヴァターが、ピーターの目の前を通り過ぎた。刺すような青い瞳や、金切り声がなくても、誰だかわかった。姉だ。姉のアストリッドだ。パターン、形、渦巻きの形状……。

ピーターはとても孤独だった。

前にも孤独を感じたことがあっただろうか?

いまは、感じる。手を伸ばし、そっと触れて、姉に自分の存在を知らせたい。

でも、だめだ、アヴァターはものすごく繊細だ。そしてピーターの指は、全部が親指みたいに太いのだ。

その冗談に、ピーターは自分で笑った。

前にも笑ったことがあっただろうか?

いまは、笑っている。とりあえずは、それでよしとしよう。


アルバートは、早くからケインのばかげた王族ゲームに乗ろうと決めていた。ケインが自分を王と呼ぼうと、みんなに「陛下」と呼ばせようと、それで損をするわけではない。

実際、ケインはうまく治めていた。施行された法にも、アルバートは満足だった。

モールでの万引きはまれだった。

喧嘩も恐喝もそれほどない。武器を携帯する子供の数さえ多少なりとも減っていて、釘の突き出た野球バットやマチェテを忘れて出かける子供もたびたび見かけた。

悪くない兆候だった。

何より、みんながきちんと仕事に出かけ、一日中働いていた。

ケイン王は恐怖を与え、アルバートは給料を支払う。脅威と褒賞の狭間で、サムやアストリッドがいたときよりも物事はスムーズに進んでいた。

だから、ケインが王と呼べというなら……。

「陛下、報告にあがりました」アルバートは言った。

ケインが自分の机で読み物に没頭するふりをしているあいだ、辛抱強くその場で待つ。

ようやくケインが顔をあげ、素っ気なく促した。

「報告しろ」

「まず、いい知らせを。水は、まだ例の雲から降り続けています。泥や瓦礫《がれき》、油などは大方洗い流されたので、直接雨を摂取するだけでなく、そろそろビーチの貯水槽を利用してもいいでしょう。水量は一時間に七十五リットル。一日に換算すると千八百リットルで、飲み水を確保しても、まだ畑などに使う余裕があります」

「洗濯は？」

アルバートは首を横にふった。「だめです。それに、雨の下でシャワーを浴びることも禁じます。いったん貯水槽を開けたら、そうした汚水がすべて飲み水に混じってしまいますから」

「わかった。声明を出そう」ケインは言った。

ときどき、アルバートは声をあげて笑い出したい衝動に駆られる。〝声明〟とは。しかし真面目な、無表情を保つ。

「食料のほうは、あまりよくありません」アルバートは続けた。「グラフを作成してみたのですが」そう言って、ポスター大の紙をブリーフケースから取り出すと、ケインの前にかかげてみせた。

「これは先週の食料供給量です。安定しています。しかしながら本日、漁獲量がゼロのため供給量が落ちこんでいます。ちなみにこの点線は、来週の食料供給予測です」

ケインの表情が沈んだ。親指を噛んで、すぐにやめる。

「ご承知のとおり、ケイ……陛下、野菜やフルーツの六十パーセントはミミズ畑で収穫されています。そしてタンパク質の八十パーセントは海からです。クインがいなければミミズに与える餌がなくなり、収穫も作付けも実質的にストップします。おまけに、アーティチョーク畑で働いていた子供が、魚に変わったという奇妙な噂が流れています」

「なんだと？」

「ばかげた噂ですが、現在のところ、誰もアーティチョークを収穫していません」

ケインは悪態をつくと、ゆっくり頭をふった。

グラフを片づけ、アルバートが言う。「三日以内に深刻な食料難に陥ります。一週間もすれば死者が出はじめるでしょう。飢えた群衆がどれほど危険か、言うまでもないとは思いますが」

「クインの代わりを立てて、そいつらに船を出させろ」

アルバートは首をふった。「物事には段階があります。クインはいまの技を身につけるまでに、長い時間をかけて訓練を積《つ》んできました。加えて、クインは一番いいボートを占拠していて、網や釣り竿《ざお》などもすべて持ち出しています。かりにクインの代わりを立てたとしても、飢えをしのげる漁獲量を得るまでに五週間はかかるでしょう」

「ならすぐにはじめろ」

「無理だ」アルバートは思わず言ってから、言い直した。「無理です、陛下」

ケインが机にこぶしを打ちつける。「クインに屈するつもりはない！　王はクインじゃない！　この俺だ！」

「クインに給料のアップを提案してみましたが、彼が求めているのはお金ではありませんでした」

ケインが椅子から飛びあがった。「そんなことはわかってる。みんながみんな、おまえみたいな人間じゃないんだ。誰もが金に意地汚い……」そこでちょっと口をつぐんだが、まだ怒りは続いていた。「あいつが欲しいのは力だ。俺を引きずりおろしたいんだ。クインとサム・テンプルは昔からの親友だった。あいつをここにとどまらせるんじゃなかった。サムと一緒に行かせりゃよかったんだ！」

「ですがクインの漁場は海で、ここには海があります」アルバートは冷静に指摘した。こういう癇癪にはうんざりだった。時間の無駄だ。

ケインは聞いていないようだった。「サムは魚や畑のほかに、ヌテラやペプシやカップヌードルまで持っている。食料がないとわかったら、ここの連中はどうすると思う？」ケインの顔は怒りで真っ赤に染まっていた。たとえ怒りにわれを忘れるような愚か者であっても、ケインは極めて強力な能力を持つ危険人物だ。アルバートは自分にそう言い聞かせ、黙ってやり過ごすことにした。

「言うまでもないな」苦々しい口調。「やつらは町を出て湖へ向かう」そして、まるでアルバートの落ち度だとでも言いたげに、にらみつけてくる。「これだから町をふたつに分けるとろくなことがない。子供たちは好きなほうへ行ってしまう」

ケインがどさりと椅子に沈みこみ、その拍子に膝を机に打ちつけた。腹立ちまぎれに両手をふり、机を壁に投げつける。衝撃で壁に飾られていた、自尊心丸出しの元市長の写真が落下し、壁が机の形にへこんだ。

ケインが親指を噛んでいるそばで、アルバートはもっと現実的に、自分の打てる手を考えていた。やがて、ケインが能力を使って机をもとの位置に戻した。寄りかかるものが必要だったのだろう。机に両ひじをつけ、指の腹を合わせて三角形を作り、祈るような格好で考え深げに指先で額を叩く。それがケインのいつものポーズなのだ。

「おまえは俺のアドバイザーだ」ケインが言った。「おまえの意見を聞かせてほしい」

アドバイザー？　いつの間にそんな役職についたかは知らなかったが、アルバートは意見を述べた。「では、ペニーを追放するべきかと」ケインが反対しかけたところで、いらだちが限界に達し、手をあげてケインを制す。「ひとつ、ペニーは病んでいて、不安定である。問題を起こさなければ気がすまないたちで、今後も多くの問題を起こすと思われる。ふたつ、シガーに対する処罰でみんながあなたに反感を覚えている。クインだけじゃない。全員がまちがったことだと思っている。三つ、どちらかが折れなければ、この町からは人がいなくなってしまう」

それに、とアルバートは心のなかで付け加えた。もしこの意見にしたがわなければ、海岸に隠してあるミサイルの存在を、僕が突然知ることになる。そしてケイン王、あんたはミサイルを取りに向かうんだ。

祈りの形をしたケインの両手が、机に水平に置かれた。「俺が屈すれば、みんなに……」そこで、震える息を吐く。「俺は王だ。王を倒せると思われてしまう」

アルバートは心から驚いた。「当然です、陛下。誰しも倒される可能性はあります」

「おまえ以外は、だろう?」ケインが苦々しく吐き捨てる。

挑発に乗るべきじゃないことはわかっていた。それでも、あの卑劣な行為が心にわだかまっていた。「タークとランスは僕を撃った」ドアノブに手をかけながら、アルバートは言った。「僕が助かったのは、運とラナのおかげだ。僕はもう自分が無敵だなんて思っちゃいない」

だから計略をめぐらすことにしたんだ、そう思ったが、それは口にしなかった。

14

24時間　29分

ふたりは歩き去るモハメドの姿を見送った。

しばらくして――サムに二、三分考える時間を与えてから――アストリッドは先ほど見たものを報告した。「じきにエディリオが持ってくるわ。私は先に戻ってきたけど、到着し次第、詳しく調べてみるつもり」

サムはろくに聞いていないようだった。その目がバリアに吸い寄せられている。サムだけではない。染みは、仕事をしている子供たちの目にも明らかだった。畑に出ている者はわからないが、少なくとも港のまわりで働いている子供たちには、確実に見えていた。

何人もの子供たちが説明を求めてサムのもとへやってきた。そのたびに、サムはこう言った。「仕事に戻って。問題があれば知らせるから」

同じ台詞を二十回はくり返しただろう、サムはそのつど、不愛想だが頼もしげな口調で応じていた。

しかし、アストリッドにはわかっていた。あらゆる毛穴が血を流しているような、張りつめた雰囲気がサムから伝わってくる。口がへの字に曲がり、眉間に二本のしわが寄っている。

サムに、さらなる心配の種は不要だった。彼女とエディリオが見つけた異常な生物の一件は、後まわしにしたほうがいいだろう。サムはいま、広がりゆく染みのことで頭がいっぱいなのだ。想像をめぐらし、苦しんでいる。きつく握りしめたこぶしを無理やり緩め、ふうっと息をつく仕草がそれを物語っている。

サムは、暗闇に包まれた世界を見ているのだ。

アストリッドも同じだった。そして、なぜだか野営地のテントのことが気がかりだった。ロープを定期的に張り直さなければ緩んでしまう。それに、小さな穴が広がらないようテントの生地をチェックしておかなければカブトムシやアリが入りこんでしまう。

以前、テントで目を覚ますと、アリの行列が自分の顔を横切り、床にこぼしたわずかな食料に群がっていたことがあった。慌てて飛び起きて水を取りに行ったが、その間に何十カ所と嚙まれてしまった。

いまとなっては笑顔で思い返すことができる。あのときは、ばかげた暮らしの理不尽さと悲哀に涙が出た。

それでも、その一件で学んだアストリッドは、以来、テントに食べ物をひとかけらも落とすことはしなかった。

ブーツのなかにヘビが入っていたらどうするか、それも学んだ。

ブラックベリーを摘まずに放置すれば、鳥に食べられてしまう。

以前なら惨めに思えた出来事を、しばらくのあいだ、懐かしく思い返していく。運命の日をじりじりと待つサムと同じくらい、自分も囚《とら》われの身であることを痛感しながら。

人間の顔と脚を持つコヨーテの姿が、いきなり脳裏に現れた。その映像に息が詰まる。

バン、バン、バン。記憶のなかで、現実よりも鮮明に銃声が鳴り響く。あのとき、彼女は麻痺《まひ》していた。いまになって、銃の反動の感触がよみがえってくる。忌まわしい血が砂に染み出して……。

幼い少女の顔が死によって弛緩《しかん》し、何も見ていない瞳がどんより曇っていく……。

いったい何が起こっているのだろう。なぜ自分には解決できないのだろう。どうしてサムの力になって、いま一度奇跡的な勝利を引き寄せることができないのだろう。

ひとりきりの生活でよかったのは、誰の期待に沿う必要もなかったことだ。天才である必要も、市長や、サムのガールフレンドや、口うるさいアストリッドである必要も。やるべきことはただひとつ、日々の食料を得ることだけ。その成果は、すべて自分だけのものだった。

サムが双眼鏡をのぞいていた。バリアをチェックしてから、レンズを内側に向ける。

「モハメドが歩いていく」言いながら、わずかに双眼鏡を動かした。「ハワードもいるな。モハメドの少し先を歩いている。あいつ……ああ、見えなくなった」そう言って、双眼鏡を下ろす。「ハワードはたぶん、醸造所に酒を取りに行ったんだろう」

アストリッドは皮肉めいた笑みを浮かべた。「人生は続いてるってことね」

「さっき、何か言ってなかった？」

「仕事に戻って。問題があれば知らせるから」

「それ僕の台詞だから」サムの顔に、笑みらしきものが浮かんだ。

ふいに、その顔がとても幼く見えた。いや、当然だ、とアストリッドは思った。私だってそうなのだ。しかし自分たちが最年長であるこの世界では、そうした事実を失念していた。サムは十代の少年のように見えた。サーフボードで波に立ち向かっては、楽しげに声をあげる、普通の若者のように。

その想像に胸が痛んだ。涙がせりあがってくる。アストリッドは埃が入ったふりをして涙をぬぐった。

しかし、サムもばかではない。アストリッドに腕をまわすと、自分のほうへ引き寄せた。泣いてしまうのが怖くて、アストリッドはサムの顔を見られなかった。サムのなかにある恐怖を見るのは耐えられない。それに、サムを小さな少年のように抱きしめるのも嫌だった。

「だめだよ」サムがささやく。「目を開けて、アストリッド。あと何回その目を見られるかわからないんだから」

サムの頰に押しつけたアストリッドの頰は、涙で濡れていた。

「もう一度、君を抱きたい」

「私もよ、サム。私たち、怯えているのね」

うなずいたサムのあごが、こわばっているのがわかった。「こんなときに不謹慎かな」

「人類は」とアストリッドは言った。「長いあいだ、闇に怯えて身を寄せ合ってきた。家畜の世話をしながら小さな小屋に住んで、周囲に広がる森に精霊が宿っていると信じて暮らしてきた。狼《おおかみ》や狼男、さまざまな恐怖に怯えながら。そうした恐怖に負けないように、身を寄せ合ってきたの」

「近いうちに、君に危険な仕事を頼まなくちゃならない」

「また染みを測定しに行ってほしいんでしょう」

「もしかしたら明日の朝には……」

アストリッドはうなずいた。「染みの広がる速度は加速している。私も同感よ。明日もまだ太陽が昇るかどうか、確かめたほうがいいでしょうね」

サムの顔は虚ろだった。ぼんやりと、アストリッドの背後を見つめている。泣きたいけれど、泣いたところで意味はない、そんな表情に見えた。

ふたたびアストリッドの脳裏に、かつてのサムの姿がよぎった。学校をサボり、クインと冗談を言い合いながら波間に揺られる、たくましい、ハンサムな少年。昔はそんなふうだったにちがいない。幸せで、心配事など何もなくて。

こんがりと焼けた両肩に降りそそぐ陽光のもと、いきいきと輝くサムを想像する。

フェイズはついに、サム・テンプルを打ちのめす手段を見つけたのだ。光がなければ、きっとサムは生きていけない。夜明けの来ない最後の夜が訪れたとき、サムは終わってしまうだろう。

アストリッドはサムにキスをした。サムはキスを返さず、ただじっと、広がりゆく染みを見つめていた。

その昔、シンダーは黒が大好きだった。爪を黒く塗り、茶色の髪を真っ黒に染め、黒い服や、黒を引き立てる色の服ばかり着ていた。

いま、その色は緑になった。シンダーは緑が大好きだ。ニンジンは橙色《だいだいいろ》で、トマトは赤いけれど、どちらも緑のなかで育っていく。緑は光を食物に変えるのだ。

「光合成ってすごいよね」シンダーはジェジーに呼びかけた。ジェジーは少し離れた畝で膝をつき、大切な植物たちを脅かす、雑草、虫、病気などを熱心にチェックしていた。どれほど過保護な母親でも、ジェジーにはかなわないだろう。少女は、雑草を憎むことに並々ならぬ情熱を傾けている。

ジェジーは答えなかった。シンダーがおしゃべりモードに突入すると、ジェジーはいちいち相手をしなくなるのだ。「だって、学校で習ったときは〝光合成？　だから？〟って感じだったけど、本当に光合成のおかげで食物は育つんだよ。光がエネルギーになって、エネルギーが食物になって、それを食べることでまたエネルギーになって。それってさ

「……」

「奇跡だ」オークがぼそりと言う。

「ちがう」ジェジーが反論した。「光合成が雑草を育てないで、食物だけを育てるんだったら奇跡だけど」そうして何やら気に入らない根っこを見つけたのか、懸命に引き抜こうとしている。

「俺が抜いてやる」

「いい、いい！」オークの申し出に、ふたりの少女が慌てて叫んだ。「でも、ありがとね」

オークは靴を履いていないが、かりに履ける靴があるとすれば、サイズはおそらく五十センチ。横幅がうんと広いものでなければ無理だろう。オークが畑に入ると、いろいろなものが潰れてしまうのだ。

シンダーは植物を間近で観察するのが好きだった。しゃがみこみ、葉っぱの神秘的な輪郭を眺めては、葉の裏の、標本のような姿態を眺める。

このときシンダーは、虚ろな黒い染みを背にした、ニンジンのふわふわした葉っぱを眺めていた。染みのせいで、ニンジンの葉が何やら抽象芸術のように見える。

顔をあげると、染みが勢いよく真上に伸びるのが見えた。三メートルかそこらの黒い波形だったものが、突如頭上で黒い花を咲かせたみたいに、十メートル、十五メートルと伸びていき、じょじょに速度を緩めながら、三十メートルほどのところで停止した。

シンダーはジェジーが見ていないことを願った。しかし、立ちあがった友人の頬には、涙が流れていた。

「嫌な予感がする」ジェジーがぽつりと言った。

シンダーはうなずいた。オークを見たが、オークは読書に没頭していた。「私もよ。これって……」それが何なのか、シンダーにはわからない。代わりに、頭を横にふる。

眉の泥をぬぐい、結局余計に泥を塗りつけたジェジーが、港のほうへ視線を向けた。シンダーが視線を追うと、ホワイトハウス・ボートのデッキで抱き合っている、サムとアストリッドが見えた。

ジェジーが言う。「彼女が戻ってきたって聞いて、はじめはよかったなって思ったの。サムが喜ぶだろうって。ほら、サムはずっとひとりだったから」

ゴシップサイト、フェイスブック、ハリウッドの光と闇、リアリティ・ショー、そうした一切から切り離されたフェイズでは、子供たちのゴシップ欲の大半が、身近な有名人に注がれているのが実情だ。多くの子供たちに好かれ、心配されているサム。好かれてはいないが、お腹の赤ん坊が案じられるダイアナ。赤ん坊自身のことで言えば、とくに性別と潜在能力が取りざたされていた。ペルディド・ビーチにいるケインの動向。エディリオと芸術家ロジャーの〝友情〟に関する憶測。アストリッドに対する執拗な批判――彼女は味方で、サムにとっていい影響があるのか。あるいはナルニア国物語の白い魔女、ジェイディス的人物なのか――そしてもちろん、ブリアナとジャック、あるいはブリアナとデッカの関係もささやかれている。

サムの精神状態については、ひどく不安定だと言われていた。そして湖に暮らす子供たちは、自分たちの運命がサム・テンプルと密接に結びついていることを感じ取っていた。「サム、なんだか調子が悪そう」ジェジーが言った。ここからでは、サムの姿は小さく、ぼんやりとしか見えない。別の日だったら、あるいはシンダーはそのことを指摘したかもしれない。けれどアストリッドを抱きしめるサムのようすは、たしかにおかしかった。

シンダーは畑を見わたした。一本一本にいたるまで把握している植物たち。多くの植物に、ジェジーと一緒に名前をつけた。それからシンダーは、線を描くようにゆっくりと、しかし容赦なく空に向かって伸びていく染みを見た。

光は耐えがたいほどまぶしかった。鋭い痛みを伴い、朝日が両目に突き刺さる。太陽を目にするのはいつぶりだろうか。数週間、いや数カ月ぶりかもしれない。

ガイアファージのいる空間には時間の概念がなく、月が昇り、沈むこともなければ、食事の時間も、風呂の時間も、起床時間も存在しない。

コヨーテたちは、鉱山の入口をくだったところにある、ゴーストタウンで待っていた。リーダーが——もともとのリーダーではなく、現在の——右前脚のかさぶたをなめている。

「湖まで案内しろ」ドレイクは言った。

リーダーが黄色い瞳でドレイクをじっと見つめた。「群れ、空腹」

「それは気の毒に。いいから連れていけ」

リーダーが歯をむき出した。フェイズにいるコヨーテは、旧世界のコヨーテのように小柄な動物ではない。狼とまではいかないにしても、かなり大きい。とはいえ、健康状態がよくないのはひと目でわかった。毛並みはみすぼらしく、ところどころ抜けた体毛の下に赤みを帯びた灰色の地肌が透けている。虚ろな瞳に、うなだれた頭、尻尾がだらりと垂れている。

「人間は餌をとりつくす」リーダーが言った。「ダークネスは人間を殺すなと言う。ダークネスは群れに餌を与えない」

ドレイクは渋面を作り、コヨーテの数を確認した。全部で七頭、すべて大人で、子供はいない。

ドレイクの心を読んだかのように、コヨーテが続ける。「たくさん死んだ。光る手と高速少女に殺された。餌が、群れの食べる食料がない。ダークネスに仕えているのに、飢えている」

ドレイクは信じられないと言わんばかりに、声をあげて笑った。「おまえ、ガイアファージに不満があるのか？　なら、その皮をひんむいてやろう」

ドレイクは腰に巻きつけていた鞭の手をほどいた。

リーダーがぱっと後ずさる。弱っているとはいえ、彼らの迅速な動きはドレイクの比ではない。ふと、ドレイクは不安を覚えた。ガイアファージに言い訳は通じない。ドレイクには使命がある。湖に行ったことはあるが、自力で行ったことはない。バリアをたどればいいことはわかっているが、バリアまで行くにも距離がある。うろうろしていたら見つかってしまうかもしれない。このミッションの成功は、隠密性《おんみつ》と、迅速な行動にかかっている。

ブリトニーの問題もある。ガイアファージはブリトニーにも指示を伝えたのだろうか？　あいつはしたがうだろうか？　コヨーテの案内なしで湖にたどり着けるだろうか？

「俺にどうしろと？」ドレイクはすごんだ。

「ダークネスは群れに人間を殺すなと言った。死んだ人間を食べるなとは言っていない」

ドレイクはさも楽しげに笑った。このリーダーはまちがいなく、最初のリーダーよりも賢い。ガイアファージがこの獣たちに人間を殺すなと命じたのは、こいつらが知らずに役立つ人間を殺してしまうのを恐れたからだ。たとえばラナや、あるいはネメシスを。だが、ドレイクは消費していい人間を知っている。

「どこに行けば人間を見つけられるか知ってるか？」ドレイクは訊いた。

「知っている」とリーダー。

「わかった。そういうことなら、おまえたちに飯をやろう。それがすんだらダイアナを捕まえに行く」

アストリッドはエディリオを見つけた。ちょうどトイレの穴から戻ってきたようだ。芸術家ロジャーと、ロジャーが面倒を見ている幼い少年ジャスティンも一緒にいたが、アストリッドを見つけると、エディリオはふたりを先に行かせた。

「トイレの防水シートの下であれを見つけた。あれが……何かわからないけど。君も見に行くかい？」

「やめておく。同情するわ。嫌な仕事だったでしょう」

「まあね」エディリオは淡々と応じた。

「聞いて。染みの広がる速度が増しているみたいなの。サムがすぐにでも木枠をチェックしてほしいって」

「僕も染みが広がるのを見たよ。たしかに速くなっている。かなり。サムが情報を欲しがるのも無理ないよ」そう言うと、エディリオは弱々しく息を吐き、水筒の水を飲んだ。

「あなたは来なくていいわ」アストリッドは言った。「代わりに誰かを同行させてくれれば大丈夫だから」

エディリオは驚いたような顔をした。「それでもし君に何かあったら、僕が一緒にいなかったせいだって、サムに言うのかい？」

その台詞を冗談だと思い、アストリッドは笑った。

だが、エディリオは笑わなかった。「僕らにはサムしかいない。そしてサムには君しかいない。大丈夫、今回はあの木枠を運んでいないんだ、ちょっと歩くくらい平気だよ」

予定では二十四時間待ってから木枠を確認することになっていた。かりに十パーセントだった染みの広がりが二十パーセントになっていれば、そこから計算して成長速度を割り出すのだ。

だがこのとき、その見とおしが呆れるほど楽観的だったことが判明する。すべての木枠は黒一色に塗りつぶされていた。これでは正確な成長速度を割り出すどころではない。予想をはるかに上まわる速さだ。そしてその速度は、今後も爆発的に加速していくだろう。

アストリッドは首を傾け、一番高くまで伸びた黒い指のような染みを見あげた。百メートルほどだろうか。

こうして見ているいまも、染みは成長を続けていた。染みが動いているのが確認できる。すると染みの根元から、ハイウェイを走る車さながらに、新たな黒い触手が飛び出した。上空へ向かって爆発したかのような染みが、ずんずん上まで昇っていく。

日光を横切ったところで、ようやくペースが落ちた。しかし細く黒い指は、モナ・リザに描かれた落書きみたいに、すでに空を汚してしまっていた。醜く、暴力的に。

それは、アストリッドがはっきりと予想していた未来だった。

15

22時間　16分

水筒に水を満たし、腹にわずかな食べ物を詰めこむと、モハメドはすぐに湖を出発し、ペルディド・ビーチまでの長い旅路に乗り出した。

銃とナイフを携帯していたが、それほど心配してはいなかった。自分がアルバートの保護下にあることは誰もが知っている。アルバートの部下に手を出す者はいないだろう。

フェイズができてからずっと、モハメドは身を潜め、派手な命のやり取りから距離を置いてきた。

フェイズのような狂った世界では、食料と避難場所だけ確保したら、あとは大人しくしているのが賢明なのだ。

モハメドは十三歳の少年だった。細身の体は成長期のためか一気に伸びはじめ、いまではズボンの丈も短く、靴もきつくなっている。母が原子力発電所での仕事を得たのをきっかけに、家族でペルディド・ビーチに越してきたばかりだった。学校は、もともと住んでいたキング・シティで通っていたものよりはましになるはずだった。父は越したあともキング・シティのサークルKで働き続け、毎日十時間、住民の大半を占めるヒスパニック系の人々を相手にガソリンや煙草やミルクを売っていた。通勤にものすごく時間がかかるため、父が帰ってこない日もあって、そんな日は家族全員心細く感じていた。

だがそういうものなのだ、と父は説明した。男は働かなきゃならないのだと。家族を養うためにやるべきことをするものなのだ。たとえその結果、家族に会う時間が減ろうとも。

ときどき父方の祖母が、シリアへ帰国する話をすることがあった。けれどモハメドの父はすぐにその話をやめさせた。二十二歳でシリアを出国した父は、これっぽっちも、ほんの少しも、祖国を懐かしむ気持ちは持ち合わせていなかったのだ。シリアで医学生だった父は現在、労働者にホットドッグを売っているが、それでも、いまのほうがましだと感じていたのだろう。

ペルディド・ビーチ・スクール唯一のイスラム教徒として、モハメドが苦労したことはあっただろうか？　ある。何度かオークにこづかれ、祈りを捧げる姿をみんなにからかわれ、昼食にペパロニピザを断ったことで冷やかされた。だがほどなくオークはモハメドに興味を失い、ほかの子供たちも、彼の両親の出身地や祈りの方法を顧みなくなった。

幸いにも、モハメドの家族は食事のルールに関してそれほど厳しくなかった。フェイズができてからこっち、豚肉を食べたことはなかったが、もし目の前にあったら一瞬で平らげてしまうだろう。ネズミ、猫、犬、鳥、魚、得体の知れないぬるりとしたもの、これまでさまざまなものを口にしてきた。いまならペパロニピザにだって喜んで飛びつく。生き残ることは罪ではない。アラーはすべてを見ている。すべてを理解してくれる。

いつかこの生活は終わるとモハメドは確信しているし、少なくともそう信じようと努力していた。いつかバリアが消え、父や母や姉や兄たちに迎えられる日が来るはずだと。その日が来たら、兄たちとどう接するべきか。彼らは、両親がしないような質問をしてくるだろう。フェイズで何をしたか、勇敢に戦ったのか、怯えていたのか、そんなことを訊くはずだ。兄弟というのは、少なくとも自分の兄たちは、そういう話が好きなのだ。

バリアが消えれば、子供たちは口々にメディアに対してさまざまな話をするだろう。そして世間は、子供たちが大人しく宿題をしていたわけではないと知るだろう。

戦争まがいの事態に陥っていたことを知った人々は、きっとこうたずねてくるにちがいない。怖かったかい、モハメド？　いじめられなかった？　テレビでこんなことを言っていたけど、おまえも見たかい？

誰か殺した？　どんな感じだった？

モハメドは誰も殺していなかった。何度か喧嘩はした。そのうちのひとつはかなり深刻で、尻に釘が刺さり、手首を骨折した。

モハメドはその話を少し脚色しようと思っていた。尻に釘が刺さったというのは、ちょっと間抜けだ。実際は間抜けですむ話ではなかったが、それでもここから出られたあかつきには、やはり変えたほうがいいだろう。

能力者については、モハメドがこれまで一緒に過ごしたことがあるのはラナだけだった。彼女はお尻と手首の治療をしてくれた。

だから、そう、能力者全員を悪く言うのはやめておこう。

あの〝大分裂〟のとき、モハメドはどちらかを選ばざるを得なくなった。そして助言を求めてアルバートのもとを訪れた。それまでモハメドはずっと農場で働いていたが、アルバートは彼のなかに何かを見出した。

モハメドに心を許せる友だちがいない、というところをアルバートは気に入ったようだった。フェイズには家族もいない。モハメドが目立たないようふるまっていたのもよかったようだ。そうした条件に加え、もともとの頭のよさを買われたモハメドは、アルバートからぴったりの仕事を与えられた。〈アルバーコ〉会社を代表して、湖へ出向するよう言い渡されたのだ。

いまだにモハメドには友だちがいない。それでも仕事がある。重要な仕事が。きっとアルバートは、アストリッドが戻ってきた話を詳しく知りたがるだろう。彼女がドームの染みを測定したことや、彼女が殺したと思われる奇妙な突然変異の生物についても。それにまちがいなく、サムやデッカが出向いた秘密のミッションについて、モハメドが知っていることを聞きたがるはずだ。

見慣れた、埃っぽい道を進んでいく。

たったひとりで歩いていく。

ハワードはコアテスへ向かっていた。これから大量の仕事が待っている。せめて契約者たちがトウモロコシや野菜や果物をコアテスに運んで、キッチンのネズミ避《よ》けのついたスチール戸棚にしまってくれているといいのだが。

コアテスに着いたらできるだけ野菜を細かく刻み、蒸留器のところまで運ばなくてはならない。残り少なくなった薪《まき》でうまく蒸留器を動かせればいいが、いずれにしても朽ちた木を探しに森へ出かけ、新たな薪を作っておかないと。

以前は、こうした仕事はすべてオークにまかせていた。オークなら、ボトルも薪も大量に運べるし、斧《おの》さばきひとつとっても、ハワードとはわけがちがう。斧をふた振りもすれば、木は真っ二つになるのだ。同じ作業をするのに、ハワードのほうは十五分かかる。

密造業は日に日につらくなっていた。まるで本物の仕事のようだ。いや、いつの間にか自分は誰よりも汗水たらして働いている、そう思って、ハワードははっとした。畑で野菜を収穫する子供たちでさえ、これほどの労働はしてはいない。

「やっぱりオークをもとに戻すしかないな」ハワードは茂みに向かってつぶやいた。「なに、ちょっと酒を飲めば本来のオークに戻るさ」

なんといっても、オークとハワードは友だちなのだ。

気づくとドレイクは、丘の上に立っていた。意外にもブリトニーは、コヨーテと一緒に移動を続けていたらしい。

「人間」リーダーが言った。

ドレイクはコヨーテの熱っぽい視線を追った。誰かは確認できないが、子供がひとり、砂利道を黙々と歩いている。「ああ」ドレイクはうなずいた。「おまえらの昼飯だ」

16

22時間　5分

「それで、これは?」サムがたずねた。

問題の〝これ〟は、トイレからほど近いピクニックテーブルに運ばれていた。ビニールシートにくるまれている。子供たちは、いまもときどきそのピクニックテーブルを使っていた。町からかなり離れたこのエリアでは、美しい湖の景色を堪能できる。

「コヨーテよ。ほとんどは」アストリッドは答えた。「顔と後ろ脚は人間のものだけど」

この落ち着き払った態度は本物だろうか、そう思って、サムはアストリッドをちらりと見た。ちがう。冷静なわけがない。しかし実際にどれほど動揺していようと、アストリッドは完璧に冷静さを取り繕うことができるのだ。

エディリオと木枠のチェックから戻ってくると、彼女はことさら落ち着いたようすでこう告げた。「明日、太陽が昇るかどうかはわからない。そしてこのままいけば、それが最後の陽光になると思う」

サムもまた、見事に冷静さをまとってみせた。エディリオに〈サムの太陽〉を設置する場所をリストアップするよう指示したあと、ほかに準備しておくことを、アストリッドとともに淡々と話し合ったのだ。食料の配給開始、〈サムの太陽〉で植物が育つかどうかの実験。釣りではもっと網を使うこと――〈サムの太陽〉を浮かべておけば、魚を水面に呼び寄せられるかもしれない。

無駄な計画。

苦痛を引き延ばすだけの計画。

ペルディド・ビーチの子供たちが湖にしか光がないようだと気づいた時点で崩壊してしまう計画。

サムは行動しているふりをした。確実に訪れる世界の終焉《しゅうえん》を先延ばしにするために、頼もしげな顔を装った。

しかし心の奥では、狂ったようにギアがまわり続けていた。どうすればいい？　何か打つ手は？　解決策はどこにある？

アストリッドが、七歳児から借りた護身用の大きな肉切り包丁と、刃こぼれしたカッターナイフを並べた。

「気味が悪いなんてもんじゃないな」サムは言った。

「ここにいなくてもいいのよ」アストリッドが応じる。

「いや、いいんだ。不気味な突然変異の怪物の解剖を見るのは大好きだから」解剖がはじまる前から、すでに吐きそうだった。

解決策。解決策。解決策。

アストリッドがピンク色のゴム手袋を装着し、目の前の生物を仰向けにひっくり返す。それから脚。

「人間の顔とコヨーテの毛皮の境目を見て。毛皮に人間の毛は混じっていない。まるで人間の皮膚がコヨーテの脚を覆っているみたい。こっちもきれいに分かれている。でも骨はコヨーテのものよ。たぶん筋肉も人間のものね」

サムには気の利いた言葉を返す余裕がなかった。せりあがってくる胃液を吐くまいと懸命にこらえる。これ自体の発する臭気もひどく、濡れた犬と小便、それに何やら甘ったるい腐臭がする。

いや、そんなことより解決策だ。どうすればいい？　答えはどこだ？

アストリッドが包丁を手にし、むき出しになった生物の腹にふりおろす。十五センチほどの裂け目ができた。出血はない。死んだものから血は出ない。

裂け目からエイリアンでも飛び出してくるのではないか、サムはそう思って身構えた。しかし何も飛び出してこなければ、はいずり出てもこなかった。デッカにした、あのおぞましい記憶が脳裏にこびりついていた。彼女を光線で焼き、その肉体から虫どもを取りのぞこうとした。これまで経験したなかで、もっともおぞましい出来事だった。巨大なナイフで解体を続けるアストリッドを前に、その記憶が一気によみがえってくる。

アストリッドが臭気に顔をそむけて息をついた。布切れを取り出し、口と鼻を覆う。それで臭気が防げるとでもいうように。美人盗賊のようないでたちだ。

アストリッドが生物の体を垂直に切り開いていく。「ねえ、これ見て」

「見なきゃだめ?」

「内臓がちぐはぐなの。異常だわ。腸の大きさに比べて胃が小さすぎるし、まるで仕事のできない配管工がサイズの異なるパイプをくっつけようとしたみたい。この状態で生きていたなんて信じられない」

「つまり、突然変異ってこと?」サムは訊いた。なんらかの結論に飛びつきたくて仕方がない。結論を出し、目の前の死体をさっさと埋めて、この記憶を忘れたい。

アストリッドは答えない。長い沈黙が落ちる。ようやく、口を開いた。「これまでのところ、すべての突然変異は存続可能な状態で現れている。あなたが両手から光を放出しても火傷《やけど》は負わないし、ブリアナが時速百十キロで走っても膝が折れることはない。突然変異が人体に危害を及ぼしたことはないの。それどころか、そうした変異は生きるための道具になっている。まるで、より強い人間を作りあげようとするのが目的みたいに。だから、そう、これは別物だわ」

「つまり、どういうこと?」

アストリッドは肩をすくめて手袋をはずすと、いましがた開いた生物の腹に手袋を投げこんだ。「これはコヨーテと人間を――たぶん行方不明の少女をかけ合わせたものよ。誰かが適当なパーツを選んで付け替えたのか……」

「なんでそんなことを――」

サムの問いには構わず、アストリッドはぶつぶつと先を続けた。「もしくは、誰かがふたつの異なるDNAを取り出して組み合わせたか……こんなの、ばかげている」

「ばかげてる?」

「ええ、ばかげているわ」そう言って、はっとしたようにサムを見た。自分がサムと話していることを忘れていたのだろう。「だって、こんなのわけがわからない。意味がないもの。どう考えてもうまくいくわけがないし、適当に選んだ人間のパーツをコヨーテに組み合わせようなんて、愚かな人物が考えたとしか思えない」

「ちょっと待って。さっきからまるで誰かが、特定の人物がやったみたいな口ぶりに聞こえるんだけど。どうしてこれが自然の産物じゃないって言いきれるのさ?」サムはそこで少し考え、ため息をついた。「つまり、フェイズにおける自然の産物ってことだけど」

アストリッドが肩をすくめる。「これまで起きたことを考えてみて。コヨーテは限定的に言葉を話せるようになった。ミミズに歯が生えて縄張りを主張するようになった。蛇に翅《はね》が生えて新たな変態を見せた。私たちのなかにも能力を発現した者がいる。どれもこれもかなり奇妙ではあるけれど、ばかげてはいない。だけどこれは」そう言って、化け物じみた死体を指さした。「ばかげているとしか思えない」

「ガイアファージか?」サムはそう口にしてみたが、直感がちがうと告げていた。

じっとサムに視線を据えたアストリッドは、別のことを考えているようだった。「ちがう、ばかげてるんじゃない」

「いや、だってたったいま――」

「まちがっているんだわ。愚かじゃなくて、無知。わかっていないのよ」

「それって――」

「けたちがいの能力」アストリッドが続ける。「そして、完全なる無知」

「どういうこと？」

　アストリッドは聞いていなかった。ゆっくりと頭をめぐらし、誰かが近づいてきたみたいに、右のほうへ視線を向ける。

　その仕草につりこまれ、サムもアストリッドの視線を追った。何もない。けれど、気配はあった。この数カ月、何度同じことをくり返してきただろう。何もない空間を横目で確認する、この妄想じみた仕草を。

　アストリッドがのろのろと頭をふった。「……そろそろ行くわ。あんまり気分がよくないの」

　サムは歩き去るアストリッドを見送った。じれったかった。いや、本当はひどく腹が立っていた。

　以前なら、考えていることをはっきり言うようアストリッドに迫っただろう。

　だがいまのアストリッドには危うさを感じる。彼女は戻ってきたが、完全に戻ったわけではない。喧嘩はしたくなかった。戦争がはじまろうというときに、愛する人と争っている場合ではないのだ。

そして彼女が唐突に立ち去ってしまったことで、サムの取るべき選択肢はひとつとなった――解決策を見つけること。

ありもしない解決の道を。

ペニーは町の東はずれにある小さな家にひとりで住んでいた。二階の寝室の窓から見えるのは海だけで、彼女はその景色を気に入っていた。

本当はクリフトップに引っ越したかった。けれど、ケインに却下された。クリフトップはラナのお気に入りで、彼女のものだからだ。ラナが湖に移住したときでさえ――結果的には一時的な移住となったが――クリフトップは立ち入り禁止のままだった。

「ラナには手を出すな」それがケインの命令だ。

ラナ、ラナ、ラナ。誰もがラナを大切にする。

砕けた両脚を治療してもらうあいだ、ペニーはしばらくラナと過ごした。骨折箇所が多かったため、治療には長い時間がかかった。ラナは鼻持ちならなかった。もちろん脚が治ってほっとしたし、痛みが消えたのも嬉しかったが、だからといって、ラナがあれほど傲慢な態度を取っていいことにはならない。

それにホテルを丸ごと自分のものにして、立ち入りを許可したり拒否したりする権利だってないはずだ。

ラナがそこまで尊敬されていることが、ペニーは気に入らなかった。こっちがその気になれば、ラナを這いつくばらせ、シガーのように泣き叫びながら目玉をえぐり出させることだってできるのだ。

ああ、本当にそのとおりだ。ヒーラーさまと五分でもふたりきりになれたなら……。この能力がお気に召すか試してやれるのに。そのときにもまだお高くとまっていられるか見てやれるのに。

問題は、そんなことをすればケインに殺されるということだった。ケインはペニーのことなどなんとも思っていない。あわよくばダイアナの後釜にと思っていたが……自分に向けられる、あの侮蔑に満ちたケインの表情はあからさますぎた。

これほどの力を持っていてさえも、ぼさぼさの髪に骨ばった腕、まな板のような胸をした自分のような人間に、ケインは唾を吐きかける。ケインは人気者で見栄えのいい、高嶺《たかね》の花《はな》だ。こんな世界になってもまだ、見た目がすべてを決めるのだ。

とはいえ、男は何もケインひとりではない。

そのとき、ドアが小さくノックされた。ペニーはタークのために扉を開けた。

「見られてないでしょうね?」

「人目につく道は使わなかったし、フェンスもいくつか乗り越えてきた」タークは汗をかき、息を切らしていた。ペニーはタークの言葉を信じた。

「私に会うためにわざわざ?」

タークは答えなかった。埃を立てて、安楽椅子にどさりと腰を下ろす。椅子の横に銃をもたせかけ、ブーツを脱いでくつろぐ。と、いきなりその腕にサソリが現れた。タークが叫び、必死に払いのけながら椅子から飛びあがる。

「おい、ふざけるな！」

やがてタークは、ペニーの顔に浮かぶ笑みに気づいた。

「なら、私を無視しないで」ペニーは言った。自分の声ににじむ、懇願するような響きが嫌になる。

「別に無視なんてしてないだろ」タークがサソリを探すようにして——あたかも本物のサソリがいたかのように——用心深く座り直した。

タークはあまり頭がよくない、ペニーはため息とともにそう認めた。タークはケインとはちがう。それにサムとも。クインでさえない。彼らはペニーのことなど相手にしない。女扱いすらすることはないし、その姿を見ただけで、口もとを嫌悪に歪めるはずだ。でもタークはちがう。タークはただの間抜けなごろつきだ。

ペニーはふいに猛烈な怒りがこみあげてくるのを感じ、慌てて顔をそむけてごまかした。見下され、無視され、忘れられたペニー。

ペニーは三姉妹の真ん中に生まれた。姉の名前はダリアで、妹はローズ。ふたりともきれいな花の名前だ。そしてそのあいだに、平凡なペニーがいた。

ダリアは美人だった。幼いペニーの最初の記憶は、父親がダリアを溺愛していたことだ。羽根のついたドレスやシルクの下着でダリアを着飾らせては、何百枚と写真を撮っていた。

やがて父がダリアに興味を失うと、つぎは自分が愛され、大事にされる番だとペニーはごく自然に思いこんだ。父の求めに応じてポーズを取り、ちょっと恥ずかしそうに、あるいは怯えた顔であれこれしてみせるのだ。

ところが、父はペニーの存在にほとんど注意を払わなかった。代わりに、ペニーを飛ばしてかわいいローズに夢中になった。

ローズが被写体になってからまもなく、父親はその写真をインターネットにアップロードしはじめた。

何年かして、ペニーは父のしていることが違法だと気がついた。

ペニーは父親が仕事に出かけるのを待ってノートパソコンを持ち出し、学校でほかの子供たちにその写真を見せた。ある教師がそれを見つけ、警察に通報した。

ペニーの父親は逮捕された。母親の酒量が増した。そして三姉妹は、おじ夫婦の家に預けられることになった。

当然といえば当然だが、被害者となったかわいいダリアとローズは、彼らの同情と注目を一身に集めた。

父親は、ほかの受刑者に手ひどく痛めつけられたのち監房で首を吊《つ》った。

ペニーはローズのシリアルにパイプ用洗剤を混ぜた。妹の喉が焼けただれたら、さぞすてきだろう、そう思って。そしてコアテスに送られた。

コアテスで過ごした二年のあいだ、姉妹から、そしておじやおばからも連絡はなかった。母が一度だけ手紙を寄こしたが、それは支離滅裂な、自己憐憫《れんびん》丸出しのクリスマスカードだった。

コアテスでも、引き続きペニーは無視された。そう、能力を発現するまでは。ペニーの能力はやや遅れて発現した。ペルディド・ビーチでの最初の大きな戦いが終わり、ケインがコヨーテのリーダーとどこかに消えたころのことだ。

騒々しくわめき散らし、正気を失ったらしいケインがようやく戻ってきたとき、ペニーはまだ能力のことを隠していた。ドレイクに知らせればどうなるかはわかっていた――あの人でなしは自分を殺すかもしれない。ケインはドレイクに比べれば冷酷ではないし、頭も切れる。正気に戻ったのか、ようやくケインが復帰すると、ペニーは自分の能力を示しはじめた。

それでもなお、ペニーは軽んじられていた。ドレイクと、何よりもあの魔女、ダイアナのせいで。ケインを批判ばかりして、愛したこともなければ、反旗を翻したことさえあるあの女のせいで。

そしてあの恐怖の瞬間、サンフランシスコ・デ・セールス島の崖に立ち、ペニーかダイアナ、どちらかしか助けられない状況に直面したケインは、ダイアナを選んだ。

ペニーは想像を絶する痛みに耐え続けた。だがそのおかげで迷いは消えた。強くなった。

ペニーのなかに残っていた、ほのかな憐《あわ》れみのこだまは消え去った。

無視されるなんてまっぴらだ。

私を憎み、怯えればいい。

もう、誰にも無視させない。

「何か飲み物あるか？」タークが訊いた。

「水とか？」

「ばか言え。わかってんだろう？」水はもはや不足していなかった。ピーターが生み出した不気味な雲からはいまだ雨が降り続いている。真下の通りには雨水が流れ、その雨水が壁の隙間を通り抜けて砂浜に貯水されるように、側溝は全部ふさがれていた。

ペニーはキッチンからボトルを取ってきた。ハワードの蒸留した謎の液体が半分ほど入っている。死んだ獣のようなにおいがしたが、タークはごくごくとあおるように飲んだ。

「なあ、ヤりたくないか？」タークが言った。

ペニーは媚《こ》びるようにタークのほうへ近づいた。無意識のうちにダリアとローズの真似《まね》をして。

タークが顔をしかめる。「いや、そうじゃない。おまえとどうこうってことじゃなくて」

その言葉に、ペニーはビンタを食らったような衝撃を受けた。

「ほら、前みたいにさ。このあいだ見せてくれただろ？」

「ああ、そういうこと」冷たく言い放つ。ペニーには、恐ろしい映像を見せる能力がある。

と同時に、美しい映像を生み出す力もあった。ふたつは表裏一体で、たとえばシガーを追いつめたのもそれだった。ペニーはシガーの母親の映像を見つけ出し、彼女のもとへ行かせようとしたのだ。

　ペニーはタークのためにダイアナの映像を作り出した。

　しばらくしてから、ダイアナの姿を借りて話しかける。「ターク、時が来たわ」

「え？」

「ケインに侮辱されたの」ダイアナの声で言う。

「なんだって？」

「私を止められるのはあいつだけ。あんなふうに私を侮辱するのはあいつだけよ」

　タークは愚かだが、そこまでばかではない。タークはペニーを押しのけた。

　ペニーは自分の姿に戻った。

「ターク、あんたはいずれケインに殺される。お友だちのランスがどうなったか、覚えてるでしょう？」ペニーは宙に大きな弧を描くと、パチンと潰してみせた。

　タークが不安げに辺りをうかがった。「ああ、覚えてるさ。だからこそ俺は王に忠誠を尽くしている。王であるケインを怒らせるような真似はしない」

　ペニーはにっこり微笑んだ。「でも、いま彼のガールフレンドを妄想したでしょう」

　タークが目を見開き、ごくりと唾をのむ。「だから？　そういうおまえはどうなんだよ？」

ペニーは肩をすくめた。

「それに、もうダイアナはケインの彼女じゃない」とターク。

タークは弱虫で、肝っ玉が小さい。ペニーは黙って待っていた。

「ていうか、いったいなんの話だよ？」タークが叫ぶ。「頭おかしいんじゃねえの」

ペニーは声をあげて笑った。「頭がおかしいのはお互いさまでしょ。ただ、私はあんたとちがって自分がおかしいことを自覚しているだけ。自分のことはよくわかっている。なぜかって？　折れた脚の痛みに絶えず叫び出しそうになりながら、ダイアナの運んできた残飯を食べて暮らしていたからよ。あんただって、そうなれば現実ってものが見えるようになるでしょうよ」

「付き合いきれねえ」タークは叫ぶと、勢いよく立ちあがった。しかし二歩進んだところで、ケインに行く手を阻まれてしまう。後ずさり、危うく崩れ落ちそうになる。

ケインの幻影が消えた。

「頼む、ペニー。帰らせてくれ」タークが震える声で言う。「誰にも言わないから。おまえがケインをその……俺は何も知らない。だから、な？」

「どのみちあんたは私の頼みを聞くの。無視されるのも侮辱されるのも、もううんざり」

「ケインを殺すつもりはない。たとえおまえが何を言おうと」

「殺す？　ケインを？」ペニーは頭をふった。「ちがう、誰も殺せなんて言っていない」

そう言ってポケットから薬の入った容器を取り出すと、ふたを開け、白っぽい楕円形《だえんけい》の丸薬を六粒、手のひらに出した。「睡眠薬よ」

　薬をふたたび容器に戻し、ふたを閉める。

「ハワードにもらったの。あれは使える男だわ。あまり眠れないって言ったら分けてくれた。支払いは……あれよ、ハワードにすてきな夢を見させてあげたってとこかしら。ちなみに、あんたには想像も及ばないようなすごいやつを」

「睡眠薬だって？」タークが絶望的な声をあげる。「睡眠薬でケインを倒すつもりか？」

　ペニーは満足そうにうなずいた。「睡眠薬と、セメントでね」

　タークの顔から血の気が引いた。

「ケインをここに連れてきて。私のもとへ。そうしたら、三人でこの世界を支配しましょう」

「三人？」

　ペニーが微笑み、ダイアナの唇で言う。「あなたと私、それにダイアナで」


　姿を目にする前から、ハワードはそのにおいをかぎ取っていた。コヨーテは腐肉のにおいがする。

　目の前の道路にリーダーが姿を現すと、ハワードは逃げ出したい衝動をどうにかこらえた。足の速さでコヨーテに勝てるわけがない。それにコヨーテは、もう長いこと人間を襲っていなかった。噂では、サムの警告にしたがっているのだろうと言われていた。サムがルールを定め、人間に手を出したらコヨーテを容赦なく全滅させると脅したのだと。

コヨーテは光る手を恐れていた。その事実は誰もが知っている。

「おい」ハワードは精いっぱいの虚勢を張ってみせた。「俺は光る手の仲間だ。サムの友だちだ。だから行かせてもらうぞ」

「群れ、空腹」不明瞭で甲高い、絞り出すような声音でコヨーテが言う。

「ふん、笑えるな」口のなかがカラカラに乾いていた。鼓動が速い。ハワードは重たいバックパックを下ろした。「ゆでたアンティチョークくらいしか持っていないけど、それをやるよ」

バックパックに手を伸ばし、震える指で空のボトルのあいだをまさぐりながら、金属の感触を探す。やがて重たいナイフに指が触れると、しっかりと握りしめて鞄から取り出した。コヨーテの前にふりかざして叫ぶ。「ばかなことをするなよ！」

「コヨーテ、人間殺さない」リーダーが言った。

「ああ、そうだな、そのほうが身のためだ。そんなことしたら光る手に燃やされちまうもんな」

「コヨーテ、食べる。殺さない」

ハワードは何か言おうとしたが、うまく言葉が出てこなかった。ふいにお腹が痛くなった。脚の震えがひどすぎて、立っているのもやっとだった。「殺さずに食べるなんてできるわけないだろう」ようやくそう言った。

「リーダー、殺さない。彼が殺す」

「彼?」

ハワードはうなじの毛が逆立つのを感じた。恐怖におののきながら、ゆっくりとふり返る。

「ドレイク……」

「ドレイク」

「久しぶりだな、ハワード。調子はどうだ?」

「ああ、それはもう聞いた」ドレイクが鞭の手をほどいた。そのようすは、ハワードを取り囲んでいるコヨーテよりも、さらに狼めいていた。

「ドレイク、嘘だろ。やめてくれ」

「痛いのは一瞬だけだ」

鞭がしなり、ハワードの首に燃えるような痛みが走る。

混乱のあまり駆け出したハワードの脚を、ドレイクの鞭がとらえてうつ伏せに引き倒す。顔をあげると、ものほしそうに鼻面を舐めながら自分を見つめるコヨーテの姿が見えた。

「俺は使える!」ハワードは叫んだ。「何か企んでいるんだろう? なんでも手伝うから!」

ハワードをまたぐようにして立ったドレイクが、ゆっくりと、ほとんど優しいともいえる動作でハワードの首に触手を巻きつけ、締めあげていく。

「たしかに使えるかもな」ドレイクは認めた。「だが、うちの犬どもは餌が必要だ」

ハワードの眼球が膨張していく。血管が圧迫され、頭が破裂しそうになる。ふたつの肺は、何も吸いこんではいなかった。

モハメドはコヨーテが輪になっているのを見かけた。

とっさに貧弱な茂みの後ろにしゃがみこむ。ほかに隠れる場所はなかった。ちょうど上り坂の頂上にさしかかったところで、コヨーテに出くわしてしまったのだ。

やがて、そこにいるのがコヨーテだけじゃないと気がついた。ドレイクだ。

モハメドがはっと息をのむと、一番近く――おそらく百メートルほど離れた地点――にいたコヨーテの耳がぴくりと動いた。

あそこに何かが……いや、道路の上に誰かいる。ドレイクの鞭が誰かの首に巻きついている。誰かはわからないけれど……。

モハメドは銃を持っていた。それにナイフも。だがドレイクに銃が通用しないことはわかっていた。ここでヒーローを演じれば、自分も殺されてしまうだろう。

正しい答えなどなかった。いま目撃しているものを止める手段はない。あるのは、生き残ることだけだ。

モハメドは四つん這いになり、カニのようにじりじりと後ずさった。そしておぞましい光景が見えなくなったところで立ちあがり、湖に向かって駆け出した。

走って走って走り続けた。人生でこれほど長く、そして速く走ったのは初めてだった。やっとの思いで湖にたどり着き、朗らかに挨拶を寄こす子供たちを押しのけて、ハウスボートへ直行する。

サムは、アストリッドと一緒にデッキに座っていた。アルバートに彼女が戻ってきたことを伝えるつもりだったモハメドは、このとき、アルバートへの報告などすっかり吹き飛んでいたことに気がついた。

ボートに飛び乗り、ココーテがついてきていないかとふり返り、息も絶え絶えにデッキに倒れこむ。サムとアストリッドが駆けてきた。乾ききったモハメドの唇に、アストリッドが水のボトルを押し当てる。

「モハメド、何があった?」サムが訊く。

すぐには答えられなかった。映像と感情が脳内で入り乱れている。状況を整理して、せめてもう少し落ち着くべきだとわかっていたが、そんな余裕はなかった。

「ドレイク……」喘《あえ》ぐように絞り出す。「ココーテ……」

サムの動きがぴたりと止まった。低く、押し殺した声音で言う。「どこだ?」

「町に向かう途中の道路……」

「そこにドレイクとココーテがいたの?」アストリッドが促した。

「誰かが……誰かが捕まっていた。地面に……。誰かはわからない。止めたかったけど……」訴えるような口調になる。「僕は銃を持っていた。だけど……それなのに……」

モハメドはサムを見た。その眼差しに何かを見出したかった。理解や、許しを。

だが、サムはモハメドを見ていなかった。サムの顔は石のようになっていた。

「あなたが殺されて終わりだったかもしれない」アストリッドが言った。

モハメドはサムの手首をつかんだ。「でも、僕は助けようともしなかった」

モハメドの存在をたったいま思い出したみたいに、サムがモハメドに目を向けた。冷徹な視線がちらりと動き、ふたたび人間のそれになる。「君のせいじゃない。君じゃドレイクを止められなかった。あいつを止められるのは、僕だけだ」

17

20時間 19分

「警鐘を鳴らせ」サムの指示が飛んだ。

警鐘とは、ボートのひとつから引きあげられ、港の事務所の二階部分に取りつけられた、巨大な真鍮《しんちゅう》のベルのことだ。

エディリオが事務所の階段を駆けあがり、ベルを鳴らす。

みんながどれほど迅速に行動できるか、サムは密かに興味を引かれていた。これまで三度、訓練をした。ベルが鳴ったら特定の子供たちが平地に駆けつけ、その場にいる子供たちに警告を伝えることになっている。

テントやトレーラーで暮らす子供たちには、それぞれハウスボートやヨットなど、手漕ぎボートより大きなボートが避難場所として割り当てられていた。

エディリオがベルを鳴らすと、そばにいた子供たちが戸惑ったように辺りをうかがった。

「おい！」サムが叫ぶ。「これは訓練じゃない。本番だ！　エディリオに教わったとおりに動くんだ！」

ブリアナが例のごとく唐突に現れた。「何があったの？」

「ドレイクだ」サムが答える。「けど、やつの心配をする前に、みんなを平地から避難させてほしい。急げ！」

デッカが駆けてきた。ブリアナよりは遅い速度で。「どうした？」

「ドレイクだ」

そう答えたとたん、ふたりのあいだに何やら電気めいたものが駆け抜けた。思わず、声をあげて笑いそうになる。ドレイク。たしかで、本物の何か。まちがいなく存在し、実体を持つ脅威。つかみどころのない、謎めいた力ではない。

ドレイク。その姿を、はっきりと脳裏に思い描くことができる。

サムには、デッカが自分と同じことを考えているのがわかった。

「奴はコヨーテの群れと一緒にいるらしい。誰かが殺されたみたいだ。たぶん、ハワードだろう」

「あいつはここに向かっているのか？」

「おそらく」

「どのくらいでたどり着く？」

「わからない。本当にここに向かっているのかどうかもたしかじゃない。ブリアナの手があいたら、すぐにようすを見に行ってもらう」

「今回は手加減なしだ」

「ああ」サムがうなずく。「やるべきことをやってくれ」

デッカの〝やるべきこと〟とは、おもにデッカでいることだった。小さな子供たちはデッカに対し、畏れに近い敬意を抱いている。彼女が、多くの凄惨な死のかたわらにいたのは誰もが知っていた。マリアが消えた日、幼い命を救ったのもデッカだ。それにもちろん、サムが彼女を頼りにしているのも周知の事実だ。

そんなわけで、訓練での彼女の役割は、子供たちがボートに乗りこむあいだ、桟橋のそばに立っていることだった。デッカの存在は混乱を抑制する。デッカに見つめられると、パニックを起こせなくなるのだ。

縦横無尽に飛びまわるブリアナに促され、平地に散らばっていた子供たちが、持てるかぎりの食料を抱えて、ようやく足早に移動しはじめた。野営地にいた子供たちは、すでにテントやトレーラーをからにして、桟橋のボートに居を移しつつある。

予定どおりに子供たちが乗りこむや、すぐさまボートのとも綱が解かれた。オールや竿を操り、あるいは漂うにまかせて、湖を進んでいく。

オークがシンダーとジェジーを連れてやってきた。三人とも野菜を抱えている。サムは一瞬、自分の疑念をオークに伝えようかと思ったが、やめた。これからオークの怪力と、ほぼ破壊不能な肉体が必要になるかもしれないのだ。自棄《やけ》を起こさせるわけにはいかない。

三十分後、トラモント湖の混合船団――ヨット、モーターボート、クルーザー、ハウスボート――に、ほとんどの子供たちが乗りこんだ。

そして一時間が経つころには、八十三名すべての子供たちがそれぞれ十七の船に避難を終えていた。

サムは、ある種の達成感をもって湖を見わたした。この日のために備えてきた計画が、見事に果たされたのだ。守るべき子供たちは全員、湖にいる。飲むことが可能な湖水では、喉の渇きに苦しむことはない。魚も獲れるし、船内には食料のストックもある。

ボートにいれば、ゆうに一週間、あるいは二週間、とくに問題なく過ごせるだろう。ただし、不測の事態や突拍子もない出来事が起こる可能性は考慮しておかなければならない。

世界がまもなく漆黒に包まれるかもしれないという事実を、肝に銘じておく必要がある。予想外の出来事は、子供たちとコヨーテを、まるでオムレツを作るみたいにごちゃまぜにしてしまうだろう。

いまも桟橋に残っているボートは、ホワイトハウス・ボートだけだった。サム、アストリッド、デッカ、ブリアナ、トト、エディリオは甲板に、それぞれの船からこちらをうかがっている子供たちに姿が見える場所に集まっていた（シンダーとジェジーとモハメドは別の船に乗りこんだ）。きちんと対処している姿を彼らに示すのは重要だった。だが、とサムは思う。あとどのくらい、こうしてごまかしていられるだろう。

「よし、まずは一番重要な仕事からだ」サムは言うと、ブリアナを見た。

「まかせて」

　ブリアナは自分専用のバックパックを持っていた。銃身を詰めた二連式のショットガンが底から突き出たそれは、ホルスター仕様になっている。

「待った！」ブリアナが姿を消す前にサムは叫んだ。「見つけてもようすを見るだけだ」そう言って彼女に指を向け、確認するように顔をのぞきこむ。「すぐに戻ってくるように」

　ブリアナが、さも傷ついたような顔をしてみせる。「まさか、私がひとりで戦うとでも？この私が？」

　そのやり取りにデッカをのぞく全員が笑い、その笑い声に周囲の子供たちは安心したようだった。

　ブリアナが姿を消すと、あちこちのボートから声があがった。

「がんばれブリーズ！」

「そうだ、頼んだぞ！」

「ブリーズ対鞭の手だ！」

　サムはエディリオをふり向いた。「あの声援、まさにブリアナの求めているものだな」そう言ってから、言葉をつぐ。「それで、殺された子供は？　ここにいないのは誰だ？」

　エディリオは肩をすくめた。立ちあがって船縁へ行き、ほかのボートに呼びかける。「ちょっと聞いてくれ！　姿が見えない者はいないか？」

　しばらく、誰も声をあげなかった。やがてヨットの舳先に乗っていたオークが――あまりの重さに、舳先が船尾より六十センチほど沈んでいる——言った。「ハワードがいない。でも、あいつはいつも……その、あれだ……ひとりでどっかに出かけてるから」

サムとエディリオは視線を交わした。やはり、ハワードだ。

オークが立ちあがり、ヨットを揺らすと、同乗者のロジャー、ジャスティン、ダイアナが怯えた顔をするのが見えた。オークが船室へ下りていく。

「君が戻ってきてくれてよかった」サムはアストリッドに言った。「オークは君を信頼している。だからあとで……」

「オークは私を信頼なんて——」

アストリッドが言いかけると、サムはぴしゃりとさえぎった。

「そんなことはどっちでもいい。とにかくオークの力が必要になるかもしれない。だから、もしものときはあいつと話してくれ」

「了解、ボス」かすかな皮肉をにじませ、アストリッドは応じた。

「ジャックは？」エディリオが訊いた。その顔がいらだっている。「ここに集合だって決めてあったのに」

「いま向かってるよ」デッカが言い、あごをしゃくってみせた。「ほら、あそこでぐずぐずしてる」

「ジャック！」サムが怒鳴った。

ジャックは百メートルほど離れたところにいた。はっと頭をあげる。サムはこぶしを腰に当て、じっとその姿をにらみつけた。ジャックが能力を発動し、跳ねるように駆け出した。

栈橋に到着するや、エディリオの叱責が飛んだ。「いったい何をしていたんだ？　君は武装してトイレの見まわりに行くはずだろう？」

「何があったの？」ジャックがおずおずとたずねる。「僕、眠っていたから……」

「ブリアナは起こさなかったのか？」サムが訊き返す。

ジャックは気まずそうだった。「僕たち、その、話してないんだ」

サムは腹立たしげに湖に浮かぶボートを指さした。「五歳児が二歳児を連れて決められたとおりに動いたっていうのに、頼りにしている天才のひとりが寝ていたって？」

「ごめん」とジャック。

「本心だ」トトが請け合う。

サムはトトを無視した。アドレナリンが全身を駆けめぐっている。ビニールシートに覆われた、不気味な突然変異種のことは忘れよう。今日ですべてが一変してしまう可能性も、せめていまだけは忘れよう。これから——ようやく——本物の戦いが起こるのだ。ケインやミサイルの心配も、山積みの難問も、答えのない疑問も、すべて意識の外へと押しやるのだ。

アストリッドがサムの肩をつかんで脇に引き寄せた。話し合いはしたくなかった。自分にはやるべきことがある。だが、無下に拒否するわけにもいかない。とりあえず話を聞かなくては。

「サム、あなたの手紙はケインにもアルバートにも届いていない」

「ああ、だから？」

「だから？」その語気の鋭さに、サムは思わず後ずさった。「このままじゃ光が消えてしまう。私たちはまだ最悪の危機に直面している。それにケインやアルバートの動向もわかっていない」

「その件は、また改めて考えよう」サムは議論を打ち切るように、さっと手をふった。「いまはちょっとした緊急事態だ」

「そういえばテイラーはどこにいるの？」アストリッドが腹立たしげに言う。「彼女がいないなら、ブリアナにケインとアルバート宛の手紙を届けてもらいましょう」

「ブリアナに？　ドレイクの探索をやめさせて？　せいぜいがんばって説得してくれ」

「それならエディリオに誰かをつけて――」

「いまは無理だ、アストリッド。優先順位を考えてくれ」

「優先順位を決めているのはあなたでしょう？　あなたがしているのは賢い選択じゃない。簡単な選択よ」

痛いところを突かれた。「簡単だって？　四カ月も姿を見せなかったドレイクがいきなり現れたんだぞ、これが偶然だと思うか？　ドレイク、染み、君の言う〝無知〟の力……」

「もちろん、偶然だとは思わない」アストリッドが噛みしめた歯の隙間から絞り出すように言い返す。「だからこそ応援を頼むべきだって言っているの」

サムはこぶしをかかげると、指を立ててリストを数えあげはじめた。

「一、ブリーズがドレイクを見つける。二、デッカとジャックと僕が駆けつける。三、その姿がドレイクであれブリトニーであれ、奴を切り刻み、燃やしつくし、粉々になった灰を鍵つきの頑丈な箱に入れて湖に沈める」

そうして、ふたたびこぶしを固めた。

「今度こそ、ドレイクと決着をつけてやる」


ドレイクは、長く尾を引く鐘の音を耳にした。遠くから聞こえるその音は、鋭く、甲高い。何やら切迫した響きを感じる。どうやら、ばれたらしい。

ドレイクはコヨーテに悪態をついた。「おまえらが道路に残した残骸が見つかったみたいだな。これで向こうの準備は万全だ」

リーダーは何も言わなかった。

ブリアナはどれくらいでやってくるだろう？　おそらくあっという間だ。あいつに見つかれば、コヨーテたちは一瞬でやられてしまう。そうして、自分の前進も阻まれる。

ドレイクは、以前にもブリーズと戦っていた。息の根を止められることはなかったものの、それでもずいぶん足止めされた。胴体を切り刻まれたせいで、復活するのに時間がかかった。

それに当然、ブリーズに見つかればサムが駆けつけてくるだろう。サムと数人の仲間たちが。ブリトニーの出現にも、サムはもうためらったりしないだろう。今度こそ、この身を徹底的に燃やしつくして——。

「うおぉぉぉ！」ドレイクは吠えた。鞭をかかげ、派手な音をたててふりおろす。

コヨーテたちは無表情で見つめていた。

「隠れる場所がいる」ドレイクは言った。そう認めるのは情けなかった。「夜になるまで身を隠す」

リーダーが首をかしげ、絞り出すような声で言う。「人間の狩人《かりゅうど》は目で見る。においと音はわからない」

「さすがだな」そのとおりだった。ブリアナはコヨーテではない。彼女にドレイクのにおいはわからないし、よほど大きな音でなければ気づかないだろう。とにかく姿が見つからないようにすればいい。「よし、暗くなるまで身を潜めておける場所に案内しろ」

「深い裂け目のある、高い場所」

「急げ。ぐずぐずしてると、おまえたちの大好きな高速少女が追ってくるぞ」

コヨーテはただちに行動した。流れるような身のこなしで淡々と障害物を避けながら、足早に移動する。坂を登り、頂上に着く。四百メートルほど先にバリアが見えた。

ドレイクは立ち止まると、じっと視線を注いだ。

まるで主人が、はるか地中から黒い爪を伸ばしたようだった。無数の指でこの不自然な世界をつかみ、包みこもうとするかのようだ。

興奮するべきだったのかもしれない。だが、その光景はドレイクを不安にさせた。ガイアファージ自身に広がりはじめた、あの黒い染みと同じもの……。

ダークネスは絶対ではないかもしれない、そんな疑念を抱かせるるし。この指令はガイアファージの純粋な野望ではなく、恐怖に駆られて出されたものかもしれない、そう疑わせるもの。

「進め」リーダーが不安げに急《せ》かした。崖の上に立つ彼らの姿は、黒い影になりはじめていた。ドレイクは身をかがめた。ここからなら湖が見わたせる。言い換えれば、向こうからもこちらの姿が見えるということだ。

ドレイクは足早にリーダーのあとを追うと、崩れた岩や雨で削られた岩場の迷路へとすばやく身を隠した。

コヨーテの示した隙間に潜りこむには、息を吸って身を縮めなければならなかった。これこそ、コヨーテと行動をともにする利点のひとつだといっていい――彼らは誰よりも地形を把握している。

座るだけの空間はなかった。立っているのもやっとだ。だがこれで、ブリアナには見つかるまい。絶対に。

湖の断片、数艘のボート、細長い空が隙間から見えた。

まもなく、夜が訪れる。

外の世界

コニー・テンプル看護師は、抗鬱剤のゾロフトをのみこんだ。プロザックよりもこちらのほうが彼女には効果があったし、倦怠感《けんたいかん》も少ない。

ついで、グラスになみなみと入った赤ワインをあおる。そうして結局、倦怠感に襲われることになる。

テレビをつけ、有料の映画チャンネルを適当にまわす。コニーは自分のトレーラーにいなかった。サンタバーバラのアヴァニア・イン・ホテルにいた。ここはダリウス・アシュトン軍曹と定期的に密会する場所だ。

ふたりの関係は数カ月前からはじまった。あるとき、軍曹が金曜日恒例のバーベキューへやってきたのだ。それからほどなく、ふたりはこの関係を秘密にしておくべきだと思いいたった。

コニーは聞き慣れたノックの音を耳にした。ダリウスを部屋に招き入れる。軍曹は長身ではなく、コニーよりほんの数センチ背が高いだけだ。けれどその体つきはたくましく、タトゥーと、アフガニスタンから持ち帰った傷跡に彩られている。

ダリウスは、六缶パックのビールを片手に、はにかんだような笑みを浮かべていた。コニーは彼が好きだった。彼女が情報を聞き出すために一緒にいることを——もちろん、それがすべてではないが——承知したうえで付き合ってくれているところも好ましい。ダリウスは片目の視力をほとんど失っており、だから、もう戦闘に戻ることはない。現在の勤務地は〈カミノ・リアル基地〉。そこでメンテナンス作業をしている。極秘情報にアクセスする権限はないが、いろいろな事柄を見聞きする。いまの仕事を嫌っていて、このまま戦闘員に戻れなければ、兵役期間が終わり次第、軍を去るつもりでいるという。

要するに、ダリウス軍曹は時間を潰しているのだ。そしてコニーと潰す時間を、ダリウスは好ましく思っていた。

赤ワインを飲みながら、コニーはベッドに腰を下ろした。ダリウスは三本目のビールを手に、どさりと椅子に沈みこんだ。ベッドの端に足をのせ、ときどきつま先をコニーの脚に絡ませている。

「何かあったみたいだ」前置きもなく、ダリウスが切り出した。「大佐が辞めると脅しているのを聞いた」

「どうして?」

ダリウスが肩をすくめる。

「辞めたの?」

「いや。将軍がやってきて、ふたりで何か話していた。それから将軍が出ていって、それっきりだ」

「なんの話かはわからないのね？」

ダリウスはゆっくりと頭をふった。続きを話すべきかためらう仕草に、コニーは重大な秘密が明かされる予感がした。彼女に告げるのを警戒するほどの何かが。

「あのなかには息子たちがいるの」コニーは言った。

「息子たち？　ひとりじゃないのか？」ダリウスが鋭い視線を向けてくる。「サム少年の話しか聞いたことはなかったが」

コニーは長々とワインを飲んだ。「私のことを信じてほしい。だから本当のことを言うわ。それが信頼ってものでしょう？」

「そう聞いたことはあるよ」皮肉めかした返事だ。

「私には双子の息子がいたの。サムとデイヴィッド。当時は聖書の名前が好きだったみたいね」

「力強くていい名前だ」

「ふたりは二卵性だった。サムのほうが数分先に生まれた。ただし二百グラムほど小さかったけれど」

ふたたび話しはじめたとき、コニーは自分の声が震えているのに気づいて驚いた。泣いてはだめだと、声の震えを抑えこむ。「私は産後鬱になったの。ひどかった。産後鬱って知ってる？」

ダリウスは答えなかったが、たぶん、よくわかっていないのだろう。

「お産が終わると、人によってはホルモンバランスが崩れてしまうことがある。そういう例があるのは知っていた。ほら、なにせ私は看護師だから。ここ最近はちがうけど」

「でも薬やなんかがあるんだろう?」

「あるわ。私は薬でどうにか気持ちを保っていた。でも早い段階で……たぶん、妄想を抱いてしまったんだと思う。デイヴィッドには何かおかしなところがあるような気がして」

「おかしなところ?」

「そう。肉体的にって意味じゃない。あの子はかわいい赤ん坊だった。それに賢かった。体も大きくて、敏感で、美しいこの子をサムより愛してしまったらどうしよう、そう心配するほどだったのに、ものすごく奇妙な感じだった」ダリウスが空になったビールを横によけ、新しい缶を開ける。

「そうして、あの事故が起きた。隕石《いんせき》の」

「聞いたことはある」ダリウスの口調に好奇心がにじむ。「たしか二十年くらい前の事故だろう?」

「十三年前よ」

「すごかったんだろうな。隕石が原発に衝突したんだっけ? 大騒ぎだったんじゃないか?」

「そうかもね」コニーは冷めた口調で応じた。「ペルディド・ビーチはいまだに〝灰色の小路〟と呼ばれている。当然、行政はなんの問題もないと言ったけれど……いえ、私にはそうは言わなかったわ。私が聞かされたのは、私の夫が、ふたりの幼子の父親が、あの事故の唯一の被害者だったってこと」

ダリウスが体を起こし、身を乗り出してくる。「放射能の？」

「いいえ、隕石のよ。だから苦しんではいないはず。自分の身に何が起きたかもわからなかったと思う。運悪く、あの場に居合わせてしまったの」

「隕石で亡くなったのか」ダリウスは頭をふった。彼がアフガニスタンで死を見てきたことをコニーは知っていた。

「それから、また鬱病がぶり返した。もっとひどくなって。それと同時に、デイヴィッドをおかしいと思う気持ちがますます強くなっていった。この子は何かとてつもなくおかしいんだって」

当時の記憶が押し寄せ、言葉に詰まる。あのころの妄想はあまりに生々しかった。やがて産後鬱の症状として、精神疾患のようなものが現れはじめた。頭のなかで、デイヴィッドは危険だと、この子は邪悪だと、執拗にささやく声が聞こえるようになったのだ。

「あの子を傷つけてしまいそうで怖かった」

「つらいな」

「ええ、つらかったわ。私はあの子を愛していた。だけど、怖かった。自分があの子にしてしまうかもしれないことが怖かった。だから」大きく、震える息をつく。「手放したの。

すぐに養子先は決まったわ。それから長いこと、あの子は私の人生に現れなかった。私はすべての愛情をサムに注いで、これでよかったんだと言い聞かせた」

ダリウスが眉間にしわを寄せた。「ドーム内の情報には目を通したけど、デイヴィッド・テンプルなんて子はいなかったぞ。名字を見たら気づくはずだ」

コニーはかすかに笑みを浮かべた。「あの子の養子先は知らなかったし、居場所も知らなかった。あの日、コアテスで働きはじめるまでは。当時、私は正式に雇われたわけじゃなかった。産休の看護師の代替要員をしばらく務めることになってね。そこへあの子がやってきた。ひと目でわかったわ。まちがいないって。名前を聞いたらケインだと名乗った」

「でも、どうやってわかったんだ？　つまり、君はその子に邪悪なものを感じていて……」

コニーはうなだれた。「あの子は相変わらずきれいだった。とても賢くて、魅力的で。女の子たちが群がるようすを見せてあげたかったわ」

「きっと母親に似たんだな」ダリウスはつとめて軽い調子で応じた。

「でも、あの子は残酷でもあった。人を操る、冷酷さがあった」慎重に、一語一語選ぶように言葉を発する。「怖かった。ケインは、最初に突然変異が現れた子供のひとりだった。サムも同じ時期に発現していたけれど、全然タイプはちがった。われを失って人を傷つけてしまったサムは、その力に打ちのめされた。でもケインは……まったく人のことなんて気にせずに、自分のためだけに力を使ったの」

「同じ親から生まれたのに、それほど差があるものなのか?」

「たしかに母親は同じよ」コニーは淡々と続けた。「私は浮気していたの。DNA鑑定をしたことはないけれど、父親がちがう可能性はある」

ダリウスの顔にショックが浮かぶのがわかった。肯定の言葉は出てこない。当然だ。コニー自身、肯定などできないのだから。

ふいに、室内が寒くなったような気がした。

「そろそろ行くよ」ダリウスが言った。「金曜にはリブを焼くかい?」

「ダリウス、私は自分の秘密を打ち明けた。すべて語ったわ。あなたの話を聞かせてちょうだい」

ダリウスが戸口で立ち止まった。戻ってきてくれるだろうか、とコニーは思った。ダリウスは、予期せぬ彼女の一面を知ってしまったのだ。

「機密をもらすわけにはいかない」ダリウスは言った。「ただ、軍部は略語が好きだってことだけ言っておこう。つい先日、基地にやってきた見慣れない車両に、新たな略語が書かれているのを見かけた。NEST――いかにも意味深だろう?」

「何、そのNESTって?」

「自分で調べてくれ。じゃあ、行けたら金曜日に」

ダリウスは立ち去った。

コニーはノートパソコンを立ちあげ、ホテルのＷｉ－Ｆｉにつないだ。グーグルを開き、ＮＥＳＴと打ちこむ。数秒後、ＮＥＳＴが「核緊急支援隊《Nuclear Emergency Support Team》」の略であることが判明した。原子力関連事案に対処する目的で招集される、科学者、技術者、エンジニアたちの集まり。

核対策チーム。

そして大佐は、辞任をちらつかせた。

何かが、起きている。物議をかもすような新たな実験だろうか。危険で、リスクを伴うような……。

あるいはそれこそが、そもそもの発端なのかもしれなかった。

18

18時間　55分

夜が訪れた。

日が沈むと、サムはブリアナを呼び戻した。闇は彼女の大敵だ。ちょっとでもつまずけば全身の骨が砕けてしまう。

ブリアナは憤慨し、もう一度探索に行かせるよう訴えた。だが、自分でもよくわかっていたのだろう。空いているベッドで休むよう命じると、すぐに寝息が聞こえてきた。

見張りを交代させた。エディリオが眠気を追い払うようにまばたきをし、デッカは思案に耽《ふけ》っていた。アストリッドの姿はしばらく見かけていなかった。きっとサムのベッドにいるのだろう。たぶん、サムに腹を立てながら。当然かもしれない。ずっと彼女をないがしろにしているのだ。

船室に下りて、彼女と一緒にいたかった。だがその欲求に負ければ、そこに安らぎと忘却を見出してしまえば、立ちあがる気力を失ってしまうかもしれない。

明かりは消えつつあった。とはいえ月が——あるいは月の幻影が——昇っていた。まだ完全な暗闇ではない。だが、それはまもなくやってくる。

「やつはどこにいる?」何百万回と自問しながら、すでに暗くなった湖岸に目を走らせた。森や崖をチェックする。ドレイクはどちらかにいるはずだ。暗い木々の下か、岩陰に。

サムはキャンバス地の椅子に沈みこんだ。

「まだ目を開けていられるか?」とデッカに訊く。

「サム、少し眠ったらどうだ」

「そうだな」言って、あくびをする。

船室に下りていくと、アストリッドがサムを待っていた。

サムが言う。「さっきはあんな言い方してごめん」

アストリッドは無言のまま、両手でサムの顔を包みこんでキスをした。そしてゆっくり、静かに愛を交わしたあと、サムは眠りに落ちていった。

サンジットの姿は、まるで直立したグレイハウンドが、くるくると楽しそうに踊っているみたいだった。チューと呼ばれる少年は、ゆっくりと波打つ赤いハートの心臓を持つ、眠たげなゴリラみたいだ。

シガーには、自分の見ているものが他人とはちがうことがわかっていた。ただ、これが新たな目のせいなのか、あるいは世界がこんなふうに見えるほど自分がおかしくなってしまったのか、それはわからない。

奇妙な目と、奇妙な脳みそ、ふたつが融合した結果だろうか？

ベッド、テーブル、クリフトップの階段、ただの物体でさえ、まるで動いているかのように、不気味に輝き、振動し、光線を放っている。

思わず叫び出しそうになるような記憶の数々。

悲鳴をあげそうになると、サンジットやチュー、それから小さな――シガーの目には白く輝く子猫に見える――ボーウィがやってきて、何やらほっとする言葉をかけてくれた。そのたびに、強い一条の陽光のなかで舞う埃を目にしたような感じがして、そして……なんと呼べばいいのかわからないけど……それが……パニックを和らげてくれた。

つぎのパニックに襲われるまでは。

それとは別に見えるものもあって、きらめく陽光に舞う埃とはまったく異なるそれは、どこからともなくやってきて、空気中に蔓《つる》を伸ばし、物体を通り抜け、ときには煙みたいに床から立ち昇り、ときにはゆっくりとうごめく薄緑色の鞭みたいに見えることがあった。

ラナが現れると、緑の鞭は彼女を追い、触れようとしては逃げられ、それでも執拗に追いすがっていく。

そしてときどき、それが自分を探しているように感じることがあった。それに目はなく、だから見えるはずはないのだけれど、それでも何やら……興味深げにこちらの気配をうかがっている。

それが近くに来ると、ペニーの姿が見えた。ペニーにひどいことをしている自分の姿が見えた。

苦しむ彼女の姿が。

ひょっとしてこの煙は、うごめく緑の鞭は、ペニーを倒す力を与えてくれようとしているのだろうか。もしこれを受け入れれば、自分に触れることを許せば、ペニーに復讐《ふくしゅう》できるのだろうか。

しかしシガーの思考は、すぐに霧散してしまった。映像を頭のなかでつなぎ合わせてみても、ジグソーパズルが爆発したみたいに、すぐに散り散りになってしまう。

ときどき、幼い少年がやってきた。

その少年を見るのは簡単ではない。少年は、すぐそばにいる。存在を感じてふり向いても、たとえどれほどすばやく頭を動かしても、少年の姿をはっきりとらえることはできなかった。たとえるなら、細く開いたドアの隙間から見ているような感じ、とでもいうのだろうか。一瞬視界に入ったと思っても、つぎの瞬間には、少年の姿は消えている。

さらなる狂気だ。

人間のものではない目と、壊れた心を抱えて、どうやって現実とそうでないものの区別をつければいいのだろう?

もうやめよう、とシガーは思った。きっとたいしたことではないはずだ。自分を取り巻く世界が本当に見えている人間などいるだろうか。普通の目と心は、それほど完璧なものだろうか。シガーがいま目にしているものが突拍子もないものだなどと、誰に言えるのだろう。

普通の目には何も見えないのでは？　レントゲンや放射線、それに波長を超えた光は見えないのでは？

そのとき、シガーの脳内に、少年の思考が流れこんできた。

あの子がここにいる、そう気づいてシガーははっとした。視界の外に。気配だけを漂わせて。すぐそばの、シガーの見えないどこかに。

シガーの思考がふたたび砕け散った。

シガーは立ちあがると、振動し、脈打ち、自分を呼んでいる扉に向かって歩きはじめた。

ドアがノックされた。

ペニーはノックの音に怯えたりしなかった。のぞき穴を確かめもせず、いきなり開ける。戸口で切り取られた銀色の月明かりのなかに、ケインが立っていた。

「話がある」ケインが言った。

「こんな夜中に？」

許可を待たずにケインが室内に入ってくる。「最初に言っておく。おまえのいかれた能力で、たとえノミ一匹でも俺に気に入らないものを見せたら、容赦はしない。おまえを壁に投げつけて、その上から壁を落としてやる」

「それはご丁寧に、陛下」ペニーはドアを閉めた。

ケインはすでに、ペニーのお気に入りの椅子に腰を下ろしていた。まるで自分の領地だと言わんばかりのふるまいだ。持ってきたろうそくにライターで火をつけ、テーブルに置く。いかにもケインらしい。フェイズでは、ろうそくはダイヤモンドよりも貴重だが、それを使ってでも、この場の雰囲気を演出したいのだ。

ケイン王。

ペニーは沸騰寸前の怒りをのみこんだ。いまにケインを這いつくばらせ、延々と悲鳴をあげさせてやる。

ペニーは言った。「ここへ来た理由は知ってるわ」

「おまえが現実を見る準備ができたようだとタークから聞いた。何か条件があるそうだな。言ってみろ」

ペニーは言った。「シガーの件はやりすぎたと思う。それに食料供給が途絶えればどうなるかもわかっている。私はダイアナみたいに美人じゃないけど、だからって頭まで悪いわけじゃないから」

「それで」ケインが慎重に促す。

「タークがあなたに伝えたとおり、町を出ていくわ。もう荷造りもはじめてる」そう言って、部屋の隅にあるバックパックを示してみせる。「ただ、追放されたと思われたくないの。それだとクインに屈したみたいでしょう。だから、自分の意思で出ていったことにしてほしい」

ペニーの真意を読み取ろうと、ケインがペニーをまじまじと見つめる。

ペニーは少し怒ってみせた。「ねえ、私だってこんなのは不本意よ。でもそうするしかないでしょう？　信じられないかもしれないけど、私はあなたなしでも生きていけるの」

「食料は好きなだけ持っていくといい」ケインが言った。

「それはどうも。じゃあ、条件を言うわ。ここを去る代わりに、私を飢えさせないこと。週に一度、ハイウェイのひっくり返った配達トラックのそばでバグに会う。必要なものがあればバグに届けさせる。私の条件はそれだけよ。簡単でしょう」

ケインがわずかに肩の力を抜いた。首をかしげ、思案するようにペニーを見る。「いいだろう」

「じゃあ、私がこの町を去るためのうまい演出を考えなきゃね。いい、ケイン。私たちはお互いにまだ使い道がある。だからあなたにはこのままリーダーでいてほしい。ほかの誰かがなるよりましだから」

「それで、計画は？」

ペニーはため息をついた。「とりあえず、ひと息入れない？　テイラーが島から持ってきてくれたココアがあるの。それを飲みながら考えましょう」

ケインは、テイラーがペニーに貴重なココアを持ってきた理由をたずねなかった。どうせペニーの力を使って何かしたのだろう。

思考をめぐらすケインの顔に、嫌悪が浮かぶのをペニーは見た。ペニーはキッチンへ、水とココアを温めるのに使う簡易コンロのそばへと向かった。

コンロの火をつける。

ケインは、キッチンまで追ってこなかった。

ペニーがカップを差し出す段になっても、相変わらずむずかしい顔をして座っていた。

ふたりでココアをすする。

「さて。私がここを出ていく方法だけど、ふたりで喧嘩してみせるっていうのはどうかしら」ペニーは言った。

「それなら誰かに聞いてもらう必要がある。でも、嘘っぽくならないように、公衆の面前は避けたほうがいい」ケインが言う。それからもうひと口ココアをすすり「ちょっと苦いな」と顔をしかめる。

「少しなら、お砂糖もあるけど」

「砂糖があるのか？」

ペニーは砂糖を取りに行った。角砂糖をふたつ、ケインのカップに入れてやる。ケインが砂糖の入ったココアをかきまぜる。

「ペニー、おまえはひとつ正しいことを言った。いかれてはいるが、たしかにおまえは役に立つ。なにせ誰も持っていない砂糖を手に入れられるんだからな」

ペニーは控えめに肩をすくめてみせた。「みんな現実逃避したいのよ。ほら、人ってただ働くだけの生活よりも、もっと楽しい生活を夢見るものでしょう」

「ああ、そうだな。にしても本物の砂糖だぞ。とんでもない貴重品だ」

「私があなたを好きだってことは気づいているんでしょう?」ペニーは言った。

「ああ、でも悪いが、俺にその気はない」

その言葉にかっと怒りがこみあげたが、ケインを襲い、その肌をぐずぐずに焼きつくしてしまいたい衝動を、全力で抑えこむ。

「残念だわ。あなたの頭のなかでなら、誰にでもなってあげられるのに」

「やめろ、それ以上は聞きたくない。さて……」と言って、ケインがあくびをする。「計画を詰めてしまおう。ここ数日は忙しかったから、さっさと終わらせたい」

ペニーは詳細を説明した。ケインが別の意見を提示し、ふたたびペニーがやんわりと修正する。

やがて、ケインが長々とあくびをした。

「疲れているみたいね。ちょっと休んだら?」

「いや……」と言いかけて、またあくびをする。「そうだな、続きは朝にしよう」

ケインは立ちあがろうとした。が、足もとがふらつき、ぺたりと座りこんでしまう。まばたきをして、呆然とペニーを見つめる。

ケインの脳内で、のろのろと歯車がまわっているのがペニーにはわかった。ケインの顔が歪む。無理やり目をこじ開けて言う。「まさか……」

わざわざ答えはしなかった。このゲームにも、いい人を演じることにも、うんざりだった。

「殺してやる」ケインのかかげた片手が、力なく宙で揺らめく。ペニーはすばやく立ちあがって身をかわした。ケインの背後にまわりこむ。

ケインはふり向こうとしたが無理だった。もう、体が動かない。

「心配しないで、陛下。まあ、すぐに心配もできなくなると思うけど。睡眠薬にね、少し筋弛緩剤《きんしかんざい》も混ぜてみたの」

「こ……ろし……」呼吸が乱れ、それ以上言葉が続かない。

「おやすみ」ペニーは言うと、誰だか知らないが、この家の住人が大事にしていたらしい、ずっしりと重たいスノードームを飾り棚から取りあげた。スノードームのなかには、小さなハラーズホテルのカジノが閉じこめられていた。悪趣味な記念品だ。

スノーボールを、ケインの後頭部めがけてふりおろす。ケインが顔から倒れこんだ。

ガラスが砕け、ケインの頭皮とペニーの親指を切り裂いた。

ペニーは手の出血を見つめた。

「これくらい、なんてことない」

傷口にタオルを巻きつけ、大きな木製のサラダボウルと、水を入れた容器を運びこむ。

そして、クローゼットから重たいセメント袋を引きずり出した。

19

17時間　37分

影のように密やかに、アストリッドはベッドを抜け出した。サムの温《ぬく》もりから離れるのはつらかった。砂鉄が磁石に引きつけられるみたいに、どうしようもなく離れがたい。

だが、行かなくては。

廊下へと身を滑らせる。ブリアナがいびきをかいていた。そのいびきがごく普通の速度であることに気づき、アストリッドは思わず笑いそうになった。

自分の衣服を見つけた。暗闇のなかで着替える。Tシャツ、つぎはぎだらけのジーンズ、ブーツ。バックパックを確認する。ショットガンの弾薬は入ったままだ。水筒は湖水で満たせばいい。食料も欲しいところだが、大丈夫、飢えには慣れている。

この旅が、あまり長引かないことを願おう。何もなければ、ペルディド・ビーチまでは……たぶん、五時間くらいだろうか。アストリッドはため息をついた。夜中にペルディド・ビーチへ向かうか、あるいはベッドに戻ってサムの力強い腕に抱かれて脚を彼の脚に絡ませるか……。

「だめ、行くのよ」小声で自分を叱咤する。

アストリッドは手紙を持っていた。モハメドが届けられなかった手紙だ。二通の手紙を落とさないよう、畳んで前ポケットに押しこむ。

この計画がうまくいくかどうかは、甲板の状況にかかっていた。ハウスボートはみんなを守る象徴としていまも桟橋に係留されているが、きっと見張りがいるはずだ。

アストリッドは甲板の横手に出た。よし、見張りにばれずに、このまますんなり抜け出せるかもしれない。

「止まれ」声が飛ぶ。デッカだ。

アストリッドは小声で悪態をついた。桟橋に下り立つまで残り二メートル。デッカの間合いにばっちり入ってしまっている。逃げるチャンスはまったくない。足もとの重力を消されれば、宙を走るのは難儀だろう。

デッカが船縁に足をかけ、空中に身を躍らせた。つかのま重力を消し、静かに桟橋へ下り立つ。

「おやつでも買いに行くのか？」皮肉をこめた口調で言う。「なら、チョコレートを買ってきてくれ」

「ペルディド・ビーチへ向かうわ」アストリッドは言った。

「なるほど。英雄になってサムの手紙を届けようってわけだ」

「英雄になるつもりはないけど、ええ、そうよ」

デッカが親指を陸のほうへ向ける。「あのどこかにドレイクがいる。ついでにハワードを食らったコヨーテどもも。悪いことは言わない、あんたは頭脳派だ、らしくないことはやめておけ」

「いくつか学んだことがあるの」アストリッドは言った。デッカの目を見つめたまま、ショットガンの銃床をふりあげる。と、木製のストックがデッカのこめかみを直撃した。気絶するほどではなかったものの、デッカががくりと膝をつく。

その隙にすばやく背後にまわりこむと、乱暴にデッカの顔を桟橋に押しつけた。

「ごめん」とつぶやいて、デッカの両手首をロープで縛りあげ、古い靴下を口に押しこんだ。「デッカ、聞いて。私たちにはケインが必要で、ケインにも私たちが必要なの。だからこれは絶対に届けなくちゃいけない。それに、私はこの場所に必要ない」

デッカはすでにロープの下で身じろぎし、口に詰めこまれた靴下を吐き出そうともがいていた。

「サムを起こせば、ブリアナが私を追うことになる」

アストリッドの言葉に、デッカの動きが止まった。

「自分がひどいことをしているのはわかっている。だからあとで殴ってくれて構わない。ただ、二十分だけ待ってほしいの。サムには気絶させられていたって伝えればいい。そのうちきれいな青あざが出てくるから、きっと信じるわ」

アストリッドはデッカから離れた。デッカは動かない。「サムに伝えて。手紙は絶対に届けなきゃいけないし、使命を果たすまでは止めても無駄だって」

デッカはどうにか靴下を吐き出した。彼女が叫べばそれまでだ。だが、デッカは叫ばなかった。「森を抜けていけ。崖は避けたほうがいい。私の直感では、ドレイクは崖沿いの洞窟か裂け目にいる。森はブリーズがくまなくチェックしたはずだから」

「ありがとう」

「ほかにサムに伝えておくことは？」

アストリッドは、デッカの言わんとすることを悟った。

「もう伝わってるわ」それからため息をついて言う。「わかった、心から愛してるって伝えてほしい。それに、この戦いはあなたひとりに課せられたものじゃないし、私も参加しているって」

「了解。気をつけて。ああ、それから、考える前に引き金を引け。考えるのはそのあとだ」

アストリッドはうなずいた。「わかってる」

アストリッドは足早に立ち去った。心のどこかで、デッカをやり過ごせてしまったことにひどくがっかりしていた。かりにあそこで止められていても、この勇気ある行動は認められただろう。そうすれば、緊張と恐怖を抱えて立ち並ぶ木々に向かうことなく、サムのもとへと帰れたのに。

ダイアナは、ヨットで眠れるなんて思っていなかった。波の揺れがどうこうではなく、いまもつわりの強烈な記憶に苛《さいな》まれていたからだ。ようやく落ち着いた体調を、少しでも乱す可能性のある環境は好ましくない。

だがヨットの船尾で、クッションつきの狭いベンチに横たわり、ダイアナは眠りに落ちていた。

ヨットに同乗しているのは、ロジャーとジャスティン、それにジャスティンの友だちの、アトリアというちょっと変わった名前の女の子だ。三人は眠っていた。いや、本当のところはわからないが、少なくとも静かにしていて、それがダイアナにはありがたかった。

先ほど、ちびっ子ふたりとロジャーが一緒にいるのを見かけた。自分もあんなふうに辛抱強く、楽しそうにできるだろうか、とダイアナは思った。どこかからチョークを見つけてきたロジャーは、甲板に楽しいキャラクターの絵を描いて子供たちをあやしていた。ジャスティンとアトリアは、この状況をピクニックか何かだとでも思っているみたいだった。

もうひとりの同乗者はオークだ。オークは船の先端に陣取っていた。オークの重みで船尾が浮き、ダイアナが椅子から転げ落ちそうになるほど傾いていた。それでも片腕を突き出た金属の棒に、もう一方をなんとかクリートに巻きつけ、毛布をあごまで引きあげると、いつの間にか眠りに落ちていた。

何やら奇妙な眠りだった。完全な無意識ではなく、意識の端っこを漂っているような、ふわふわとした、はっきりしない眠り。

声が聞こえたが、何を言っているのか、あるいは内容を知りたいのかもわからない。

オークが移動したり、ほかのボートが接触したりして、ヨットが上下するのを感じた。

声が聞こえたのは、そんな状態のときだった。新たな、そして慣れ親しんだ声。ダイアナのお腹から響いてくる。

夢であることはわかっていた。いくら人より成長が速いといっても、この時点で赤ん坊の脳が機能しているはずはなく、ましてや言葉や思考や文章を作るなど、ありえない。

暖かい……。

暗い……。

安全……。

潜在意識が作り出した、幸せな夢。ダイアナは微笑んだ。

あなたは何？　と夢のなかで問いかける。

赤ん坊……。

そうじゃなくて、あなたは男の子？　それとも女の子？

ダイアナは、夢の赤ん坊が戸惑うのがわかった。もちろん、おかしなことじゃない。これはただの夢なのだ。ここで交わされている会話は、どちらもダイアナの潜在意識が紡ぎ出す空想で、だからダイアナが知らないことは――。

彼が私を求めている……。

漠然とした夢が、突如、厚い雲に覆われた。ダイアナの笑みが消え、あごがこわばる。

彼がささやきかけてくる……。

誰が？　誰があなたにささやきかけてくるの？

お父さん……。

ケインのこと？

ダイアナの鼓動が跳ねた。無理やり抑えこみ、落ち着きを取り戻す。

お父さんが自分のもとへ来るようにって……。

答えになってないわ。それはケインのことなの？

「ケインのこと？」ダイアナは、はっと目を覚ました。全身に鳥肌が立っていた。「ケインのことなの？」

呼吸が荒い。額に汗の粒が浮いている。全身がじっとりと湿っている。

子供たちがこちらを見つめていた。薄闇のなか、いくつもの白い目が見える。

どうやら自分は、ずっと叫んでいたらしい。

「夢を見たの」小さく、つぶやく。「ごめんなさい。ベッドに戻って」

視線はあげられなかった。彼らに顔を見せることができなかった。

「ねえ、父親ってケインのこと？」もう一度、つぶやいてみる。

答える声はなかった。だが、声など関係ない。ダイアナはその答えを肌で感じ取っていた。そう、ずっと前からわかっていたのだ。

どうしよう……。

擦り切れた毛布を体に巻きつけ、甲板を歩く。新鮮な空気を吸って、この行きすぎた妄想を鎮めたかった。きっとホルモンのせいだ。体がすっかりおかしくなっているのだ。

オークがいた。ダイアナに背を向けて座っている。この角度からでは、わずかに残された人間の部分は見えない。それでも、巨大な砂利の肩には、まだ人らしさが残っていた。甲板にぶつかりそうなほど、頭ががっくりとうなだれている。

「こんなところにいて寒くないの？」ダイアナは声をかけた。間抜けな質問だ。オークが寒さを感じるかどうかさえ、知らないというのに。

オークは答えなかった。ダイアナは少し近づいた。「ハワードのこと、気の毒だったわね」そう言ってから、盗人で麻薬の売人だった少年のいいところを探して伝えようとした。だが、時間がかかりすぎてしまい、結局は何も言わなかった。

オークは飲んでいたのだろうか、と思う。飲んでいればオークは危険かもしれない。ようやくオークが発した言葉は、しかし明瞭で、はっきりしていた。「本の言葉を探してみたけど、何も見つからなかった」

「本？」

「ハワードみたいなちっぽけな男を祝福するくだりがないんだ」

ああ、聖書のことか、と思う。ダイアナは言うべき言葉が見つからず、オークに話しかけてしまったことを後悔した。ふいに自分の寝床が恋しくなった。それにトイレにも行きたい。

「ハワードは……個性的だったと思うわ」とりあえず言ってみたものの、自分でも言っている意味がよくわからない。

「あいつは俺を好きでいてくれた」オークは言った。「俺の面倒を見てくれた」ええ、と胸の内でうなずく。あんたが酔っ払っていてくれるようにね。そうして利用できるように。だが、口には出さなかった。

その思いを見透かしたかのように、オークが言った。「あいつが悪いやつじゃなかったとは言わない。でも、それはお互いさまだった。俺たちは散々悪いことをしたし、とくに俺は、最低なことをした」

ふいにダイアナの記憶がよみがえってくる。いま自分の悪行を思い出すのは耐えられない。「まあ、みんなが言うように、ハワードはここよりましな場所に行けたんじゃない？」

白々しい台詞だ。とはいえ、こういう場合、人はこんな台詞を言うものではなかったか。いずれにしても、ここよりひどい場所などあるだろうか。ハワードは無残にその肉体を噛みちぎられたのだ。

「あいつが地獄にいたらどうしようって、それが心配でたまらない」オークの口調は苦しげだった。

ダイアナは小さく悪態をついた。なぜこんな会話に巻きこまれてしまったのだろう。頼むから、もうトイレに行かせてほしい。「オーク、神は許してくれるはずでしょう？　だからきっとハワードも許される。だってそれが、許すことが、神さまの仕事なんだから」

「悪いことをして懺悔《ざんげ》しなければ、地獄に落ちる」自分の言葉を否定してくれと願うみたいに、オークが食い下がってくる。

「ええ、そうね。でもハワードが地獄にいるなら、私たちだってすぐに会えるんじゃない？」そう言って、くるりと背を向けた。

「あいつは、俺を好きでいてくれた」

「そうね」ダイアナはうんざりし、ぴしゃりと言った。「あなたは大きくて愛らしいテディベアだもの」それに凶暴で人殺し、と心のなかで付け足す。

「また酒に溺れたくないんだ」

「なら、飲まなければいい」

「けど、しらふじゃ人を殺せない」

時間切れだった。ダイアナは階段を駆けおりると、共同で使っているトイレ用の鍋にまたがり、安堵《あんど》の吐息をついた。

ヨットが大きく揺れた。誰かが眠たげな声で「おい！」と叫ぶ。

ダイアナが甲板に戻ると、オークの姿が消えていた。留め具につながれていた一艘の手漕ぎボートが、三十メートルほど先に浮かんでいる。オールを操る超人的な力によって、ボートは岸辺にぐんぐん近づいていた。

ケインはまだ眠っていた。薬の効き目がどのくらいなのかはわからない。けれど、ペニーは急いでいなかった。

急ぐ必要などまったくない。いまは、まだ。

ペニーはケインを見つめながら腰を下ろした。ケインはものすごく不自然な体勢になっていた。前のめりでソファに沈みこみ、両手首までボウルに浸《つ》かっている。セメントはすぐに固まった。

ケイン王。

少なくとも、自分で目玉をえぐり出すことはないだろう。何しろ二十リットルのセメントが両手にくっついているのだ。立ちあがるのもやっとだろう。

ペニーはケインについて考えた。強大な力を持つ少年。ペルディド・ビーチ最強の能力者で、ふたりしかいない四本の能力者のうちのひとり。

その少年がいま、無力化している。

やせっぽちで、魅力的とはいえない少女の手にかかって、完全に失墜したのだ。

ペニーはキッチンからハサミを持ち出した。ケインのシャツを切り裂き、はぎ取る。ケインがわずかに身じろぎし、うめき声をあげた。

これでいい。このほうがずっと惨めに見える。これほど過酷な経験をしたあとでも、ケインの胸板はいまだにたくましく、平らな腹にも筋肉がついていた。

そうだ、ケインを公衆の前に引き出す前に、もうひとつだけやっておこう。自分の思いつきに、思わず笑みがもれる。

たしか、キッチンにアルミホイルがあったはず。ペニーはアルミホイルを見つけると、ロール状のホイルを引き出して、ろうそくの灯《あか》りのそばで作業をはじめた。


シンダーの畑から少し離れたところにある高台から、ドレイクはすべてを見ていた。サムとその仲間たちがボートにこそこそと避難するようすに、喜びがこみあげてくる。それこそ、ドレイクの力を証明するものだ。

だがおかげで、ダイアナを捕らえるのが極めて困難になってしまった。あの女がどこにいるのかさえわからない。あれだけあるボートのうち、どれに乗っていてもおかしくない。

身を潜めているドレイクのそばを、三十分おきくらいに風が吹き抜けた。ブリアナだ。そのたびに、ドレイクは岩の奥へと身を隠した。コヨーテはブリアナの気配に耳をそばだてて石のように固まっていた。高速少女が怖いのだ。

だが、ブリアナに見つかることはなかった。そして夜が更けたいま、高速少女はそれほど高速では動けない。

そのとき、幸運が訪れた。ショールか何かに身をくるんだダイアナがボート上に姿を現したのだ。舳先にオークが座っているボートだ。

薄暗い星明かりのもとでも、すぐにダイアナだとわかった。あの身のこなしは、ダイアナ以外にありえない。

当然、考えておくべきだった。もちろんサムはダイアナに厳重な警護をつけるだろう。となれば、オークと同乗している可能性は高い。

ダイアナの姿に、鞭の腕がうずいた。腰に巻いていた触手をほどく。ダイアナを見下ろしながら、己の力を感じたかった。

最初は強気な態度を示すだろう。あの女は甘くも弱くもない。それでも、この鞭を使えば態度を改めるにちがいない。赤ん坊を傷つけるつもりはないが、ほかにやり方はいくらでもある。

あいつを捕まえ、なおかつブリアナとオークをやり過ごす方法を思いつきさえすれば――。

ただ一艘、桟橋に係留されたままの大きなハウスボートを一瞥する。遠いうえに角度が悪く、甲板のようすしかわからない。さっきまでデッカがそこで見張りをしていたが、いまはその姿が消えている。あのボートが、自分をおびき寄せるための餌であることはわかっていた。奴らは、ドレイクがハウスボートを攻撃するような間抜けであることを願っているのだ。

ふいに、激しい怒りがこみあげた。サムめ。湖に子供たちを避難させるとは小癪《こしゃく》な真似をしてくれる。あのときはそれほど賢くは見えなかったが――鞭で打たれ、痛みに泣き叫び、涙を流していたあのときは……。

低い、喜悦のうめきがドレイクの口からもれ、コヨーテが体をこわばらせた。

そのとき、ふたつのことが起こった。オークがのっそりと甲板をおり、冗談みたいに小さな手漕ぎボートに乗りこんだのだ。

いいぞ！　そのまま岸までやってこい。そうすればオークが消えるのを待って、小舟でダイアナを回収しに行ける。

問題は、ふたつ目に起きたことだった。ブリトニーが出現する際に決まって訪れる、胸くそ悪いあの衝動に襲われたのだ。

ドレイクは、いらだちまぎれに鞭をふるった。だがその鞭も、すでに三分の一の長さになっていた。

とっさに人差し指を噛み、血文字を記す。平らな石に、一瞬で書きなぐる。

「ヨット――」

20

17時間　20分

はっと目を覚ましたサムは、何かが起きたのを悟った。ねじれた毛布のあいだに横たわったまま、無意識に知覚していた情報を瞬時につなぎ合わせていく。動き、音、ぼんやりと聞こえていた会話の断片……。

慌てて跳ね起きた。服を身につけ、廊下に出る。階段に向かおうとして、ふと立ち止まってふり返る。アストリッドのバックパックが見当たらない――。

クローゼットの扉を開けた。ショットガンも消えていた。

そのとき、デッカが階段を下りてきた。サムが起きているのを見て驚いたようだ。一瞬その顔に、気まずそうな表情がよぎったのをサムは見逃さなかった。

「手紙を持っていったんだな」淡々と、確認する。

「あの子に殴り倒された」デッカは言った。そしてこめかみにできたあざを指さすと、小さな〈サムの太陽〉でも確認できるよう、顔を横に向けた。

サムの唇が冷酷に歪む。「なるほど。アストリッドに殴り倒されたわけか」

「ショットガンの銃床でやられたんだ」

「みたいだな。けど、君を倒す方法はほかにもあるだろう」

デッカはとっさに言い返そうとしたが、しかしサムが真実を見抜いているのは明らかだった。

「ブリアナに追ってもらう」

「アストリッドは正しい。ペルディド・ビーチに状況を知らせて、協力するべきだ。誰かがあの手紙をアルバートとケインに届けないと」

「それはアストリッドの役目じゃない」サムはぴしゃりと言った。デッカを押しのけ、何も知らずに、穏やかに寝息を立てているブリアナの寝所に足を向ける。

デッカが行く手をふさいだ。「よせ、サム」

サムがデッカに歩み寄り、ふたりの距離が触れそうなほど近くなる。「どいてくれ」

「ブリアナに追わせてもろくなことにはならない。ブリーズに引きずり戻されたアストリッドがあんたを憎むか、ブリーズが時速百キロで石にぶつかって死傷するかだ」

怒鳴り返そうとしたサムの声が、ふいに割れた。「外にはドレイクがいるんだ!」喉が詰まり、それ以上言葉にならない。代わりに指を突き出し、乱暴に陸のほうを示してみせる。

「アストリッドの行動は正しい」デッカが言う。「それに、あんたの大切な人を助けるために、私の大切な人を危険にさらすわけにはいかない」

　サムは自分の唇が震えるのを感じた。怒りをぶちまけたいのに、へなへなと力が抜けていく。ごくりと唾をのみ、頭をふると、こみあげる恐怖と喪失感を乱暴にふり払った。

「なら僕が行く。彼女を連れ戻す」

「だめだ」エディリオだった。デッカの背後から姿を現した。「明日の朝、なんの説明もなしに君が消えているのが知れたら、収拾がつかなくなる。君は強くて、頼もしい存在でいてくれないと。君には光がある。この先、その光が唯一の拠《よ》り所《どころ》になるんだ」

「君はわかっていない」サムは訴えた。「ドレイクは病んでいる。アストリッドを憎んでる。あいつがどれほど残酷になれるか、君は知らないんだ」

「ドレイクはすべてを憎んでいるさ」とエディリオ。

　ふいに、サムは猛烈な怒りに駆られた。「エディリオ、君にはわからない。愛する人も、必要な人も、大切に思う人もいないんだから」

　言ってしまったあと、サムはすぐに後悔した。だが、手遅れだった。

　エディリオの温かく、悲しげな瞳がせばめられ、冷たい光を帯びていた。デッカを押しのけ、サムの真正面に立つ。そしてサムに向かって指を突き出した。「サム、君こそなんにもわかっちゃいない。僕にだって君の知らない事情がたくさんある」サムの怒りに劣らぬほど、その口調は激しかった。「自分が何者で、何をするべきかちゃんとわかっているし、ここでの立場もわきまえている。君にとって僕がどういう存在で、君がどれほど僕に頼っているかも知っている。君はみんなの象徴で、いざというときには頼りになる存在かもしれない。だけど、日々のこまごまとした物事を取り仕切っているのは僕なんだ。だから自分のことなんて構ってられないし、そうさ、だからこそみんなが敬意を払ってくれる。きちんとやるべき仕事をして、派手に噂になったり、プライベートを詮索させたりしないから」

サムはまばたきをした。言葉にならない感情が、いちどきに押し寄せてくる。恐怖と怒りの渦にまぎれ、恥ずかしさがこみあげる。エディリオの言ったことは真実だ。

エディリオの話は終わっていなかった。さながら体内のダムが決壊し、これまでためこんでいたものが一気に溢れ出てきたかのようだ。「君とアストリッドは、みずから見世物になっている。死ぬほど怯えている子供たちの前で、君たちは楽しい時間を過ごしている。別にそれをとやかく言うつもりはないし、好きにしてもらって構わない。だけど、プライベートを優先すべきじゃない。君はサム・テンプルなんだ。みんなは僕らを、君や、デッカや、僕を見ていて――それなのに、アストリッドが戻ってきて、みんなは何を見たと思う？　暇さえあれば、ハウスボートを揺らしてばかりの君たちだ。それにデッカも、ブリアナが同性愛者じゃなくて、ふり向いてくれないからってみんなに八つ当たりしてるだろう。私情を挟んでいないのは僕だけだ。なのに、そのことで僕を侮辱するのか？」

エディリオはくるりと背を向けると、腹立たしげにデッカを肩で押しのけた。

「ふたりでなんとかすればいい。僕はそんなことに構っていられない」

そう言い捨てると、足を踏み鳴らしながら立ち去った。

ブリアナは、すやすやと眠り続けていた。

岩陰から現れたオークの姿を月明かりが照らした。アスリッドは、オークが岸を離れたことをサムは知っているだろうか、伝えに戻ったほうがいいだろうか、と思った。

だめだ。自分にはもっと重要な任務がある。なんとしてもペルディド・ビーチに行かなくては。ケインとアルバートはすでに事態に気づいているかもしれない。しかし、そうでない可能性もある。もしなんの準備もしていなければ、町はパニックに陥り、収拾がつかなくなるだろう。

想像もしたくないような映像が心に浮かぶ。漆黒の闇のなか、あてもなく砂漠をさまよう子供たちの姿。じきに空腹を抱えたミミズやコヨーテに遭遇し、あるいはドレイクに捕まってしまうだろう。いや、それならまだましだ。大半の子供たちは飢えや渇きに苦しみ抜いて、死んでいくことになる。

アストリッドはオークを避けるようにして進んだ。オークは誰かを、あるいは何かを探しているようだった。きっとドレイクにちがいない。もしそうなら、アストリッドにとってはせめてもの光明だ。

漆黒の闇のなかで、ゆっくりと飢え死んでいく子供たち以外のことに思考を向ける。そう、考えなくては。

暗闇が終着点ではない。なんらかの理由によって、バリアは黒くなっている。そしてバリアの暗化がゴールじゃないとすれば、この染みには理由がある。意味があるはずだ。でも、いったいどんな？

ガイアファージが関係しているのは十中八九まちがいない。未知の悪魔、フェイズのサタンが。

ガイアファージについてわかっていることはあまりない。ラナは話すのを嫌がり、接触したピーターは操られてしまった。ネレッツァと名乗った少女は、ガイアファージの分身だった。ケインも利用されたようだが、ケインはその呪縛を断ち切った。

足もとに気をつけながら、アストリッドは小走りになった。湖から充分離れたら、すぐに砂利道をはずれよう。それが賢い選択なのか、愚行なのかはわからない。だが追っ手が来るとしたら、まずメインの道路を探すだろう。

道をはずれれば、余計に時間がかかってしまう。それでも——よりにもよってアストリッドが——険しい地形を抜けていくとは誰も予想しないだろう。

そう、みんなわかっていないのだ。この四カ月で険しい山道にはすっかり慣れていた。恐怖に屈しない自分に満足しながら、アストリッドは足早に進み続けた。たしかに暗いし、邪悪な力がはびこっている。それでも、そんなものには負けないし、必要なら戦ってやる。

それが無理でも、耐え抜くまでだ。

ふいに、罪悪感に胸が痛んだ。やはりサムをきちんと説得するべきだったのかもしれない。ひとりで勝手に飛び出すべきではなかったのかもしれない。

いや、サムは絶対に同意しなかっただろう。

自分は正しいことをしている。今度こそ、自分で動いたのだ。誰かを操ったり、説得したりするのではなく、みずから行動を起こしたのだ。

運がよければ、朝までにペルディド・ビーチに着けるだろう。

そしてもう少し運に恵まれれば、明日の夜にはサムのもとに帰れるはずだ。

ざっくりとではあったが、ブリトニーは自分のすべきことを理解していた。ガイアファージと名乗る神から、自分とドレイクがやるべきことを聞かされていたのだ。とはいえ、ドレイクの記憶をブリトニーのなかにとどめておく力をガイアファージは与えてくれなかった。姿を現すたび、そこには思いがけない状況が待っている。

そして今回、気づくと、断崖の裂け目でブリアナから身を隠していた。辺りはすっかり暗くなり、そのことに少なからず驚いた。

もうひとつ驚いたのは、ブリトニーが岩陰から外をうかがうと、わずか十五メートルほど先に、オークの巨体が見えたことだ。

ブリトニーは凍りついた。コヨーテたちはすでに彫像のように固まっている。

看守をしていたころとは別人みたいに、じっくりと、落ち着いた動作で辺りをうかがいながら、オークが少しずつ岩場を登ってくる。

周囲にくまなく目を配り、茂みをかき分け、巨岩をどかしていく。オークがすぐに自分たちを見つけることはないだろう。それに必要なら、ココーテが別の隠れ場所に案内してくれるはずだ。それでもオークのようすには、こちらを不安にさせる何かがあった。落ち着き払った徹底的な捜索に、殺気がこもっている。

ココーテはオークにまったく歯が立たない。ブリトニーにもなすすべはない。オークは怪力だ。きっと体をバラバラにされてしまうだろう。あの巨大な砂利の手にかかれば、ブリトニーがパンをちぎるほどのたやすさで、この体を引きちぎってしまうにちがいない。

オークが自分を、あるいはドレイクを殺すことはできないかもしれないが、それでもオークにされるかもしれない仕打ちを思うと、恐怖で胸が悪くなった。かつてのように痛みを感じることはないかもしれないが、やはり何かは感じるだろう。

星明かりを受けたオークの巨体が通り過ぎていく。なぜオークが自分を、ドレイクを狙っているのかはわからなかったが、目的だけは明らかだった。

ブリトニーは滑らかな岩肌を撫《な》でた。と、何やら湿った感触がした。

「鞭の手、血で書いた」リーダーが言った。

「暗くて見えないわ。なんて書いて――」と言いかけて、口をつぐむ。ばかげている。ココーテに字を読めるはずがないではないか。しかしリーダーは、何かを知っているようだった。あえて訊く必要はなかった。

「生きた石、あっちからきた」リーダーが視線で示す。石の裂け目から、小さな手漕ぎボートらしきものが見えた。巨大な石の手が頭上に伸びてくるのを恐れながら、慎重に体を動かす。少しずつ移動し、裂け目の外に出る。その場にじっと立ちつくして、耳を澄ます。

オークが岩を動かす音が聞こえたが、それほど近くはない。

ぽつんと湖面に浮かぶ手漕ぎボートを月明かりが照らしていた。船体は緑っぽい気がするが、よくわからない。

錨《いかり》を下ろし、ロープの先で緩やかに上下している、いくつもの船に目を向ける。なかにはふらふらと湖面を漂っているものもあるようだ。一艘のヨットが目に留まった。外観が手漕ぎボートとよく似ている。

「行かなきゃ」ブリトニーはリーダーに言った。「オークの——生きた石の乗ってきたボートを使うわ。あなたたちは湖岸で待機して、誰か来たら追い払って」

リーダーの、無情で知的な瞳がブリトニーに注がれる。「群れ、高速少女と生きた石から隠れる」

「だめよ。これ以上隠れているわけにはいかないの」

「高速少女、たくさんのコヨーテ殺した」

「この機会を逃すべきじゃない。ダークネスの命令よ」

リーダーの尻尾がぴくりと動いた。「光る手、あそこにいる」そう言って、鼻面をハウスボートに向ける。「生きた石、近くにいる。鞭の手も、ダークネスもいない」

ブリトニーは歯を食いしばった。そういうことか。コヨーテは状況を計算し、動かないほうが得だと判断したのだ。臆病者め。

「犬っころも同然ね」ブリトニーは挑発した。

けれど、リーダーは動かない。「群れ、ほとんどいなくなった。子供も三頭しかいない」

「ドレイクがここにいたら、その毛を鞭で引っぺがされてるわよ」

「鞭の手、ここにいない」リーダーが静かな口調で言う。

「いいわ。好きにすればいい。私はひとりで行くから」

リーダーは言い返すことも、同意を示すこともしなかった。

ブリトニーは岸辺に向かって静かに、慎重に歩きはじめた。できるかぎり岩陰を進み、岩のない場所では這うようにして進んでいく。

ハウスボートに警戒の目を向ける。ドレイクの記憶がなくとも、あそこにサムがいるのは予想できた。同時に、オークのたてる物音にも注意を払う。

最後の五十メートルは、さえぎるものがなかった。身をさらして、砂利の岸辺を突っ切るしかない。ブリトニーは身をかがめて、ハウスボートを凝視した。甲板に人影は見当たらない。だからといって、ボートの窓から見張られていないとはかぎらない。だが、こちらから見えないということは、向こうもよほど注意して見ないかぎり、こちらが見えないということだ。

とはいえ、もし手漕ぎボートが動き出したら……。

ブリトニーは手漕ぎボートまで猛ダッシュすると、その陰にしゃがみこんだ。ハウスボートを確認する。ボートを動かせば捕まってしまうだろう。すばやく動けるドレイクなら、あるいは可能だったかもしれない。けれどオールの動かし方もわからないブリトニーでは、きっと大きな音をたててしまう。

かりに泳いで渡ろうとすれば、さらに悲惨な結果になるだろう。一応泳ぐことはできるものの、できるのはクロールだけで、まちがいなく水しぶきの音で子供たちの注意を引いてしまう。そうなれば当然サムたちにもばれて、捕まることになる。そうして焼きつくされ、灰になってしまうのだ。

ドレイクを裏切り、ガイアファージを裏切ることになってしまう。

そのとき、あることをひらめいた。その思いつきに、危うく笑い出しそうになる。

ブリトニーは呼吸をしているが、実際、呼吸など必要ない。

ブリトニーは小さな石を拾い、ポケットにせっせと詰めこみはじめた。シャツの裾をきつく結んで前身ごろにも石を入れ、妊婦が腹を抱くように両手で抱えこむ。ずっしりとした重石《おもし》を抱え、水のなかに入っていく。じっとヨットを見据えたまま、じよじょにその身を沈めていく。方角を頭に入れ、まっすぐそちらへ向かっていく。

腰が浸かり、胸が浸かり、口と鼻まで水に浸かった。やがて頭まですっぽり覆われた。水中では、ほとんど視界がきかなかった。唯一の灯りは月光だけで、その光もどうやら、水面からほんの数メートルのところまでしか届いていない。

ひたすらまっすぐ進むことだけに集中した。重石で浮力を抑えているとはいえ、わずかに浮きあがってしまい、直進を保つのがひどくむずかしい。

冷たい水が肺を満たす。けれどその冷たさも、たいして気にはならなかった。それより も厄介だったのは、コースをはずれてしまったことだ。どれだけ進めばいいのだろう？ ヨットまでの距離は？ おそらく二百歩ほどと見積もっていたが、足を取られ、重石をいくつか落としてからは、すでに歩数もわからなくなっていた。

こうなったら、水面にあがるしかない。シャツの裾をほどき、石を落とす。石ころだらけの湖底から足が離れ、浮上する。

ずいぶん時間がかかった。ブリトニーはそれほど身軽ではないのだ。

水面に近づくまで、周囲は闇に閉ざされていた。やがて暗闇に向かって垂れ下がるロープが見えた。

口から泡を出すことなく、密やかに水中を泳いでいく。ロープをつかみ、強く引っ張りすぎないよう注意して、体を引きあげる。

水面に顔が出た。ねじれた矯正器具が月明かりにきらりと光る。背の高いマストと、緑っぽい船体をしたヨットが頭上に見えた。

ガイアファージに感謝の祈りを捧げるのが適当かどうかはわからない。たぶんそれは、昔の神に捧げるものだろう。それでもブリトニーは、自分の新たな信仰に——与えられた目的と、それを首尾よくこなせたことに——笑みを浮かべた。

21

15時間　12分

アストリッドの計画はうまくいくはずだった。

道に迷わない程度に、道路から離れていられれば。

砂漠のようなこの場所は、見慣れた森ではなかった。しかも夜半に遠くの道路を見つけようと思ったら、街灯や車のライトがなければ不可能だ。

フェイズには、どちらの灯りも存在しない。

そんなわけで砂利の道路は視界から消え――ただし、道路と平行に進んでいることはわかっていた――アストリッドはいま、どことも知れない荒野にいた。

空にかかった月や星々の明かりは頼りなく、歩く速度もじょじょに遅くなっていく。道路があるはずの方向をふり向いてみても、道はまったく見当たらない。あったとしても、予想よりずっと遠くにあるのだろう。

「ばかみたい」アストリッドはつぶやいた。生まれ変わったなどと豪語したところで、しょせんこの程度のものなのだ。わずか数時間で、見事に迷子になってしまった。

認めたくはなかったが、この状況では夜明けを待つのが賢明だろう。夜明けがやってくるとしたら、だが。そう考えて、胃の辺りがひやりとした。星明かりがあってもこの有様だ、完全な闇が訪れれば、永遠にさまよい続けることになる。いや、正確には、渇きと飢えで力尽きるまで、か。

最初に訪れるのはどちらだろう。普通、渇きのほうが耐えがたいと言われている。だが、ある本によれば、飢えというのは――。

「そんなこと考えたって仕方がないでしょう」自分を励ますために、声に出して言ってみる。「もし……日が昇れば、尾根や丘を確認できるし、海の断片だって見えるかもしれない」

アストリッドは背の高い草の生えた地面を見つけると、用心して腰を下ろした。

「出だしは最悪ね」そう認めざるを得ない。なにせ荒野で迷ってしまったのだ。モーセとヘブライの人々は、約束の地に入るまでにシナイ半島をどれだけさまよったのだったか。四十年？

「昼は一筋の煙、夜は火柱。それでも彼らはシナイから脱け出すすべを見つけられなかった」アストリッドはつぶやいた。「せめてもう一日だけ、太陽が昇りますように」

いつの間に眠ってしまったのか、やがて目を覚ましたアストリッドは、自分の願いが届かなかったことを知る。

見あげると、星々を追いやり、白みはじめた東の空が、深い濃紺色に渦巻いているのが見えた。

濃紺の空の下は暗かった。星や天の川、遠く離れた銀河をたたえた夜とはちがい、黒い染みに覆われた、のっぺりとした完全な虚無が広がっている。

もはや地平線に伸びる空はなかった。空は、逆さになったボウルのてっぺんに丸くくりぬかれた穴でしかなく、さながら井戸のてっぺんに見える空のようだった。そして今日が終わるころには、この空も消えてしまうだろう。

ケインは意識を取り戻した。頭がずきずきする。差しこむような激痛に、危うく気を失いそうになる。

異変はほかにもあった。まるで何かで切られたような……。頭全体が、痛がゆくてたまらない。

ケインは頭に触れようとした。だが、両手が動かない。

ケインは目を開けた。

視界の先に、ボウルの形をした灰色のセメントのかたまりが見えた。コーヒーテーブルの上に置かれたそのかたまりに、自分の両手が手首まで吸いこまれている。

恐怖が襲った。パニック。

気持ちを落ち着けようとしたが、無理だった。恐怖の叫びがほとばしる。

「うわああ、嘘だ、冗談じゃない！」

引き抜こうと引っ張るも、両手は完全にコンクリートで固められていた。締めつけられた肌がかゆくて仕方がない。これは、かつて自分がしたことだ。この刑を食らった者がどうなるかは知っていた。簡単にはずすことなどできはしない。やられた。これでは能力が使えない。

能力が使えない！

勢いよく立ちあがったケインは、しかしセメントの重みでつんのめり、コンクリートの鋭い角に膝をぶつけてしまった。膝に痛みが走る。だがパニックのほうがひどかった。頭の痛みのほうが、はるかに耐えがたい。

ケインは、怯えた子供のように泣きべそをかいた。

ありったけの力をこめて、セメントのかたまりを持ちあげる。セメントが太ももを激しく打った。が、よし、持ちあげられた。動くことはできる。

それでも、長い距離は歩けない。やがてセメントのかたまりを下ろすと、テーブルをはずれて床に落ち、ケインの体ががくんと前のめりになった。

考えろ。パニックを起こすな。

とにかく状況を……。

自分はペニーの家にいた。

ペニー。

まさか。

ぞわりと寒気を感じ、恐怖が全身を駆け抜ける。

限界まで首を伸ばすと、いた。こちらに向かって歩いてくる。ペニーはうなだれたケインのすぐそばで立ち止まった。ケインはその足をじっと見つめた。

「どう、気に入った？」

そう言って、楕円形の鏡をケインの前にかかげてくる。アルミホイルで作った王冠がホチキスで頭に止められ、そこから乾いた血の筋が二本、流れていた。

「やっぱり、王さまには王冠がなくっちゃね」ペニーが言う。「そうでしょ、陛下」

「この……うじ虫め、絶対に殺してやる」

「あら、そんなこと言っていいの？」

目の前に、うじ虫が一匹現れた。コンクリートブロックのなかで身をよじっている。といっても、そのうじ虫はセメントから湧き出たのではない。ケインの手首の皮膚から出現したのだ。

ケインはまじまじと見つめた。ペニーめ！

二匹目が姿を現した。米粒ほどの大きさしかないそれが、肌を食い破って這い出してくる。

ちがう、これは幻覚だ。ペニーが見せているだけだ。

やがてうじ虫たちが肉体を掘り進み――。

ちがう、だめだ、信じるな！

これは現実じゃない。実際にあるのはセメントだけだ。ほかはすべて幻覚だ。それでも、いまや何百といううじ虫がケインの両手を食い荒らしていた。

「やめろ！　やめてくれ！」ケインは叫んだ。目に涙がにじんでくる。

「仰せのままに」

うじ虫が消えた。虫たちが肌を掘り進む感覚は消え去った。それでも、いまの記憶がこびりついている。たとえ幻覚だとわかっていても、その感触はあまりに強烈だった。忘れるなんて不可能だ。

「じゃあ、そろそろ散歩に出かけましょうか」ペニーが言った。

「なんだって？」

「あら、恥ずかしがらなくていいのよ。その引き締まったお腹をみんなに見せてあげましょう。それから、その王冠も」

「ふざけるな。俺はどこにも行かない」

すると、左のまつげに何かが落ちてきた。近すぎて見えないが、小さくて白いその物体が、もぞもぞと身をよじっている。

ケインの反抗心は砕け散った。

あっという間に、ペルディド・ビーチの最高権力者から奴隷へと陥落してしまった。

絶望に打ちひしがれながらブロックを持ちあげ、扉に向かってよろよろと歩いていく。

扉を開けたペニーが、戸惑ったように足を止めた。

「まだ夜なのか」ケインは言った。

ペニーがゆっくりと首をふる。「ちがう。時計を持っているもの。もう朝よ」それから、ケインに疑わしげな眼差しを向けてくる。まるでケインが何かしたのではないかと疑うように。

「なんだかびびってるみたいだな、ペニー」

その言葉に、ペニーの顔つきがふたたび引き締まった。「行くわよ、ケイン王。私に怖いものなんてないわ」そして、さも楽しげに笑い声をあげる。「そう、私に怖いものはない。私こそが恐怖なの！」

その台詞が気に入ったのか、ペニーは狂ったように笑いながら、もう一度くり返した。

「私こそが恐怖！」


ダイアナはヨットの甲板に立っていた。片手を腹に当て、ぼんやりと撫でている。

そこからはホワイトハウス・ボートに立ちつくし、太陽が昇るはずの方角を見つめるリーダーたち──サム、エディリオ、デッカ──の姿が見えた。

私の赤ちゃん。

ダイアナの頭にあるのはそれだけだった。私の赤ちゃん。

なぜかはわからない。どうしてこんなにも赤ん坊にとらわれ、ほかのことを考えられなくなっているのか、ダイアナにはわからなかった。

それでも、暗い空に広がる恐怖を見つめながら、頭に浮かぶのはひとつだけ。

私の赤ちゃん。

私の赤ちゃん。


自分がどこにいるのかもよくわからないまま、シガーはさまよい続けていた。何もかもが異様に見える。シガーの世界では、家も、縁石も、道路標識も、打ち捨てられた車両も、すべてが単なる影でしかなかった。かろうじて避けられるだけの、ぼんやりとした輪郭しかわからない。

一方で、生きているものは、ゆらゆらと光り輝いていた。ヤシの木が細く静かな竜巻みたいに渦を巻いている。道路脇の茂みはアニメに出てくる守銭奴の手みたいな、ねじくれた無数の指だ。頭上を飛びゆくカモメは、バイバイと手をふる小さな白い手に見える。

いったい、現実に存在するものがあるのだろうか？

どうやって見分ければいい？

自分がブラドリーだったときの記憶は残っていた。そのころの記憶と比べると、すべてがまったく異なっていた。まるで昔の雑誌に描かれていたイラストのように薄っぺらな人々。あまりのまばゆさに色が消えてしまった空間。

ブラドリー、部屋の片づけはすんだの？

自分の部屋。自分の持ち物。自分のゲーム機。派手にもつれたコントローラーが、ベッドを占拠している。

ブラドリー、ママたちもう出かけるから。ちゃんと部屋を片づけておくのよ、わかった？　頼むから大きな声を出させないでちょうだい。ママだって言いたくないの。

わかってるって！　うるさいな！　やるって言ってるだろ！

前方に、キツネのような人間がいる。おかしな姿だ。シガーより敏捷《びんしょう》なそいつは、少し離れたところでふり返り、鋭いキツネの目で一瞥してから駆け去った。

シガーはキツネのあとを追った。

大勢の人間がいた。すごい。まるでパレードのような群衆のなかに、天使や、跳ねまわる悪魔、二足歩行の犬たち、ああそれから、繊細なヒレで歩く魚までいる。

彼らから立ち昇る赤いもやが、子供たちの数が増えるにつれて濃くなっていく。赤いもやがゆっくりと明滅し、心臓のように脈打ちはじめる。

ふいに、恐怖でシガーの心臓が縮みあがった。

ああ、神さま、どうしよう……あれは、赤いもやは不吉だ。気づけば、シガーの体からも同じものが吹き出していた。よく見ると、それは何かの粒子ではなく、もぞもぞとうごめく無数の小さなミミズだった。

ちがう、嘘だ、幻覚だ。きっとペニーの仕業にちがいない。だが頭上を漂う赤いもやは狂ったように跳ねまわり、渦を巻き、集約し、子供たちの口や耳や目に入りこんでいく。

そのとき、それの存在を感じた。例の、幼い少年を。

はっとしてふり向いたが、背後にはいなかった。正面にも。横にもいない。それは誰にも見えない場所にいる。すぐそばに、決して見えない現実の断片のどこかに。

けれど、たしかに感じる。

少年といっても、実際のところ小さくはなかった。それどころか、ものすごく大きいのかもしれない。たとえば指一本で、シガーの内側と外側をひっくり返してしまえるほどに。それとも、シガーの目に映るほかのもののように、やはりその少年も不確かな存在なのだろうか。

シガーは、広場に向かう群衆のあとを追った。


ラナはバルコニーに佇《たたず》んでいた。空の大部分を染めあげている黒い染みが見える。そして、頭上の空だけが青く、空色に変わりはじめていた。ドームはまるで内側から見る眼球のようだった。白目の部分がくすんだ黒で、青い虹彩が頭上の空。

怒りで全身が震えた。あれは、あざ笑っているのだ。じわじわと闇を広げ、偽の空の偽の明かりを最後の一筋まで締め出そうとしている。

あれを、ダークネスを破壊するチャンスがラナにはあった。そう、たしかにあったのだ。だから、あれがのちに生み出した悪夢は、すべて自分の責任だ。

あれはラナを打ちのめした。意志の力でラナを圧倒した。

四つん這いになって、あれのもとへと這い進んだ。

あれはラナを利用した。あれの一部にされてしまった。ラナを使って言葉を発し、友だちに銃口を向け、引き金を引かせた。

ラナの手が、ベルトに差した銃を探る。

目を閉じると、緑色の触手が自分の心に忍び寄り、魂を侵すようすが見える気がした。震える息をつき、周囲に張りめぐらせた抵抗の壁に身を潜める。私はまだ負けていない、あんたなんか怖くない、そう言いたかった。あれに自分の言葉を聞かせてやりたかった。

最近になって、ラナはまたガイアファージの飢えを感じるようになっていた。飢えと、ある感情を――。

恐怖。

恐怖をもたらすのは、不安。

閉じていた両目を、はっと見開く。背筋に悪寒が走った。

「不安なの？」小さく、ささやきかける。

あれは何かを欲している。切実に求めている。

ラナはきつく目を閉じた。これまで拒み続けてきたことをするために。虚空を抜け、ガイアファージに接触するために。

何をそんなに求めているの？

何が欲しいの？

教えて。そうしたら、それを奪ってあんたも殺してやるから。

そのとき、たしかに少女の声が聞こえた。

私の赤ちゃん、と。


アルバートは、広場に押し寄せる子供たちの集団を見ていた。彼らの恐怖と絶望が伝わってくる。

もはや収穫物は望めない。この先、市場が開かれることはないだろう。

終わりだ。もう、時間がない。

アルバートの横を通り過ぎた子供たちが、その姿に気づいて足を止め、口々に問いかけてくる。「何が起こっているんだ?」

「これからどうなるの?」

「私たち、どうすればいいの?」

怯えていればいい、とアルバートは思った。どうせ、できることなどないのだから。怯えて、パニックになって、暴力と破壊を広めればいい。

アルバートは吐き気がこみあげるのを感じた。

あと数時間のうちに、自分が築きあげてきたものは消えてしまうだろう。それは、火を見るよりも明らかだった。

「バッドエンドは覚悟のうえだ」ぼそりとつぶやく。

「え？」

「なんて言ったの？」

アルバートは子供たちを見わたした。いまやすっかり取り囲まれてしまっていた。群衆は危険だ。脱出口を確保するまでは、どうにかなだめておいたほうがいい。

いさめるように、眉をあげる。「とにかく落ち着いてくれ。そのうち王が対処してくれる」そして、いつもの冷めた傲慢な口調で言い添える。「彼に無理なら、僕がやる」

立ち去りかけた背後から、あいまいな歓声と励ましの声があがるのが聞こえた。

とりあえずは、これでいい。

ばかどもめ。

歩きながら、手にしていたリストに目を通す。まずは、命を救ってくれたメイドのレスリー・アン。つぎに、銃は扱えるが野心はなく、しかもかわいいアリシアだ。いつも警護につけている連中は？　だめだ。あいつらは刃向かう恐れがある。代わりに、パグを連れていこう。腕っぷしは強いが、トラブルを起こせるほど賢くない。

自分を入れた合計四人で、ボートに乗って島へ行く。

見張りを立て、島にこっそり配備したミサイルを発射するには、これだけいれば充分だ。

そう、招かれざる客はすべて、海の藻屑《もくず》と化すことになる。

22

14時間　44分

「こっちよ、ケイン王」

ケインは前かがみになり、脚のあいだにコンクリートを引きずっていた。こめかみからの出血は乾いていたが、ときおり、小さな傷口から新たな血が流れてくる。右目に血が入るたび、まばたきをして真っ赤に染まった世界を追い払う。

何度も力をふりしぼってコンクリートを持ちあげては、よろよろと歩を進めていく。だがすぐに力尽きてしまう。

遅々として進まない広場までの長い行進は、痛ましく、屈辱的なものだった。ありえないほど疲れていた。口も喉も、からからに乾ききっている。

しばらくのあいだ、ケインはまだ夜が明けていないのだと思っていた。しかし暗い通りは、月明かりとはちがった不気味な質感をかもしていた。頭上から差しこんでいるとおぼしい明かりは、電池の切れかけた懐中電灯のように頼りない。

そこここに見える不気味な影。真昼の短い影なのに、ぼんやりとしている。まるで古い写真を見ているみたいに、空気そのものがセピア色になったかのようだ。

ケインは、ペニーが首を曲げ、空をじっと見つめているのに気がついた。まばたきをして目に入った血を払うと、ケインもどうにか首をひねって空を見た。

ドームは黒くなっていた。空は、黒い半球にあいた青い穴。

やがて、通りにいる子供たちが広場に向かっているのに気がついた。その声には怯えた子供特有の、興奮してうわずった響きがある。空を見あげる子供たちの後頭部がいくつも見えた。

空が落ちてくるとでも思っているみたいに、みんな前かがみになって歩いていく。しばらくのあいだ、誰もペニーとケインに気づかなかった。ようやく気づいたひとりの叫び声で、全員の目がケインに向けられた。

彼らがどういう反応を示すのか、ケインにはわからなかった。怒り？　それとも喜び？　実際に訪れたのは、沈黙だった。口を開きかけた子供たちは、しかしすぐにセメントのかたまりに気がつき言葉を失ってしまう。大きく目を見開いた彼らの姿は、かりに喜んでいたとしても、まったくそうは見えなかった。

「この空、どうなってるの？」ようやくわれに返ったペニーが口を開き、近くにいた子供をにらみつけた。「答えて。じゃなきゃ死にたくなるほどひどい目に遭わせてやるから」

子供たちが一斉に肩をすくめて首をふり、すばやく後ずさった。

「行って」ペニーがケインを促す。

広場に着くと、ペニーはケインを町庁舎のほうへ押しやった。

「水をくれ」ケインの声はかすれていた。

「あがって」ペニーが階段を示す。

「くたばれ」

たちまち、巨大な鉄の首輪をつけた二頭の獰猛《どうもう》な犬が現れた。口から泡を飛ばし、桃色に光る歯列をむき出しにして、ケインを背後から追いたててくる。

その歯が、尻に食いこむ感触がした。

つっ――。

ちがう、これはまやかしだ。現実じゃない。必死にそう言い聞かせてみても、その感触はあまりに生々しい。自分を引き裂く犬どもが幻覚などとはとうてい思えず、ケインは痛みと怒りに絶叫しながら、コンクリートを引きずり、最初の一段を登った。

ケインから離れた犬たちが、それでも、耳をつんざくようなすさまじい勢いで吠えたてくる。

コンクリートのかたまりを一段、また一段と引きあげていく。

階段の頂上で、王として民衆に語りかけていたまさにその場所で、ケインはくずおれた。

疲労で体が震えている。コンクリートに固められた手の上に、どさりと倒れこむ。

やがて誰かに頭を引っ張られ、水差しが口にあてがわれるのを感じた。途中でむせるのも構わず、ケインは一気に飲み干した。

目を開けると、群衆が見えた。先ほどより数を増した子供たちが、こちらへじりじり近づいてくる。その顔には、恐怖と嫌悪がはりついている。

リーダーとしてのこの四カ月で、敵にまわした子供もいた。しかしいま、そんなことはすっかり忘れ去られていた。群衆は、ひたすら怯えていた。心の底から恐怖を感じていた。何度も空を見あげては、まだ光があることを確認している。

ケインは霞む視界で群衆を見わたした。ひとつだけ希望があった。アルバートだ。アルバートがこの状況を放っておくはずがない。あいつには武装した警護がついている。いまこの瞬間も、ケインを救い出す方法を考えているにちがいない。

一方で、コンクリートをはずす方法はないのだと思って泣きそうになる。そう、はずす方法はない。何しろ能力者対策として、みずから考案したものなのだ。以前、囚われの能力者たちが自由になれたのは、ピーターの介在があったからにほかならない。

あの当時、それがピーターの仕業だとは思いもしなかった。ばかで、間抜けで、どうしようもなく愚かだった自分は、自閉症の少年があれほどの力を持っていたことに気づかなかった。そしていま、ピーターは死に、消えてしまった。

だからこれを取りはずすには、巨大なハンマーで少しずつたたき割るしかない。

耐えがたいほどの痛みだろう。両手の骨は粉々になってしまうにちがいない。あとでラナに治してもらうにしても、やはり痛みは避けられない。だが、やるしかない。

アルバートがペニーを排除したら、すぐにでも。

「これがあんたたちの王さまよ!」ペニーがさも嬉しそうに声を張りあげた。「ほら、私の与えた王冠が見えるでしょう? 気に入った?」

誰も答えない。

「気に入ったかって訊いてるの!」ペニーが金切り声で問い詰める。

何人かの子供たちがうなずき、もごもごと同意を示した。

「いいわ」ペニーが言う。「それじゃあ――」これからどうするのか、ペニーは考えていないようだった。彼女の妄想はここで終わっていたのだ。どうやってこの勝利を楽しむべきか、ペニーが必死で考えているのがケインにはわかった。

このはかない勝利を。

「そうだ!」ペニーが言った。「ケイン王の踊りを見物するっていうのはどうかしら」

ショックに呆然と立ちつくす観客たちからの反応は、やはりない。

「踊りなさい!」そう叫ぶペニーの声が、耳障りな甲高いものに変わっていく。「踊れ、踊れ、踊れ!」

いきなり、ケインの足もとの石灰岩が燃えあがった。耐えがたい激痛に見舞われる。

「踊れ、踊れ、踊れ!」ペニーが飛び跳ねながら声を張りあげ、子供たちを煽《あお》るように、ぎこちなく腕をふりまわしている。

炎が両脚を焦がすと、珍妙なダンスを踊るように、ケインは必死に足をふった。

炎が消えた。

息を切らし、つぎの攻撃を待つ。

が、どうしたわけか、ペニーは興奮が冷めたような顔で、わずかに肩を落としてケインを見た。ケインは憎しみをこめて見つめ返した。しかしペニーがひるむようすはない。もちろんそうだ、この少女は病んでいるのだ。病んでいるのを承知のうえで、ケインはペニーを利用してきたのだ。

だが彼女の闇は、ドレイクのような単純なものではなかった。狂気だった。ケインは、もはや現実を見ていない少女の両目を見つめた。

そしてケインは、その狂気を助長した。

これまで好き勝手に利用してきた彼女の怒りや嫉妬、憎しみ、そのすべてがいま、自分に向けられている。

ケインもペニーも、己を見失うほどの力を両手に宿した、無力なガラクタだったのだ。

フェイズめ……ケインはぼんやりと思った。この世界が狂気か死のうちに終わることなど、最初からわかっていた。

このとき初めて、ダイアナの腹にいる赤ん坊のことを思った。自分の息子か娘。ペニーの件が片づいたら、たぶん、自分に残された唯一のものになるだろう。

いまのところ、ペニーの反乱がどちらに転ぶかはわからない。群衆は緊張し、態度を決めかねている。

「これからは私が女王よ。私がここのリーダーになるわ」ペニーが宣言した。「私の力のことは言わなくてもわかっているでしょう?」

反応なし。警戒した沈黙。

そのとき、後ろのほうで声があがった。「ケインを離せ。俺たちにはケインが必要なんだ!」

声の主はわからなかった。ペニーにもわからなかったらしい。

「いま言ったの、誰?」

沈黙。

ペニーの息が荒くなる。極度の興奮状態にあるようだ。たぶん、自分がつぎにどうすべきかわかっていないからだろう。彼女は何かを期待していた。だが、この不気味な闇は想定外だった。

「アルバートはどこ?」ペニーは怒ったように言った。「彼にいまの状況を伝えるわ」

返事はない。

「アルバートを連れてきてって言ってるの!」ペニーが叫ぶ。「アルバート! アルバート! 出てこい臆病者!」

誰も動かない。

群衆は、恐怖から怒りの段階へと進みつつあった。こんなのは気に入らない。自分たちは怯えていて、だから安心を求めてここまでやってきたのだ。それなのに、消えた明かりの問題をどうにかしてほしいと求めてやってきたこのタイミングで、町一番の実力者を無力化し、金切り声をあげる少女に出くわすなんて。

「ケインを離せ、ばか女！」

その声に感謝しつつも、ケインはどこか冷めた部分で、アルバートの行方を案じていた。アルバートは、ひと声かければペニーを撃ち抜けるだけの人員を抱えている。いや、あいつがひと言「明日の仕事が欲しければ、いますぐペニーを倒せ」とでも言えば、事態はすぐにでも収まるだろう。

いったいどこへ行ったのだ？

ドームの上部、三分の一ほどはまだ明るかった。しかしその明かりも、丸い歯列のような黒い染みの触手が、じわじわと広がっていくさまを強調しているにすぎなかった。

アルバートはどこにいる？


クインはボートを港に向けた。

いよいよ終わりかもしれない、そう思って、胸が張り裂けそうになる。

今朝早く――クインの体内時計は漁師のそれになっている――海岸を北上したところにある野営地で目を覚ましたクインは、染みが太陽を侵食しつつある光景を目撃した。

早朝の漁をすませた彼らは、心ここにあらずだった。もうストライキなどしている場合ではない。世界が終わろうとしている。そしてそれは、シガーに対する不当な扱いや仲間意識よりも大問題だった。

三人の少女を連れたアルバートが、桟橋をこちらへ向かって歩いてきた。三人の少女はそれぞれバックパックを背負い、アルバートはいつも使っている仕事用の大きな帳簿を持っていた。

「そろそろ魚釣りに出かけたらどうだ?」アルバートが声をかけてくる。

だがクインはごまかされなかった。「どこに行くつもりだ?」

アルバートの返事はない。珍しい、とクインは思った。アルバートが黙りこむなんて。

「そっちが気にすることじゃない」ようやくそう言った。

「逃げ出す気か?」

アルバートはため息をついた。三人の少女に向かって言う。「先にボートに乗っていてくれ。バスボートだ。そう、あそこにあるやつだ」それからクインに向き直る。「君と仕事をするのは楽しかったよ。よければ、一緒に行かないか。もうひとり分、席がある。君はいいやつだからね」

「俺の仲間たちは?」

「資源はかぎられているんだ、クイン」

クインはちょっと笑った。「おまえ、最低だな」

アルバートは平然としている。「僕は商売人だからね。利益をあげて生き残ることがすべてだ。これまでみんなを飢えから救ってきたのだって、たまたまそれが商売と合致していたからだ。でも、これから起こることは商売とは関係ない。この先にあるのは狂気だ。またあの飢餓の日々に逆戻りする。しかも、今度は暗闇のなかで。いかれた、狂気のなかで」

最後の台詞を口にしながら、アルバートの目がきらりと光った。クインはそこに恐怖を見て取った。たしかに、どこまでも合理的な商売人にとって、狂気は恐ろしいものだろう。

「ここにいたら」アルバートが続ける。「僕はきっと殺される。すでに一度、死の淵《ふち》をさまよったんだ」

「アルバート、おまえはリーダーだ。みんなをまとめられる人間だ。これから俺たちにはそういう誰かが必要になる」

アルバートはいらだたしげに手をふると、バスボートのようすを確認した。「リーダーはケインやサムだろう。僕がリーダーなんて……」ちょっと口をつぐみ、やがてその考えをふり払うように語気を強めた。「冗談じゃない。たしかに僕の存在は大きいけど、リーダーなんかじゃない。でも君がそう思うなら、僕の不在のあいだはクイン、君が代わりを務めてくれ。じゃあ、そういうことだから」

アルバートはバスボートに乗りこんだ。パグがエンジンをかけ、レスリー・アンがとも綱をほどく。町に残された最後のガソリンがボートを港から送り出す。

「クイン！」アルバートが叫んだ。「島に来るときは白旗をかかげてくれ！　君を吹き飛ばしたくはないから」

それを聞いたクインは、どうやって島へ渡ればいいのだろう、と思った。それにアルバートは、どうやって白旗を見分けるつもりだろう。まもなく、世界は闇に沈む。そうなれば、まったく何も見えなくなるというのに。

そう思って、シガーのことを思い出した。シガーと、あの不気味なBB弾サイズの目玉のことを。シガーを見つけなければ。たとえ何が起ころうと、あいつはいまも仲間なのだ。広場のほうから、たくさんの叫び声と、それを切り裂くような金切り声が聞こえてきた。あの金切り声は……。

クインは広場に向かおうとして、ふと足を止めた。仲間の漁師たちが集まってくるのを待つ。「みんな、俺には……何が起こっているのかわからない。もう二度と一緒に釣りはできないかもしれない。だから、いや、それでも一緒に行動したほうがいいと思う」

励ましの言葉としては、ずいぶんお粗末なものだった。それでも効果はあった。クインは仲間をしたがえ、恐怖と怒りの声に向かって歩きはじめた。

ラナはパーカーのフードを深々とかぶっていた。ここにいる群衆の誰にも見つかりたくはなかった。ラナが町へ来たのは、武装した警護をつけてもらえるかどうか、ケインに打診するためだ。そうして、錯乱したホラー小説のワンシーンに出てくるような光景に出くわしたのだった。

薄闇のなか、ぼろ切れをまとい、とげとげのついた野球バット、バール、机の脚、チェーン、ナイフ、斧などで武装した二百余名の子供たちが、盛んに跳ねまわり、こぶしを震わせながら、目を血走らせた裸足の少女と、ホチキスで頭に王冠を留められ、両手をコンクリートに閉じこめられたハンサムな少年と向かい合っていた。

群衆が声をそろえて叫んでいる。「ケインを離せ、ケインを離せ」

彼らはケインのために声をあげていた。すっかり怯えきった子供たちは、ようやく心から王を求めるにいたったのだ。自分たちを助けてくれる誰かを切実に求めていた。

「ケインを離せ！　ケインを離せ！」

「われらに王を！　われらに王を！」

階段の近くで、ふいに叫び声があがった。子供たちが後ずさり、悲鳴をあげながら顔を引っかいている。

ペニーの攻撃だ！

「魔女を殺せ！」声が飛ぶ。

こん棒が宙を舞った。ペニーには当たらない。続いて投げつけられたコンクリートのかたまりやナイフも、狙いをはずした。

ペニーが両手を頭上にかかげ、汚い言葉を叫び散らす。何かがその腕に当たり、血が流れた。

ペニーの攻撃で混乱をきたした子供たちと入れ替わるように、ほかの子供たちが前へ前へと押し寄せていく。乱戦状態。互いの手足が絡み合い、武器や怒号や命令が乱れ飛ぶ。

そのとき反対側から、互いに腕を組み、整然とV字の列をなした子供たちの一団が人ごみをかき分けて進み出てきた。

隊列の真ん中にいる少年をラナは知っていた。切ない驚きとともに、笑みがこぼれる。

「クイン」ぼそりと言う。「やるじゃない」

腕の出血を呆然と眺めていたペニーが、われに返ってクインの前へ進み出た。「あんた！」

クインが苦悶《くもん》の叫びをあげた。ペニーが見せているものがなんであれ、悲惨なものであるのはまちがない。

ラナの我慢が限界に達した。すでに大勢のけが人がいるうえに、さらにその数が増えようとしているのだ。これではダイアナに警告しに行くどころではない。

ラナは拳銃を引き抜いた。「どいて」目の前にいたふたりの子供に鋭く言う。クインたちとは逆の方向から群衆を迂回《うかい》し、気づかれることなく、すばやく一番通りを進んでいく。

ペニーがその病める心を爆発させると同時に、階段下で大混乱が巻き起こった。存在しない怪物を見た子供たちが、互いを攻撃しはじめたのだ。

高々とふりあげられたバールが、嫌な音をたててふりおろされる瞬間、ラナは思わず身をすくめた。

教会の階段にたどり着いた。教会を横切り、町庁舎のほうへ歩いていく。ケインがちらりとラナを見たが、ペニーは見ていなかった。

ラナはペニーに向かって銃を構えた。「やめなさい」

ペニーの真っ赤な顔が蒼白に変わった。と同時に、ペニーが見せていた幻覚も消えた。子供たちは痛みに叫び、記憶に怯えて泣いていた。

「ふん、誰もヒーラーさまには逆らえないって?」ペニーは吐き捨てるように言うと、指を曲げ、宙を引っかく仕草をしてみせた。歯をむき出し、獣のうめきをもらす。

「撃っても治さないから」ラナは淡々と言った。

その言葉に、ペニーは不意をつかれたようだった。が、すぐに立ち直ると、頭を下げて、笑い出した。低くもれ出た笑い声が、次第に高くなっていく。

ラナの腕が炎に包まれた。

崩れた教会の壁に絞首刑の紐が垂れていた。ラナの首にかかった紐が、喉をきつく締めあげていく。

足もとの石灰岩がナイフの森に姿を変え、容赦なく突き刺さってくる。

「なるほどね」ラナは言った。「でもこんなんじゃ私には通用しない。言っとくけど、私はガイアファージと一対一でやり合ってきたの。あんたもあいつから真の恐怖ってやつを教わったほうがいいかもね。さあ、抵抗はやめて。じゃなきゃ撃つよ」

ペニーの笑いが消えた。まるで誰かにひどいことを言われたみたいに傷ついた顔になる。テレビを消すように、ふっと幻覚が消えた。

「私はある意味、人殺しとは真逆の立場にいる人間だけど」ラナが続ける。「あんたがこのまま去らないようなら、心臓がある場所に風穴を開けてやる」

「そんな……」ペニーが言う。「できるわけ……ない」

「一度、怪物を殺し損ねたことがあってね、そのことをずっと後悔してるの。でも、あんたは一応人間だし、だからチャンスをあげる。さあ、行って」

ずいぶん長く思えるあいだ、ペニーはラナを凝視していた。憎しみではなく、いぶかしむような顔つきで。拳銃の照準をぴたりとペニーの額に合わせたまま、ラナはそのようすを見守った。

ペニーが一歩、後ずさる。それからもう一歩。一瞬、挑むような表情がひらめいたが、すぐにかき消えた。

くるりと背を向け、足早に歩き去っていく。

少女のあとをつけるよう、クインが無言で三人の仲間に合図を送った。

いまや大勢の子供たちがペニーの血を求め、あいつを殺せと叫んでいた。

ラナは銃をウェストバンドに戻した。

「ケインはいま、動ける状態にない」そう言ってから、みんなに聞こえるよう、声を張りあげる。いつものいらだちを含んだ口調だ。「だから、とりあえずクインの指示にしたがうこと。クインを困らせたり、私を困らせたりすれば、今後一切治療はしない。脚を片方失くしたとしても、私はそばで見守るだけで何もしない。わかった？」

充分すぎるほどの脅しに、子供たちは黙りこんだ。

「じゃあ、仕事をするから道を開けて」ラナはペニーの残した血の跡を踏み越えた。クインがそばにやってくる。

「俺？」

「とりあえずは。ペニーが町を出たかどうか確認してね。必要なら殺してくれて構わない。生かしておけば、あの子はきっとまた問題を引き起こすから」

クインは顔をしかめた。「人を殺すのは無理だと思う」

ラナは珍しく笑みを浮かべた。「うん、だと思った。漁師仲間に言ってサンジットを連れてきてもらえる？　サムと連絡を取らないと。それから銃も用意してほしい。テイラーが使えないなら、昔ながらの伝達手段でいくしかない。分裂したままじゃ全滅する」

「わかった」

ラナの笑みが消えた。「ダークネスはダイアナを狙ってる。彼女に警告しなくっちゃ」

「ダイアナ？　なんでまた？」

「お腹に赤ちゃんがいるから。ダークネスは生まれなきゃならないの」

23

１４時間　３９分

ドレイクが現れた。

ドレイクには、自分の居場所がわからなかった。油のにおいのする、狭く、湿った場所。ちょっと頭を動かすと、昔だったら痛みを感じたであろう衝撃に見舞われた。何かの金属にぶつかったらしい。

まばたきをする。ずいぶん薄暗い。四角い明かりが低い天井からもれている。どこかのハッチだろうか。すぐ真上にある。

手と鞭で、狭い空間をまさぐってみる。しばらくして、理解した。複雑な形をした金属の物体。四角い明かり。かすかに揺れているらしい床。油のにおい。

ボートだ。

自分はボートのエンジンルームにいるのだ。

ほとんど身動きが取れないほど狭い。

ドレイクはにやりとした。なるほど、やるじゃないか。どういうわけか知らないが、ブリトニーは見事ボートに忍びこんだのだ。おそらくダイアナのいるヨットではないだろう。あのブリトニーに、そこまでできたとは思えない。

だが、いずれにしてもボートであることはまちがいない。

いいぞ。

さて、つぎは？　まだダイアナを捕まえなければならない。

言うは易《やす》く、おこなうは難し。まずは、自分の居場所を知ることだ。ドレイクはたっぷり二十分ほどかけて狭い空間で身をよじると、頭をハッチに押しつけた。この体勢を長く保つのは無理だろう。

エンジンブロックに手を置き、触手の先端を使ってそっとハッチを押しあげる。

ハッチは簡単に動いた。ゆっくり、少しずつ、隙間を広げていく。やがて頭上に細く切り取られた景色が見えた。舵輪のスポーク一本、バケツ、片方の足。

開けたときと同じように、そっとハッチを閉める。

船体に何かがぶつかった。くぐもった、男の声が聞こえてくる。

つぎに聞こえた声に、ドレイクは凍りついた。

サム！

誰かがボートにあがってくる音がする。やがてはっきりと、それぞれの声が聞こえてきた。

「やあ、ロジャー」サムの声だ。「それにジャスティンとアトリアも。調子はどう?」

　誰かは知らないが、最初に聞こえた男の声、おそらくロジャーと呼ばれる人物が答えた。「元気だよ。問題ない」

「よかった。ちょっと、ここに明かりをともそうと思って」

「〈サムの太陽〉を?　じゃあ……」ロジャーが口ごもる。「ふたりとも、しばらく向こうで遊んできてくれるかい?　僕らは話があるから」ぱたぱたと駆けていく足音。甲高い声は聞こえない。「じゃあ、やっぱりそういうこと?」

「まだ、実際のところはわからない」サムは疲れているようだった。

　いまならサムを倒せるだろうか。いまこの瞬間、ブリアナやデッカの気配はない。一対一ならやれるだろうか?

　だめだ、ドレイクは自分に言い聞かせた。このハッチから出る前に、まちがいなくサムに燃やされてしまうだろう。それに、今回の目的はダイアナを捕らえることだ。サムを倒すことじゃない。

「このまま真っ暗になるの?」そうたずねたロジャーの声は、わずかに震えていた。

「真っ暗にはならないよ」安心させるようにサムが言う。「そのために僕が来たんだろう。明かりはたくさん灯すから。ところで彼女は?　寝てる?」

　ふたりが耳を澄ます気配がした。おそらくは船室のほうへ。彼女……?

　まさか、このボートにダイアナが乗っているのだろうか。

ドレイクは暗闇で笑みをもらした。もう少し待って、確かめよう。チャンスはそのうちやってくる。自分はまだ、神《ガイアファージ》に見放されてはいない。

ボートからボートへと、サムは船を漕ぎ続けた。

一艘ずつ乗船しては、身をかがめて船室に入っていく。小さなヨットやモーターボートには、ひとつかふたつ〈サムの太陽〉をかかげた。

〈サムの太陽〉は持続力のある能力だ。死の光線とは別にサムが生み出すこの玉は、熱を帯びることなく光を発して宙に浮かぶ。あらかじめおこなっておいた実験で、〈サムの太陽〉はボートが動いても置いていかれることはなく、その場で漂い続けることがわかっていた。

ハウスボートのような大きな船には、三つか四つ〈サムの太陽〉をかかげた。

作業の途中で、サムは自分がぐったりしているのに気がついた。能力を使った戦いのあとにもこんな感覚を味わったことがある。これまでそうしたけだるさは、戦いのあとにくる気鬱のせいだと思っていた。しかしひょっとすると、能力を使うこと自体が体を消耗させるのかもしれない。

いや、たとえそうだとしてもそんなことはどうでもいい。〈サムの太陽〉は子供たちにとっての安心材料なのだ。誰も――とくにサム自身――漆黒の闇のなかに閉じこめられるなんて耐えられない。絶対に。考えるだけでもぞっとする。

最後に残ったのはサムたちのハウスボートだった。全部で五つ、なかでもひときわ大きな玉を船の先端に浮かべた。

この先、世界は闇に包まれるだろう。だが、完全な暗闇ではない。

「助かるよ」サムが仕事に戻ってくれたことを歓迎しながら、エディリオが言った。

「しばらくはね」暗い声で応じる。

「ああ、しばらくはね」エディリオもうなずく。

サムはたまらず双眼鏡に手を伸ばし、岸辺を確認した。オークがまだ探索を続けている。いいぞ。運がよければオークがドレイクを見つけるだろうし、そうなればすぐにでも駆けつけるつもりだった。

しかし、本当に確かめたかったのはオークのようすではない。サムが探しているのは、アストリッドだ。

ペルディド・ビーチにたどり着けたとして、戻ってくるのに最短でどのくらいかかるだろう。どうか空が閉じてしまう前に帰ってきてほしい。途中で闇に閉ざされたら、文字どおり、彼女は道路を這って進むことになる。それに、捕食者すべてに光が必要なわけじゃない。ドレイクが動けなくなったとしても、コヨーテやヘビやミミズなら……。

だめだ、仕事をしよう。だが何をしたらいいのかわからない。途方に暮れたサムの胸に、不安だけが広がっていく。

「道路に〈サムの太陽〉を浮かべるとか?」ぼそりと、つぶやいてみる。

「そうだね、アルバートとケインの協力を取りつけたらそうしよう」エディリオが言った。「だけどいまやれば、それを目印にペルディド・ビーチのみんなが押しかけてきてしまう。まだこっちは受け入れの準備ができていない」

サムはむっつりと黙りこんだ。まさか意見が返ってくるとは思わなかったし、ちょっと思ったことを口にしただけだった。それに、エディリオにはまだ怒っていた。とにかく怒りをぶつける対象が必要だった。そして、そばにはエディリオがいた。

さらに悪いことに、エディリオは闇の訪れに怯えていないように見えた。いつもどおり、落ち着いている。普通ならその態度にほっとしただろう。けれどサムは、息もつけないほど大変な時間を過ごしていた。〈サムの太陽〉を設置し、あらゆる言葉でみんなをなだめることにすっかり疲れきっていた。

みんなにかけた慰めの言葉を当のサムは信じていなかった。アストリッドは戸外にいる。暗闇がやってくる。最後のゲームがはじまっている。そしてサムには、なすすべがない。

何ひとつ、解決策を思いつかない。

顔をあげる。染みの境界を越えた太陽が姿を現しはじめていた。はるか、はるか上空に。それでも光はありがたかった。ありがたいと同時に、これが最後の太陽かもしれないと思うと胸が張り裂けそうだった。

湖面がきらめき、白い船体が明るさを増していく。小さな野営地や近くの森が、明るく照らし出されていく。

エディリオが双眼鏡越しに一艘のボートを見ていた。「シンダーだ」とサムに報告する。「岸に行って野菜を収穫する許可が欲しいんじゃないかな」

「だろうな」サムは大声で叫んだ。「ブリーズ！　デッカ！　甲板に来てくれ！」それからエディリオに向かって言う。「岸に行くなら警護がいる」

自分の名前が呼ばれるや、たちまちブリアナが現れた。少し遅れてデッカもやってくる。

「これだけ明るければ大丈夫だよな？」サムはブリアナに確認した。

「うん、フロリダの七月みたいだしね」ブリアナは言うと、奇妙なセピア色の光にぐるりと目をまわしてみせた。

「どうせまた外に出たかったんだろう？」

サムはブリアナのそんな態度に取り合わず、淡々と応じた。

「あったりまえじゃない。なんてね、冗談だってば」

「ああ」歯を食いしばったまま、サムは応じた。あごが痛い。両肩も痛む。「シンダーが岸に近づいたら合流してくれ。彼女とジェジーの作業が終わるまでそばにいてやってほしい」

「ずっと見てなくてもいいんじゃない？」無邪気さを装ってブリアナが訊いてくる。「ほら、この高速でしょ？　ふたりを見守りつつ、道路をチェックして……」

サムより先にエディリオが答えた。「言われたとおりにしてほしい。みんなに好き勝手に動かれたら困るんだ。アストリッドも、たぶん町に着いているころだろう。もしここがドレイクに襲われたら、君の力が必要になる。万が一サムなしでドレイクに遭遇したら、絶対に身を引くこと」

　まったくそのとおりだった。しかしそれでは、サムの切実な欲求は満たされない。そう、サムがしたいのは、話すことでも、見守ることでも、気を揉《も》むことでもない。行動を起こしたいのだ。

　ミサイルを回収するミッションは、その欲望を少しだけ満たしてくれた。サムは無意識のうちに手のひらを顔の前にかかげていた。ここ最近、光の玉ばかり生み出している。最後に死の光線を放ったのはいつだったろう。

　気づくと、エディリオとデッカが真剣な面持ちでこちらを見つめていた。ブリアナはにやついている。思考を見透かされたのだ。

「畑で〝大きなカブ〟でも収穫できるといいな」ごまかすように、つぶやく。

「いまやっていることはすべて一時しのぎだ」デッカが言う。「決定打はひとつもない」

「ドレイクが近くにいるんだ。それにガイアファージだって……いや、あれがどこにいるかはわからないけど」エディリオが応じる。「ペルディド・ビーチがどうなっているかもわからないし、アルバートがどうするつもりかもわからない。ケインがどういう立場を取るかも不明だし、テイラーがいまだに報告に来ない理由もわかっていない」

「ああ、言いたいことはわかったよ」サムは苦々しく言った。「アストリッドが町と連絡を取ろうとしたのは正解だ。もうすぐ僕たちは身動きが取れなくなる。ハエ取り紙にとらわれたハエみたいに」

手のひらがうずいた。こぶしをきつく握りしめる。

物事には道理が存在する。そして、直感もまた存在する。サムの直感は悲鳴をあげていた。じっと耐え、刻々と時間が過ぎていくごとに、勝機はなくなっていくのだと。

空に昇った太陽は、アストリッドの魂に深い影を投げかけた。予想するのと、実際に目にするのとではまったくちがう。

空そのものが消えつつあった。きっとこれがフェイズ最後の太陽になるだろう。

自分の居場所を確かめようと辺りを見まわす。そうして軽いパニックに襲われた。湖からペルディド・ビーチへ行く道はサンタ・カトリーナの丘の西の斜面沿いを南西の方角へと伸びていて、やがてハイウェイと交わる。

しかし、その道が見つからないのだ。どういうわけかアストリッドは、どこかの峡谷をさまよっていた。

サンタ・カトリーナの丘はそれほど大きいわけではないが、それでも間近で見ると圧迫感があった。雨が降らないので、当然、乾燥している。ずっと昔、十二月の雨のあとで突如緑をまとったこの丘をハイウェイから見たことがある。けれどいまは、岩と、乾いた草と、みすぼらしい木々しかない。

このまま西に戻れば、たぶん道は見つかるだろう。けれどそこまで何キロあるかわからないし、戻った先がトラモント湖のすぐそばという可能性もある。うっかりブリアナに見つかりでもしたらたまらない。そうなれば、颯爽《さっそう》と伝令を携えて町に警告に行くどころか、ばかな少女が軽率に飛び出しただけになってしまう。

すでに予定よりも遅れていた。夜明け――とおぼしいもの――は訪れてしまった。町の子供たちは予告もなしにこの状況を迎えているにちがいない。

こうなったら、団結を呼びかけ、サムの明かりを提供するというメッセージを無事に伝えられるよう願うしかない。

しかも、一刻も早く。おそらく何人かの子供たちは、すでにペルディド・ビーチを出てしまっているだろう。

急ぐならやはり丘を突っ切るしかない。この小径がどうにか直線であれば問題ないが、どこかで行き止まりになって、丘を登る羽目になったら厄介だ。

アストリッドは足早に歩きはじめた。数カ月に及ぶ野外生活でたくましくなったいまなら、水さえあれば何時間でもこのペースで移動することができるだろう。

丘は両側にそびえていた。右側の丘は威圧的な急斜面で、近寄りがたい雰囲気をかもしている。頂上部分は、はるか昔に嵐や地震で削られたのだろう、岩肌がむき出しになり、露出した岩が何やら恐ろしい顔のように見える。

歩きやすい道が続いていた。かつて川床だった道は、現在、乾燥した草で覆われている。右側の〝恐ろしい顔の山〟の急斜面で、何かが動いた気がした。歩きながら顔を向けたが、何も見えなかった。

「びくびくしないで」と自分に言い聞かす。森では、こんなことはしょっちゅうあった。物音や、ふいに何かが動き、ひらめく気配。とっさにドレイクかと思って怯えたが、きまって鳥やリスやスカンクだった。

しかしこのとき、見られているという感覚が次第にふり払えなくなっていた。まるで〝恐ろしい顔の山〟に本当に顔があって、じっとにらまれているかのように。

先のほうで、道が左に曲がっているのが見えた。これで不吉な山から逃れられるとほっとしたのもつかのま、カーブを折れると同時に、今度はその「見られている」感覚が背後からずしりとのしかかってきた。

近づいてくる。

たまらず、全力で駆け出す。パニック。まるで逃亡者になったみたいに、ふり返ることもできない。

夢中でつぎの角を折れると、危うく誰かにぶつかりそうになった。

足を止め、相手をまじまじと見つめてから、アストリッドは悲鳴をあげた。

銃を引き抜くのも忘れて、叫びながら後ずさり、ようやくショットガンを取り出すと、震える指で引き金を探った。肩の高さに銃を構え、照準を合わせる。

目を狙う。赤黒い眼窩に見える、ＢＢ弾サイズの不気味な瞳を。

それは少年だった。しばらくして、ようやくその事実がアストリッドの意識に浸透してきた。巨大な化け物ではなく、少年――。たくましい肩に、よく焼けた肌。顔には野生動物に引っかかれたみたいな傷跡がいくつもある。できたばかりの傷だろうか。アストリッドは少年の指に血がついているのに気がついた。

少年の表情を読むのは無理だった――不気味な、豆のような眼球のせいで、どんな感情も読み取れない。

「動かないで。動いたら頭を吹き飛ばすから」

少年は歩みを止めた。アストリッドの居場所をつかめないのか、両目をきょろきょろとさまよわせている。

「君は本物？」少年がたずねた。

「ええ、本物よ。ちなみにこのショットガンもね」自分の声が震えているのがわかったが、銃口はぶらさず、狙いを定めたままにする。右手の人差し指に少し力をこめれば、激しい爆音が鳴り響き、目の前のおぞましい顔は水風船みたいに破裂するだろう。

「君……もしかして、アストリッド？」

アストリッドは息をのんだ。なぜ自分の名前を知っているのだろう。

「あなた、誰？」

「ブラドリーだ。みんなにはシガーって呼ばれてるけど」

銃身がわずかに下がる。「え？　シガー？」

少年は笑ったようだった。いくつかの歯が折れ、なくなっているのが見えた。

「君は見えるよ」そう言って、シガーが血まみれの手を伸ばしてきたが、そのようすは目の見えない人が手探りしているかのようだった。

「来ないで」アストリッドは鋭く言い、ふたたび銃を肩口に構えた。「何があったの？」

「ええと……」シガーがふたたび笑みを作ろうとしたところで、その口が嫌悪に歪み、つづいておぞましいうめき声と、長い長い苦痛の叫びがほとばしり、やがてけたたましい哄《こう》笑《しょう》へと変わった。

「シガー、お願い。何があったか教えて」アストリッドはくり返した。

「ペニーだ」シガーがぽつりと言う。「あいつにいろいろ見せられて……それでこの両手が……」そこで両手をかかげてみせたが、その目は周囲をさまよい、喉の奥から低いうめき声がもれてくる。

「ペニーがやったの？」アストリッドは銃口を少し下げると、ためらいがちに構えを解いた。それでもまだ背中には戻さない。グリップをきつく握りしめ、指をトリガーガードにかけておく。

「僕、キャンディーが好きなんだ。悪いことをして、キャンディーが腕のなかに現れて、それを食べたらものすごくおいしくて、それでペニーがもっとくれて、だから全部食べたら痛くなって、血が出て、たぶん、すごくたくさん……」

そのとき、ふいにシガーの小さな目が揺れ、アストリッドの背後を見つめた。

「あの子だ」

　アストリッドは肩越しに、ほんの一瞬だけ視線を向けた。まだ警戒を解いていない状況で、大きくふり返るわけにはいかない。ちらりと何かを確認したときには、すでにシガーのほうへ顔を戻していた。

　いや、具体的に何かを見たわけではない。歪み？　何やら空間がひずんでいたような……。

　もう一度ふり返る。何もない。

　アストリッドはシガーを見た。「いまのは何？」

「小さな男の子だよ」シガーはくすくすと笑うと、まるでいけない言葉でも使ったみたいに口もとを手で隠した。それから、低い声でささやく。「小さな男の子」

　アストリッドの喉が引きつった。腕に鳥肌が立つ。「どんな、男の子？」

「君のことを知っているって」秘密を打ち明けるように、ひそひそとシガーが言う。「叫ぶような黄色い髪と、突き刺すような青い瞳。あの子は君を知っている、そう言ってるよ」

　アストリッドは口を開きかけたが、何も言えなかった。訊けない。きっと答えを受け入れられない。やがて、絞り出すように言った。

「もしかして……ピーター？」

　自分の目を触ろうとしていたシガーの手が、ふいに止まった。何かを聞いているみたいに耳をそばだてる。といっても、聞こえるのは草木のざわめきと、バッタの跳ねる音だけだ。やがて熱心にうなずき、こう言った。「あの子からの伝言だよ。——『やあ、お姉ちゃん』」

外の世界

たしかにダリウス・アシュトン軍曹はトラックのエンジンに精通しているが、だからといってコンプレッサーについても詳しいわけではない。しかし上司である中尉は、ドームの反対側にある施設に、メカニックが必要なのだと告げた。

「あれは空軍基地でしょう」ダリウスは抗議した。「向こうには空調を管理する技術者もいないんですか？」

「機密情報取扱許可を有する技術者はいません」

「空調システムを直すのにそんな許可がいるんですか？」

中尉は悪い男ではなく、若いが尊大ではない。「ダリウス軍曹、私でさえわかっているのですから、軍服に長いこと身を包んでいるあなたなら、理屈に合わないことがあるのはご存じでしょう」

そう言われては返す言葉もなかった。ダリウスは中尉に敬礼して背を向けた。陽気な女性ドライバー、運転技術に長けた伍長《ごちょう》が、軍用車両の運転席で待っていた。ダリウスは後部座席に道具を積みこんだ。だが、何を修理するかもわからない状況で、いったい何を持っていけばいいというのだろう？

ダリウス同様、伍長もアフガニスタンの首都カブールに派遣された経験があるそうで、ひどく遠まわりのドライブのあいだ、ふたりはそのことについて語り合った。ほかにも、いかだでアメリカに亡命してきた逸材と評判のキューバ人のピッチャーについて話したが、その選手は、どうやらエンゼルスと契約するらしい。

ハイウェイから砂利の脇道へと入っていく。エヴァンストン空軍州兵基地へはほかの道でも行けるのだが、それにはわざわざ州間道五号線まで行き、そこから南へ戻らなくてはならない。でこぼこで埃っぽい脇道のほうが断然早い。

ドライブ中、ほとんどずっと〝金魚鉢〟が視界に入っていた。もはやダリウスにはなじみの光景だった。高さ十六キロ、直径三十キロ。まるで滑らかに磨かれた小さな月が、南カリフォルニアの海岸に落ちてきたかのようだった。

ただし、そこにはクレーターもひび割れもない。それに実際には落ちてきたわけでも、何かが爆発したわけでもなかった。ある日突然、出現したのだ。巨大な水槽が。

「ここは長いのかい？」ダリウスは、ドームを示しながらたずねた。

「先月異動してきたばかりです」伍長は言った。「ここのことは、みんなと同じようにテレビで見ていました。でも、本当に現実なんですね」

「ああ、そうだ」

「あのなかに子供たちがいるなんて、妙な感じがします」

やがて伍長は、見るからに新しい施設の前で車を停めた。小屋、兵舎、トレーラー、パラボラアンテナの突き出た通信施設など、いくつもの建物が軍隊特有の几帳面《きちようめん》さで整然と立ち並んでいる。

ここは軍部の活動拠点だ。さまざまな男女が忙《せわ》しなく行き交っており、煙草を手に、あるいは電話を耳に当て、のんびりしている者はひとりもいない。いかにも〝重大事案発生中〟といわんばかりの空気に包まれている。

施設の周囲はフェンスで囲まれ、そのてっぺんには、見るからに凶暴そうな鉄条網が取りつけられていた。ゲートにはにこりともしない憲兵の姿。ふたりが来ることはわかっていたはずなのに身分証を確認された。

憲兵のひとりが目的のトレーラーまで案内した。伍長を外に残し、ダリウスは空調の強いトレーラーのなかへ入っていく。

なかにいた軍曹にふたたび身分証をチェックされた。それから書類を渡され、サインするよう求められた。ダリウスがここへ来た目的及び、この施設の存在、仕事内容、任務の詳細等を誰にも明かさないよう求める書類だ。

難解なお役所言葉と、明らかな脅しの言葉が、ふんだんにまぶされていた。

「よろしいですか、ダリウス軍曹。この安全規約を守っていただけますね？」

「ええ、守ります」

「違反すれば刑事訴追されます」

きっぱりと言いきる。

「そちらのおっしゃりたいことは理解したと思います」

相手の軍曹が笑みを浮かべた。「軍の取り締まりは極めて厳しいですからね。014の建物へ行ってください。あなたの運転手が案内してくれるでしょう」

運転手は建物を見つけた。

014は、先ほどの施設から八百メートルほど、ドームの壁から一・六キロほど離れた場所にあった。広大な格納庫のような建物だ。巨大で威圧的。周囲の砂漠と同じ色に塗装されている。

ダリウスが道具の入ったバッグを持って建物へ向かうと、扉の前で憲兵に止められた。再度のIDチェックを経て、ようやく建物内へと足を踏み入れる。

飛びこんできた光景に、思わず目をみはった。土砂の積まれた十数台のトラック。巨大なつり橋か、はたまたエッフェル塔の残りの部品で組み立てられたかのような塔。

憲兵に、作業用ヘルメットをかぶった民間人のもとへ連れていかれた。民間人の男は握手をしながら、チャーリーと名乗った。「こんなところまでわざわざご足労おかけして申し訳ありません。うちの空調メカニックが産休を取っておりまして、助手のほうもサーフィンで足首を骨折してしまったのです。狭い空間は大丈夫ですか？」

ダリウスはその質問に面食らった。「なぜです？」

「かなり深いところまで潜るものですから。見ていただきたいユニットは六時の方向にある送風機です」

「どういうことですか？」

「要するに、われわれはこれから三・二キロ地下に潜るということです。そこから南へ六キロほどくだります」

ダリウスはひやりとした。「それは、つまり、ドームの底へ……？　なぜ、その……」

チャーリーが肩をすくめて言う。「軍曹、ここで最初に覚えていただきたいのは、質問をしないということです」

エレベーターは延々とくだり続けるかに思えた。

それから狭軌列車に乗りこみ、圧巻かつ威圧的なトンネルを進んでいく。線路が両側にふた組ずつ敷けるほど広大なそのトンネルは、等間隔に立てられた支柱で補強されていた。〝六時の方向〟は、地上の格納庫よりも大きな洞窟であることが判明した。最奥はバリアで仕切られている。ここのバリアは真っ黒で、白みがかった灰色ではない。

「この洞窟を見つけられたのは幸いでした」チャーリーが説明する。「自分たちで掘るとしたら、ずいぶん大がかりな仕事になったでしょう。普段は大勢の作業員がここで働いています。しかしお気づきかもしれませんが、空気が少々よどんできていまして」

「だから私が呼ばれたのですね？」

洞窟には、ピサの斜塔のように微妙に傾いた、背の高い足場が組まれていた。機械に詳しいダリウスには、それが掘削装置であることがわかった。

彼らはこのドームの底をさらに掘り進めているのだ。人間が使うトンネルを掘っているわけではない。ドームの最下部に爆弾をセットするための穴……。

ダリウスの表情を読んだのだろう、チャーリーがその腕を取り、脇へ引き寄せた。ふたりきりにもかかわらず、声をひそめて言う。「あなたは鈍い人じゃない。ここで何がおこなわれているかは、もうおわかりでしょう。ここに出入りする者は全員監視されています。つまり、この先あなたの携帯は盗聴され、部屋にも盗聴器が取りつけられます。わかりますね」

ダリウスはうなずいた。

「あなたのエンジニア、本当はどうしたんですか?」

チャーリーは寂しげに笑った。「バーでこの話をした三十分後、車に乗ろうとしたところをＦＢＩに連行されました」

24

14時間　2分

アストリッドは、どうにかシガーをしたがえて、道なき道を歩いていた。誰かに遭遇したらどうしようかと不安になる。なにせ自分もすっかり迷ってしまったのだ、ほかの子供たちがさまよい歩いていても不思議はない。

枯れかけた巨大なツツジの陰、小川の名残とおぼしいもののそばに休めそうな場所を見つけた。少し休もうと、シガーを誘う。シガーに手を貸し、ベンチのような形をした地面の出っ張りに座らせる。

アストリッドはシガーから少し離れた場所に腰を下ろすと、〝恐ろしい顔の山〟を用心深く観察した。いまもまだ、得体の知れない影が気になって仕方がない。

ペルディド・ビーチへ急がなくてはと焦る気持ちはあった。けれどこれは、もっと重要な手がかりかもしれない。

それにどのみち、立ち去ることなど無理だった。あの話を聞いてしまったあとでは。

「シガー、これから簡単な質問をするわね。イエスかノーで答えて。いい？」

小さな目玉が大きく揺らめいた。「わかった。ねえ、どうしてあの子は君の髪が悲鳴をあげてるって言うのかな？　君は光り輝く長い剣と翼をたずさえた天使で――」

「いいから聞いて」

シガーがうなずき、恥ずかしそうに笑う。

「あなたは悪いことをした」

「イエス」重々しく、うなずく。

「そして三十分間ペニーの刑を受けた」

「三十分」シガーがクックと笑い、あごが外れたのではないかと思うほど盛大に口もとを歪ませた。「三十分じゃないよ」

「とにかく、ペニーのもとへ行かされた」アストリッドが辛抱強く、くり返す。

「日が昇って、日が沈んだよ」

はじめ、アストリッドはシガーがこの不気味な空の話をしているのだと思った。だが次第に、懸念が明確な形を成していく。「もしかして、一日中ペニーのもとにいたの？　朝から晩まで？」

「イエス」そう答えたシガーの口調は、先ほどまでとは打って変わって落ち着いた、分別のあるものになっていた。

一方で、アストリッドの分別は揺らいでいた。この子を丸一日ペニーと過ごさせるなんて、いったいどんな神経の持ち主がそんな刑を宣告するのだろう。シガーが正気を失うのも当然だ。

シガーが自分の目玉をえぐり出す場面が脳裏に浮かんで、吐き気がこみあげた。だが、吐くわけにはいかない。しっかりしなければ。

「その新しい目は」アストリッドは続けた。「ラナが治療してくれたの？」

「ラナも天使だよ。でも、あれが彼女に触れようとした。彼女を連れ去ろうとしたんだ」

「ええ、そうね。だけどラナは強すぎた」

「最強だ！」

アストリッドはうなずいた。つまり、シガーはペニーのせいで正気を失い、ラナの治療を受けた。そうしてなぜか、たったひとりで町の外をさまようことになった。

そこから考えられることは、ペルディド・ビーチの状況がひどく悪いということだろう。シガーはクインの漁師仲間だ。少なくともアストリッドの知るかぎりは。「たしか、あなたはクインと一緒に漁をしていたのよね？」

「そう！」シガーが声をあげた。眉間に戸惑ったような深いしわを寄せながら、狂気的な笑みを浮かべる。「魚だ、ヒャッホー」

「それで、さっきの男の子のことなんだけど……」

「魚！　魚！」

「さっきの男の子のことなんだけど」アストリッドはくり返した。シガーの手に触れる。

シガーがびくりとした。アストリッドは一瞬、シガーが逃げ出すのではないかと不安になった。

「落ち着いて、シガー。大丈夫だから。クインならきっとそう言うわ。落ち着いて話をするようにって」

「クイン……」シガーはつぶやくと、洟《はな》をすすり、やがて悲鳴をあげた。「クインは助けに来てくれた。ペニーを殴ったんだ。目は見えなかったけど、音が聞こえて……クインが来てすぐにバンってなって、うわああってなって……。それからラナのところへ行って……ちくしょう、魔女め。絶対に殺してやる」

「クインはいい人ね」

「うん」

「クインが小さな男の子のこと聞きたいそうよ」

「男の子？　君の隣にいるよ」

アストリッドはふり向きたい衝動を必死に抑えた。隣に誰もいないことはわかっている。

「私には見えないわ」

わかっている、当然だとでもいうように、シガーがうなずいてみせる。「その子は幼いけど大きい。空に触れられるくらい」

言葉が喉につかえた。「……そうなの？」

「うん。その子は天使よりすごいんだ。君の体を貫通するくらいの、ものすごく明るい光を放ってる。ほら！　光が透けて見える」

「それで、その子の名前はピーターなのね？」

シガーは黙りこんだ。頭を下げる。また、何かを聞いているようだ。いや、脳内に響くひどい悪夢に耳を傾けているだけかもしれない。

やがて、これまでの奇行とは別人のように澄みきったようすで、シガーは言った。「ピーター」

アストリッドは涙ぐんだ。

「それが彼の肉体の名前だ」

「そう」涙をぬぐうこともできないほど、思考が麻痺している。「その子に……ピーターに、私の言葉が聞こえるの？」

「もちろん、彼にはなんだって聞こえるよ！」シガーが、ふたたび興奮したような口調になった。恍惚とした響きさえ帯びている。

「ピーター、ごめんね」アストリッドはつぶやいた。「本当にごめんなさい」

「少年は自由になった」歌うようにシガーが言う。「彼はゲームをしている」

「そうね」とアストリッド。「ピーター、聞こえる？　そのゲームはやっちゃいけないの。あなたはみんなを傷つけている」

ふたたびシガーが頭を下げ、耳を澄ます。しかし、いつまで経ってもシガーは何も言わなかった。

代わりに、アストリッドが静かに告げた。「ピーター、バリアが黒くなっているの。それを止められる？　あなたにそれを止める力はある？」

シガーが笑った。「もう行っちゃったよ」

アストリッドにもわかった。先ほどまで感じていた気配が消えていた。


サンジットはひとりではなかった。ひとりで行く予定だったし、ラナにもそう言われていたのだが、ハイウェイを進み、湖へ続く道へ向かうころには、すっかり集団の一員になってしまっていた。

みんな、ペルディド・ビーチから逃げてきたのだ。ふたつか三つのグループに分かれた子供たちが、最低でも二十人はいた。そのなかの三人組の一団が、サンジットを取り巻いていた。十二歳の少女ふたりに、おそらく三歳くらいの男の子がひとり。ケイラと、タビサと、メイソンだ。

メイソンは、はじめのうちこそ頼もしいちびっ子兵士を演じていたが、町を出ていくらも経たないうちに、よろよろと脚をもつれさせはじめた。一方、少女たちはたくましかった。ふたりとも農場で働いていたこともあって、その足取りは力強く、長い道のりを歩くスタミナも備えていた。けれどメイソンは、お気に入りのもの――壊れたおもちゃ、絵本『よるのおるすばん』、家族写真など――を詰めこんだバックパックを引きずる、小さな少年だった。

少女たちは自分たちの持ち物に加え、ラルフ食料品店の片側の車輪が壊れたカートに食料や水を入れていた。カートがガラガラと音をたてて進んでいく。サンジットには、このカートでは湖へ続く砂利道は越えられないとわかっていた。

やがてメイソンが状況をさらにややこしくした。プラスチック製の〝アイアンマン〟のマスクをかぶると言って駄々《だだ》をこねたのだ。そのメイソンの腰には女物の白ベルトが巻かれ、そこに小さな果物ナイフがささっている。

ラナから手紙を入れたしわくちゃの封筒を手渡されたとき、これは火急の仕事なのだとサンジットは理解した。この三人がいなければ、もっと速く進めるのはわかっていた。だが、どういうわけか彼らと道ずれになったいま、ひとりで先を急ぐのははばかられた。代わりに、サンジットはメイソンを背負うことにした。

「ねえ、サンジットとラナは、その、付き合ってるの？」タビサが訊いてくる。

「まあ……そうだな。そう言ってもいいと思うけど」

「でもラナって意地悪なんでしょう？」ケイラが言う。

「そんなことはない。ちょっと、とっつきにくいところがあるだけで」

「意地悪って言えばさ」とタビサ。「タークはすごく嫌な奴だと思う。前にタークに押されて両膝をすりむいたんだよ」

「それは気の毒――」

「それでね、ラナのところに行ったら、そんなの海で洗えばいいでしょって。本当はもっとひどい言い方をされたんだけど」

思わずこぼれそうになった笑みを、サンジットは必死にこらえた。そう、ラナはそういう少女なのだ。「きっと忙しかったんじゃないか」

くだらない噂話は、気がまぎれるので悪くなかった。そして少女たちは、果てることのない泉のようだった。誰が誰を好きか、あるいは嫌いか、たぶんあの子はあの子が好きなのだ、云々《うんぬん》。

サンジットには、話に出てくる半分くらいは誰だかわからなかったが、それでも空を見あげ、伸びゆく染みと、縮こまる光の輪を見守るよりはましだった。

光が消えたら、いったいどうなるのだろう？

まるでその思考を読んだかのように、いや、サンジットの顔に浮かんだ懸念に気づいただけかもしれないが、ケイラが言った。「サム・テンプルは光を作れるよ」

「あの両手でね」タビサが補足する。

「ランプみたいに」それからタビサが、メイソンの〝アイアンマン〟のヘルメットにぽんぽんと優しく触れた。「大丈夫よ、メイソン。私たちはそのために湖へ行くんだから」

その瞬間、メイソンは泣き出してしまった。

無理もない、とサンジットは思った。大丈夫だと言われてもこの状況ではむなしいだけだ。

サムに伝言を届けたらサンジットはペルディド・ビーチに戻る道を見つけなくてはなら

ない。それまで明かりはもつだろうか。闇のなか、十六キロの道のりを歩き、ラナのもとへと帰りつくにはどうすればいいのだろう。

それでもひとつだけたしかなことがあった。絶対に、ラナのもとへ帰るのだ。

「ウンチしたい」

メイソンが言い、サンジットは少年を背中から下ろした。

さらなる足止め。帰り道に明かりが残っている可能性がますます低くなっていく。

太陽はすでに細い空を完全に横切りつつあった。すぐさま駆け出すべきなのはわかっていた。自分ひとりなら、湖までひと息に駆け抜けることができるだろう。さっさとメッセージを届けて帰路を急げば……。

そのとき、見にくくなった視界の先で、茂みが動くのが見えた。小柄ですばやい何かが、密やかに茂みを移動している――。

コヨーテだ。

出発前に、ラナがサンジットに拳銃を差し出して持っていくよう主張した。サンジットは「撃ち方がわからない」と言ってその銃をつき返した。

「持っていって。じゃなきゃこの銃であんたを撃ってやるから」

それからふたりはキスをした。けが人の治療の合間に、教会の陰で、すばやく交わしただけのキス。そうしてサンジットは、いつものように朗らかに笑って手をふり、町を出発したのだった。

もし、ラナに二度と会えなかったら？

メイソンの用事が終わった。コヨーテは視界から消えていた。太陽が、残された空の端に触れていた。


ケインは待っていた。辛抱強く。この状況ではそうする以外に仕方ない。ラナは、ペニーの被害者たちの治療にあたっていた。

クインが今朝獲ってきたわずかばかりの魚をかき集め、広場で調理をはじめていた。賢いやり方だ、とケインは思った。炙《あぶ》った魚のにおいと、火の爆ぜる音には子供たちを落ち着かせる効果がある。

少なくとも、いくらかは。

ようやくクインの手があき、ケインのもとへやってきた。

「とっととこれをはずせ」

ケインの要求にクインが言う。「簡単には無理だ。言っておくが、この卑劣な方法を考えたのはおまえだからな」

ケインはその言葉を聞き流した。返す言葉がないうえに、自分はいまや完全に無力なのだ。それどころか失禁までしてしまった。自分では気づかなかったが、おそらくペニーの残酷な妄想に苛まれていたときだろう、いつの間にかもらしていた小便のにおいが鼻をつく。

すっかり弱い立場に追いこまれてしまっていた。

「少しずつ削っていくしかないだろうな」クインが考えるようにつぶやいた。「でかいハンマーをふりおろしたりしたら、うっかり手や手首を叩いちまうかもしれない」

作業をはじめるにあたり、クインはふたりの漁師仲間、ポールとルーカスに手順を伝えた。このふたりは、短い柄のついた小ぶりのハンマーとノミを持っていた。ふたりを説得するのは大変だった。彼らは普段、武器としてそれらを使っている。武器を手放すなら、それ相応の見返りがなくてはならない。そして、通貨であるベルトがその役割を果たさなくなったいま、何かを得るためには、何かを差し出すのが鉄則なのだ。

「痛かったら言ってくれ」ポールが言い、ルーカスの支えているノミに向かってハンマーを打ちおろした。

ガンッ！

つっ——。鋭い打撃が鈍い痛みへと変わり、ケインに骨の存在をまざまざと感じさせた。直接ハンマーで殴られるよりはましとはいえ、それに近い痛みが走る。

ケインは歯を食いしばった。「続けてくれ」

火のついた煙草を口の端にぶら下げて、ラナがこちらへやってくる。まだ泣いているけが人はいたものの、重傷者はもうそれほど見受けられない。ダーラ・バイドゥーがラナと一緒にけが人の治療にあたっていた。ケインの目に、ダーラは少し異様に見えた。夢遊病者か、あるいは薬で朦朧としている精神病患者のような……。いや、いまさら驚くことではないだろう。狂気が常態になりつつあるのだ。そして例の虫の襲撃をまともに食らったダーラには、誰よりもああなるだけの理由がある。

ラナがダーラの横に立ち、そっと頭に手を置いてから、その肩を抱き寄せた。つかのま目を閉じたダーラは、いまにも泣き出しそうに見えた。やがて顔をこすると、乱暴ともいえる仕草で頭をふった。

ルーカスが二度目の打撃を加えると、七センチほどのコンクリート片が飛んだ。

「ケイン」ラナが声をかけてきた。

「よお、ラナ。自業自得だって笑いに来たのか?」

ラナは肩をすくめた。「まさか。それじゃ甘すぎる」そう言って、ケインの隣に膝をつくと、どっと疲れを感じたのか、胡坐《あぐら》をかいて座りこむ。「聞いて。さっきサンジットをサムのところに送ったの」

「難民の波が向かってるって知らせるためにか? どのみちすぐにわかるだろう。なにせあいつは光を作れるんだ」ケインはそう言うと、憎い敵をにらみつけるように空をねめつけた。「あと数時間もすれば、光が最大の関心事になる」

「そうじゃない。この騒ぎが起こらなければ自分で行こうと思ったんだけど……。サンジットを送ったのは、たぶん、ダイアナの身が危険だから」

ケインの鼓動がどくんと跳ねた。自分でも意外な反応だった。喉を詰まらせながら、できるだけ冷ややかに言い放つ。「危険? この状況よりも?」

ガンッ！

ポールとルーカスが、コンクリートを砕く作業を続けていた。ハンマーがふりおろされるたび、ケインは顔をしかめた。骨が折れているかもしれない。最後のセメントは――肌にはりついている部分は――いったいどうやって取りのぞくつもりだろう。鋭い痛みの合間にも、鈍い痛みがうずき続け、いらだたしいほどかゆくてたまらない。

「たまに、あれの心を感じるの」ラナが言った。

ケインははっと顔を向けた。「あれ？」

ガンッ！

「とぼけないで」ラナがケインの頭に手をのせ、まだ血がにじんでいるホチキスの穴の部分に触れる。あっという間に頭の痛みが消えていく。しかしハンマーとノミが生み出す、指が折れたかと思うほどの衝撃が和らぐことはなかった。

ガンッ！

「うわああ！」ケインは叫んだ。

「あんたもそう」ラナが言う。「あんただって、ときどきあれを感じているはずだよ」

ケインは顔をしかめた。「俺は感じていない」

「へえ？」

それ以上は言い返さなかった。ふたりとも、わかっていた。それこそが、ケインとヒーラーが共有しているものなのだ。ふたりはともにガイアファージに近づきすぎた。そう、あれはケインに傷を残した。そしてたしかに意識の端にあれが触れているような感覚に陥ることがある。

目を閉じると、嵐で荒れ狂った波のように悪夢が押し寄せてきた。あれは、ずっと飢えていた。ガイアファージは原子力発電所でウランを欲した。あまりに強烈なその飢えは、いまでもケインの体をこわばらせ、動悸《どうき》や息苦しさを感じさせる。

ガンッ！

「あああ！」ケインは歯を食いしばった。「もうダークネスには触れさせない」

コンクリートが半分以上砕け散り、ノミが手の甲に迫っていた。どうやらペニーの仕事は雑だったらしい。砂利が入っていないのだ。セメントの強度に大切なのは砂利だというのに。ケインとドレイクはちゃんと知っていた。

「悪いね」たいして悪びれもせず、ルーカスが言う。

ガンッ！

それはそうだろう、とケインは思った。彼らはケインの体調など気にかけてはいない。ケインのことは必要だが、かといってケインに好意を抱いているわけではないのだ。

「太陽が沈む」ほとんど感情のこもらない口調でラナがつぶやいた。「すぐに子供たちの抑えがきかなくなる。火をつけるかもしれない。たぶん、それが一番厄介だね。たがが外れた子供たちが町を燃やして、ジルの仕事を終わらせるかも」

「これがはずれたら俺が止めてやる」ハンマーの痛みに悲鳴をこらえながら、うめくようにそう言った。

「あれはダイアナを狙ってる」ラナが続ける。「赤ん坊を欲しがってる。ケイン、あんたの赤ちゃんを」

「なんだって？」

ハンマーの動きが止まった。会話の内容に、ポールが驚いたのだろう。やがてわれに返ると、ふたたびハンマーをふりおろした。

ガンッ！

「感じないの？」ラナの口調が焦《じ》れたようになる。

「俺が感じるのは、指が折れた感触だけだ！」

「それはあとで治してあげるから。ねえ、本当に感じない？　わからない？　それとも気づかないふりをしているの？」

「わからないと言っている！」

「怖いの？」

ケインの唇が歪む。「ああ、そうだよ、怖いよ。俺はあれから逃げたんだ。なのに、またあれに心を開けって？」

ガンッ！

「私は怖くない」ラナはきっぱりと言いきった。本当だろうか？「私はあれのことを憎んでいる。あれを殺せなかった自分が憎くてたまらない。あいつは絶対に許さない」ラナの黒い瞳が、まるで焚火のあとの燠《おき》のごとく熱を帯びていた。

「絶対に」

ガンッ！

「ぐっ……」ケインはぜいぜいと息をついた。「どうして……あれがダイアナを狙っていると思うんだ？」

「確信があるわけじゃない。だからこうして話してるの。もしあの怪物があんたの子供を狙っているのなら、心配なんじゃないかと思って」

両手が軽くなった。コンクリートが割れたのだ。左手に、パイふた切れ分ほどの楔形をしたかたまりがぶら下がっている。とはいえ両手はまだ、彫刻家が彫った一対の手のように、脆いかたまりに閉じこめられたままだ。

ポールとルーカスが位置を調整し直すあいだ、ケインは慎重に両手を持ちあげて石片で鼻の頭を搔いた。

「ケイン――」ポールが言った。

「ちょっと待て」ケインがさえぎる。「ちょっとだけ待ってくれ」

ケインは目を閉じた。両手がずきずきと痛む。おそらく何カ所も折れているのだろう。痛みは耐えがたかった。

しかし、はるかに耐えがたいのは――侮辱を受けたという事実。情けなくもペニーに出し抜かれたあげく、自分とドレイクの考えた拷問に耐える羽目に陥った。

二日前には王として君臨していたこの場所で、いまやケインは小便をちびりながら、ラナのそばでびくびくと小さくなって怯えていた。

これほど惨めな気持ちになったのは、最初の戦いに負け、コヨーテのリーダーと砂漠に行ったとき以来だった。邪悪な、不気味に輝く怪物に心をかき乱され、這いつくばり、絶望に泣きわめいたとき以来。

ラナは、あれを心に触れさせているという。この少女は、それほどまでに強いのだ。

ケインには無理だった。それほど強くはなれそうもない。

いや、それがどうした？　ついに最後のときがやってきたのだ。闇が落ち、二度と太陽が昇ることはなく、子供たちは飢え死にするまで漆黒の闇のなかをさまよい歩くだろう。賢い者なら、海に向かって歩いていき、早々に海の藻屑となるかもしれない。

もう、どうでもいいはずだ。ダイアナのことも、赤ん坊のことも……。

まぶたの裏に、ダイアナの姿が浮かぶ。

美しい少女。ケインと行動をともにし、ときにケイン相手に企てをもくろむほど賢いダイアナ。

島での生活は大半が楽しかった。ダイアナと過ごした幸せな日々。そこへペルディド・ビーチを救ってほしいと伝言を携えたクインが現れた。

ケインは戻ってきた。ダイアナは行くなと言ったが、それでも町へ戻ってきた。そうしてみずからを王と名乗った。王を名乗ったのは子供たちが王を望んでいたからだ。間抜けどもの命を救った自分には、王を名乗る権利があったのだ。

ダイアナはそれにも反対した。

ほどなくして本当のボスは自分ではなく、アルバートだと気がついた。誰もケインを尊敬してはいなかった。彼らのためにケインがしたことを子供たちはまったくわかっていなかった。

恩知らずめ。

そうしていま、闇に怯える子供たちは、ふたたびケインを求めている。

「小さめのハンマーでやってみよう」ポールが不安げに言った。

ケインは衝撃に備え、歯を食いしばった。

ガンッ！

「ぐわああ！」ノミがずれた。刃が跳ね、ケインの手首をわずかにえぐる。コンクリートに血が飛んだ。

泣いてしまいたかった。痛みにではなく、この惨めな人生に。早くトイレに行かせてほしい。だがそうしたところで、自分でパンツを下ろして尻を拭くことすらできやしない。

ラナがケインの手首に触れた。出血が止まっていく。

「このまま続けたほうがいい」ラナが言った。「暗くなれば、もっと作業がむずかしくなる」

ケインはうなずいた。もう、何も言うことはない。
ケインはがっくりとうなだれると、声をあげて泣いた。

25

12時間　40分

ジェジーと一緒に野菜をもぎながらシンダーは泣いていた。終わりだ。せっかくの苦労がまもなく終わってしまう。これが最後の収穫だ。

少しでもみんなの役に立てればと思ってはじめた小さな夢が、ついえてしまう。これまで失敗に終わってきた数々の希望同様、この畑もまた、ばかげたものに思えてくる。愚かにも希望を抱いてしまった。愚かにも。

ここはフェイズだ。希望など目の前で打ち砕かれるのだ。

なんて間抜けなんだろう。

ニンジンやトマトをゴミ袋に詰めていく。静かに泣くふたりのそばで、ブリアナが気づかないふりをして立っていた。

オークが空を見あげるのはむずかしい。石の首がうまく曲がらないのだ。それでもどうにか空を見あげると、太陽が恐ろしいほどのスピードで西の端、空にできた虫歯のような穴に吸いこまれていくのが見えた。

てっぺんには、青い空。カリフォルニアの昼下がりらしい美しい青空だ。だがその下には、虚ろな黒い壁。それはほんの数十メートル先にある。その気になれば近づいて触れることもできるだろう。

しかしそれはごめんだった。あれは……なんというか……。言葉が出てこない。ハワードなら、きっと説明できたのに。

オークの身内に、得体の知れないエネルギーが渦巻いていた。昨夜は眠っていなかった。どこかに潜んでいるはずのドレイクを必ず見つけ出してやるのだと、夜どおし捜索を続けていた。かりに見つけられなくても、ここで待ち受けてやるのだと。

そうして、ドレイクを引き裂いてやる。粉々にしたドレイクを飲みくだし、排泄《はいせつ》して、地面に埋めてやる。

ハワードのために。

誰ひとり、ハワードの死を悼んでいなかった。サムも、エディリオも、ほかの連中も。ハワードのことなどどうでもいいのだ。あいつらはただ、いま起こっている不吉な現象ばかりを気にしている。誰かがハワードを気にかけてやらなければ。あいつは死んで、もう二度と戻ってはこないのだから。

そしてその誰かとはオークだった。オークことチャールズ・メリマンは、友だちの、ハワードの死を悼むべきだった。

みんなは知らないが、オークはまだ涙を流すことができた。涙などとっくに涸《か》れていると思われているようだが……それは真実じゃない。あいつらは何もわかっちゃいない。やつらには砂利でできた怪物の姿しか見えていないのだ。

いや、みんなを責めるつもりはない。

外見以外の部分を見てくれたのは、ハワードだけだった。あるいは利用されていただけかもしれないが、それでも構わない、オークもまたハワードを利用していたのだから。人間とはそういうものだ。たとえ仲のいい、親友同士だったとしても。

たったひとりの友だちだったとしても……。

オークは行ったり来たりをくり返しながら、一定のパターンで動いていた。ドームの壁付近から湖に張り出した桟橋の限界まで行ったかと思うと、今度は湖岸から百メートルほど離れた地点を捜索し、それからさらにもう百メートルほど離れた場所を探索していく。湖の端から端まで探索を終えたオークは、ふと、ドレイクは別の道を行ったのではないかと思った。

いや、そんなはずはない。ずっと昔、ペルディド・ビーチでケインの手先として働いていたドレイクのことを、オークは少しだけ知っていた。あの当時、たしかにドレイクは病んでいたが、それでも普通の人間だった。

それにドレイクが檻《おり》に閉じこめられていた当時のことも知っていた。看守を務めていたオークは、やかましく騒ぎ立てるドレイクの声を延々と聞かされたのだ。

ドレイクが脱出できたのは、オークがへまをしたせいだった。

たしかにドレイクはずる賢いかもしれないが、アストリッドやジャックのような天才ではない。たいした策があるわけではないだろう。いまはひたすら身を隠し、チャンスを待っているにちがいない。

だが、いったいなんのチャンスを？　オークにはわからなかった。それについてサムたちは何も言わなかった。聞かされたのは、ドレイクがハワードを殺してコヨーテに食わせたということと、あいつが野放しになっているということだけだ。

捜索中、オークはずっと下を向いていた。そのほうが歩きやすいし、足跡やなんかが見つかるかもしれないからだ。コヨーテの足跡か、運がよければドレイクの足跡が。

ドレイクが不死身だという話は散々耳にしていた。殴ったり切り刻んだりすることはできても、すぐに復活してしまうのだと。

たしかにそんな話を聞けば、たいていの人間は滅入《めい》ってしまうかもしれない。だが、すぐにくたびれる飲んだくれのオークとはちがい、しらふで、やる気に満ちたオークには充分な時間と体力があった。何度だってドレイクを引き裂いてやる。疲れは感じていなかった。それどころか、ますます頭が冴《さ》えていく。

陰鬱な切り立った岩陰を歩いていく。ひび割れた岩肌をひとつずつチェックする。ひとつずつ。岩の隙間、岩の下。

そのとき、オークの動きが止まった。これは……まちがいない、足跡だ。ホリネズミか何かが穴を掘ったのだろう、固い地面に撒《ま》かれた柔らかい土の上に足跡が残っていた。半分ほど欠けた足跡。裸足で、靴は履いていない。

オークはそれをじっと見下ろした。隣に自分の足を並べてみる。足跡がますます小さく見えた。ドレイクのものにしてはひどく小さい気がする。ドレイクはかなりの長身だ。この足跡は、幼い子供か、あるいは少女のもののように見える。

つま先の跡が三つあった。すべて小さなものだ。つま先は湖のほうを向いていた。

その方向に視線を向ける。妙だ。光が、なんだか妙な具合に見える。湖岸のようすがどことなくおかしい。

そのとき、畑で作業をしているシンダーとジェジーの姿が目に留まった。そしてふたりの監視役であるはずのブリアナが、このときなぜかオークのほうを見つめていた。

巨大な腕をあげてブリアナに手をふると、つぎの瞬間、彼女が隣に立っていた。

「ねえオーク、仕事、交代しない？　サムにあの子たちのお守りを頼まれてるの。代わりに見ててよ」

「断る」オークは首をふった。

首をかしげたブリアナは、小鳥みたいだった。コアテスからサムと一緒にやってきた当時のブリアナのこともオークは覚えていた。あのころからブリアナは、かなりの自信家だった。

「ドレイクを探しているんでしょ？」ブリアナがたずねる。「ハワードの敵討ち、だよね？うん、気持ちはわかるよ。仲良かったもんね」

「知ったふうな口をきくな」うめくように言う。

「え、なんて？　聞こえなかった」

「同情してるふりはやめろ。ハワードのことなんて誰も気にしちゃいない。あいつの死を悲しんでるのは俺だけだ」大声で怒鳴ったその声が、辺りにこだました。オークは小さな岩を拾うと、凶暴ないらだちにまかせて投げつけた。

石が、六メートルほど先の岩壁にぶつかった。その瞬間、ふたつのことが起こった。砂利や石が小さな雪崩を起こし、ついで、パニックに陥ったコヨーテが飛び出してきたのだ。

オークは目を見開いた。ブリアナの瞳が輝いている。

ブリアナがオークに近づいて鋭くささやきかけてきた。「きっとハワードを食べたコヨーテたちだよ。どうする？　追いかけてほしい？」

オークはごくりと唾をのんだ。すでにコヨーテたちは切り立った崖の上にあがっていて、すぐにでも平らな場所に出て逃げきってしまうだろう。そうなれば、捕まえるチャンスは二度とない。

「一匹は残しておいてくれ」オークは言った。

ブリアナがウィンクをし、視界から消えた。

アルバートは周到に準備をしていた。

ケインやデッカのような能力なしでは、海からあがって島に上陸することさえかなりの困難を伴う。だから輪っかを作ったロープを事前にテイラーに持たせ、崖下に垂れ下がるよう、頑丈な木に結ばせておいたのだ。

ロープはわかりやすい場所にあった。島の西側へまわり、難破したヨットを通過すれば、すぐに目につく。ロープには色とりどりの端切れを取りつけておいたので――正確には、お金を払って取りつけてもらったのだが――不気味な茶色い影のなかでも、簡単に見つけられた。

アルバートはボートを寄せた。波はなく、あるのはいつもの穏やかなうねりだけ。ボートの扱いにはあまり慣れていなかったが、ロープのそばに横付けするくらいの技術はあった。ロープは水中まで伸びていた。水中分は余計なコストだったが、まあ、それは置いておくとして、とにかくロープはあるべき場所にきちんと用意されていた。

輪っかの部分は梯子《はしご》のようになっていた。輪に足をかけようとするたびにバランスを崩してしまうようなお粗末な梯子ではあったが、それでも一度登りはじめれば問題なかったし、とくにロープの先端をボートにくくりつけ、ぴんと張るようにしてからはスムーズに登ることができた。

崖上までの道のりは長く、アルバートはもっと早く町を出るべきだったと後悔した。あんなに待つべきではなかったのだ。もう一時間か二時間遅ければ、登ることはおろか、梯子の位置も見えなかっただろう。

アルバートが最初に崖上にたどり着いた。最後の力をふりしぼって体を引きあげ、背の高い草のあいだに転がりこむと、仰向けになって空を見あげた。

なんとも奇妙な光景だった。たとえるなら、てっぺんの殻が欠けた半熟卵の内側にいる感じ。一見普通に見える空は、しかし本来の四分の一ほどの広さしかない。

そして成長を続ける染みは夜とはちがった。星もなければ、何もなく、ただ漆黒が広がるばかり。

アルバートは立ちあがると、順番にあがってくる少女たちに手を貸した。

何キロにもわたって広がる海が黒いドームにぶつかり静かに飛沫をあげている。はるか南東に位置するペルディド・ビーチがしわくちゃになった古い写真のようにセピア色に照らされている。

アルバートは背後をふり返ると、静かな満足感とともに豪邸を見つめた。当然、室内は暗い。ジェネレータが動いていないということは、テイラーはいないらしい。

テイラーのことは気がかりだった。あの少女は好きなときに好きな場所へ飛んでいける。それはアルバートにとってかなり使える能力だった。テイラーがいれば、ペルディド・ビーチや湖のようすを知ることができるのだ。

ただし、テイラーの手綱を引くのはむずかしい。小さなダイヤル錠を取りつけたのもそのためだ。ひとつは食料庫に、もうひとつはジェネレータの電源カバーに。ダイヤルの組み合わせを知っているのはアルバートだけで、つまり、食料と電気はアルバートが一手に握っていることになる。こうしておけば、多少はテイラーの行動を抑制できる。

アルバートは少女たちに、ロープを引きあげ、崖から離れた場所に片づけておくよう言いつけた。それからペルディド・ビーチと島のあいだの海を見わたした。ボートの影は見当たらない。すぐに誰かがやってくることはないだろう。

いや、わからない。飢えと絶望を抱えて暗闇で怯える子供たちは、遠くの明かりを見つけるはずだ。すぐに島だと気づくだろう。そして光は、希望となる。

少し休憩して、何かを腹に入れたらすぐにでも屋敷の二階にミサイルを配置させよう。ボートがやってくるのなら、そのボートも光をともしているはずだ。闇のなかに小さな光を。

アルバートはため息をついた。生き延びる代わりにすべてを手放してしまった。通貨も、これまで積みあげてきた実績も、築きあげてきたシステムも。

すぐにまた、商売魂がうずき出すのはまちがいない。

「来いよ、みんな」アルバートはつぶやいた。「僕らの新しい家を見に来るといい」

狭苦しい、油まみれのエンジンルームに閉じこめられているあいだに、少なくとも一度はブリトニーが現れたはずだった。だがふたたび意識を取り戻したドレイクは、相変わらずエンジンルームのなかにいた。

あいつにも知恵がついてきているのかもしれないな。

そう思いながら、サムの声に耳を澄ます。何も聞こえなかった。だからといってサムがいないという証拠にはならないが、それでも、多少のリスクは冒してみるべきだろう。

鞭の腕でハッチをわずかに持ちあげる。

光の具合が、明らかに変わっていた。おかしい。コーラのボトルを透かして差しこんできたかのような、不自然で不吉な色合い。

もう少し、ハッチの隙間を広げてみる。足が一本見えた。つま先をこちらに向けたまま動かない。視線を転じた先に、二本目の足。誰かがすぐそこに座っているらしい。両足をこちらに向けている。

ピンチかチャンスか……。

それが問題だ。

と、ハッチがいきなり閉まった。その上をばたばたと足音が駆け抜けていく。

「ちょっと、ふたりとも！」

ダイアナの声だ！　あいつの声ならどこにいたって聞き分けられる。

「ジャスティン、そんなに走ったら危ないでしょ」

ドレイクは目をつむり、押し寄せる喜びを噛みしめた。ダイアナがそこにいる。しかもいまの物音から察するに、そばにいるのはガキふたり。

完璧だ。

これ以上ないほど、完璧だった。

ハイウェイを越えた荒野の片隅で、ペニーは割れたボトルを踏んづけた。

ワインボトルの底の部分だろうか。緑色の、ガラス片。タコのできた足の裏を貫通してかかとの肉に鋭い破片が突き刺さる。

「つっ！」

痛い！

目に涙がにじんでくる。血が噴き出し、砂に血だまりができていく。その場にしゃがんで足を引き寄せ、傷口をあらためる。きっとラナなら――。

いや、絆創膏だ。バンドエイドが欲しい。

「うわあああん！　うわあああん！」

ペニーは大声で泣き出した。傷ついた彼女を助けてくれる人は誰もいない。暗闇が訪れたら自分はどうなってしまうのだろう。

あまりに不公平だった。ひどすぎる。こんなのまちがっている。

ペニーが頂点に君臨できたのは数分にも満たなかった。ケインを思うように支配したのに、誰からも支持を得られなかった。それどころか憎しみをぶつけられ、あげく、傷ついた足から血を流している。

それでも両脚が折れたときよりはましだった。あれほどひどくはない。自分はあの試練を乗り越えたのだ。試練を乗り越え、頂点を極めたのだ。両手をセメントで固められたケインは、いったいどんな気持ちを味わっただろう。ブロックをはずそうとすれば、ペニーの両脚みたいにケインの両手も粉々に折れてしまうにちがいない。

いや、ラナが助けるだろうか。

やはりチャンスがあるうちにラナを始末しておくべきだった。ペニーの能力がヒーラーに通じないにしても、銃ならば……。タークに始末させればよかった。そう、そうしておくべきだったのだ。

影は伸びていなかった。光は一定方向から差してはいない。まるで井戸の底にいるみたいに、頭上のどこかから降りそそぐ光があちこち跳ね返り、ようやく自分のもとへと届いてくる。

まもなく、暗くなる。

それから？

ジャスティンが元気よく走り出すと、ダイアナはのろのろと立ちあがった。

アトリアは大人しくなっていた。舳先のほうに座って読書をしている。

ジャスティンがつまずき、ダイアナの大きなお腹目がけて勢いよく倒れこむ。

が、ぶつからない。

口を開け、身を守るように両腕を突き出したジャスティンが宙を舞ったかと思うと、ふいにその体が引き戻され、勢いよく甲板にぶつかった。

ダイアナがジャスティンの足首に巻きついた触手を見たのは、心配して駆け寄ったときだった。ダイアナは凍りついた。意味がわからなかった。触手が床下から伸びている――。

ちがう。ハッチだ。

つぎの瞬間ハッチが開き、ドレイクが窮屈そうに姿を現した。

ダイアナは武器を探して必死に周囲を見まわした。何もない。

ドレイクがエンジンルームから這い出した。甲板に立ち、にやりと笑う。

悲鳴をあげるべきなのはわかっていた。しかし呼吸ができない。胸のなかで鼓動が激しく脈打つ。

ドレイクがジャスティンを軽々と持ちあげ、水中へ沈めた。

ダイアナは恐怖のあまり呆然とした。どうしてドレイクがここに？　いったいどうやって？

「なんだ、ダイアナ、皮肉のひとつもなしか？」

水中でジャスティンがもがいているのが見えた。ドレイクがちょっとだけ触手をひねって、少年の顔が見えるようにする。ジャスティンの目は大きく見開かれていた。悲鳴をあげた少年が、ぶくぶくと泡を吐き出しながら、ふたたび水中に沈んでいく。

「その子を離して」無駄だと知りながら力なく懇願する。

「触先につないである手漕ぎボートに乗れ。おまえが乗ったらこいつを離してやる。乗りこむまではこのままだ。俺がおまえなら急ぐがな」

ダイアナは一度だけ洟をすすると、ふっと息を吐き出した。

幼い少年の目に浮かぶ恐怖と懇願がありありとわかった。

ここでためらえば、あの子は溺れてしまうだろう。それにそうなってもきっとドレイクは立ち去らない。

ダイアナは舳先へ急いだ。手すりを乗り越え、よろよろとボートに乗りこむ。「乗ったわ！　その子を離して」

ドレイクがヨットの甲板を悠々と歩いてくる。鞭の手は水中に沈めたままだ。少年を水中に留めたまま、引きずっている。

このとき、事態に気づいたアトリアが悲鳴をあげた。

階下から複数の足音が迫ってくる。息を切らしたロジャーが甲板に現れた。ドレイクはロジャーに笑いかけた。

「これ以上楽しんでいる時間はなさそうだな」そう言うと、ドレイクはジャスティンを水から引きあげた。目を閉じ、ぐったりとうなだれた少年は死人のように蒼白だった。

ロジャーの顔が憎悪に歪んだ。大声をあげてドレイクに突進する。ドレイクが濡れた鉄球のようにジャスティンをふりまわすと、その体がロジャーに直撃、ロジャーは手すりを越えて湖に落ちた。

ドレイクが舳先に着くと、涙を浮かべたダイアナと目が合った。ゴミ袋を扱うみたいにジャスティンをボートに投げ入れる。

「そのガキは昼寝中みたいだな」そう言って、ボートに乗りこむ。

ダイアナはジャスティンの隣にひざまずいた。閉じられた目。真っ青な唇。顔に触れると死んだように冷ややかだった。

ずっと忘れていた記憶がよみがえる。あれは、授業で見たビデオだっただろうか。大きなお腹でしゃがみこみ、少年に人工呼吸を施すのは楽ではなかった。萎えた力をふりしぼり、どうにか少年の頭を持ちあげる。

少年の口に息を吹きこんだ。間を置いて、もう一度。

ドレイクがロープをほどいて漕ぎ手の位置につく。触手を右側のオールに巻きつける。息を吹きこむ。間をおいて、もう一度。

脈だ、脈を確かめなければ。ダイアナは二本の指を少年の首に当てた。

ドレイクが歌を口ずさみはじめた。ディズニーワールドのアトラクション〝カリブの海賊〟で流れる曲だ。

首に当てた指が、かすかな反応をとらえた。

もう一度、息を吹きこむ。

ゲホッ――。

ジャスティンがむせ、水を吐き出した。ダイアナは少年を抱き起こした。

「やったな、ダイアナ。そいつの命を救えたじゃないか」ドレイクが言った。「そのガキを生かしておきたいか?」ダイアナが本気で答えるとでも思っているように、そこで少し間を置く。やがて答えがないのを悟ると勝手に続けた。「そいつを生かしておきたいならおまえの生意気な口を閉じておけ。ひと言でも声を出したら、そいつを子犬みたいに溺れさせてやる」

小舟はすでに湖岸へと近づいていた。あと二十回も漕がないうちにたどり着いてしまうだろう。

ダイアナはハウスボートをふり返った。甲板にデッカの姿が見えたが、こちらを見てはいない。彼女は縮みゆく空を見あげていた。

サムとエディリオの姿はなかった。

「残念だったな」ドレイクが楽しげに言う。「どのみちデッカには何もできやしない。これだけ距離があるからな」

ダイアナは迫りくる湖岸に目を走らせた。誰もいない。

いや、シンダーがいる。何かの入った大きな袋を引きずっている。その後ろにはジェジーの姿。

ダイアナの瞳に希望を見たのだろう、ドレイクが片目をつぶってみせた。「心配するな。あいつらと世間話くらいはさせてやる。ちょっと休暇を取ることにしたとでも伝えておけ。ケインのもとに戻るつもりだって」

まさかそんな話が通用すると本気で思っているのだろうか?　シンダーとジェジーが鞭

の手と大人しく世間話に興じるとでも？

思っているのかもしれない。ドレイクの考えていることなどわかりようがない。その心がどこまで病んでいるかなど、誰にわかるというのだ。

オールのリズムに合わせて、ドレイクがふたたび歌いはじめる。

「何が目的？」強気を装い、ダイアナは詰め寄った。

ドレイクが微笑む。「そういえば、腕を切り落としてくれた礼は言ったか？　あのときはむかついてしょうがなかったが、おまえがああしてくれなければ、俺が〝鞭の手〟になることはなかっただろうからな」

「首を切り落としてやればよかった」ダイアナは吐き捨てるように言った。

「ああ」ダイアナの怒りと怯えの混じった瞳をまっすぐ見つめながらドレイクが応じる。

「そうだな。まったくそのとおりだ」

外の世界

自分の留守のあいだに、誰かが宿舎に侵入した――。

たいていの人間は気づかないだろうが、軍生活の長いダリウス・アシュトン軍曹は、常に整理整頓を心がけていた。軍曹の暮らす下士官宿舎の小さな一室は、せいぜいウォークインクローゼットほどの大きさしかない。ベッドは狭く、軍支給の毛布はトランポリンのようにピンと張られ、枕もきちんと置かれている。それがいま、誰かがベッドの端に腰かけてその痕跡を伸ばしたとおぼしい場所に、わずかなへこみが見えた。

「ずいぶん、お粗末だな」ダリウスは鼻を鳴らした。「こいつは軍の人間じゃない」

トランクを調べてみる。思ったとおりだ。慎重にやったようだが、調べた形跡がある。

問題は、どこに盗聴器を仕かけたか、だ。当然支給品の携帯も調べられ、GPSで居場所を把握されているだろう。だが、はたして部屋にまで盗聴器を仕かけるだろうか？

ダリウスは携帯のトラッキング機能をオフにした。オフにしても信号を受信した電波塔は特定されてしまうが、正確な位置を把握するのはむずかしくなる。GPSが数メートルまで範囲を絞りこめる一方で、電波塔の信号ではせいぜい一キロくらいが限界だろう。

それだけの作業をすませてから、ダリウスは盗聴器の捜索に取りかかった。捜索にはいくらもかからなかった。隠し場所の少ない小さな部屋だ。盗聴器はランプの土台に取りつけられていた。マイクの感度があがるよう、極めて小さな穴が土台に開けられていた。

なるほど、いいだろう。

つまり、今後はかなり慎重に動かなければいけないということだ。

すでにコニーに伝えようと決めていた。ダリウスは命令を受けている。極秘の書類にサインもした。だが軍歴の長いダリウス・アシュトン軍曹は、秘密が大きければ大きいほど、常軌を逸した作戦である可能性が高いことを知っていた。

そしてこれは――命がけで戦っている大勢の子供たちの真下に核兵器を仕こむことは――明らかに常軌を逸していた。言うまでもなく、まちがっている。

噂が広まれば、アメリカ国民は絶対に反対するだろう。ダリウスはアメリカ合衆国の兵士だ。中尉から大尉、大佐、大将、そして大統領へとつながる一連の指揮系統にしたがっている。

しかしアメリカの国土で、アメリカ国民を殺すよう求められるアメリカ人兵士など、法的にもありえない。冗談じゃない。片手をあげ、兵士としての誓いを立てたとき、そんな約束はしなかった。

私、ダリウス・リー・アシュトンは、合衆国憲法を支持し、国内外のあらゆる敵から合衆国を守り、信念と忠誠を堅持し、規則や軍事司法に則《のっと》り、合衆国大統領と上官の命令にしたがうことを、ここに誓います。

まず、憲法を守るということ。ダリウスは憲法学者ではないが、この憲法がカリフォルニアに住む大勢の子供たちを核兵器で攻撃するよう呼びかけていないのは明らかだった。ならば、命令にしたがう云々のくだりについてはどうか。こちらは軍事司法に則ったうえでと述べている。そして軍事司法もまた、アメリカの兵士がアメリカの子供を亡き者にしていいとは言っていない。

当然だ。

とはいえ残りの人生を窓ひとつない、軍事刑務所の監獄で過ごすというのも楽しくない。ここが難問だ。正しいおこないをして、かつ、投獄を免れるにはどうすればいいか。

ベッドに寝転がり、思考をめぐらす。時間がない。それはまちがいないはずだ。外の動きが活発すぎる。連中は急いでいるのだ。

携帯電話を置いて出かければ怪しまれるにちがいない。携帯の動きは追わせたほうがいいだろう。テキスト、Eメール、そうした一切は傍受されると見てまちがいない。となればここはひとつ、昔ながらのやり方でいくしかない。直接会う。のちのちばれるにしても決して証拠を残してはならない。

コニー・テンプルについて知っているかぎりの情報を思い出してみる。彼女はいま、どこで、何をしているだろう？　今日は木曜日？　いや……金曜日だ。

リブを焼くにはまだ早すぎる。しかし、バーベキューの買い出しに行くには早すぎない。

危うい賭けだ。

コニーがリブを焼くなら、買い出しに行く可能性のある店はふたつだけ。幸いにもヴォンズ食料品店と、リブの店〈ファット・アンド・グリージー〉は同じモール内にある。

ダリウスは携帯電話をポケットに押しこんだ。出かける前に同僚の部屋に立ち寄って、ヴォンズ食料品店でビールとつまみを調達してくると伝えると、同僚からチートスのスパイシー味を買ってきてくれと頼まれた。

ヴォンズ食料品店までは車でおよそ二十分。ハイウェイをまっすぐくだっていくだけの道のりだから、尾行がいないことはほぼ確認できた。連中がダリウスを疑う理由はないし、ほかにも監視対象は大勢いる。

途中、コニーの住むトレーラーを通過した。彼女のシルバーの車は停まっていなかった。

残念ながらヴォンズ食料品店の駐車場にも彼女の車は見当たらなかった。

ダリウスはガソリンスタンドで給油をして時間を潰した。ガソリンスタンドからは駐車場がよく見えた。

それからマクドナルドのドライブスルーでコーヒーを買った。

その後は、ひたすら待つしかなかった。一時間くらいなら言い訳もたつだろうが、二時間ともなると厳しくなる。

そのとき、いいことをひらめいた。映画館だ。三本の映画が上映中で、どれもくだらないものばかりだったが、そのうちの一本を観《み》たことがあったのだ。これだ。ダリウスは映画館へ行くとクレジットカードでチケットを購入した。館内へ入って十五ドル分のポップコーンとキャンディーを買う。

予告がはじまると、菓子をそのままにして、すぐに横手の出口へ向かった。チケットの半券はなくさないよう取っておく。

外に出てほどなく、シルバーの車が見つかった。

コニーの向かったヴォンズ食料品店には監視カメラがあるかもしれない。そう思ったダリウスは、自分の車をコニーの車の横に移動して待つことにした。

やがて買い物袋で半分ほどいっぱいになったカートを押しながら、コニーが姿を現した。運転席に乗りこんだところで、ようやくダリウスの存在に気づく。ダリウスは窓を開けた。

コニーも同じようにした。

ダリウスはコニーを見た。「コニー、私の人生を君の手に委ねようと思う」

「どういうこと？」

「捕まって有罪になれば、一生監獄で過ごすことになる」

コニーの眉間にしわが刻まれた。年齢を感じさせる表情だったが、ダリウスは気にならなかった。

「いったいなんなの？」

「連中はドームを核で破壊しようとしている」

26

11時間　28分

ヨットの甲板から芸術家ロジャーの叫び声が聞こえた。その声を聞いた瞬間、何かとてつもなく悪いことが起きたのだと、エディリオは悟った。

ロジャーが必死に手をふり、湖岸を見るよう合図を送っている。

エディリオは血の気が引くのを感じた。一艘の手漕ぎボートがみるみる岸に近づいていく。階段を駆けおりて双眼鏡をつかむと、騒ぎを聞きつけてやってきたサムとデッカと一緒に甲板へ駆け戻った。

急いで双眼鏡をのぞきこむ。岸辺のほんの手前でボートが砂利をこすっている。ダイアナを乱暴に持ちあげて地面に放り投げたのが、鞭の手であるのはまちがいなかった。

「ドレイクだ」エディリオは言った。「ダイアナが捕まった。それにジャスティンも」

するとドレイクが、まるで自分の名前が聞こえたかのようにふり返り、エディリオにオールをふってみせた。

そのまま、オールを真っ二つにへし折った。折られてギザギザになった木片を鞭の手で握り、ジャスティンの喉もとに近づける。少年は泣いていた。エディリオの目に、頬を伝う少年の涙が見えた。

ドレイクが反対の手で、「ほら、俺を捕まえてみろよ」と挑発するような仕草を送ってくる。

メッセージは明らかだった。そしてドレイクなら、本当にやるだろう。

「ブリーズは？」サムが激しい口調で言った。「エディリオ、発砲しろ！」

エディリオは聞いていなかった。いや、耳に入った言葉と行動が結びつかなかったというべきか。ロジャーをふり返る。ロジャーは打ちのめされているようだった。

エディリオはロジャーに見えるよう、片方のこぶしを突きあげた。大丈夫だ、こっちで対処する。

サムがエディリオの拳銃を引き抜き、宙に向けて三度、発砲する。

もしブリアナが近くにいるなら、いまの音で事態を悟ったはずだ。

よろめくダイアナと、健気《けなげ》にも彼女を支えようとするジャスティンを連れ、ドレイクが岩場を足早に越えていく。三人の姿はすぐに見えなくなるだろう。

ブリアナの自分勝手なふるまいに、サムが悪態をつく。デッカはすでに甲板を駆けおりていた。しかしこの距離では、デッカにドレイクを捕まえるチャンスはない。

デッカに続いてサムがきびすを返す。たとえドレイクに追いつけないにしろ、このまま手をこまねいているなど耐えられない。

「サム、だめだ！」

エディリオの強い口調に、サムはびくりと足を止めた。戸惑ったようにエディリオをふり返る。

「僕らはバラバラになっている。君まで行かせるわけにはいかない。君が死ねば、君と一緒に光も死ぬ」

「正気か、エディリオ。僕がこのままドレイクにダイアナを連れていかせるとでも？」

「連れ戻すのは君じゃない。デッカやオークにまかせるんだ。ジャックに行ってもらってもいい。とにかく、君はだめだ」

サムがあたかも殴られたような顔になる。強烈な一撃に、呼吸ができなくなったとでもいうように。まばたきをし、何か言いかけて、口をつぐむ。

「サム、君の代わりはいないんだ。わかってくれ。闇に閉ざされた世界で、君は光を生み出せる。だから、いまは君が戦うときじゃない。ほかのみんなが戦うときだ」

エディリオは唇を舐め、自嘲気味に言い添えた。「僕も……僕の居場所もここだ。僕じゃドレイクは倒せない。行ってもやつの餌食になるだけだ」そこで、ちらりとロジャーに視線を戻す。ロジャーは両手を広げ、いぶかしげなようすで何かを訴えていた。何を言いたいかは容易にわかる。

どうしてジャスティンを助けに行かない？

どうして君とサムはふたりして突っ立っているんだ?

気づくと、湖に住む子供たち全員が、それぞれのボートの甲板にあがっていた。銃声は全員の耳に届いていた。全員がサムとエディリオを、彼らのリーダーを注視していた。ドレイクがボートを留めた地点を目指し、懸命に湖岸を走るデッカの姿に何人かが気づく。そちらを指さしてから、顔をしかめてサムとエディリオをふり返る。

突如、腑抜《ふぬ》けになってしまったリーダーふたりを。

エディリオは、一艘のモーターボートにジャックの姿を見つけた。遠すぎて声は届かない。代わりにジャックにまっすぐ指を向ける。

ジャックが「僕?」という仕草をしてみせた。

サムもまっすぐジャックを指さし、エディリオの指示を強調した。そして腕をふり、湖岸のほうを指し示す。

ジャックがしぶしぶボートの後方へ向かうと、やがて船外機のエンジン音が聞こえてきた。

エディリオはもう一度双眼鏡をかかげ、ロジャーを見た。悲痛な面持ちで、途方に暮れている。

ロジャーから無理やり視線を引きはがし、湖岸に向かうジャックを追う。ついで岩場を確認すると、空中に浮きあがったデッカが見えた。

オークが、デッカのほうへ向かっている。

エディリオの胸に、わずかな希望が湧きあがった。

オーク、ジャック、デッカ。この三人なら倒せるだろうか。


優秀な捕食者であるコヨーテたちが、その能力をいかんなく発揮して駆けていく。

八百メートルほど先に、ブリアナはその姿をとらえた。

「みっけ」

その前方、ブリアナの視力が届くぎりぎりのところに、ふたつ目の集団がいた。群れの残りだろうか。それとも別のグループ？　いや、どちらでもいい。見かけたら、ただちに殲滅《せんめつ》するまでだ。実際、これまでもそうしてきたおかげで、コヨーテの姿はめったに見かけなくなっていた。

よし、手前の集団だ。それがすんだら、サムに気づかれる前にドレイクの探索をさっさと終わらせてしまおう。

一頭のコヨーテがブリアナに気づいた。群れに大きな動揺が広がる。全部で四頭。コヨーテたちが全速力で駆け出した。

視界がきかない。足場も悪い。これでは全力疾走はできそうもない。でも、大丈夫だ。コヨーテの時速はおそらく三十キロから五十キロ。対するブリアナの速度は、ギアを落としてもその倍は速い。

手前にいたコヨーテに追いついた。コヨーテがその間抜けな瞳に恐怖を浮かべてブリアナをふり返る。

「ねえ、知ってる？　犬は天国に行けるけど、コヨーテは地獄に落ちるんだって」

ブリアナはマチェテをふり抜いた。

ココーテの体が二歩進んだところで崩れ落ち、土の上にどさりと転がった。

覚悟を決めたのか、二頭のコヨーテが並んで立ち止まった。息を切らし、舌を垂らしたその姿は、すでに疲労困憊《ひろうこんぱい》といった有様だ。一頭の毛に、乾いた血がこびりついている。

「あら、そろってお出迎え？」

ブリアナが身を躍らせ、二頭が牙を剝《む》く。まるで勝負にならない。一頭の首が飛ぶ。ハワード・バッセムの体内で脈打っていたと思われる乾いた血液を付着させたもう一頭が、きびすを返して走り出そうとしたところを、背後からばさりと切りつける。

「ハワードのことは好きじゃなかったけど」コヨーテの死骸に向かって言う。「あんたたちはもっと気に入らない」

四頭目が見つからなかった。たぶん怯えて身を隠しているのだろう。薄暗がりのなかではよく見えない。すべてが茶色に染まり、空気さえも、茶色く澱《よど》んで見える。

辛抱強く、辺りをうかがう。

だがコヨーテが逃げ出すチャンスを待っているなら、動くのはきっと闇が落ちてから。だめだ、時間がない。本命を探そう。コヨーテはただのおまけだ。ドレイクこそが最大の目的なのだ。

コヨーテ三頭の死体だけを手土産に戻ったら、サムに何を言われるかわかったものではない。不安と罪悪感に急き立てられるように、ブリアナは慎重に、サラブレッドの全力疾走並みの速度で駆け出した。

絶対にドレイクを仕留めなければ。そうすれば、サムも文句は言わないはずだ。

コヨーテたちはどこだ？　この岩壁に来れば、すぐにでもコヨーテが集まってくるものとばかり思っていた。ここで待っているはずだったのに。

コヨーテが、いない。

まずいな、とドレイクは思った。自分を見捨てたということは、ガイアファージを見捨てたも同然だ。まるで、沈みゆく船から逃げ出すネズミみたいに。

刺すような恐怖に襲われるのは、これが初めてではない。コヨーテたちは、単に狩りに出かけただけかもしれない。それとも、ガイアファージの力が弱まっているのだろうか。自分はまちがった主人に仕えてしまったのだろうか。

いや、ここで成功すれば、それも杞憂《きゆう》に終わるはず。そうなれば、ガイアファージもこれまで以上に喜んでくれるにちがいない。

とにかく急いで行動しなければ。夜になれば、おそらく安全は確保できるだろう。だがそれまでは……。

ドレイクはふたつのことを恐れていた。ひとつは、戦いの最中にブリトニーが現れてしまうこと。

そしてふたつ目は、ブリアナだ。いまのところ、ブリアナの姿は見かけていない。だが、そこが厄介なところなのだ。なにせあいつはいきなり現れるのだから。

夜になれば、ブリアナの能力は使えなくなるはずだった。この微弱なアイスティーのような光でさえ、高速少女には危険だろう。それでも、真っ暗になるまでは油断ならない。

一方で、暗闇を待てば、今度はこちらの帰り道がわからなくなるという問題があった。コヨーテならにおいや帰巣本能で判別できたかもしれないが、そのコヨーテがいないのだ。

「ドレイク、解放して」ダイアナが言った。「私たちは足手まといになるだけよ」

「なら、さっさと歩け」ドレイクが鞭をふるうと、ダイアナのシャツが切り裂かれ、背中に赤い線がにじんだ。いいざまだ。楽しんでいる暇はなかったが、やはり悪くなかった。

ダイアナが痛みに悲鳴をあげた。これもいい。いや、こんなことをしている場合ではない。ドレイクは自分をいましめた。以前にも同じ過ちを犯したのだ。あのときは自分の楽しみにまんまと気を取られてしまった。

今度こそやり遂げなければ。ダイアナを主人のもとへと連れていくのだ。

「さっさと歩かないと、チビ助が鞭を食らうぞ」

物音が聞こえ、ドレイクはびくりとふり向いた。バイク並みのスピードで迫りくるマチェテを想像し、思わず身構える。

　コアテスでブリアナを片づけておくべきだった。あの当時、ブリアナは取るに足りない存在で、ドレイクはその生死を気にかけてもいなかった。それがいま、自分の悪夢として立ちはだかっている。さっさと殺しておけばよかったのだ。

　厄介なクソガキめ。ブリアナにコケにされた記憶が、いまなおうずく。ドレイクはブリアナを憎んでいた。ダイアナや、お高く冷たいアストリッドと同じくらい。

　サムに屈辱を味わわせたあの瞬間もよかったが、アストリッドを屈服させたときのことを思い出すと、いまでも胸がすっとする。男連中を憎み、叩きのめし、苦しむさまを見るのもいいが、女どもが苦しむさまにはとうてい及ばない。そう、女は特別だ。ダイアナやアストリッド、そしてブリアナに抱く、燃えるような憎しみに比べれば、サムに対する憎しみなど、ほんのそよ風にすぎない。

　傲慢で、人を見下す、女どもめ。

　鞭を伸ばし、ダイアナの足首をつかんで引き倒すと、ダイアナが地面に腹を打ちつけた。しまった。赤ん坊を傷つけてしまったかもしれない。そんなことをすれば……いや、どうなるかは考えたくもない。

　ジャスティンがこぶしを握り、ドレイクに向かって声を張りあげた。「ダイアナを離せ！」

　ドレイクはにやりと笑った。勇ましいガキだ。よし、ブリアナが現れたら、こいつを盾にしてやろう。あいつがガキを犠牲にできるかどうか、覚悟のほどを試してやるのだ。

ブリアナはどこだ？

ブリーズはどこにいる？

ダイアナが動きを止めた。反抗的な表情を向けてくる。「ねえ、私を殺してもう終わりにしたら？　そうすれば満足でしょう。このイカれたろくでなし――」

「歩け！」ドレイクは吠えた。

びくりと身をすくめたものの、ダイアナは動かない。「あんた、ビビってるの？」目を細めて言う。「サムが怖いの？」探るように小首をかしげる。「ああ、ちがった。ブリアナが怖いのよね。女嫌いなあんたは。ていうか、なんでそんなに女が憎いわけ？　ひょっとしてママが娼婦《しょうふ》だったとか？」

自分でも驚くほどの怒りだった。血に飢えた、真っ赤な怒りがほとばしる。ドレイクはダイアナに飛びかかった。こぶしで殴って地面に倒し、その体をまたいで鞭をふりあげる。

「ジャスティン、逃げて！」鞭がふりおろされると同時に、ダイアナが叫んだ。

「嫌だ！」叫びつつも、ジャスティンはすぐに駆け出した。短い脚を必死に駆って逃げていく。

少年に向けて飛ばした鞭は、しかしすんでのところで届かない。

ドレイクの怒りの咆哮が、獣のそれと同じになる。目の前が赤い霧で覆われていく。

「おい！」声が叫んだ。

ようやく声の主の姿をとらえたのは、二度目に声がかかったときだった。

膝をついて構えていたコンピュータ・ジャックが、十五メートルほど先から飛んできたのだ。初めて見る能力――。赤い霧が晴れていく。這うようにして遠ざかるダイアナの姿も、ほとんど目に入らない。

「おい！」ふたたび叫んだコンピュータ・ジャックは、百メートルほど離れた地点に着地した。ジャスティンがジャックに向かって走っていく。

なんだ、あのジャンプは。ただでさえ、こっちは嫌がる牛のようなダイアナを連れて暗い砂漠を突っ切らなければいけないというのに、あれではとうていふりきれない。

ドレイクはジャックに近づいた。「久しぶりだな、ジャック。こんなところで何してんだ？」

「別に」警戒しながらジャックが答える。

「別に？　散歩してるだけだって？」少しずつ、ジャックとの間合いを詰めていく。

「ダイアナとジャスティンを解放しろ」ジャックが震えた声で言う。ちょうどそのとき、ジャスティンがジャックのもとへたどり着き、ぎゅっとその脚にしがみついた。

ドレイクは駆け出した。まっすぐ、ジャック目がけて。

ジャックがジャスティンを押しのける。ジャックの首を狙った鞭がそれ、代わりに肩を打つ。

ジャックが痛みに悲鳴をあげた。

すかさずジャックの首に鞭を巻きつけ、きつく締めあげていく。驚いたことに、ジャックが筋肉を突っ張って抵抗した。まるで木の幹を締めあげているかのようだ。

ジャックが鞭をつかみ、たぐり寄せようとする。ドレイクはすんでのところで鞭を引いたが、その拍子にたたらを踏み、バランスを崩してしまう。

ジャックは攻撃を仕かけるべきだった。ここで仕かけていれば、チャンスはあったかもしれない。だが、ジャックはファイターではない。強くはなっていても、無情にはなりきれない。ジャックのためらいを見て、ドレイクはほくそ笑んだ。

すぐさま反撃に移った。鞭をふるってジャックを下がらせ、一気に間合いを詰める。

鞭がジャックに襲いかかる。胸、腕、ついで首に強烈な一撃。

ジャックの喉から血が噴き出した。

鞭をふりほどこうとしたのだろう、ジャックが首に手をやり、そこで呆然と血まみれの手を見下ろした。

喉が、ざっくりと切れている――。

膝から地面にくずおれるジャックのそばで、ジャスティンがうずくまって泣いていた。

ドレイクは幼い少年に鞭を巻きつけ、ダイアナのほうへ放り投げた。

血まみれで横たわるジャックを尻目に、ダイアナに向かって言う。「さあ、お楽しみは終わりだ。俺の機嫌のいいうちにさっさと行くぞ」

オークとデッカは、それほど速く移動できなかった。ジャックは先に行っていた。跳ねるように駆けていくその姿に、デッカは心底感心した。無謀かもしれないし、ばかな真似かもしれない。

だが、やはり勇敢だった。

ジャックを好きになりたくはなかった。それでも、デッカがもっとも大切にしている美徳を、ジャックは示したのだった。

そうしていま、みずからの血だまりに横たわっているジャックを発見した。

「脈はある」デッカは言った。触れずとも、見ればわかる。

「ドレイクか」オークがつぶやく。

「ああ」デッカは、流血しているジャックの首に手のひらを押し当てた。「ジャックのシャツを破いてくれ」

ティッシュペーパーを引き裂くように、オークが簡単にTシャツを引き裂き、デッカに渡した。手のひらで傷口を圧迫しながら、その下にシャツの切れ端を押しこんで止血する。

血は止まらない。

「がんばれ、ジャック。死ぬな」それからオークに向かって言う。「動脈をやられているかもしれない。私じゃ無理だ。出血を止められない。オーク、あんたのほうが力がある。代わりに止血してくれ！」

オークは言われたとおりにした。血まみれの端切れをジャックの喉に押しつける。脈動は抑えられたものの、そのせいでジャックの呼吸もか細くなったようだった。

　デッカは懸命に周囲を見まわした。応急セットが目に飛びこんでくるのを期待するかのように。「針とか糸とか、そういう道具がいる。くそ、湖まで戻らなきゃ。湖に戻れば、とりあえず治療ができる。急ごう」

「ドレイクはどうすんだ？」

「まずはジャックを運ばないと。私の力じゃ止血できない。ドレイクの追跡はそのあとだ」

「もう暗くなる」

「ジャックを死なせるわけにはいかない」

　オークは、ドレイクが去ったと思われる方向をじっと見つめた。一瞬、オークがドレイクを追うのではないかと思った。デッカは心のどこかで――恥ずべきことだが――いっそジャックが死んでいればよかったのにと思った。どのみちジャックは助からないかもしれないし、そうこうしているうちに、ドレイクにも逃げられてしまうのだ。

「こいつは俺が連れていく」オークが言った。「おまえはドレイクを追ってくれ。ただし、俺が行くまで手は出すな」

「ああ、喜んであんたの到着を待つよ」本心だった。デッカひとりではドレイクを倒せない。

　デッカは、薄闇にかろうじて見えるドレイクの足跡と、その他ふたりの足跡を追って歩きはじめた。

サンジットは、怯え、戸惑う子供たちの一団にすっかり取りかこまれていた。遅々として進まぬ行軍にいらだちが募る。まったく予定どおりに進んでいない。本来なら、とっくに湖に到着しているはずだった。辺りには暗闇が、真の暗闇がみるみる迫っていた。

突如、新たなコヨーテの集団に襲われたのは、まとまりのない、騒々しい一団がハイウェイを抜け、湖へ続く砂利道にさしかかったときだった。

右手には丘が連なり、遠く西のほうには、ステファノレイ国立公園の端を縁どっているとおぼしい樹木の黒い影が立ち並んでいた。

サンジット、メイソン、それにケイラやタビサが狙われたわけではない。コヨーテたちは、湖から直接やってきたように見えた。まっすぐ道路を進んできた五頭のコヨーテは、年長の子供たちを迂回したかと思うと、いきなり二歳くらいの少女に襲いかかった。

悲鳴が聞こえた瞬間、サンジットは事態を悟って駆け出した。ラナから渡された拳銃を引き抜くが、とうてい狙いなどつけられない。パニックに陥ってこちらへ向かってくる者がいるかと思えば、悲鳴混じりに互いの名を呼びながら、てんでに逃げ惑う者もいる。

先頭にいたコヨーテが少女の腕を噛んだ。少女の悲鳴が響くなか、コヨーテが少女を引き倒し、道路のはずれに引きずっていく。途中、コヨーテのあごが緩み、少女が立ちあがって駆け出した。

しかしコヨーテたちは、あっという間に半円を作ると、ごちそうを逃すまいと身構えた。

「どけ！」サンジットは叫んだ。「どいてくれ！」

悲鳴がいくぶん小さくなっていた。ほこりが舞っている。アイスティーのような斜光が、逃げ惑う子供たちと、黄色いコヨーテたちの不気味な影を作っている。

二頭目のコヨーテが少女のワンピースに嚙みつき、引っ張りはじめた。

サンジットは宙に向かって発砲した。

コヨーテがびくりと身をこわばらせ、二頭が安全な場所まで後ずさった。少女をつかんだコヨーテは動かない。

すぐそばまで駆けつけたサンジットの目に、血と、コヨーテの黄ばんだ歯と、賢《さか》しげな瞳が見えた。

狙いをつけ、発砲する。

ズドン！

コヨーテが少女を離して逃げ出した。いや、逃げ出したというには近すぎる。

サンジットが少女に手を伸ばそうとしたとき、少女の姉が駆け寄った。血まみれだが、生きている。泣き叫ぶ少女のまわりで、全員が悲鳴をあげて泣いていた。そして怒りもあらわに、ようやく子供たちがこん棒やナイフを引き抜いた。

立て続けに飛んできた弾丸を、コヨーテはひらりとかわした。サンジットにはわかっていた。弾丸は、コヨーテには当たらない。

「行け！」サンジットは怒鳴った。「ここで夜を迎えたら終わりだ」

十五名ほどの子供たちが、身を寄せ合いながら道路をくだっていく。その姿を、飢えたコヨーテたちの目が、舌を垂らして見つめていた。

ブリアナは行けるところまで道路をくだった。そしてペルディド・ビーチへ向かう子供たちの姿を見た瞬間、ドレイクがこちらへ来ていないことを悟った。

ということは、エヴァンストン空軍州兵基地のほうへ向かったのだろうか。そう思って行ってみたが、そこにもドレイクの姿はなかった。

どうしよう――。

湖のそばにいたなら姿を見かけたはずだし、町へと続く道も使っていない。空軍基地にも姿はないし、その三カ所を結ぶいずれの場所にもいなかった。

疲労といらだちが募っていく。それに、サムに怒鳴られるという不安も。こうなったらコアテスのほうを探してみよう。手ぶらで帰るわけにはいかない。自分はブリーズで、ドレイクの天敵なのだ（少なくとも、そう自負している）。だからもし、ドレイクがこの辺りにいて逃げようとしているのなら、あいつを捕まえられるのは自分しかいない。

けれど、ドレイクの姿は見当たらなかった。見かけたのは、町から逃げてきた子供だけ。死にゆく空への泣き言を連ねるウサギたちを、とくにコアテスの辺りで大勢見かけた。ほかに見つけたものといえば、空軍基地と湖の途中に転がっていたヌテラの瓶だけだ。それはその場で平らげた。

だが、ドレイクはいない。

空は不気味で、明かりも変だ。地平線からせりあがり、ぎざぎざの、新たな地平線を引く漆黒の闇も、何もかもがおかしい。

本当にこのまま真っ暗闇になったら、いったいどうなってしまうのだろう？　そうなったらブリーズはどうなる？　暗闇では、みんなと同じくつまずいてしまう。特別な存在から、ただの少女に戻ってしまう。

もう、サムに必要とされなくなる。会合にも呼ばれなくなって、頼れるブリーズではなくなってしまう。無敵のブリアナ。高速少女。サムとケインにつぐ、フェイズの危険人物。

そうだ、もう少し高い場所へ行ってみよう。まだ明かりがあるうちに、少しでも遠くを見わたせる場所へ。

ブリアナはサンタ・カトリーナの丘を登った。途中、ふた組の足跡を見かけ、慌てて引き返した。

足跡はくっきり残っていた。それぞれブーツとスニーカー。丘をくだってペルディド・ビーチのほうへ向かっている。どちらもドレイクのものほど大きくはない。それに、ドレイクが町へ向かうとは思えない。

ブリアナは不安げに空を見た。これ以上、外にいるのはまずい。かといって、手ぶらで帰るわけにもいかない。そうなれば終わりだ。以前にも、命令に背いたことはある。が、今回のこれは……収穫は、たった数頭のコヨーテだけ……しかもこの先、能力が使えなくなったら……。

ブリーズでなくなったら、何者でもなくなってしまう。

六百メートルほどの岩山を頂上まで駆け登る。不自然な光のなかで、奇妙にきらめく湖が見えた。反対側には、海がある。道路は隠れてしまって見えない。

どうする？

そのとき、人影のようなものが見えた。北の方角。薄明かりと、重なった丘が邪魔してよく見えない。けれど人間がひとり、歩いているように見える。

　どうかドレイクでありますように、ブリアナは祈りを唱えた。ドレイクを倒す方法は、ちゃんと考えてある。サムもきっと気に入ってくれるだろう。その肉体を粉々に切り刻み、高速でフェイズ中にばらまいてやるのだ。

それでも復活できるか、やってみるといい！

最高だ——もし、そうできたなら。

27

10時間　54分

足が痛い。ダイアナの裸足の足は血まみれだった。ジャスティンが手を貸そうとしてくれたが、鋭い石を裸足で歩く痛みはどうにもならない。

よろめいたり、速度が落ちたりするたびに、ドレイクの鞭が飛び、その痛みは、足の痛みとは比べ物にならないほど強烈だった。

こんな調子でガイアファージのもとへたどり着けるとは、とても思えなかった。

そう、それが目的だ。ドレイクはすっかり悦に入っていた。皮肉を考える時間なら山のようにあったが、それらを口にするたび、肉体に鋭い痛みが走った。自分だけならまだしも、ジャスティンにまで。だからダイアナは黙って歩いていた。

「あれがおまえをどうするつもりかは知らん」もう何度目だろうか、ドレイクが同じことをくり返す。「だが、あれの残したものは俺のものだ。それだけはまちがいない。せいぜいガイアファージにその生意気な皮肉を試してみるんだな」

ドレイクは、いまだに背後を警戒していた。そのようすは、もはや〝ブリアナ恐怖症〟といってもいいほどだ。

「あいつは好きなときに現れるからな」とドレイク。「まあそのときは、このガキを盾にしてもあいつが俺を切り刻めるか試してやるさ」

ドレイクは、ダイアナ自身と同じくらい焦っているようだった。その恐怖が手に取るようにわかる。それはブリアナのせいだけではない。失われゆく光もまた、彼を怯えさせているにちがいない。

「暗くなる前にたどり着かないと」そう、何度もぶつぶつとくり返していた。

完全な闇が落ちれば、ドレイクも方向感覚を失うのだとダイアナは気がついた。そうなったら、どうやってダイアナとジャスティンの手綱を引くつもりだろう。

いや、だめだ。たとえドレイクから逃げられたとしても、そのあとどうすればいい？

ダイアナは腹に手を当てた。赤ん坊が蹴っている。

赤ん坊。三本の能力を持つ赤ん坊。ガイアファージがこの子を狙っているのはまちがいない。あの不気味な怪物は、この子が欲しいのだ。

脚や背中の痛み、のしかかる恐怖も忘れ、つかのま、思考をめぐらした。あれは、この子をどうするつもりだろう？

なぜ、こんな事態になったのか？

ふいに体勢を崩し、思いきり膝を打ちつけた。痛みに叫び、ついで、背中を走る鞭の衝撃に悲鳴をあげた。

ダイアナはかっとしてドレイクに挑みかかった。だが、あっけなく避けられ、逆に顔面にパンチを食らってしまう。平手ではなく、全力で繰り出されたこぶしに、頭がくらくらして星が飛ぶ。

まるで漫画みたいだ、そう思ってすぐ、背中から崩れ落ちた。

気がつくと、ジャスティンがダイアナにしがみついて泣いていた。

少し離れたところに、ブリトニーが座っていた。

まっさらなデニムのような色をした丸い青空が、明らかに小さくなっていた。暗い空は、のっぺりとしたボウルのようだ。

「あなた、妊娠してるのね？」ブリトニーがはにかむようにたずねてきた。

しばらく、何が起きたかわからなかった。ドレイクがいない。そうだ、ブリトニーがいるかぎり、ドレイクは姿を現せないのだ。

鞭の手がいない。

ダイアナはすばやく立ちあがった。「ジャスティン、行くわよ。ここから離れましょう」

「石を見つけたの」ブリトニーが言った。両手に握った、それぞれの石をかかげてみせる。

「あなたにぶつけるわ」

ダイアナは笑い飛ばした。「やってみなさいよ、ゾンビ娘。石くらい、こっちだって拾ってやるわ」

「そうね」ブリトニーがうなずく。「でも、私は石が当たっても痛くないし、あなたに私は殺せない」そこでちょっと考えてから、こう言い添える。「それに、私はゾンビじゃない。人間は食べないもの」

「ねえ、どうしてこんなことをするの？　あなた、原子力発電所で私たち相手に戦ったでしょう。サムの味方だったじゃない。覚えてないの？」

「覚えているわ」

ダイアナは脳みそをフル回転させた。もしジャスティンに湖へ走るよう伝えたら、真っ暗になる前にどこまで行けるだろう。暗闇でひとりさまよって崖から落ちるのと、コヨーテににおいを嗅ぎつけられるのと、あるいは殺人ミミズの畑に踏みこむのと……いったいどれが最悪だろう。

「じゃあ、どうして？　なぜドレイクを手伝っているの？　あなたはドレイクと戦うべきでしょう」

ブリトニーが笑い、その拍子に、壊れて突き出た矯正器具のワイヤーが見えた。「ドレイクと戦うのは無理よ。わかるでしょう。私たちが同時に現れることはないもの」

「そうね。だから、ドレイクがいないあいだに――」

「私はドレイクのために動いているわけじゃない」ブリトニーの口調が熱を帯びる。「これは神のためよ」

「な……じゃあ、これが神の望みだとでも思ってるの？　ゾンビになったうえに、こんなばかな真似をすることが？」

「私たちはそれぞれ、神に仕えなければならない」ずっと昔に習った何かを説いて聞かせるように、ブリトニーは言った。

「で、神さまがこれを望んでいるって？　これを？　妊娠した少女を石で脅すことを？　それがあなたの信仰？　いかれたあの男が私を怪物に差し出すのを手伝うことが？　聖書にそんなくだりがあったなんて知らなかった。それって山上の垂訓に書かれてる？」

ブリトニーは、ひどく真面目な顔でダイアナを見つめ、その言葉が途切れるのを待った。

「それは昔の神よ、ダイアナ。その神はフェイズにはいない」

ダイアナは首を絞めてやりたい衝動に駆られた。それで何かが好転するなら、喜んでやっただろう。この少女が気絶しているうちに逃げきれるだろうか、と思う。大きな石なら、きっと気絶くらいはさせられるだろう。

しかし残念ながら、ブリーズとドレイクの戦いの顚末《てんまつ》は、誰もが知っていた。ブリーズは、肉屋が豚を解体するようにドレイクを切り刻んだ。それでも死ななかった。きっとブリトニーも同じだろう。それにいま、ダイアナはナイフを持っていない。

「神はどこにでもいる」ダイアナは言った。「教会に通っていたあなたなら知っているはずよ」

ブリトニーが身を乗り出した。その目が異様に輝いている。「ちがう。そうじゃない。私はもう見えない神にしたがう必要はない。神は見えるの！　触れられるの！　神の住まいも、その見た目も知っている。これは子供だましの話じゃない。神はあなたを求めている。だからこそ、私たちはこうしてあなたを迎えに来たの」そして、たしなめるような顔つきになる。「ありがたく思ったほうがいいわ」

「ねえ、もうドレイクと代わってくれない？　あいつは邪悪だけど、少なくともばかじゃないから」

ダイアナは立ちあがった。ブリトニーもそれに続く。

「ジャスティン」ダイアナは言った。

「なに？」

「丘の終わっている場所、見える？　湖はあのすぐ向こうよ。さあ、走って」

「ダイアナも一緒に来る？」ジャスティンが言う。

「すぐに追いかけるわ。早く行って！」

ダイアナはブリトニーに殴りかかったが、ブリトニーは相手にしなかった。一直線にジャスティンを追う。

ジャスティンはあっけなく捕まってしまった。ダイアナはどうにかブリトニーを引き離そうとしたが、妊婦が砂の上を走るのはつらい。

ブリトニーがジャスティンを片腕で引き寄せた。もう一方の手で鋭く尖った石を握り、ジャスティンの震える口もとに狙いをつける。ダイアナは悲痛に顔を歪めた。まるで息子を案じる母親の、ひどく悲しいパロディーだ。

かつてのブリトニーの姿を思い出す。勇敢で、控えめな少女は、サムとエディリオを失望させまいと必死に戦っていた。

ブリトニーをこんなふうにしてしまったのは、ケインとドレイク、そしてダイアナ自身だ。もちろん、ダークネスも入っている。なんというむごい集団だったことか。自分たちの引き起こした結果が、これだ。

そしていま、ダイアナ、ドレイク、ガイアファージがふたたび集結しようとしている。ケインの役割を担うのは、彼の息子か娘。

ダイアナは、そうしたすべてから心底逃れたかった。ほんのいっとき、ケインを変えられたと本気で思っていた。赤ん坊ができたのは、そのときだ。

「歩いて」ジャスティンの顔を石で撫でながら、ブリトニーが言った。「お願いだから」

ドレイクではなかった。遠くに見えたあの人影は、ドレイクではなく、デッカだった。そしてブリアナは、マチェテを構えて叫びながら飛びかかった瞬間、それに気づいた。

慌てて足を止めた。

デッカの手は腕まで血まみれで、顔にも血痕がついていた。

「いままでどこにいた？」挨拶もなく、強い口調で訊いてくる。

ブリアナはマチェテをふりかざし、あとは黙っていることにした。「その血は？」

「おまえの彼氏のだ」

「ジャックがドレイクに喉を切られた」

「私の、何って？」

「ジャックだ。あいつはひとりでドレイクを追って、ドレイクに喉を切られた」

ブリアナはまじまじとデッカを見つめた。「冗談でしょう？　ジャックがドレイクを追ったって？　ジャックがそんなことするはずない」

「ほかに選択肢がなければ、やるんだよ」

デッカはブリアナの背後を見つめていた。ブリアナもデッカの背後を見つめていた。世界が終わろうとしている。ジャックが負傷して、ひょっとしたら死ぬかもしれない、いや、すでに逝ってしまったかもしれない。それなのに、ふたりは相変わらず気まずいままだ。

「ドレイクがダイアナとジャスティンを連れていった。あいつは鉱山へ、ガイアファージのもとへ向かっている」

何かを思い出そうとするみたいに、ブリアナは頭をふった。「ジャスティンって？」

「いったいどこにいたんだ？　近くにいるよう言われていたろう。サムが銃を発砲したのに姿も現さないなんて」

「ドレイクを探していたの」

デッカが怒りのこもった目を向ける。「ジャックのことなんてどうでもいいんだな。容体をたずねもしないなんて」

じりっと、ブリアナは身を引いた。「どうしてそんなに怒られなきゃいけないわけ？」

デッカがあんぐりと口を開けた。相手がデッカでなければ、思わず笑ってしまいそうな顔だった。「おい、本気で言ってるのか？ 自分がどれほど無責任な行動を取っているかわからないのか？ いまオークが、瀕死《ひんし》のジャックを抱えて湖に向かっている。それにダイアナだって、いまごろドレイクに鞭打たれながら荒野を歩いているんだぞ」

ブリアナは激しく頭をふった。「それは私のせいじゃない！ 私の責任じゃない！ 私はドレイクを探していたんだから」

いきなり、デッカの血まみれのこぶしがブリアナの鼻先に飛んできた。ブリアナがひょいとよけると、デッカがつんのめった。

驚きのあまり、ブリアナは立ちつくした。

だが、まだ終わりではなかった。デッカが足を蹴り出してきた。その拍子にデッカがバランスを崩し、横ざまに倒れこむ。

周囲の砂と一緒に、ふいに体が浮きあがった。駆け出そうと踏み出すも、固い地面が見当たらない。デッカが重力を消したのだ。

もう限界だ。ショットガンを引き抜き、デッカを狙う。「降ろさないと撃つよ！」

デッカはすでに立ちあがっていた。「あんたならやるだろうね」そう言って、乱暴にブリアナを地面に落とした。

「あんた、自分以外のことを考えたことあるか？」デッカが叫んだ。驚いたことに、その目に涙が浮かんでいる。乱暴に涙をぬぐったデッカは、まるで自分を殴りつけているみたいだった。その顔に、赤いペンキのような血が広がった。

「悪かった、これでいい？」ブリアナは投げやりに言葉を返した。「ねえ、私に何を言わせたいの？　私だってジャックの無事を願ってるし、チャンスがあればドレイクを殺してやろうと思ってる。これ以上、私に何を求めてるの？」

醜いマスクのように歪んだデッカの表情を、ブリアナは読み取ることができなかった。ただ、何かに激しく怒っていることだけはわかる。

「この四カ月、あんたは私に何も言ってこない」デッカが言った。

「話ならしてるじゃない」そう返しながら、つと顔をそむけてしまう。居心地の悪さが増幅する。怒りなら、どうにでもやり過ごすことはできる。けれど、欲求はちがう。

「私は――」デッカの喉がつかえる。やがて口を開いたデッカは、しかしブリアナから目をそらしていた。「もう、だめだと思った。私はめったに怖がったりしない。だけど痛みが……」ふたたび、言葉が途切れる。そして何かをふりきるように乱暴に頭をふった。「最悪だった。私は死にかけてた。死んだほうがよかったのかもしれない。だけど、死ぬ前にあんたに伝えておきたかった」

「そう」ブリアナは言いながら、居心地悪く体を揺らした。全速力で駆け出したい衝動に駆られる。

「あんたに好きだと伝えた」

「だね」

「でもあんたは何も言ってくれなかった。ひと言も。この四カ月間ずっと」

ブリアナは肩をすくめた。「わかった、ちゃんと言うから」大きく息を吸う。「私をのぞけば、デッカはフェイズ一勇敢でタフな女子だと思う。だから、私はあなたのことを姉妹のように思ってきた。私たちは最強の姉妹だって」

熱く、怒りに燃えていたデッカの目が、虚ろになる。長いこと、その目は何も映していないようだった。ブリアナの隣をじっと見つめている。やがて、ため息をついた。「……姉妹ね」

「そう、ただし、強くて手ごわい最強の姉妹だよ」

「でも……あんたは……」

こんなデッカは予想外だった。その体が小さく見える。中身の半分なくなった、女の子の人形みたいに見える。闇が迫っていた。影が重なり、その密度が濃くなっていく。デッカがぐっと肩を張る。何やら自分のなかで葛藤しているようだ。ようやく、言った。

「あんたは同性愛者じゃない。女の子に興味はない」

ブリアナは顔をしかめた。「だと思うけど」

「じゃあ、男の子は？」そうたずねた声が、張りつめている。

ブリアナは肩をすくめた。この会話はどこまでも気詰まりだ。「わからない。何度かジャックといちゃついたりはしたけど、それはただ、退屈だったからで」

「退屈だったから？」

「そう。それにそんなに楽しくなかったし」

「ジャックのこと、好きなんじゃないのか?」

デッカの言葉に、ブリアナは思わず吹き出した。「ジャックのことを? あのコンピュータ・ジャックを? そりゃ、もちろん嫌いじゃないよ。いい子だし、かわいいし。それに賢いから、本を読んでいてわからないところがあると全部説明してくれるしね。だけど――」と言いかけたところで、口をつぐむ。

デッカが声をあげて笑ったのだ。「つまり、そういうことだろう? それがあんたの本性なんだ」

ブリアナは目を細めた。いったいどういう意味?

「あんたはずっと……いや、正直に言ったらどうだ?」

「何を?」

デッカがこぶしを突きあげる。「とぼけるのはよせ!」

「だから男の子が好きなんだってば。たぶん。……きっと。っていうか、私はまだ十三歳なんだよ! ここがフェイズで特殊な世界だってことはわかってるけど、でも私はまだ……ほんの子供なの」

言ってすぐ、ブリアナは赤面した。なぜ、こんなことを言ってしまったのだろう。自分は子供じゃない。ブリーズだ。フェイズでもっとも危険な人物……いや、三番目に危険な人物で……とにかく、ただの子供じゃない。

だが、言ってしまったものは仕方がない。どれほど高速で動けても、言葉を取り返すのは不可能だ。おそらくジャックは死にかけている。明かりも消えかけている。ならば、何かを口走るくらいどうってことないのかもしれない。

デッカがはっと息を吸うのがわかった。

「あなただって、そうでしょう？」

そう訊くと、デッカは小さく「忘れたよ」とつぶやき、「忘れた」と悲しげにくり返した。

「あなたはちがうだろうけど、私だってほかの女の子みたいにサムのことをいいなって思ったことはあるし、でもそれはそういうんじゃなくて。なんていうか……ほら、あれよ……」もごもごと口のなかでつぶやくように言ってから「とにかく、私は〝ブリーズ〟でいたいの」

デッカはすっかり毒気を抜かれたようだった。「忘れてたよ、ブリアナ。だってあんたはばかみたいに勇敢で、サムや、みんなに頼られていて、ドレイクにも立ち向かったりして……そういう姿を見て、私の理想だと思った。だから、あんたがただの子供だってことはすっかり忘れていた」

「ちが……そんなに子供じゃない」さっきの言葉をいよいよ取り消したくなった。

デッカが深く、長いため息をつく。

「その、あと数年もしたらってことだけど」だめだ。この会話は、絶対にろくな方向に向かわない。

デッカが笑った。「サムをいいなと思ってた？　ジャックといちゃついた？　はは、まいったね。どうやら私は……自分の望むあんたの姿を見ていたらしい。そういうことだったんだ。私はあんたを見ていなかった」

「でも、私たちの仲は大丈夫だよね？」

デッカはふたたび泣き出したが、今度は笑いで涙を吹き飛ばした。「ブリーズ、そんな心配は無用だ。私たちはまちがいなく最強の姉妹だよ」

「で、これからどうするの？　暗いと速く走れないんだけど」

「ああ。それでもドレイクを追うよ。ダイアナを放ってはおけない。あいつは女を憎んでる」

「うん、それは私も気づいてた」ブリアナは、ふたたび活力がみなぎってくるのを感じた。疲労も、いらだちも消えていた。闇が落ちようと、まだマチェテを高速でふることはできる。「あいつは女嫌いなんだよね？　じゃあ、その理由を思い知らせてやろう」


アストリッドはシガーの手を取って歩いていた。アストリッドに食べられると思ったのか、何度かシガーが取り乱した。やはり、シガーはおかしくなっている。完全にではないにしても、われを失うことがたびたびあった。

それでもシガーは、アストリッドに見えないものを見ることができた。ピーターの姿が見えるのだ。人間の顔をしたコヨーテを見つけたときから、それの気配は感じていた。愚かというのではないけれど、無知で、行き当たりばったりな何か。自分の力に戸惑い、持て余している何かを。

ピーターは見えない、全能の神だ。途方に暮れたフェイズの生き物たちで、不用意に、無邪気にゲームをおこなっている。

あの染みも、ピーターの仕業かもしれない。

明かりを奪おうとしているのは、ピーターなのかもしれない。

いや、じきにわかるだろう。いずれ、ゲームは終わりを迎える。

アストリッドは重い足を引きずりながら、ペルディド・ビーチを目指した。もはや無駄な努力であることはわかっていた。

何しろ、自分たちはただの人間にすぎないのだ。そして、この世界で神にもっとも近い存在は、何も知らない、無知な子供なのだから。

28

10時間　35分

「これが精いっぱいだ」ロジャーが言った。顔の下半分と、シャツの前衣が血まみれになっている。甲板のいたるところに血がついていた。

毛布に覆われたジャックを、サムは見下ろした。ジャックを動かすのは無理だろう。ラナを連れてくる方法が見つかるまで、してあげられることはほとんどない。

ロジャーはまず、手近にあった緑の糸で、無残に切り裂かれたジャックの首もとからのぞく、動脈だか静脈だかを縫い合わせた。

外側の皮膚を縫合した白い糸は、終わるころには、真っ赤に染まっていた。

縫合した傷口に貴重な軟膏を塗り、古い星条旗を引き裂いて包帯代わりに巻いた。ジャックの首もとは赤、白、青に彩られたが、その布も血でぐっしょりと濡れていた。

ロジャーは臨時の看護師だった。優しくて思いやりのある人柄を買われての任命だったが、案の定、ロジャーはジャックの首を縫合する役目を引き受けてくれた。

ロジャーによると、パスタの断片を縫い合わせるような作業だったらしい。どくどくと脈打ち、血の吹き出るパスタの断片を。

「ありがとう、ロジャー」サムは言った。「引き受けてくれて助かったよ」

「顔色が悪い」ロジャーが言った。「チョークみたいに真っ白だ」

サムは、それについてはコメントしなかった。ラナならジャックを助けられるだろう。しかしラナは遠くにいて、まもなく接触する手段さえなくなってしまう。

テイラーはどこだ？　いまこそ彼女が必要なのに。

もう、ブリアナに怒ってはいなかった。それよりも、心配のほうが大きくなっていた。もしドレイクを追っているなら、きっちり思い知らせてやる。でも、まずはハグをしてからだ。怒鳴りつけるのはそのあとだ。

それにしても、こんなことになるなんて……。ジャックは少し気の弱いところはあったかもしれないが、オタク少年のなかに邪悪さなどこれっぽっちもありはしなかった。そのうえブリーズが消え、ダイアナが連れ去られ、ハワードが死んだ。オークは……どこにいるかわからない。

それから、アストリッド。

すべてが、両手からこぼれ落ちていく。ジャック同様、このコミュニティ全体が血を流している。

「現状では、アストリッド、デッカ、ダイアナ、それからたぶんブリアナが、ドレイクのうろつく荒野にいる」サムは言った。「オークも外に出ている。あと一時間もすれば、彼らは完全な暗闇に投げ出されることになる」

「ジャスティンもだ」ロジャーが指摘した。

「ああ、ジャスティンもだ」サムがうなずく。

エディリオが顔をこすった。いつも冷静なエディリオが緊張しているサインだ。

ふいに、フェイズができた当初のエディリオの姿を思い出す。あれはクリフトップでの出来事だった。エディリオはバリアの下を掘ろうとしていた。あのころから、エディリオは実際的だった。

サムは続けた。「ここには光がある。多くはないけど、少なくとも目印にはなる。外にいるみんながここへたどり着けるチャンスはどのくらいだと思う？」

「ドレイクはもう鉱山に到着しているかもしれない」エディリオが言った。

「やめてくれ」ロジャーが鋭い口調でさえぎる。「そんなふうに、ジャスティンを簡単にあきらめるような言い方はしないでほしい」

サムにはエディリオが恥じているように見えた。「ごめんよ、ロジャー。僕もあの子のことが大好きだ。そんなつもりじゃなかったんだ」

そう言ってロジャーのほうへ手を伸ばし、はっとサムを見てから思いとどまる。

同じように動きかけたロジャーもまた、サムを見て思いとどまった。

サムは完全に固まっていた。無言の、気まずい数秒が流れる。

ようやくサムが口を開いた。「エディリオ、僕はみんなを探しに行く」

「だめだよ、サム。そんな危険は冒せない。君が殺されたらどうなる？　暗闇に光をともせるのは君だけなのに」

「そうなったら、どのみち僕らは終わりだ」サムは力なく両手を広げた。「こんな状況で生きていくのは無理なんだ。漆黒の闇にわずかな〈サムの太陽〉があったところで、なんの助けにもならない」

「それでも、みんなを落ち着かせておかないと。何より大事なのはそれだろう」

しかしその仕事は、突然、途方もなく困難なものになってしまった。トイレの塹壕《ざんごう》の坂をくだった辺りで、何十人もの子供たちが騒ぎ立てる声が聞こえてきたのだ。

「助けて！　助けてくれ！」


獲物たちが安全地帯に近づきつつあることを、コヨーテたちは承知している。じりじりと押し寄せてくるコヨーテのようすを見ながら、サンジットはそう結論づけた。

道路にいる群衆の数が増えていた。深まっていく闇のもと、子供たちは互いに身を寄せ合っている。遅れてやってきた子供たちが、集団に紛れこもうと、必死に追いすがってくる。

やがて先頭にいた子供たちが、前線にいるのはまずいと気がついたらしい。三十名ほどに膨れあがった集団の真ん中を目指し、泣き叫び、不平を唱え、助けを求めて群がっては、道路に弾き出されていく。助けを求めるその声が誰に向けられたものなのか、サンジットにはわからなかった。

完全に失敗だ、とサンジットは思った。そもそもはじめから無理だったのだ。ペルディド・ビーチの現状をサムに伝え、明かりをともしてほしいと書かれたラナの手紙を届けるというささやかな使命は、すべて骨折りに終わってしまった。

いずれにしても、難民の群れがこうして押し寄せてしまっては、もう伝えるまでもないだろう。手遅れだ。

まったくの徒労だった。

もちろん、ラナを責めるつもりはなかった。そんな気は微塵《みじん》もない。なぜならサンジットはラナに夢中で、どうしようもなく恋してしまっているからだ。だがラナも――ふたたび会えたとして――今回の失敗は認めざるを得ないだろう。

道路は両側とも、三十メートル先まで見えるか見えないかの有様だった。紅茶色の、奇妙な薄闇が深みを増し、その色彩を変えつつある。空気そのものも、暗く青みがかって見える。残されたのは、ひどく不透明な光だけ。霧のようだが、もちろん霧などではない。

コヨーテの群れを確認するには、しかし三十メートルあれば充分だった。だらりと垂れた舌。知的な光と、極度の警戒をたたえた黄色い瞳。耳を立て、ぴくぴくと動かすそのようすから、周囲の音に耳を澄ませているのがわかる。

闇が訪れれば、ただちに襲うつもりだろう。しかし、その前に子供たちが湖にたどり着いてしまえば、襲撃は不可能になる。貪欲な顔つきや、落ち着きのない態度から、コヨーテたちの不安が伝わってくる。

「みんな、とにかくひとかたまりになって移動するんだ」

いつの間にか、サンジットがリーダーになっていた。おそらく、銃を持っているのがサンジットひとりだからだろう。ほかの子供たちも、おなじみの武器の数々を手にしているが、銃を持っている者はひとりもいない。

あるいは、ラナの威光が関係しているのかもしれなかった。もしくは、三人の最年長者のうちのひとりだからだろうか。

サンジットはため息をついた。チューに会いたい。ほかの弟妹たちにも会いたかったが、何よりチューが恋しかった。何しろ悲観的なチューのおかげで、自分はあっけらかんとしていられるのだ。

痺れを切らした一頭のコヨーテが、集団との距離を詰めはじめた。

「よせ！」サンジットが叫び、銃を構える。ここから、この明かりのもとで、銃器の扱いに慣れていない自分がコヨーテを仕留められる確率はゼロだろう。コヨーテが立ち止まり、サンジットを見た。怯えよりも、好奇心をたたえた顔で。

この獣は状況を推し量っている、サンジットはそう悟った。おそらくこう考えているにちがいない——うまく動けば、群れはより多くの子供を仕留められる、と。肉は必ずしも新鮮である必要はない。遺体を引きずっていき、何週間もかけて堪能すればいい。

やがて、コヨーテが口を開いた。濡れた砂利をショベルで引っかいたような、衝撃的なだみ声だ。「小さいの、渡せ」

「本気で撃つぞ！」両手で銃を構え、テレビドラマで何百回と見てきた警官の真似をしながら、サンジットは前に出た。

「三人、よこせ」少しもひるむことなく、リーダーが言う。

冗談じゃない。サンジットは品のない言葉を投げつけた。

そのとき「全員やられるよりはましだ！」と誰かが叫んだ。

「ばかなことを言うな。こいつらは湖が近いから焦っているだけだ。こっちの気をそらして――」続く言葉は、残酷な現実となって示された。

しまった。

ふり向いて叫ぶ。「気をつけろ！」コヨーテのリーダーに釘づけになっていた子供たちの最後尾に、三頭のコヨーテが襲いかかった。

恐怖と痛みの悲鳴が響きわたる。その悲鳴に、サンジットはまるで自分の肉体が引き裂かれたような苦痛を受けた。

サンジットは集団の背後に向かって駆け出した。すると、それを合図に、別のコヨーテたちが前方の子供たちに襲いかかった。

互いを押しのけ、踏みつけながら、子供たちがわれ先にと駆け出すなか、コヨーテのうなり声が響きわたり、悲鳴や泣き声や懇願の声が方々であがる。

サンジットは発砲した。ズドン！　ズドン！　ズドン！

しかし、コヨーテにひるむようすはない。

そのとき、うなりをあげる二頭の獣の下敷きになっているメイソン少年が目に入った。年長の少女ふたりは、すでに道路の先へと逃げていた。ケイラがふり返り、恐怖のあまり呆然と口を開いて、そうして走り去ってしまう。

サンジットは飛びあがると、両足でコヨーテを蹴り倒した。が、サンジットが着地するかしないかのうちに、コヨーテは起きあがった。子供かコヨーテ、どちらがぶつかってきたかはわからない。倒れたサンジットの目前に、気づくとコヨーテの牙が迫っていた。

ズドン！

コヨーテの左目が吹き飛び、サンジットの上でくずおれた。

二頭のコヨーテが、まるでおもちゃを取り合う犬のように、メイソンをめぐって争っていた。手遅れだ。もう助からない。

銃を構えたが、胸が上下し、両手がひどく震えている。

ズドン！

一頭のコヨーテが子供の脚をくわえて逃げ出した。

子供たちの集団は、前後に分断されていた。ライオンの襲撃を受けてパニックに陥ったレイヨウの群れ同然の集団が、全速力で駆けていく。

サンジットにできることは何もなかった。

コヨーテのリーダーが、四肢を広げて立っていた。その口に、何やらおぞましいものがくわえられている。サンジットをねめつけ、うなりをあげた。

サンジットは逃げ出した。

ダイアナは、ちらりと空を見あげた。もう、すっかり癖になってしまった。恐ろしい癖だ。

黒いボウルのてっぺんは、括約筋のようだった。まさにぴったりの表現だ、と思う。フェイズの巨大な括約筋。

ジャスティンとダイアナは互いにしがみつくように歩いていた。

どちらが最悪だろう、と考える。暗くなる前に鉱山にたどり着くのと、あるいはたどり着けないのと。

ただでさえ重い足取りが、ガイアファージの思惑を考えるたび、さらに重くなっていく。

そうこうするうちドレイクが現れ、それ以上歩みを遅らせることができなくなった。

ドレイクが鞭で追い立ててくる。まるで昔の奴隷商人のように。あるいはヘブライ人を鞭打った古代エジプト人、はたまた黒人奴隷を鞭打った近代の奴隷監督者のように。

しかし、ダイアナは気づいていた。ドレイクも空を気にしていることを。こいつもまた、闇の訪れに怯えているのだ。

ゴーストタウンにたどり着いた。たいしたものは見当たらない。いくつかの柱と板切れが、かつての酒場や、ホテルや、馬小屋があったであろう痕跡を示すのみ。少し離れたところに、ほかよりも保存状態のいい建物がある。そしてその建物の、立てつけの悪い扉を抜けたところに、ブリアナが立っていた。

ダイアナは、安堵のあまり卒倒しそうになった。

「あら」ブリアナが言う。「お散歩中？」

「きさま」ドレイクが鋭い声を発した。

「仲間に入れてもらおうと思ったんだけど」

「もしかして、お邪魔だった？」そう言って、恥ずかしそうな顔をしてみせる。

ドレイクが鞭をしならせ、ジャスティンの首に巻きつけた。恐怖に怯える少年を引き寄せ、頭上にかかげる。

「動けばこいつの脳みそは粉々だ」

「それで？」

「そのつぎはダイアナだ」

「ちがうでしょう、ミミズの腕さん。あんたはダイアナを殺すために、わざわざここまで連れてきたわけじゃない」それから、ダイアナに向かって言う。「あなたはどう思う？こいつの目的はもう聞いた？」

時間稼ぎだ。ダイアナはすぐに気づいたが、はたしてドレイクも気づいているだろうか。もしこのあいだに、誰かがこちらへ向かっているなら、ダイアナは味方を得ることになる。

「こいつの目的は私の赤ん坊よ」ダイアナは答えた。

ブリアナがわざと驚いたような顔をする。「嘘でしょ？　ドレイク、あんた赤ちゃんが好きなの？」

ドレイクは、鉱山に続く小道に視線を向けた。鉱山の開口部までは、数百メートルほどといったところだ。これくらいなら、暗くなってもたどり着ける。だが、ブリアナがジャスティンを気にかけているのかどうか、いまいちわからない。暗闇で速度が落ちたとしても、きっとブリアナの動きのほうがまさるだろう。

「ブリアナ、もし暗闇で駆けまわったりしたら大変なことになるんじゃないか？　時速百キロで石にぶつかって転びでもしてみろ、死んじまうぞ。まあ、そうならなくても、俺が殺してやるけどな」

ドレイクは、まだジャスティンを上空にかかげていた。

「下ろしてよ」少年が痛々しい叫び声をあげる。「お願いだから、下ろして。怖いよ」

「聞いたか、ブリアナ？　怖いそうだ。高速で下ろしてやったらどうなるかな」

その状況を推し量るように、ブリアナはゆっくりとうなずいた。まだだ。大きく息を吸って吐く。まだ早い。

ブリアナの視線が右に揺れるのをダイアナは見た。誰？　誰を待っているの？　ブリアナはひと足先にやってきたにちがいない。そして、ドレイクにひとりで立ち向かう代わりに、味方が来るまで足止めしようと決めたのだ。

つまり、やってくるのはブリアナより多少なりとも賢い誰か。サムか、あるいはデッカか。オークではない。おそらく、サムかデッカだろう。ドレイクとの戦いでブリアナに手を貸せるのはあのふたりだけだし、ブリアナをこんなふうに足止めに使えるのも、あのふたりをのぞいていない。

ダイアナは希望を見出そうとした。もしデッカなら、ジャスティンの落下を止められる。そしてサムなら、今度こそ鞭の手をこの世界から消し去れる。

音が、近づいてきた。

長らく忘れ去られていたゴーストタウンの目抜き通り、その暗がりのほうからやってくる。

ダイアナは、ブリアナの顔に勝ち誇ったような笑みが広がるのを見た。

ブリアナがマチェテを引き抜く。

暗がりから現れたのは——足を引きずり、サンドレスをまとった、小さな、裸足の少女だった。

「スタンビック教授でしょうか」

「ええ」素っ気ない、迷惑そうな口調。強い訛《なま》りがある。「そちらは？　これは私的な番号のはずですが」

「スタンビック教授、どうか聞いてください」コニー・テンプルは訴えた。「教授とは一度、ＣＮＮに一緒に出演させていただきました。覚えていらっしゃらないかもしれませんが、私は例の家族の者です」

受話器の向こうに沈黙が落ちる。コニーは、アロヨ・グランデ地区のガソリンスタンド、ミニマートの外にある落書きだらけの公衆電話にいた。ダリウスに迷惑がかかるかもしれないので、自分の携帯電話は使えなかった。スタンビック教授の事務所の番号を使わなかったのも同じ理由からだ。捕まるリスクは冒せない。

「どうやってこの番号を？」スタンビックは重ねて訊いた。

「インターネットは非常に便利なものですから。どうかお聞きください。ある情報があります。それについて教授の見解をお聞かせいただきたいのです」

スタンビックは受話器に向かって大きなため息をついた。「いま、子供たちとレストランにいるのですが、ここはとても騒がしい」そう言って、ふたたびため息をつく。受話器の向こうでは、話し声や皿のぶつかる音など、たしかに騒がしい音がしている。「それで、その情報とは？」

「もしこの話がもれれば、この情報を教えてくれた人物は深刻な状況に陥ります。軍部が秘密のトンネルを掘っています。ドームの東端です。かなりの深さで、セキュリティも尋常ではありません」

「エネルギー波の変化を調べているのでは――」

「失礼ながら、それはちがいます。核対策チームが動いているのです。それに、そのトンネルの直径は八十センチほどあります」

レストランの店内の物音だけが伝わってくる。

コニーは続けた。「探針やカメラを送りこむのにそれほど大きな穴は必要ないでしょう。情報源の話によると、そこには線路もあるそうです」

相変わらず反応はない。電話を切られるのではないかと思ったそのときだった。「あなたのおっしゃっていることは、突拍子もないことです」

「これは現実的な話です。教授にもおわかりのはずです。ドームを破壊することの危険性を指摘されていましたよね。人々がドームの存在を不安に思うのは、あなたにも責任があると思うのですが」コニーは息を詰めて待った。言いすぎただろうか？

「私はさまざまな可能性を議論したにすぎません」むっとしたような口調だ。「メディアの無責任な報道は、私のせいではありません」

「教授、私はこの件について意見をうかがいたいのです。この、核兵器についての。お願いします。核兵器で子供たちが解放されるというなら考える余地はあります。しかしもし──」

「当然、それで子供たちが解放されることはないでしょう」ふんと鼻を鳴らす音が受話器の向こうから聞こえた。「考えられる結果はふたつ。どちらにしても子供たちが無事に解放されることはありません」

「そのふたつの結果というのは？」ハイウェイ・パトロールの車がガソリンスタンドに入ってきた。ぎゅっと受話器を握りしめる。車を駐車スペースに停めた警察官がこちらを見ている。テレビ出演で顔を覚えられたのだろうか？

「状況によると思いますが」教授があいまいに切り出す。「いわゆるJ波には、ふたつのセオリーが存在します。詳細は省きますが──おそらくご理解いただけないと思うので」

警察官が車を降りた。伸びをして、車に鍵をかけてから、ミニマートに入っていく。

「核装置は甚大なエネルギーを放出します。そのエネルギーに耐えきれなければ、ドームは吹き飛ぶ可能性があります。たとえば、そうですね、電圧百十ボルトのヘアドライヤーに、いきなり一万ボルトの電圧をかけたとします」

その口調は、教室いっぱいの生徒にレクチャーするような、場違いな響きを帯びていた。

ドライヤーのたとえ話に満足しているらしい。

「そうすると、ドライヤーは爆発しますよね」

「ええ。でもそれだと、そばにあるものも巻きこまれるんじゃないでしょうか」

「そう、そのとおりです」と教授。「たとえ地中深くに埋められていたとしても、装置自体の破壊だけではすみません。直径三十キロの球体が、いきなりオーバーロードしたらどうなるか？　内部にあるものはすべて消滅するでしょうね。あとは諸々の要素にもよりますが、ドーム周辺の一帯も破壊されるでしょう」

コニーは吐きそうになった。「たしか教授は、ふたつの結果が考えられると……」

「ああ、もうひとつの結果が生じれば興味深いですね。バリアが耐える可能性です。バリアがエネルギーを変換し、その爆発的なエネルギーを蓄えるかもしれません。つまり、エネルギーを吸いあげてしまうのです。わかりやすく言えば、そうですね、たとえばスポンジのように」そこでちょっと不満げに鼻を鳴らす。「このたとえはあまりよくありませんが、いや、だいぶ的外れですかね。要はこういうことです。バリアのエネルギー波は変化していますよね？　弱まっている。ものすごく腹を空《す》かせた人間が、ようやく質のいい食事を手に入れたと思ってください」

「つまり、吸収する、ということですか。それがバリアとどういう関係があるんです？　通り抜けやすくなるとか？」

「あるいは強化するのかも」教授が言った。「予想もつかない変化が起こるかもしれません。実に興味深いことです。そうなれば、おそらくいくつもの論文が発表されるでしょう」

コニーは電話を切った。足早に車へ向かう。

頭のなかがぐるぐるとまわっていた。CNNに出演したときと同じく、スタンビックは相変わらず鼻持ちならない男だったが、今回ばかりは持論を展開してくれたことがありがたかった。その予測が、たとえ恐ろしいものであったとしても。

いまならまだ止められる。しかし、世間が疑いを抱くよう仕向けるにはどうすればいい?　メディアに話す、という手もあるが、確実に軍部や政府に圧力をかけ、このとんでもない暴挙をやめさせるには、どうするのがベストだろう?

国道一〇一号線を走っていると、こちらに向かってくる軍用車の隊列に遭遇した。その荷台に何台ものトレーラーが積まれている。

ペルディド・ビーチまであと三キロというところで、チカチカと点滅するパトカーのライトが目に入った。道路が封鎖されている。警官たちがハイウェイの車を誘導し、横道か、あるいは南へ戻るよう指示している。

コニーは車を路肩に停めた。呼吸が乱れる。当然、こちらの顔は知られている。強行突破は無理だろう。そんなことをすれば、捕まったあげく、説明を求められることになる。

コニーは封鎖ブロックのそばまで車を寄せた。ハイウェイ・パトロールと軍部の警察が封鎖に当たっていた。軍部の警察のほうは顔見知りだ。

コニーは窓から身を乗り出した。「いったいなんの騒ぎ？」

「テンプルさん」伍長が言った。「道路に化学薬品がこぼれてしまったのです。トラックが神経剤を運んでいて」

コニーは若い伍長の顔をまじまじと見つめた。「それが上からの指示？」

「テンプルさん？」

「この道路はかれこれ一年近く閉鎖されているのよ。それなのにどこかのトラックが危険な薬剤を運んできて、それで何？　ハンドル操作を誤って事故を起こしたって？」

中尉が前に出てきた。「テンプルさん、これはあなたご自身の安全のためです。収束のめどがつくまでここは封鎖します」

コニーは笑った。こんな作り話に騙《だま》されると思っているのだろうか。信じたふりをするのだって困難だ。

「そこの脇道を進んでください」中尉が言いながら、空手チョップの仕草で脇道を指し示した。それから、同情と厳しさをにじませた声音で言い添える。「あなたに選択の余地はありません。オセアノ・カウンティー空港はわかりますか？　そこへ向かってください。兵士たちから詳しい説明があるはずです」

29

10時間　27分

サムは甲板から桟橋へ飛び降りると、押し寄せる難民に向かって駆け出した。子供たちを乱暴に押しのけて逆流し、トイレの塹壕を越え、砂利道をあがったところで、うなり声と発砲音を耳にした。

サンジットがこちらへ駆けてきたが、一瞬、誰だかわからなかった。「どけ」と叫んでその体を押しのけ、虐殺現場へ向かう。

どう見ても、手遅れだった。コヨーテたちは殺戮《さつりく》をやめ、すでに遺体に食いつき、解体している最中だった。

手のひらをかかげ、焼けつくような緑白色の閃光《せんこう》を放つ。閃光が遺体の一部とコヨーテの頭を直撃、コヨーテの頭部が、マシュマロを炙るようすをタイムラプス動画で撮ったみたいに膨れあがった。

そのまま光線を道路の先、すでに遺体や遺体の一部を引きずりながら逃げ出していたコヨーテに向ける。閃光が二頭目のコヨーテをとらえ、その下半身が炎に包まれる。悲痛な鳴き声をあげたコヨーテが、二本の前脚だけで駆けようとしたところで、横ざまに倒れて息絶えた。

残りの群れは——なかには獲物をあきらめて——すでに光線の届かないところまで退いていた。

サンジットが駆けてきた。ぜいぜいと肩で息をするサムの横で立ち止まる。

十二歳くらいだろうか、肉体を分断された少年が、痛ましい声をあげながら、判別のつかない姿で道路脇の茂みに倒れていた。

サムは大きく息を吸うと、少年に歩み寄り、側頭部を狙って光線を放った。そうして光を大きくしながら、灰になるまで全身を焼きつくした。

サムは怒りのこもった視線をサンジットに向けた。「この件で報告は？」

サンジットはかぶりをふった。言葉が出てこない。ひょっとして具合が悪いのだろうか、とサムは思った。いや、それを言うなら自分もそうだろう。

「あれが自分だったら……」言いかけて、サンジットが言葉に詰まる。

そのようすに、少しだけ怒りが和らいだ。だが、あくまで少しだけだ。これはサムの失態だった。みんなを守るのがサムの仕事だ。どうしてもっと早くブリアナを送ってコヨーテを殲滅しておかなかったのか。どうして難民がやってくるであろうこの道路に見張りを立てておかなかったのか。

そうしていま、自分は遺体を焼くという仕事に直面している。残された兄妹や友人に、コヨーテの残したものを見せるわけにはいかない。切り刻まれた、ほぼ判別不能の肉のかたまりを、この先、愛する人々が思い出すようなことがあってはならない。

「何しに来た？」陰鬱な仕事に取りかかりながら、サムは訊いた。「君がこの子供たちを連れてきたのか？」

「ここへ来たのはラナの指示だ」

「説明してくれ」サンジットのことはよく知らなかった。知っているのは、この少年が島からペルディド・ビーチまで、奇跡的にヘリコプターを飛ばしてやってきたということだけだ。

「ペルディド・ビーチで騒ぎがあった」サンジットは説明をはじめた。「ペニーがどういうわけかケインの手をセメントで固めた。いまケインを解放しようとしているけど、俺が最後に見たときには、泣き叫ぶケインの両手のかたまりをハンマーで砕いているところだった」

サムは自分の反応に驚いた。まず心配する気持ちが起こり、そのあとから怒りが湧いてきたのだ。ケインのために。

ケインとは、ずっと敵同士だった。これまでの悲惨な戦いの責任はケインにあるし、ケインは一度ならずサムを窮地に追いこんだ。それでも同情してしまうのは、やはり弟だからだろうか。

いや、ちがう。そうではなく、ケインに力があるからだ。たとえどれほど権力に狂っていようと、ケインは秩序を保とうとしたはずだ。おそらくはパニックを避けようとしたはずだ。それが自分本位の理由だったとしても……。

「じゃあ、いまはアルバートが責任者なんだな」考えるように言いながら、滑稽とも思える状態で立っている一本の脚を焼く。

「アルバートは逃げたよ」サンジットが言った。「クインが、三人の女の子を連れて島に向かうアルバートと話をしたらしい」

それはケインの能力が封じられたことよりも、さらに悪い知らせだった。最悪といっていい。フェイズには三人の実力者がいる。アルバート、ケイン、サム。力と権力とスキルを持つ三人が力を合わせれば――なんらかの奇跡が起こるまで――数日、いや数週間は持ちこたえられたかもしれない。

アルバートとケインとサム。この三人が、四カ月にわたる平穏の土台だったのだ。

「アストリッドを見なかったか」サムはたずねた。

「アストリッド？　見てないな。まあ、見てもわかるか怪しいけど。数カ月前に一度見たきりだから」

「彼女は染みの件を警告するために町へ向かったんだ。それから僕の……〈サムの太陽〉をかかげたらどうかって提案するために」

「そうか。でもまあ、無駄骨を折ったのが自分ひとりじゃなくて安心したよ」

サムは改めてサンジットを見た。どことなく芯の強さを感じさせる少年だ。たしかこの少年は、コヨーテから最後に逃げてきた。そしてその手にある巨大な拳銃と、道路に打ち捨てられた武器の数々を見るかぎり、コヨーテに立ち向かったのは、おそらく彼ひとりだけ。

そして、サムが最初の少年を燃やしたときも、黙って受け止めていた。

「サンジット、だね？」サムは言うと、手を差し出した。

サンジットがその手を握る。「君のことは知ってるよ、サム。有名だからね」

「しばらく一緒に行動することになるな」サムは首を曲げて空を示した。

「家族がいるんだ」サンジットが言う。「だから戻らないと」

「勇敢なのは結構だけど、勇気と無謀をはきちがえないほうがいい。コヨーテたちは明かりがなくても君を見つけられる。君はラナの友だちだろう？」

サンジットはうなずいた。「そうだ。俺たちはクリフトップでラナと暮らしている」

「ヒーラーと一緒に暮らしているのか？」驚いて訊き返す。「まったく、今日はいろんなことを聞かされるな」

「ラナはその、俺のガールフレンドだから」

サムは、Tシャツの一部を身に着けた、ハンバーガーの欠片《かけら》のようなものを燃やした。

「ラナと一緒にいるなら、君の家族は誰よりも安全だ。君が殺されたってなんにもならない。いまはここにいるんだ。ただ、ひとつだけ頼みがある。エディリオと話すのは構わないけど、ほかの子とはしゃべらないでほしい。いまアルバートが失踪した話が広まったりしたら……」そう言って頭をふる。「アルバートは、もっとましなやつだと思ってたけど」なんとも後味の悪い話だった。アルバートが逃げ出した。商売人としては当然の判断なのだろう。しかし、もう少しで「裏切り者」と言ってしまいそうになる。

卑怯者《ひきょうもの》。

腰抜けめ。

アストリッドは協力を申し出るために、打ちのめされ、はずかしめを受けた〝王〟と、臆病風に吹かれた〝商売人〟のもとへ向かっている。

もし町に向かう途中でコヨーテに見つかってしまったら……サムはその想像を押しやった。想像するのも痛ましい。

考えなくては。わびしい荒野でコヨーテやミミズやドレイクに捕まるアストリッドの姿を想像して、愕然としている場合ではない。頭を働かせるのだ。

サムはきつく目を閉じた。

「大丈夫か？」サンジットが訊く。

「大丈夫？」サムは頭をふった。「大丈夫なもんか。頼りにしている仲間たちが見当たらなくて、ただでさえまいっているところへ、これだぞ？」

「ラナがいる」サンジットが言った。「それにクインも」

「クイン？」サムは顔をしかめた。「あいつは何をしてるんだ？」

「ラナがクインを責任者に指名した。彼のもとには漁師仲間がいる」

サムはうなずいたが、サンジットの話はあまり耳に入っていなかった。チェス盤が頭に浮かぶ。ほとんどの手駒は、戦力となるビショップやナイトやルークは、やられたか、行方不明だ。デッカ、ブリアナ、ジャック、アルバート、それにケインを入れたとしても、使える駒はひとつもない。頼もしいナイトのエディリオは、湖に配置しておく必要がある。つまり、残っているのはサムと歩兵《ポーン》だけ。

一方、相手方には、ドレイクとコヨーテ、ひょっとするとペニーもいるかもしれない。そして向こうのキング、ガイアファージは、破壊するどころか、こちらがたどり着くのも不可能だと思われる場所で、厳重に守られている。

「あの番組、なんだっけ？」遺体からあがる煙を払いのけながら、ふと思いついて口にする。「投票で誰かを島から追放するやつ」

「サバイバー？」

「ああ、それだ。『出し抜いて、打ち勝って、生き延びろ』」

「それが？」

「出し抜かれて、打ち負かされる。それが僕だ、サンジット。君は負けチームに加わってしまったみたいだな。僕には何も残っていない。それにもうすぐ、見ることすらできなくなる」

「ちがう。そうじゃないだろう。君は、絶対に闇に閉ざされたりしない」

「〈サムの太陽〉か？」自嘲するように笑う。「あんなものは、ろうそくの光と変わらないさ」

「ろうそくだって、暗闇では貴重な光だ」

サンジットの言葉にサムがすかさず切り返す。

「暗闇では、ろうそくを持った男が格好の的になる」

サムにとって、ひとつだけ明白なことがあった――ここに座って、湖を守るのは自分の仕事ではない。守りを固めても負けるだけだ。それでは、力を蓄えた敵に襲われるのを待つだけになってしまう。たしかに、自分は出し抜かれ、打ち負かされているのかもしれない。それでも、まだ死んではいない。

それ以上サンジットに言葉をかけることなく、サムは湖へ向かって歩きはじめた。


ペニーの姿に、ダイアナはがっくりと膝をついた。どさりと地面に座りこむ。息ができない。

嘘よ……口の形だけでつぶやく。

ペニーは最初にドレイクを見た。その、おぞましい触手を。ついで、宙に浮いた少年に目をやる。そして誰だったかしらというふうに、小首をかしげてブリアナを一瞥する。

やがて、ダイアナに視線を向けた。その瞳が喜びに大きく見開かれ、口もとに浮かんだ笑みがじょじょに大きく、歓喜の笑い声へと変わっていく。

「信じられない」両手を叩いてペニーが言う。「最高だわ」ダイアナの思考が停止した。頭が真っ白になる。反応できない。恐怖のあまり動けない。喉の奥から、低い嗚咽《おえつ》が押し寄せてくる。

もはや痛みは気にならなかった。恐怖だけが、そこにはあった。

ドレイクがペニーに鋭い視線を送った。「誰だ?」

「私はペニー。コアテスであなたに排除された、しがない生徒のひとりよ」

「俺とやり合う気か?」ほんの少し不安をにじませ、ドレイクがすごむ。

ペニーは微笑んだ。「いいえ、あなたはただのろくでなしでしょう。どうでもいいわ。でも、そこにいるダイアナは……」そう言って、気が触れたように高らかに笑う。「私、ダイアナのことが大好きなの。彼女、島でとてもよくしてくれたから」

「私に構わないで」無意識のうちにこぼれ出た懇願の言葉は、自分ではなく、ほかの誰かが発した言葉のようだった。お願い、誰かペニーを止めて。

神さま。ダイアナは必死に訴えた。お願いします。どうか、どうかお助けください。

「赤ん坊は元気?」目を輝かせ、いたぶるようにペニーがたずねる。「男の子と女の子、どっちが欲しい?」

そのとき、ふいに赤ん坊が目を覚ました。虎のようなかぎ爪と、サーベルのような下あごを持つ昆虫じみた顔をした赤ん坊が、ダイアナの腹を内側から食い破って這い出してくる。人間らしさなど欠片もない、野蛮な獣が……いや、そうじゃない、これはケインの顔だ。ケインの顔に無機質なアリの顔が重なり、かぎ爪にえぐられ、痛みが……いやあああ——。

ダイアナは地面に突っ伏した。目の前に、血のかたまりがこびりついたペニーの裸足の足が見えた。

怪物の子供はいなかった。

下腹部は食い破られていなかった。

ダイアナは、地面に顔をうずめたまま泣いた。

「楽しかった？」ペニーが言う。

「こいつに何をした？」ドレイクは感心したようだ。

「ちょっと悪夢を見させただけ。彼女は怪物の赤ん坊を見たの。その子がお腹を食い破って出てきたのよ。ちなみに感触もあるわ」

「おまえ、能力者か？」

ペニーは笑った。「最高にイカれた能力者よ」

「赤ん坊に危害は加えるな」ドレイクはそう警告すると、ジャスティンを横に放り投げ、目の前の侵入者に備えた。

ペニーはまったく意に介さない。「あそこには何があるの？」そう言って、鉱山へつながる小道を示す。

ドレイクは答えなかった。ペニーに向かって鞭を構えたまま、戸惑っている。この少女が敵か味方か、判断しかねているのだろう。

「近くに来たときから感じていたわ」ペニーはドレイクの後ろに伸びる小道に目を向けた。「行く当てもなくてさまよっていたの。でも気づいたら、自分がどこかに向かっていることに気づいた」歌うような声音で続ける。「ここだったのね」そして、夢から覚めたみたいにはっとして「ここね？　前にケインが来たのは。ダークネス。あなたに鞭の手を与えた者」

「会いたいか？」ドレイクが訊いた。

「ええ、会いたいわ」ペニーが真剣な顔でうなずく。

ダイアナは涙で歪んだ視界のなか、ブリアナを盗み見た。時間稼ぎになるのならと、この状況をしばらく静観していたようだったが、ここへきて口を開いた。「ねえ、ふたりともどこにも行けないと思うけど？」

言うや、ドレイクに飛びかかった。

ダイアナは、本気を出したブリアナのスピードを知っている。目にも留まらぬその速さは、腕や脚が見えないばかりか、マチェテを引き抜く動作さえわからない。けれどいま、ダイアナにはブリーズの動きが見えていた。明らかに、動きが遅い。

とはいえ、普通の人間よりは格段に速い。

マチェテがひらめき、ドレイクの鞭が切り落とされた。一・五メートルほどの赤い触手が、死んだ大蛇のように地面にごろりと横たわる。

ブリアナがすばやく向きを変え――やはり足もとが気になるのか、視線を地面に落とした、そのときだった。ブリアナが突然悲鳴をあげ、ダイアナには見えない何かを避けるように飛びあがった。

ペニーの幻影だ！

ドレイクが触手を拾い、腕の切り口に押し当てた。その顔には怒りよりもいらだちがにじんでいた。腕の傷など、せいぜい一時的な不都合をもたらすにすぎないのだ。

ブリアナが狂ったように飛びまわり、はっとしたように視線を向けては、腕を広げてバランスを取っている。

「あいつは何をしているんだ？」ドレイクが訊いた。

ペニーが笑う。「マグマに落ちないようにしてるのよ。それにお友だちのデッカ、だっけ？　彼女の登場を待っていたのかもしれないけど……」言って、暗い砂漠を頭で示す。「彼女はどこかでさまよってるわ。いまごろ現実に戻ろうと必死になってるんじゃないかしら」

ダイアナは、ドレイクの顔に警戒の色が浮かぶのがわかった。ひょっとしたら自分の手には負えないのではないか、そう思いはじめているのかもしれない。「行くぞ。ガイアファージが待っている」

「ねえ、私のことかわいいと思う？」だしぬけに、ペニーがドレイクに訊いた。

ドレイクが凍りつき、ぴたりと動きを止める。その顔には、警戒以上の何かが浮かんでいた。

「ああ」ドレイクは言った。「そうだな、かわいいと思うぞ」

ドレイクの触手が復活した。切り口が急速に、まるで粘土でできているかのように滑らかに溶け合っていく。さながら見えない誰かが切断面をつなぎ合わせ、ころころと転がして粘土の蛇を作ったかのようだった。やがて、ドレイクが鞭を高々とかかげ、ダイアナの顔の前にふりおろした。

「よし、行くぞ」

ブリアナを見ると、危険な幻覚にとらわれたまま、いまも必死に跳ねまわっていた。そして前方では、幼い少年ジャスティンが這いつくばり、闇に向かって進んでいた。

デッカは、暗闇のなかで横たわって泣いていた。暗すぎて、目の前にある自分の両手さえもほとんど見えない。

自分に何が起きたのかわからなかった。一瞬にして凍りつき、完全に動けなくなってしまった。

気づいたときには、何やら半透明な白いネバネバした物体に覆われていた。全身、余すところなく、すっぽりと。それは耳のなかまで入ってきた。見えない指に奥までぎゅうぎゅうと押しこまれたみたいに。

自分の鼓動のほかには、何も聞こえなかった。

力なく身をよじると、首が鳴る音がした。

白い物体は鼻からも侵入してきた。ずっと奥のほうまで。口呼吸を余儀なくされ、けれど口を開いた瞬間に、今度はその物体が口内を満たし、歯の隙間、頬、舌の下、そして喉の奥へと広がった。えずいたところで意味はなく、口と喉をふさいだ物体は、やがて両肺にも、冷たくて濃くて重たい何かをもたらした。

悲鳴をあげようにも、声が出ない。

かろうじて残った理性の部分で、これが現実でないことはわかっていた。現実ではありえない。こんな真似をするのは、こんな幻覚で人の心を満たすのは、きっとペニーにちがいない。

それでも、息ができなかった。どうしても。

まずい、このままでは生き埋めになってしまう。生き埋め――。声を出せない肉体に代わり、デッカの脳が悲鳴をあげる。

幻覚だ。トリックにちがいない。でも、本当に？　この悪夢のような世界で、はたしてこれが現実でないと言いきれるだろうか？

息はできなかったが、自分が死にかけているわけではないこともわかっていた。鼓動は続いている。こんなふうに全身を覆われたら死ぬはずなのに、自分はまだ生きている。

そのとき、白い物体が固まった。粘り気が消え、乾いた粘土と化す。すでに歯が、磁器のような固い何かを嚙み砕いていた。

ふいに、虫どもが体内に現れた。

虫。

本物じゃない——縮こまり、ほんのわずかになってしまった理性が必死に叫ぶ。絶対にありえない。虫は消えたのだ。きれいさっぱり消滅したのだ。だから、自分の体内に虫がいるはずがない。自分の内臓にたかっているはずがないし……ああ、これではサムが切り裂いて、虫どもを排除することができない。自分は磁器の墓に閉じこめられ、虫どもにふたたび食われてしまうのだ。

デッカは延々と悲鳴をあげ続けた。

すると、突然、すべてが消えた。

気づくと、地面にいた。空気が鼻を抜け、両目も開く。

少女がそばに立っていた。「私の新しい悪夢よ。気に入った？」

デッカは、いまにも落ちそうな葉っぱのように身を震わせていた。何も言わず、呼吸だけに集中する。

「追ってこないでね」ペニーが言った。

デッカは追わなかった。

30

10時間　4分

「警鐘を鳴らせ」

　サムの言葉に、エディリオがロジャーにうなずきかけた。港の事務所の屋上に設置された、ベルのもとへとロジャーが駆け出す。

「何をするつもり?」エディリオが訊いた。

「どうしてロジャーとのこと、話してくれなかったんだ?」サムは憮然《ぶぜん》として言った。

　エディリオは面食らったようだった。それでもすばやく立ち直り、弱ったような、照れたような顔をした。「君はやることがたくさんあったから」

「これは別に僕の〝やること〟とは関係ない。ガールフレンドの失踪や、世界の終わり、ドレイクの追跡、そういうのが僕の〝やること〟だ。君に大切な人がいることを知っても、なんの負担にもならないさ」

「それは、その……しばらく自分でもよくわからなかったんだ。ほら、わかるだろ」

「ほかのみんなは知っているのか？」そうたずねながら、サムはばかげた質問だと思った。いまは、そんなことにこだわっている場合じゃない。それでもエディリオは、これがはじまった当初から、サムにとって一番近しい人物だった。自分の知らないことを、ほかのみんなが知っているというのは耐えがたかった。ひどく、傷つく。

「いや」エディリオが安心させるように言う。「誰も知らないよ。でも別に恥ずかしいとか、そういうことじゃないんだ。ほら……僕には大きな責任があるし。みんなに信頼してもらえる人物でいなくちゃいけないだろう。なかにはからかったり、嫌がったりする子もいるだろうし」

「冗談だろ？　すぐにでも漆黒の闇の世界に突入するっていうのに、君の好みをとやかくいう人間がいるのか？」

エディリオは答えなかった。この件に関しては、エディリオのほうがよっぽどわかっているのだろう。サムは、それ以上追及するのをやめた。

「本当のことを言うとさ」サムは言いながら、ゆっくりと頭を左右にふった。「僕にはさっぱり先が見えないんだ。何から手をつければいいのかさえわからない。僕らが生き残れるとは思えない」

エディリオはうなずいた。わかっている、とでも言いたげに。サムの口からその台詞が出るのを覚悟していたみたいに。

「もしかしたら、これで終わりかもしれない。だから、万が一戻ってこられなかったときのために、君に礼を言っておきたいんだ。君は僕にとって兄弟同然だった。本当の兄弟みたいだったよ」エディリオを見ないよう、慎重に視線をそらす。

「ああ、でもまだ僕らは終わりじゃない」エディリオが素っ気なく応じる。それから、ややきつい口調で「じゃあ、行くってこと？」

「この前、君が言ったことはそのとおりだと思う。たしかに、僕が殺されるわけにはいかない。目先のことだけを考えればね。だけど、かりに僕がいくつかの明かりをともしたとしても、この状況をどうにかしないかぎり、どのみち終わりなんだ。暗闇のなかでは作物や魚は育たないし、僕らだって生きてはいけない。そしたら、すぐにでもみんなが火をつけてまわることになって、今度こそペルディド・ビーチは消失してしまう。森も、すべて燃えてしまう。僕らは暗闇じゃ生きていけないから」

　そのとき、大きなベルの音が鳴り響き、話は中断された。ベルがやむと、サムは続けた。

「暗闇を怖がっているのは僕だけじゃない。とにかく、これは何か大きなうねりの一部で、これから何かが起ころうとしている。何かはわからないけど、巨大な……決定的な何かが。短絡的に見れば僕は重要かもしれない。だけど長い目で見て重要な役割を果たすためには、外に出て、突破口を見つけなくちゃならないんだ」

「みんなには？」とエディリオ。

「これから話す」

　暗闇のなか、ほとんど影にしか見えないいくつものボートが、湖面でゆっくりと揺れていた。丸窓から射しこむ〈サムの太陽〉だけが、唯一の光源だ。その光の前を通りかかったときにだけ、互いの姿が確認できる。

「じゃあ、みんなにはきちんと本当のことを伝えないとね」

「トト!」サムは下に向かって叫んだ。「ここへ来てくれ」

トトが甲板にあがってくると、サムは、〈サムの太陽〉を頭上にかかげた。不気味なスポットライトのような光のもと、サム、エディリオ、トトの姿が浮かびあがる。

「これからトトの前で、正直に自分の気持ちを伝えようと思う」

湖面一帯に聞こえるよう、サムは大声で呼びかけた。「最初に、ドレイクはもうここには来ないと思う。ドレイクはいなくなった――とりあえず、いまのところは」

「彼はそう信じている」トトが言ったが、その声は小さい。

「もっと大きな声で」エディリオが促す。

「彼はそう信じている!」

「だから、もう岸に戻ってもらって構わない。それから、ペルディド・ビーチから逃げてきた子供たちがいる。ここに来る途中で何人かが亡くなった。彼らを受け入れて面倒を見ようと思う」

闇のなかからいくつもの不平や反対の声があがり、疑問の声が飛んでくる。

「どうしてって、困っている人がいたら手を差し伸べるのが当然だろう」サムが叫び返す。

「聞いてくれ。ペルディド・ビーチの状況はかなり悪い。どうやらケインが失脚したらしい。それにアルバートも」

「彼はそう信じている！」

「状況はそれほど切迫している。いまアストリッドが……」そこで感情がこみあげ、喉が詰まったが、どうにか声を絞り出す。別に、隠すことではない。サムがアストリッドを案じていることなど、みんな知っているのだ。「アストリッドは、この暗闇のどこかにいる。ブリアナとデッカとオークもだ。ジャックは……まだ助かるかわからない」

「真実だ」トトが言い、再度、声を張りあげてくり返す。「真実だ！」

「ドレイクはダイアナとジャスティンを連れていった。ジャスティンはまだ幼いし、ドレイクが何を企んでいるのかはわからない。だけどそれがなんであれ、光を消した、この染みと関係しているのはまちがいないはずだ」

　トトはうなずいただけだったが、誰も気にしてはいないようだった。

　サムは上空を見あげた。染みはもう、染みではなくなっていた。その仕事を終えたのだろう、上空に残っていた紺色の小さな丸い空が、のっぺりとした黒色に変わっていた。

「僕には、どうすればいいのかわからない。わからないんだ」本当にそのとおりだ、と改めて思いながら、その言葉をくり返す。「僕なら問題を解決できると思われているかもしれないけど、いまは、何も思いつかない」

　どこかから、こちらに聞こえるほど大きな泣き声があがった。誰かが「静かに」と注意する。

「いいんだ。泣きたければ泣いてくれ。僕だって泣きたい気分なんだ」

「そのとおりだ」とトト。

「悲しむのも、怯えるのも構わない。だけど、僕らはこの場所を築いて、これまで力を合わせてがんばってきただろう?」

誰も答えない。

「そうだろう?」もう一度、念を押すように言う。

「そうだよ」声が返ってくる。

「じゃあ、これからも力を合わせてがんばってほしい。ここにはエディリオがいる。エディリオの言うことをよく聞いてくれ」

「でも、リーダーはサムだ!」別の声が叫び、「サム! どこにも行かないで!」と誰かが言う。

サムはうつむいた。喜んでいるわけではないが、それでも、嬉しくないといえば嘘になる。と同時に、ある思いが心に浮かんだ。ちょっと逡巡してから、ようやくその思いを口にする。

「僕は、だめなリーダーだ」

わずかな間を置き、トトが言う。「彼はそう信じている」

思わず笑ってしまった。自分は、本当にそう思っていたのだ。「そう、僕はだめなリーダーだ。これは謙遜でもなんでもない。たしかに、僕には能力がある。だけどみんなを食べさせてきたのはアルバートだし、ここの生活を機能させてくれたのはエディリオだ。それにクインだって、僕よりすぐれたリーダーだろう。僕は、君らに必要とされれば腹を立てるし、必要とされなければ拗《す》ねてしまう。だから、リーダーはエディリオだ。僕は……この両手から光を出せるってだけで、いったい何者なのか、自分でもよくわからない」

　それだけ言うと、自分のスピーチがあらぬ方向に向かってしまったことに戸惑いながら、サムはスポットライトの輪から出た。みんなには、協力と自制を呼びかけるつもりだった。それなのに、大事な局面で自分のばかさ加減をさらしてしまった。

　エディリオが口を開いた。サムより落ち着いたその声音には、わずかにホンジュラス訛りが残っていた。「僕はサムが何者かを知っている。サムが言ったように、ひょっとしたらすぐれたリーダーではないかもしれない。だけどサムは、すぐれたファイターだ。頼もしい戦士、それがサムだ。だから、これからサムは闇に向かう。僕らの敵と戦う。僕らを守るために」

「ああ」サムは小さくつぶやき、自分の手のひらを見つめた。「そうだな」それから、少し大きな声で自分に言い聞かせる。「たしかに、そのとおりだ。僕はリーダーじゃない。戦士なんだ」笑いながらエディリオを見る。「ほんと、僕は理解するのが遅いよな」

　エディリオがにっと笑った。「ねえ、アストリッドを見つけたら、いまの言葉をそっくりそのまま伝えてみてよ。君の理解が遅いってところ。彼女の反応をぜひ知りたいね」

　それから真面目な顔で言う。「みんなのことは心配ない。サム、僕らの仲間を見つけてほしい。それにドレイクに会ったら、あのろくでなしを殺してくれ」

空が閉じてしまった。

完全な、漆黒の闇。

アストリッドは自分の息遣いを聞いていた。

シガーのためらいがちな足音を聞いていた。ゆっくり進んでは立ち止まる。

「もう町までそんなに遠くないわ」アストリッドは言った。

闇のなかで響く声は、なんと奇妙なのだろう。鼓動の音すら奇妙に響く。

「方向をちゃんと把握しておかないと。うっかりすると、同じところをぐるぐるまわることになってしまう」

パニックを起こしてはだめだ、そう自分に言い聞かせる。恐怖に立ちすくんではだめだ。

アストリッドはシガーに手を伸ばした。その手が空を切る。

「手をつないだほうがいい。離れないように」

「君にはかぎ爪がある」シガーが言う。「爪に毒針を仕こんでいるだろう」

「いいえ、それは妄想よ。あなたの心がそう思わせているだけ」

「あの子が、ここにいる」

「どうしてわかるの？」アストリッドはシガーの声のするほうへ身を寄せた。すぐ近くにいるはずだ。五感を研ぎ澄ます。シガーの鼓動が聞こえる？　彼の温もりは？

「見えるから。君には見えない？」

「何も見えないわ」

何か燃やせるものを、たいまつとして使えるような何かを持ってくるべきだった。もちろん、こんなところで明かりをつければ子供たちに見つかってしまうだろうし、それどころか、見られたくない何かにも見つかってしまうだろう。

暗闇に圧迫感を覚えているだけなのはわかっていた。周囲にまとわりついてくる闇に息苦しさを感じ、物理的に閉じこめられてしまったような感覚に陥っているだけなのだ。

そう、明かりが消えただけで、何も変わってはいない。周囲には、あるべきものがあるはずだ。それなのに、まったくそうは思えない。

「あの子は君を見ているよ」シガーが言った。

アストリッドは寒気を覚えた。

「しゃべってるの？」

「ううん、あの子は静かなのが好きなんだ」

「そうね、ずっとそうだったわ。それに暗闇も好きだった。暗闇にいると、あの子は落ち着くの」

やはり、これはピーターの仕業なのだろうか？　静寂と安らぎを手に入れるために？

「ピーター？」

そう呼びかけて、ばからしい気分になった。自分は見えない誰かに、あるいは存在しない誰かに向かって話しかけている。かりにいたとしても、人間ではない、実体を持たない誰かに向かって。

その皮肉に、思わず声をあげて笑ってしまう。つい最近、実体のないスピリチュアルな存在に話しかけるのをやめたばかりではないか。それなのに、また同じことをしているだなんて。

「君が笑うのは好きじゃないって」シガーが、たしなめるように言った。

「それは残念だわ」

沈黙が落ちた。シガーの息遣いが聞こえてくる。まだ、その場にいるようだ。シガーはいまもピーターを――あるいはピーターと思われるものを――見ているのだろうか。

「彼は僕の頭のなかにいる」シガーがそっとささやいた。「自分の内側にいるのを感じるんだ。けど、もういなくなっちゃった」

「つまり、ピーターがあなたを乗っ取っているってこと?」

「僕の意思でね。彼に、昔の僕に戻してもらおうと思ったんだけど、無理だったみたい」

「ピーターはいまどこにいるの?」

「どこかに行っちゃった」悲しげな声。

アストリッドはため息をついた。「必要なときにいてくれないなんて、まるで神さまみたいね」

それから耳をそばだて、大気のにおいを嗅いだ。ひょっとしたら、海のある方向がわかるかもしれない。

　とはいえ、この場所と海のあいだには、ミミズのうごめく広大な沃野が広がっていることもわかっていた。ミミズは、しばらく餌にありつけていないかもしれない。

　ここからハイウェイへ出るまでにも、畑はある。けれどハイウェイに出てしまえば、ハイウェイをたどって町まで行けるだろう。闇のなかでも、コンクリートの道なら迷うことはないはずだ。


　サムは、できれば湖からハイウェイに出る道を進みたかった。というのも、アストリッドがその道をたどった可能性が高いからだ。たとえ、ペルディド・ビーチから湖へやってきた難民が誰も彼女を見かけていないとしても。

　だが、いまはアストリッドを探している場合ではなかった。かりに見つけたとしても、そのせいでサムの動きが制限されてしまう恐れがある。それに、彼女は兵士ではない。デッカやブリアナや、オークとだってちがうのだ。彼らは戦力になるが、アストリッドはそうではない。

　それでも、アストリッドに会いたくてたまらなかった。何をしなくてもいい、ただ、暗闇のなかで自分のそばにいてほしかった。何より、声を聞かせてほしい。彼女の声は理性の声だ。そして自分は、これから谷間の陰に、完全なる暗闇に分け入っていく。

　湖にかかげた、無数の〈サムの太陽〉が発する淡い光が届かなくなると、サムは手のひらで膨らんでいく球体に慰めを見出しながら、新たな光を宙にかかげた。

光は、ほんの数十センチ先までしか届かない。ふり返れば見えるものの、かすかなその光源はすぐにでも消えてしまいそうだった。

一歩、また一歩と、闇を踏みしめていく。

ぎゅっと心臓が縮こまる。

これ以上歯を食いしばれば、粉々に砕けてしまうだろう。

「いつもと同じだ」サムは自分に言い聞かせた。「ただ、暗いだけだ」

明かりが消えても何も変わらないのよ、サム。母から何千回と聞かされた言葉だ。いい？　明かりをつけるでしょ？　それから明かりを消す。ほら、ベッドもタンスも、あなたが散らかした洗濯物も同じでしょう？

そうじゃない、と幼いサムは思ったものだ。闇に潜む脅威は、暗闇でこちらが動けないことを知っている。だから、同じじゃないのだと。

敵にはサムが見えているのに、こちらからは見えなければ同じではないし、敵だけが隠れることなく、自由に動けると気づいていたら、やはり同じではないだろう。

暗くなっても世界は変わらない、そう思いこんだところで意味はない。

世界は変わるのだ。

暗いところで何か嫌なことがあったの？　いつも、そう訊かれた。大人たちは、すべての恐怖が物や場所に由来していると思っている。あるいは出来事に。まるで代数の方程式の一部か何かみたいに、因果関係があると思っている。

ちがう、そうじゃない、まるで恐怖をわかっちゃいない。恐怖は理屈ではない。可能性なのだ。実際に起こったことではなく、起こるかもしれないことが恐怖なのだ。

そう……脅威はすぐそこにいるかもしれない。殺人者。異常者。怪物。すぐそばで、こちらをうかがっているかもしれない。静かに笑いながら、ナイフや銃やかぎ爪を、サムの目の前でふりかざしているかもしれない。

いま、この瞬間にも。

緊張で、すでに脚が痛みはじめていた。湖をちらりとふり返る。ずっと坂道を登ってきたので、それは眼下に見えた。はるか遠くでぼんやりと輝く銀河のごとく、寂しげな地上の星々。ひどく、遠い。

周囲に潜んでいるかもしれない脅威に気を取られ、しばらくふり返ることもできなかった。

昼間の明かりは、可能性を制限する。しかし漆黒の闇を歩くとき、可能性はどこまでも広がっていく。

〈サムの太陽〉をかかげた。その場に置いていきたくはなかった。光のおかげで、石や枝や枯れた茂みが見えるのだ。

いや、むしろないほうがいいのかもしれない。明かりはいっそう闇を際立たせてしまう。それでもこの明かりは、ヘンゼルとグレーテルのパンくずみたいなものだった。これをたどれば、無事に帰りつけるだろう。

それに、自分が左と右、どちらに進むべきかもわかるはず。

だがこの明かりには別の効果もある。荒野にいるものすべてに見られてしまうという効果が。

暗闇では、ろうそくを持った男が格好の的になる。

サムは暗闇を進み続けた。


クインは魚を焼き、子供たちを広場に集めていた。燃えている炎が、じょじょに小さくなっていく。

ラナは必要な治療を終えていた。

いっときの静寂が辺りを満たす。

子供たちはアルバートの家に押し入り、懐中電灯や電池のストックを手に戻ってきた。

クインはただちに没収した。そうしたものは金塊や、あるいは食料よりもはるかに価値が高い。

クインの仲間が、懐中電灯ひとつと、いくつものバールを駆使して教会の信徒席を分解し、木片を炎にくべていた。

誰もその場を動かなかった。いまは、まだ。

町庁舎の石段、長らく放置されたままのマクドナルド、壊れた噴水、そしていくつもの暗く沈んだ幼い顔に、オレンジがかった淡い赤色の光がひらめいている。

通りは闇に沈んでいた。町の姿はもう見えない。会話がやみ、木の爆ぜる音の合間にときおり聞こえる潮騒《しおさい》の音も、あるいは幻想なのかもしれなかった。

空はのっぺりとした黒一色。

この焚火だけが、フェイズにある唯一の明かり。

火のそばにケインが座っていた。周囲には、ぽっかりと空間が空いている。におうのだ。ケインはまだ痛みに泣き叫んでいて、いまは三組目の子供たちが、炎の明かりを頼りにその両手からセメントを削り取っている。いよいよ細かい作業に入っていた。非情な痛みを伴う細かい打撃に、新たな血が流れ出す。

ときおりラナがやってきて、血液で濡れたセメントでノミが滑らないよう治療した。

コンクリートが割れ、ケインの両手がついに離れた瞬間、クインはその場にいた。

「手のひらからやれ」こんな状況になってもまだ、ケインは威圧的な態度を崩さなかった。

小型ペンチで欠片がはがされていく。皮膚も一緒にえぐりとられる。大丈夫かと声をかけられるたび「いいからやれ！」と、ケインが歯を食いしばって言い放つ。

少しずつ、両手の皮がはがされていく。

クインは見ていられなかった。と同時に、ひとつだけ認めざるを得なかった――ケインは傲慢で残酷な人殺しかもしれないが、決して臆病者ではないと。

ラナがクインを引っ張り、炎の明かりが届かない暗がりへと連れ出した。アラメダ通りまで来ると、まったく何も見えなくなった。顔の前にかざした両手さえ見えない。

「どれだけ暗いか見ておいてほしかったの」

ラナはほんの目の前に立っていた。クインには何も見えなかった。

「ああ、暗いな」

「どうする？」

クインはため息をついた。「この真っ暗闇のなかでか？　どうしようもねえよ」

「焚火が消えれば、きっと建物が燃やされる」

「焚火は、もうしばらくもつと思う。必要なら、みんなに少しずつ何かを食べさせるしかない。ピーターの雲のおかげで水はある。けど食べ物は……」

ふたりとも、飢えの記憶は嫌というほど覚えていた。沈黙が落ちる。

「食料をすべて集めよう。ラルフ食料品店の倉庫やアルバートの屋敷から。みんなの家にはほとんどないと思う。全部かき集めたら二日くらいはもつかもしれない。そのあとは……」

「飢えがはじまる」

「ああ」クインには、この会話の要点がわからなかった。「何か考えがあるのか？」

「たぶん、二日ももたないと思う。この暗闇でいったいどうなると思う？　これほど圧迫感に包まれた状態で。自分たちが大きな金魚鉢のなかにいることに、ふいに気づくことになる。暗闇の恐怖と、閉じこめられた恐怖で。たいていの子はしばらく耐えられるかもしれない。けど、問題は〝たいてい〟以外の子供たち。コミュニティの弱い部分。いまにも暴発しそうな子供たちが問題なの」

「ばかな真似をするやつが出たら、こっちで対処する」クインは言った。

「ケインのことは？」

「言っとくけど、俺を責任者に指名したのはおまえだぞ。まさか俺に天才的な答えを求めているわけじゃないよな？」

そのとき、三つ目の息遣いが聞こえた。「パトリック。いい子ね」

ラナが手探りで柔らかな毛に触れ、くしゃくしゃと撫でる気配をクインは感じた。

「じょじょに狂気が蔓延していく」ラナが言った。「完全な狂気が訪れたら……そうなったら、ケインに助けを求めるしかない」

「ケインに何ができるんだ？」クインは訊いた。

「状況を抑えるために、どんな手でも使うだろうね」

「おい、ちょっと待ってくれ」クインは、とっさにラナの腕をつかもうとしたが、どこにあるのかわからない。「つまり、ケインが列からはみ出したやつを片っ端から攻撃するってことか？」

「じゃあ、あんたに食料を盗む子供たちを止められる？　気が触れて建物を燃やす子供たちを止められる？」

「ラナ、いったいなんだっていうんだ？」クインは気持ちが萎えていくのを感じた。ついさっき、クインに責任者をやるよう言った口が、今度はケインを武器のように使えと言う。意味がわからない。

「どういうことか教えてくれ。気持ちが壊れてしまったからって、どうしてそいつらを傷つけなくちゃならないんだ?」

ラナは何も言わなかった。長い、長い沈黙が落ちる。あまりに長い沈黙に、こっそり立ち去ったのではないかとクインが思いはじめたころ、ようやく彼女のものとは思えないほど低い声が言った。「感じるの。こんな暗闇のなかでは、とくに。実際に見えるの。だからあんたよりずっとよくわかってる。頭のなかに、それだけが見えるから」

「それじゃあ理由になってない」

「あれは生きてる。そして怯えてる。ものすごく怯えていて、そう、死ぬほど怯えている。おぼろげなイメージのなかで……あれは、もう私に触れようとはしていない。そんな時間はないんだと思う。あれは赤ん坊を欲してる。すべての希望をその赤ん坊に託している」

「ダイアナの赤ん坊か?」

「あれはまだ赤ん坊を手に入れていない。だから、まだ終わっていないの。この暗闇でこれほど怯えていても、まだ終わりじゃない。本当だよ。まだ、これが底じゃない」

「終わりじゃない……」クインは戸惑ったように、そうくり返した。

「この暗闇で子供たちがパニックになって互いを傷つけはじめたら、私はもう助けてあげられないし、そうなれば、みんな死んでしまう。だけどあいつに、ガイアファージにそんなことをさせるつもりはない。私にあいつは殺せない。赤ん坊から遠ざけておくこともできない。私に、私たちにできることは、できるだけ多くの子供たちを一日でも長く生かしておくことだけ。それは正しいことだと思う。それに……」クインは、自分の胸にラナの手が触れたのを感じた。その手が肩を探し当て、やがて驚くほど強い力でクインの手を握りしめた。「それに、絶対にあいつに勝たせたくない。あいつは私たちが死に絶えることを望んでいる。私たちが生きているかぎり、あいつの脅威は消えないから。だから、絶対にあきらめるわけにはいかないの」

ラナが手を離した。

「もう、それしかあいつと戦う方法はない。生き残ること、そしてあそこにいるみんなを死なせないこと。それだけが、唯一残された手段なの」

31

8時間　58分

こんな感覚は初めてだった。これまでペニーは畏敬の念など感じたことはない。夕陽や流れ星を見た人々がしきりに言い募る言葉さえ、意味がわからなかった。

けれどいま、たしかにそれを感じていた。

視界はゼロ。まるで目玉がえぐり出されてしまったみたいに（ここでシガーのことを思い出し、笑ってしまう）まったくの闇。それでも、自分の向かう先はわかっていた。

足の切り傷は、もはやどうでもよくなっていた。つま先に石が刺さろうが関係ない。目の見えない人のように手探りで、狭い小道を進まなければいけないことも気にならない。ペニーはこのとき、圧倒的な、とてつもない何かを感じていた。

初めて訪れた場所なのに、なぜだか懐かしい気分になる。

ペニーは声をあげて笑った。

「あなたも感じるのね？」

その声に、ペニーはぎくりとした。ドレイクがいた場所から聞こえてきたが、それは少女のものだった。そうか、ブリトニーが現れたのだ。

「ええ」ペニーは言った。「感じるわ」

「もう少し近づけば、頭のなかに声が聞こえてくるはずよ。夢や幻なんかじゃなくて、本物の声が。そして鉱山の底にたどり着いたら、直接彼に触れられる」

奇妙だった。奇妙なことに抵抗があるわけではないが、それでもやはり、ブリトニーはドレイクではない。ペニーが敬意を払っているのはドレイクだ。鞭の手と、何よりそれを使いこなそうという意思こそが、ドレイクを強い男に仕立てている。

それに、魅力的でもあった。以前はドレイクのことなど気にも留めていなかった。なぜならペニーには、ケインがすべてだったから。陰のあるハンサムな容姿と、とびきり聡明《そうめい》な頭脳を持つケイン。ドレイクはまったくちがうタイプの少年だった。たとえるならサメだ。死んだ目と、貪欲な口を持つ、サメのような少年。

いま思えば、ケインについての認識はまちがっていた。ケインは完全にあの魔女、ダイアナの言いなりだったのだ。けれどドレイクは、どう考えてもダイアナに好意を抱いていない。それどころか大いに嫌っている。ペニーに劣らぬほど、ダイアナを憎んでいる。

加えてドレイクは、見栄えも悪くなかった。ともあれ、ダイアナの今後が楽しみだ。ケインを手に入れたように、せいぜいドレイクのことも篭絡《ろうらく》してみるといい。

ブリトニーは最後尾を歩いていた。その前をペニー。そして先頭にいるダイアナとジャスティンが、べそをかき、転びながら、手探りでよろよろと進んでいく。

残念ながら、これだけ離れてしまうとブリアナに見せた幻覚を維持するのは無理だった。そろそろ幻覚は消えているだろう。となれば、ここまで追ってくるかもしれない。

ペニーは暗闇でにやりとした。せいぜい追ってくるといい。能力の届く範囲までやってこい。ブリアナのスピードはすでに役に立たなくなっている。もはや何者でもない。ブリーズ？　上等だ。近くまで来たら、ふたたび超高速で、両脚が折れるまで走らせてやる。

「もうすぐ彼が話しかけてくるわ。私にも、あなたにも」ブリトニーが歌うような調子で言う。「これからやることを教えてくれるわ」

「うるさい」ペニーは一喝した。

「だめよ」真剣な口調でブリトニーがたしなめた。「仲間割れは絶対にだめ」

「絶対に？」嘲るように言い返す。「ドレイクが戻ってくるまで黙ってて」すると、無言の抗議をするように、ブリトニーはむっつりと押し黙った。ペニーは言った。「私は誰の命令も受けない。あなたからも、ドレイクからも。それに、そのなんとかってやつからも」そう口にしながら、緊張のあまり思わず唇を舐めていた。

「ガイアファージよ」言って、ブリトニーが笑う。酷薄な笑いではないが、優越感をにじませた笑いだった。「すぐにわかるわ」

ペニーはすでに見ていた。といっても具体的に何かを目にしたわけではない。目の前にかかげた指さえ見えない闇のなかで、その力を感じていたのだ。一行は、鉱山の入口にさしかかった。ただでさえ真っ暗な闇が、いよいよきつくまとわりついてくる。坑道をたどるのは簡単だった。壁際の木材をたどっていけばいいのだ。けれど、息をするのがむずかしい。

ダイアナの口から低いうめき声がもれた。

ペニーはふと、何か恐ろしい映像を見せてやりたい衝動に駆られた。だが、おそらく無理だろう。いま吸っているまさにこの空気こそが、すでに恐怖なのだ。

「いくつか難所があるから気をつけて」ブリトニーが警告した。「とっても長い下りがあってね、うっかり落ちれば両脚が粉々になってしまうから」

誰にも見えない暗闇でペニーは頭をふった。「いや、冗談じゃない。二度とあんな目には遭いたくない」

ブリトニーが猫なで声を出す。「いつでも引き返してもらっていいのよ」

「そんなこと言って……」つぎの呼吸をするのもひと苦労だった。「本当に引き返したらどうする気？」

「いいえ、引き返さないわ。だってあなたは、これからずっと望んでいた場所に行くんだもの」

「勝手なことを――」うなるように言いかけて、途中でくじけてしまう。もう一度言い直す。「勝手な……」

「気をつけて」ブリトニーが涼しい声で言う。「もうすぐ岩だらけの場所に出るわ。そこは這って進むことになるから」それから、ときおり発するあの奇妙な歌うような声音で告げる。「膝をついて、四つん這いになって、神のもとへと這っていく」


ブリアナは、息を弾ませていた。

暗闇はブリーズにとっての弱点《クリプトナイト》だ。行き先が見えなければ、超高速の力は使えない。暗すぎる。ペニーに見せられた幻覚よりも、さらにひどい。ある意味、あの幻覚は見事だったといっていい。けれどこれは……これは、ただの無だ。

何もない、完全な虚無。

いや、そうではない、と思い直す。マチェテを顔の前にかかげると、ツンと鉄のにおいがした。ショットガンを引き抜き、切り詰めた銃身の感触と、火薬の残り香を確かめる。

銃口がひらめく瞬間を想像する。爆音。

そして、まばゆい光。

そこでふと考える。残りは？　十二発？

いいだろう。

音も聞こえた。小道の先から、彼らの立てる物音が聞こえてくる。そろそろ鉱山の入口辺りだろうか。

ブリアナは、ガイアファージの暗い気配を感じていた。魂にのしかかるこの闇に対し、さすがに平然としてはいられなかった。それでも、すくんで動けないほどではない。ガイアファージの気配を感じても、とくに怖いとは思わない。その気配は、恐ろしく深い声で「近づくな、近づくな！」と警告しているようだった。けれど、まったくといっていいほど恐怖は感じない。警告はたしかに聞こえていた。その背後にいる邪悪なものを感じるし、これが嘘や冗談ではないこともわかっている。そう、この気配が、強大な力と底知れぬ悪意を示していることはわかっていた。

しかしブリアナの神経は人とはちがう。そんな自分に――それから他人のことにも――しばらく前から気づいていた。フェイズができる前からうすうす気づいてはいたが、ブリーズになってからは、とくにそのちがいが顕著になった。

幼かったころのことを思い出す。あれは、いくつのときだったろう。三歳？　ある日、三軒隣に住んでいた年上の、間抜けな兄妹が「あの焼け落ちたレストランに忍びこもう」と持ちかけてきた。

それは古い、大きなイタリアン・レストランだった。焼け焦げた玄関先に警察の黄色いテープが貼ってあることをのぞけば、その外観はほとんど普通の建物に見えた。

すっかり名前を忘れてしまった兄妹が、幼いブリアナを脅かそうとする。「ねえ、ここで人が焼け死んだんだって。その人の幽霊がさまよっているかも。ほら、あそこ！」

全然怖くなかった。ブリアナはむしろ、幽霊がいないとわかるとがっかりした。

そのとき、ネズミが走り抜けた。二十匹以上はいたと思う。それらが何かに追われているみたいに、焼け落ちたキッチンから、ブリアナたちのいる煙くさいダイニングへと駆けこんできたのだ。オラフソン兄妹が——そう、それがあのふたりの名前だ、ジェーンとトッド・オラフソン。こんな名前、覚えてないのも無理はない——悲鳴をあげて逃げ出した。妹のジェーンが途中で転び、膝をかなり深く切ってしまった。

だが、ブリアナは逃げなかった。『トイ・ストーリー』のウッディのおしゃべり人形を片手に握りしめ、その場から一歩も動かなかった。一匹のネズミが立ち止まり、首をかしげてこちらを見たのを覚えている。まるで、信じられないとでもいうように。どうして逃げないんだ？　こんだけデカいネズミだぞ。普通は逃げるだろう？　そう言いたげに。

ブリアナは、こう言い返したかった。だってただの間抜けなネズミじゃない。

ブリアナは、一歩ずつ手探りで進んでいった。ブリーズは言うまでもなく、普通の人と比べても、かなり遅い。

「怖い、怖い、ダークネス。あなたの気配を感じるよ」ぼそりとつぶやく。「でも、しょせんは間抜けなネズミでしょう」

ふり向くと、十個のライトが点々と連なっているのが見えた。多少歪んでいるものの、光の線はおおむねまっすぐ伸びている。湖の光は、とっくに見えなくなっていた。

サムはこの恐ろしい闇のなかにいる、ほかの子供たちのことを考えた。じょじょに明かりが弱まっていく懐中電灯を持っている子もいるだろう。火を熾《おこ》している子もいるかもしれない。しかし、ほとんどの子供たちは暗闇に向かって歩いている。怯えながら、けれど、立ち止まることなく。

暗闇に向かって歩いていく。

気づくと、丘を登っていた。そのまま進む。高い場所からなら何か見えるかもしれない。変な感じだ。闇のなか、山頂に近づいているのかどうかもわからないまま、手探りで進んでいくこの感覚を、いまここで、アストリッドと語り合えたらいいのにと思う。

いまや感覚だけが頼りだった。目ではなく、足首で、体の傾きで坂道を感じる。角度が急だとうっかりよろめいてしまう。あるいは斜面がなだらかになっても、それはそれで驚いてしまう。

〈サムの太陽〉をかかげる。状況を理解するのに少し時間がかかった。まず判別できたのは、錆びついた、古いビールの空き缶がひとつ。

それから、ほんの二メートルほど前方に、崖のようなもの。落ちていれば死んでいたかもしれない。あるいはちょっとした段差だろうか。サムは崖らしきものの端で立ち止まると、耳をそばだてた。足もとの空間に広がる、虚空の音がいまにも聞こえてきそうだった。何やら大きな、圧倒的な感覚。そのうちもっと感覚が研ぎ澄まされていくのかもしれない。が、それはいまではない。いまはまだ、一メートルか、十メートルか、あるいは百メートルの崖の端で、その距離感を測りかねている。

錆びたビールの缶を拾い、崖下に投げ入れる。

何かを打つ音が聞こえるまでに、たっぷり一秒ほどかかった。

そのまましばらく転がっていく。

停止。

ふうっと息をつくと、その音が、暗闇で何やらドラマチックに響いた。

ふたたび来た道を戻らねばならない。さもなくば、深い崖を落ちていくことになる。サムは警戒しながら、ゆっくりとときびすを返した。湖は、丘に隠れて見えないはずだった。とはいえ、絶対的な確信があるわけではない。ぽつんと、明かりが見えた。星のように小さく、はるかにおぼろげな、オレンジ色の光。

遠くで光る、かすかな明かり。ペルディド・ビーチで火でも焚いているのだろうか。あるいは荒野で。それとも島だろうか。ただの幻覚かもしれない。

ため息がもれた。あんな光でこの闇を和らげることなどできはしない。むしろ闇が広大に見えてしまう。どこまでも、果てしなく。小さな明かりは、完全なる闇を強調しているだけだった。

サムは丘をくだりはじめた。丘のふもとにかかげておいた〈サムの太陽〉にたどり着くと、意志の力をふりしぼって左に折れ、ゴーストタウンのある方角へ踏み出した。

あるいは、ゴーストタウンがあると思われる方向へ。

「うわああああああああ」

デッカは地面に向かって吠えた。絶望的な叫び。悲鳴をあげ、土の混じった空気を吸いこんでは、ふたたび悲鳴をあげる。

ペニーはこれ以上ないほどの恐怖をデッカに与えていた。例の虫が戻ってくるかもしれない――そしてデッカは、その恐怖を二度も味わったのだ。あれに耐えるくらいなら死んだほうがいい。何千回でも。またあの恐怖を味わうくらいなら、その前に死を願う。

デッカは誰かが泣き叫び、ぶつぶつと独りごとを言うのを聞いていた。全部、自分の口から出たものだった。

閉じこめられ、生きたまま食われる。

ぴたりと体を覆う白い石、自分の内部へと踏み入ってくる石棺に閉じこめられたまま、延々と内側から食われ続け、抵抗することも、動くこともできずに体内を侵食されていく……。

二度とあんな目には遭いたくない。

絶対に。

あんな目に遭うくらいなら、みずから死を選んでやる。

両手で土をつかみ、あたかも現実にしがみつくように握りしめる。土が指の隙間からこぼれ落ち、ふたたび集めた土が、再度こぼれ落ちていく。それでも、痛みと拠り所を求めて何度でも握りこむ。体が動くことを、あの無情な白い石の牢屋《ろうや》にいないことを確認するために。

私はただの少女だ。どこにでもいる、ごく普通の。デッカという間抜けな名前の、単なるひとりの少女にすぎない。もう充分に戦ってきた。なんのために？　空虚さと、孤独のためだ。それがいま、わかった。むなしさしかない。結局のところ、砂をつかみ、頭のおかしな人間みたいにわめきたてることしかできやしないのだ。

もう、ここで死ねばいい。別に構わない。この暗闇に横たわって、目を閉じる。どうせ見えるものなどありはしない。そうだろう？　デッカ、おまえには恐怖しか残されていない。ならば、死んだほうがましだ。死ねば、恐怖は終わるのだから。

静寂と、静謐《せいひつ》。

これは自殺じゃない。そんなことは絶対にしない。そうだろう？　みずから命を絶つなんて。だけど、解放なら？　そこに罪はあるだろうか。

「神よ、どうして私がこんなことを望むようになったと思う？　ある日、背中のボタンを押されて、最後のカウントダウンがはじまった。いや、最後じゃないか、もうかれこれ……一年近く前からだ。

それだけじゃない。なあ、こんな私を見たかったんだろう？　せいぜい笑うといい。自分がした仕打ちを見るといい。私を勇敢な少女に仕立てあげて、そうして壊してしまった。強かったはずの私はいま、土に埋もれて泣いている。

愛することを教えておいて、それなのに……こんな……。

もう殺してくれ。降参だ。私はここにいる。暗くても、あんたなら見えるだろう。暗視スコープを持っていない？　すべてを緑色に光らせるあの道具のことだ。用意ができたら、ああ、神よ、それを首にかけて、私を見てほしい。あんたのしたことを、とくと見るがい い。

ほら、土に顔をうずめた私の姿が見えたろう？

恐怖に支配された私は、まったくもって滅茶苦茶《めちゃくちゃ》だ。恐怖とはそういうものなんだ。知っているか？　いや、たぶん知らないだろう。神になるってことは、何物をも恐れなくなるということなんだから。

ひとつだけ、お願いしたい。頼むから、殺してほしい。このまま生きていたら、あいつにまた同じ目に遭わされるかもしれない。変な物体に覆われて、押し潰されそうになって、それからやつらがやってきて……あいつらが何をするかは知っている。サムに切り裂かれた体から、やつらが溢れ出してきたところをこの目で見たんだ。

だから、お願いです。天にましますわれらが神よ、頼むから、殺してください。これで願いが届けられるのなら、何度だって懇願します。頼むから、殺してください」

「おまえを殺したくはない」

デッカは笑った。熱に浮かされた心に、本物の声が聞こえた気がした。神の声が。

無言で待つ。

何かの気配を感じた。すぐそばに。

「デッカ？　その声はデッカか？」

デッカは答えなかった。聞き覚えのある声だ。たぶん、神のものではないだろう。

「歩いてたら、おまえの泣き叫ぶ声や祈る声が聞こえてきたから」オークだ。

「そう」答えたデッカの唇は土まみれだった。鼻のなかにも入りこみ、全身汗だくだ。それ以上、言うべき言葉が見つからない。

「死にたいって聞こえたけど」

オークには、土に顔をうずめたデッカの姿が見えていなかった。打ちのめされ、とどめを刺された彼女の姿は見えていない。

「自殺はダメだ」

「そんなつもりは……」デッカは言いかけたが、口に入った砂利が邪魔して言葉に詰まる。

「自殺したら地獄行きだぞ」

砂利を吐き出しながら、デッカは鼻を鳴らした。「本当に地獄なんてあると思ってるのか?」

「そういう場所が本当にあるかって?」

ぶつぶつとつぶやくオークを、デッカは待った。無性に答えが聞きたくなった。本当にあるのだろうか。

「いや」ようやくオークがそう言った。「俺たちはみんな神の子だ。だから神はそんなことはしない。地獄は神の作り話だ」

意外にも、真剣に耳を傾けてしまう。そうせずにはいられない。あれこれと思い出すより、無意味な話をしていたほうがいいのかもしれない。「作り話?」

「そうだ。神は、人の人生がときどき、とんでもなく最低になることを知っている。たとえばいきなり怪物になったり、親友を殺されたりなんかして。だから地獄の話を作った。おかげでみんなは『もっと最低な場所がある、地獄よりはましだ』そう思って、人生を続けていけるんだ」

デッカは返事ができなかった。オークの話にすっかり戸惑っていた。と同時に、オークに対して怒りに近い感情がこみあげてくる。戸惑いと絶望はちがう。戸惑うということは……まだ世界にかかわっているということだ。

「こんなところで何をしているんだ、オーク」

「ドレイクを殺すんだ。もし、見つけられたら」

デッカはため息をついた。手を伸ばし、ようやく砂だらけの脚に触れる。「手を貸してくれ。ちょっと足ががくがくしていて」

オークの巨大な両手がデッカを見つけて引きあげた。やはり、足もとがふらついた。デッカはすっかり弱りきっていた。

それでも、死んではいない。

「大丈夫か？」

「いや」デッカは言った。

「俺もだ」

「私は……」声を詰まらせ、闇を見つめる。自分がオークに顔を向けているのかどうかもわからない。そのまま、感情の波が去るのを待った。「もう、もとの自分には戻れないかもしれない」

「俺もだ」オークが言い、まるで百万キロも歩き続けてすっかり疲れ果ててしまったかのような、大きなため息をついた。「それは自分のしたことのせいでもあるし、自分に起きたことのせいでもある。コヨーテに食われて、こんな姿になっちまった。二度と思い出したくもない。けど、いつまで経っても忘れられないし、いくら酔っても無駄なんだ。いまでも、やっぱり全部覚えてる」

「こんなに暗いのにな」デッカが言う。「いや、こんな暗闇だからこそ、か」

「どっちに向かう?」オークが訊いた。

「どっちもたいして変わらないさ。とにかく、動き出そう。あんたの足音についてくよ」

「うわあああああ」シガーが悲鳴をあげた。アストリッドとつないだ手をびっくりするほど強く握る。

シガーがいきなり叫び出すのは、これが初めてではない。いわば、定期的に起こる発作のようなものだ。しかしこのとき、悲鳴とは別の音がした。一陣の風、腐肉のようなにおい、そしてうなり声。

シガーがアストリッドから引き離された。

アストリッドはとっさに身をかがめた。おかげでコヨーテに脚を食いちぎられることはなかったものの、まともに体当たりを食らって後ろに倒れてしまう。

ショットガンを探して手を伸ばす。金属らしきものに触れたが、銃口をどこへ向ければいいのかわからない。そうこうするうち、コヨーテが、毛皮に覆われた筋肉のかたまりがぶつかってきて、銃をはじかれてしまった。

コヨーテは暗闇でも狩りができる。とはいえ、さすがに視界ゼロではむずかしい。

アストリッドは地面に伏せて転がった。腕を伸ばしてショットガンを探す。一本の指が金属に触れた。

シガーは、絶望に打ちひしがれたような悲鳴をあげていた。うなり声が大きくなっていく。思うように獲物を仕留められないことに、コヨーテもいらついているのだろう。耳と鼻で当たりをつけた場所に向かって、やたらと歯を嚙み鳴らしている。

銃に向かって転がると、自分が銃に覆いかぶさったのがわかった。震える指でそれをまさぐり――あった！　グリップだ。銃を体の下から押し出す。銃身に砂が入ってしまっただろうか。引き金が引けないかもしれない。シガーの位置を予想し、もう一度転がって、ショットガンをかかげた。発砲。

耳を聾《ろう》さんばかりの轟音《ごうおん》。閃光は、かつてないほど大きく見えた。

その瞬間、アストリッドはシガーに殺到している三頭のコヨーテを確認した。そしてわずかに離れた場所でうなりをあげる、四頭目のコヨーテを。閃光がひらめいた一瞬のあいだに、それらの光景がストップモーションとなって映し出された。

それにしても、ものすごい音だ。

片膝をつき、四頭目のコヨーテが立っていた場所に向かって引き金を引く。不発！　装塡するのを忘れていた。すぐさま装塡し、震える両手で真っ暗な空間を狙って、発砲。

ズドン！

閃光の先に、四頭目のコヨーテの姿はなかった。シガーに殺到していた三頭の姿もない。

シガーの白いビー玉のようなおぞましい瞳が、呆然と見開かれている。

コヨーテに何かが起こっていた。その体が、破裂したのだ。

一瞬の閃光では、それ以上は確認できなかった。だがたしかに、コヨーテの内臓がむき出しになっていた。

静寂。

暗闇。

シガーがぜいぜいと息をついている。同じく、アストリッドの呼吸も激しい。

コヨーテの内臓と、弾薬のにおい。

声を出すのに、しばらく時間がかかった。思考が乱れ、なかなか考えがまとまらない。

「あの子は、ここにいる？」ようやく、そう質問する。

「いるよ」シガーが答えた。

「あの子は何をしたの？」

「あいつらに触った。ねえ……これって現実？」

「ええ。現実だと思うわ」

硝煙の立ちのぼるショットガンを手に、アストリッドは呆然と立ちつくした。何も見えない。全身が震えている。ぶるぶると、凍えたみたいに。まとわりつく闇が、濡れたウールでできているみたいに。

「ピーター、私に話してくれる？」

「無理だよ」シガーが言う。

静寂。

「あれが君を傷つけようとしている、って」シガーが言った。

「私を？　あなたは大丈夫なの？」

シガーは笑ったが、しかし楽しそうな笑いではなかった。「僕はもう傷ついているから。ほら、頭がさ」

アストリッドは息を吸い、唇を舐めた。「つまり、それが私を……」シガーを傷つけないよう、婉曲《えんきょく》な表現を探す。

シガーのほうは、まったく気にしていなかった。「狂わせる？　そう、僕の頭はすでにおかしくなっているから、これ以上はやりようがないよね。でも、君までおかしくなってしまうかもしれない」

ショットガンを握りしめる指が痛い。これしか、しがみつけるものがない。鼓動が激しく鳴っている。きっとシガーにも聞こえているにちがいない。全身が震える。

何かほかのものを。なんでもいい、狂気以外の何かを……。シガーから、必要な情報を聞き出すのは可能だろう。だが、シガーが正常な状態を保てる時間は少ない。そのあとは狂気の悲鳴をあげるばかりだ。

だめだ、リスクは冒せない。「先を急ぎましょう」

あたかも行き先がわかっているみたいに、そう言った。これまで、ずっとシガーのあとをついてきた。そしてシガーは――本人いわく――ピーターに導かれてここまでやってきた。

混乱が襲う。それはアストリッドを弄び、からかっている。闇には息苦しくなるような何かがある。ねっとりとまとわりつき、息をするのが困難になるような何かが。

闇は、あまりに圧倒的だった。ぐるぐると同じところをまわっていても、それを知るすべはない。ミミズ畑に足を踏み入れても、きっとミミズに食われるまで気づかない。

「明かりをつけなさい、ピーター！」アストリッドは叫んだ。

しかしその言葉が、闇を通過できるとは思えなかった。

「早く！　これはあなたの仕業でしょう。さっさともとに戻しなさい！」

静寂。

シガーの発作がはじまった。うめき声に、笑い声、キャンディーがいかにおいしかったかを話し出す。

湖で、サムとベッドに横たわっていた光景がアストリッドの脳裏に浮かんだ。サムの筋肉に触れるのが好きだった。なんて幼稚で、愚かなのだろう。これではまるで、ずっと自分が軽蔑してきた、たくましいロックスターや映画スターに熱をあげる少女みたいだ。いや、本当は自分も彼女たちと同じだったのかもしれない。

サムの二の腕に触れた感触を、アストリッドを持ちあげた拍子に筋肉が盛りあがり、樫《かし》の木でできたみたいに固くなったあの腕を、まざまざと思い出す。サムはアストリッドを軽々と持ちあげた。そっと下ろされたアストリッドは、両手をサムの胸に滑らせ、そうして……。

そうしていま、自分はここにいる。亡霊と正気を失った少年をしたがえ、暗闇に佇んでいる。

なぜだろう？

正気を危険にさらせば、あるいは何かを得られるのかもしれない。けれど、何も得られないかもしれない。あるいは破壊されてしまうだけかも。ピーターに心をかき乱されてしまったら、この先いったい何を知るのだろう。

混乱した頭に、解明すべき多くの事柄。だめだ、脳の知的領域を侵されたら、何ひとつ知ることなどできはしない。

「明かりをつけなさい！　つけなさいってば！」暗闇に向かって声を荒らげる。

「脚が、僕の脚が棒になっちゃった。棒から釘が突き出てるよ」シガーがうめく。

銃口をシガーに向け、その惨めな人生を終わらせたくてたまらない、ふいにこみあげた凶暴な衝動に、激しく呼吸をし、あごを食いしばる。だめだ、そんなことをしてはいけない。すでに自分はピーターを犠牲にした。二度と、あんな真似はくり返さない。もう二度と、罪のない命を奪うことは許さない。

罪のない……脳内で、嘲るように声が言う。罪のない？　アストリッド・エリソン、検事兼、陪審員兼、死刑執行人。

ピーターは無罪などではない、と声が言う。ピーターはこれを、すべてを創り出したのだ。この宇宙を生み出したのだ。創造主であるピーターに責任がないわけがない。

「行きましょう」アストリッドは言った。「シガー、手を」

ショットガンを肩に担ぐ。暗闇でシガーの手を探り、ようやくその手を見つけ出す。

「立って」

シガーは立ちあがった。

「どっちかな？」

シガーが言い、アストリッドは笑った。「ねえ、こんな冗談知ってる？　理性と狂気が出口を探して暗い部屋を歩いていく」

さも面白そうにシガーが笑う。

「どういう意味かわかったの？」

「ううん」シガーはあっさり認めた。

「私もよ。とりあえず、先へ進めなくなるまで歩いてみるのはどうかしら？」

外の世界

デニーズのベンチ席に座り、コニー・テンプルはコーヒーをすすっていた。向かいの席には、エリザベス・ハンというリポーターが座っている。ハンは、若くてきれいで頭が切れる。彼女には、これまでにも何度かインタビューを受けたことがあった。ハンはこの〝ペルディド・ビーチの異変〟を、異変が起こった当初から〈ハフィントンポスト〉で報じてきた。

「核爆発装置を作動しようとしている?」

「化学薬品の流出なんてデマよ。人々をドームから遠ざけたいだけ。それっぽく見せるために、きっと直前で薬品を撒いたんだわ」

ハンが両腕を大きく広げた。「核爆発なんて、たとえ地下でおこなったとしても、世界中の地震計が反応するでしょう」

コニーはうなずいた。「そうね。でも――」そのとき、アバナ・バイドゥーが店に入ってきた。ウェイトレスを素通りし、コニーの隣のベンチに身を滑らせる。呼び出しただけで、アバナには何も伝えていなかった。ダリウスの名は伏せたまま、これまでのいきさつを手短に伝える。

「冗談でしょう?」アバナが憤慨したように言う。「その人たち、頭おかしいんじゃない?」

「怖いのよ」とコニー。「人間の性《さが》なのね、きっと。黙って手をこまねいていると、自分たちが無力に感じてしまう。だから何かを、行動を起こしたくなるんだと思う」

「状況を変えたいと思っているのは、私たちだって同じよ」アバナが一蹴した。それから、そっとコニーの腕に手を置く。「みんな、もうへとへとなの。状況がわからないことにうんざりしている」

エリザベス・ハンが声をあげて笑った。「上からの承認がなければこんなことはできないはずよ。それも、かなりのお偉方の」そして考え深げに頭をふる。「きっと彼らは何か知っているんだわ。少なくとも、何かを疑っている。大統領が根拠もなくこんな判断をするはずないもの」

「なんとかして止めないと」

「なぜこんな事態になったのか、いまだにその理由は判明していない」ハンが言う。「だけど原因がなんであれ、あの半球が生まれる際に、自然の法則が書き換えられた。核を使おうなんて、ひと晩で決められることじゃない。ずっと前から計画はあったのよ。ただし、いざというときの選択肢だったはず。それなのになぜ、いまその選択をするの?」

「ドームが変化しているから」コニーは言った。「説明があったの。エネルギー波か何かに変化があったって」そこではっとして、友人の顔を見る。「アバナ、彼らは子供たちを外に出したくないんだわ。だからよ。彼らはバリアが弱まってきていると思っている。そうよ、子供たちを外に出したくないのよ」

「何ものかはわからないけど、これを創り出したものを外に出したくないってことね」アバナがうなずく。「それにしたって、子供たちを標的にするなんて信じられない。標的にするなら、これを創り出したものでしょう」

コニーはうなだれた。そうすることで会話を止めてしまうことも、アバナとハンが心配そうな視線を交わすこともわかっていたが……。

「話しておいたほうがいいと思う」ようやく口を開く。両手でセラミックのマグカップを包みこみ、ふたりを見ないようにする。「あのなかで起こっていること……つまり、超能力を発現した子供たちのことを……ごめんなさい、ずっと秘密にしていたのだけど」唇を嚙みしめる。それからきっと顔をあげ、覚悟を決めた。「サムとケインは、ふたりとも異変の前から能力を発現していた。この目で見たの。だから、能力のことは知っていた。その力がなんであれ、それはバリアのできる前から現れていた。つまり、彼らに影響を及ぼした要因が、バリアのほかにあるんだと思う」

エリザベス・ハンがものすごい速さでｉＰｈｏｎｅを操作し、コニーの話をメモしていく。メモを取りながら「でも、だからってどうして政府は――」と言いかけたところで、眉間にしわを寄せ、はっとしたように顔をあげる。「政府はその能力者が、ドームを作ったと思っているのね？」

コニーはうなずいた。「ドームができたあとに能力が発現したのなら、ドームが消えれば能力も消える可能性が高い。でも、逆だったら？　バリアのできる前から能力が発現していたとすれば、能力者がバリアを創り出した可能性が生じる。もしそうなら、天変地異も、磁場の変化も、パラレルワールドも関係ない。ドームの内側に強大な力を持った何か、あるいは誰かが存在することになる」

ふたたびメモを取る作業に戻ったエリザベス・ハンは、表情を曇らせていた。「あなたに核の話をした人物を教えてもらわないと。これを書くには情報源が必要だわ」

コニーの視界の片隅で、アバナが身を引いたのがわかった。この異変が訪れて以来初めて、ふたりのあいだに冷たい溝ができていた。コニーはアバナに嘘をついていた。ずっと一緒に苦しんできたはずなのに、隠し事をしていたのだ。

そしてこのとき、アバナに疑念が生じたのもわかった。もしかしたらコニーは、この異変を事前に止められたのではないか——。

「彼の名前は明かせない」コニーは言った。

「なら、この話は書けない」

突然、アバナが立ちあがった。激しくテーブルを叩き、カップが揺れた。「絶対に止めてみせる。あの子たちの親に、家族に呼びかけるわ。バリケードを突破する。子供たちを吹き飛ばしたいなら、私も吹き飛ばせばいい」

コニーはアバナが立ち去るのを見守った。

「私にどうしてほしいの?」ハンの声には、怒りといらだちがにじんでいた。「あなたが情報源を明かさないなら、私には手の打ちようがない」

「約束したの」

「でも、あなたの息子が――」

「ダリウス・アシュトンよ!」コニーは、歯の隙間から絞り出すようにその名を告げた。それから静かな、落ち着いた声音で、けれど自分にうんざりしながらくり返した。「ダリウス・アシュトン軍曹。連絡先を知ってるわ。でも名前を出せば、彼は捕まることになる」

「そしてこの記事をいますぐ書かなければ、なかの子供たちは全員死んでしまうかもしれない。どうする?」

「アシュトン軍曹? ダリウス・アシュトン軍曹?」

ダリウスは固まった。背後から呼びかけてくるその声に、聞き覚えはなかった。しかしそのトーンを、何度もくり返し名を呼ぶ口調を聞けば、用件は知れたも同然だった。

ダリウスが無理やり笑みをはりつけてふり向くと、そこにはにこりともしない男女が、バッジをかかげて立っていた。

ダリウスの携帯が鳴った。

「ちょっと失礼」ふたりに断ってから、電話を耳にあてる。

ＦＢＩ捜査官は、電話に出るのを止めるべきかどうか、一瞬迷ったようだった。

ダリウスは人差し指をかかげ、〝ちょっと待って〟の仕草をした。しばらく電話に耳を傾ける。

こうなることはもとより承知だった。ダリウスはいま、自殺同然の行為を犯そうとしている自分を見守るふたりのＦＢＩ捜査官の前で、身を滅ぼそうとしていた。

「ええ」ダリウスは電話に向かって言った。「彼女の話したことはすべて本当です」

そして、ＦＢＩ捜査官が電話を取りあげた。

32

7時間　1分

ダイアナは這い進み、そして倒れた。数えきれないほど無数の切り傷や打ち身ができていた。手のひら、膝、すね、足首、足の裏、どこもかしこも傷だらけで、背中、肩、太もも の裏、腰には、ドレイクの鞭で打たれた跡がある。

しかし、すでに痛みはあまり気にならなくなっていた。どこか遠くに感じる。それは現実に存在する誰かに起きていることで、自分ではない。それは、かつて自分が宿っていた肉体なのかもしれないが、少なくとも、いま、ここにいる自分ではない。なぜならここにいる人物は、いまのダイアナは、痛みよりもはるかに恐ろしいものを感じているからだ。

それは、内側にいる。

赤ん坊。ダイアナの内側で、手足をばたつかせている。

そして、成長している。触れるたび、自分の腹が大きくなっているのを感じた。じょじょに、大きく……たとえば誰かがホースで水風船を膨らませ、しかもその人物は水を止める気はなくて、このままいけば破裂してしまうこともわかっていなくて――。

痙攣が走った。お腹がぎゅっと縮こまる。全神経を集中する。

陣痛だ。

遠い記憶のなかから、その言葉が立ちあがる。

陣痛。

このお腹は本当に大きくなっているのだろうか？　自分の内側にいるこのせっかちな赤ん坊は、はたして現実なのだろうか。それとも、ペニーが見せている妄想？

そのとき、ガイアファージの闇を感じた。肺が圧迫されるような恐怖を感じた。邪悪な欲求を感じ、ますます恐怖が増幅していく。ダイアナを急かすように、奥底から手を伸ばしてくる。まるで、アイスクリームが欲しくてたまらない子供みたいに。ちょうだい、ちょうだい！

だが、はるかに最悪なのは、赤ん坊が示した反応だった。

赤ん坊はガイアファージの意思を感じていた。やはり、そうだったのだ。これは、ガイアファージのものなのだ。

もうどのくらいこうして這ってきただろう？　何度ドレイクの鞭に乱暴につかまれ、岩の壁に折れた爪を立てながら、急坂をくだってきただろう？

しかも、何も見えない状態で。闇はあまりに濃く、記憶のなかの太陽まで侵食されてしまうほどだった。

と、そのとき、とうとう光が現れた。はじめは、幻覚だと思った。永遠に消えたものとばかり思っていた光が、いま、目の前でほのかに、不気味に光っていた。

「行け！」ドレイクが追い立てた。「まっすぐ進め。行け！」

ダイアナは前方に倒れこんだ。お腹がありえないほど大きく、ドラムのようにぴんと張りつめていた。ふたたび陣痛の波に襲われ、腹の内側を万力で締めあげるようなその痛みに、全身の骨が砕け散るのではないかと思った。

暑くて、息苦しい。汗だくで、髪の毛が首にまとわりついてくる。

光が明度を増した。洞窟の床や、壁が、光っている。岩の隆起、洞底から伸びる石筍《せきじゅん》、子供がブロックで作った滝のような岩山が、光のもとであらわになる。

ふいに、ダイアナの足もとでバリアの波動が動いた。ガイアファージの一部である欠片の上に、無理やり導かれていく。

足もとにガイアファージの動きを感じた。ぎゅっと一カ所に固まっていた無数のアリを踏んづけたような感触――怪物の細胞がもぞもぞとうごめいている。

ドレイクが洞窟内を跳ねまわり、鞭を鳴らして叫んでいた。「やったぞ！　どうだ！　ダイアナを連れてきたぞ！　こいつを連れてきたのは俺だ！　ドレイク・マーウィン！　鞭の手だ！」

そういえば、ジャスティンは？　ダイアナは、しばらくジャスティンの姿を見かけていないことに気づいた。

あの子はどこ？　目が見えることに驚きながら、懸命に周囲を見まわす。視界がぼんやりと、緑色に染まっている。ジャスティンの姿はない。

ペニーと目が合った。暗い顔。彼女もまた、この果てしない道中のどこかに幼い少年を置き去りにしてしまったことに気づいたのだろう。

ペニーの状態もかんばしくなかった。ダイアナ同様、ぼろぼろで、血にまみれ、無数の打ち身をこしらえている。漆黒のトンネルを行く旅は、彼女にはあまり向いていなかったらしい。どこかで頭を強くぶつけたのか、頭皮から片目にかけて血が流れていた。

しかしペニーは、すでにジャスティンの不在に興味を失っていた。目を細め、喜びに舞いあがるドレイクを恨めしそうににらんでいる。ドレイクはペニーを無視していた。ペニーをガイアファージに紹介しようとはしなかった。

ガイアファージ、こいつはペニーだ。ペニー、これがガイアファージだ。おまえたちはさぞ気が合うと思うぞ。

笑える想像だった。膝をつくほどの陣痛がなければ、きっと笑っていただろう。

そのときだった。ふいに濡れた感触がした。温かいものが、太ももの内側を伝っていく。

「嘘でしょ」ダイアナはすすり泣いた。

しかしすぐに、いや、本当はしばらく前からわかっていた。この子は――すでに三本の力を宿した、未発達の胎児は――普通の赤ん坊ではないのだと。

何かを求め、挑戦し、結局失敗してしまった、邪悪な父親と母親のあいだにできた子供。

後悔したところで救われない。滂沱《ぼうだ》の涙も、汚点は洗い流せない。自分の内側から溢れ出てくる羊水も、汚点を消し去ってはくれない。苦しみ、打ちのめされ、天に向かって許しを叫ぶダイアナ・ラドリスは、やはり、怪物の母親になるのだ。


調理済みの小さな鳩が、バックパックに入っていた。並々ならぬ食欲を有するブリアナは、いつでもすぐに食べられる食料を携帯するのが好きだった。飢えの歴史のたまものだ。飢餓を経験して以来、子供たちは食べ物に対して神経過敏になっていた。

汚れた指先で骨だか軟骨だかの感触を確かめ、鳩の胸肉を引きちぎる。それから、幼い少年の手を見つけ、肉の欠片を握らせた。

「食べて。少しは気分が落ち着くよ」

ふたりは鉱山の奥深くにいた。ブリアナが危うくマチェテをふりおろそうとした直前に、目の前にいるものがうなり声ではなく、泣きべそをかいていることに気づいたのだ。

それで、どうしたか？　ジャスティンを鉱山の入口まで送っていってもよかったが、それに意味があるのかわからなかった。ここは暗い。しかし、外も暗いのだ。とはいえ外に出れば、おそらくガイアファージのものと思われる、この魂を抑えこまれるような圧力は弱まるかもしれない。

「ジャスティン、何か見なかった？　話してくれない？」

「なんにも見えないよ」洟をすすっていた少年が、声をあげて泣き出した。精神的にかなりまいっているようだ。ブリアナは、珍しく同情を覚えた。可哀想《かわいそう》な子。なぜ幼い少年がこんな目に遭わなくてはならないのか。こんな体験をどうして忘れられるというのか。死ねば、忘れられる、ふと、無情な思いが脳裏をよぎる。そしてそれは、さほど遠くない未来である可能性が高い。

だしぬけに、ジャスティンが口を開いた。「ものすごく長い下り坂があった」

「この先に？」

「そこで置いていかれたんだ」

「そうなの？　でもいい情報だよ、ありがとう」

「ダイアナを助けに行くの？」

「うーん、どっちかといえば、ドレイクを殺しに行こうと思ってるんだけど。でもそれでダイアナが助かるなら、まあ、そういうことになるかもね」

ブリアナはもう一度貴重な鳩の肉をちぎると、ジャスティンに手渡した。食料が減ったところで構わない。これから自分は、命がけの仕事をしに行くのだ。戻ってこられないかもしれない。そうなれば、食料はもうあまり必要ない。

楽しい考えではなかった。

「ダイアナの赤ちゃん、もうすぐ生まれるんじゃないかな」

「そうなったら、完璧だね」ブリアナはため息をついた。「ジャスティン、私は先へ進む。

いい？　君は鉱山の入口へ向かうか、私が戻るまでここで大人しく待ってること」

「戻ってくる？」

ブリアナは短く笑った。「どうかな。でもまあ、私はブリーズだから。ブリーズは止まらないんだよ。もし君がここから脱出して、フェイズからも脱出できてママやパパのもとに帰れたら、外のみんなに伝えてくれる？　できれば私の家族を見つけて――」

喉が詰まった。目に涙がせりあがってくる。なんと、どこにこんな感情が残っていたのだろう。ブリアナは乱暴に頭をふると、髪を撫でつけながら言った。「要するに、ブリーズの活躍を伝えてほしいの。ブリーズは決して怖じ気づかなかったし、あきらめなかったって。やってくれる？」

「わかりました」

「そんなに改まらなくても……」ブリアナは苦笑した。「じゃ、またあとで」

ブリアナはトンネルを進みはじめた。その速度は、普通の人よりわずかに速いかどうかというところ。マチェテを目の前でふりまわし、数字の八や、五芒星《ごぼうせい》、六芒星などを描いて退屈を紛らわす。マチェテをふりまわす速度は、普通の人より二、三倍は速いだろう。いつものスピードとは比べるべくもないが、とにかく適応せざるを得ない。

マチェテが何かにぶつかったところで歩を緩めると、やがて開けた道に出た。手探りで進むようすは、一見したところ、目の不自由な人が杖《つえ》を使って歩いているようだが、その内面は、はるかにタフだ。

ときおり石に触れては前方に放り投げ、ジャスティンの言っていた「ものすごく長い下り坂」に警戒する。

長い下り坂は厄介だ。

思いつつ、ふたたび小石を投げると、いよいよ音が返ってこなくなった。「やっぱり、坂があるのね」じりじりと歩を進め、床にできた溝を確かめる。

四つん這いになって崖の端ににじり寄る。体勢を整え、真下を見ながら「目を開けて、絶対にビビらないこと」と自分に言い聞かせる。

ショットガンを穴に向け、引き金を引く。

ショットガンの音は、あまり静かとは言いがたい。そしてこの閉ざされた空間では、爆撃ばりの轟音がとどろいた。

閃光が、石の壁と、六メートルほど真下にある岩棚をくっきり染めあげながら、十メートル先の空間に突き刺さる。

銃声のエコーがしばらく響きわたった。ジェット機が音速を超えたときの爆音に少し似ている。まちがいなく、ドレイクにも聞こえただろう。もし、この立て坑が自分の思っている以上に深くなければ。

ブリアナは笑みを浮かべた。「そうだよ、ドレイクちゃん。私はまだあんたを追ってるよ」

二度の爆発音。刺すような閃光。

どれほど遠くのものかはわからない。音は遠くから聞こえたような気もしたし、光はもう少し近いような気がした。わからない。

誰であってもおかしくない。ブリアナか、アストリッドか、あるいは暗闇でさまよっている子供の誰かかもしれない。

「まちがいなく、銃声だ」サムは誰にともなくつぶやいた。銃声を聞いてほっとしそうになるなんて、やはりどうかしている。

鉱山の方角から聞こえたとは思えなかった。もっと右のほう、おそらくペルディド・ビーチがあるとおぼしい方角のどこかからだろう。つまり、サムの目的とは関係ない。かりにアストリッドがかかわっていたとしても、サムは彼女を探しているわけではない。何しろ自分の仕事は――。

「残念だな」腹立ちまぎれに、そう吐き捨てる。

あれがアストリッドだったら、もし彼女が戦いのさなかにいるのだとしたら、相手が何者であれ、たとえドレイクだったとしても、〈サムの太陽〉が近づいてくるのを見れば逃げ出すかもしれない。あれがアストリッドだったら――そしてサムはすでにそう思いこんでいた――すばやく行動しなければならない。慎重に足もとを確かめ、〈サムの太陽〉を道しるべに残している場合ではない。暗闇のなかを一直線に駆け抜けなければ。

先ほど閃光が見えた辺りを、心に思い浮かべる。転ばないよう、脚を高くかかげてじょじょにスピードをあげていく。しばらく進んだところで、固い何かに足を取られて顔から地面に突っこんだ。

「そりゃそうだ」立ちあがり、ふたたび走り出す。

正気の沙汰じゃないのはわかっていた。何も見えないこの状態は、目をつぶって走っているも同然だ。足を下ろす場所もわからなければ、壁や枝や獣がすぐそこに、ほんの鼻先に立ちふさがっているかもわからない。

これは自分の選択だ。転ばないよう慎重に進んだあげく、どこにもたどり着けない道を選ぶか、それとも走ってどこかにたどり着く代わりに、崖から転落するリスクを負うか。まったく、人生ってやつは――そう思って皮肉めいた笑みを浮かべた瞬間、茂みに突っこみ、こんがらがって身動きが取れなくなってしまった。

ようやく抜け出すと、立ちあがり、手のひらや腕に刺さったとげを引き抜きながら、サムはふたたび駆け出した。

これまでずっと暗闇に怯えて生きてきた。子供のころは、まざまざと思い浮かぶ空想の、しかし見えない脅威に身を硬くして、ベッドに横たわっていた。けれどこの究極の闇のなかでは、暗闇の恐怖は、自身の恐怖なのではないかと思えてくる。〝いるかもしれない〟何かに怯えるのではなく、いるものに対して自分がどう反応すべきかという恐怖。想像上の悪夢が出現したらどうすればいいかを考えながら、これまで何百、いや何千という時間を過ごしてきた。妄想のヒーローごっこや、決して現れることのない敵を相手に延々とくり返す戦争ゲームを夢想する自分が恥ずかしかった。そうした無数の物語のなかでは、サムはパニックも起こさなければ、逃げもせず、泣いたりもしなかった。

なぜならばそれこそが、どんな怪物よりも、サムが恐れていたことだから。自分の弱さと意気地のなさが露呈すること。怯えることに、サムは人一倍恐怖を抱いていた。

それを解決できるたったひとつの方法は、怯えないようにする、それしかなかった。口で言うのは簡単だが、圧倒的な闇を目の前にして、実行するのはむずかしい。何しろ何も見えないうえに、ここでは本物の怪物が待ち受けているのだ。

夜を照らす明かりはない。〈サムの太陽〉もない。深い深い闇だけが横たわり、見るという概念自体を無効にする。

怯えるな、と言い聞かせても恐怖が和らぐことはなかった。それでも、先を目指して駆けていく。

「とにかく、泣かないこと」サムは、声に出してつぶやいた。

「ハワードに会いたい」オークが言った。デッカはあまりおしゃべりではない。実際、ほとんど言葉を発していなかった。オークも普段は口数が少ないほうだが、なにせ見るものもなければ、やることもない。

足跡を響かせながら、オークはデッカの少し先を歩いていた。この体のいいところは、とオークは思った。ちょっとやそっとじゃびくともしないところだろう。

たいていのものは踏みつぶして進んでいけばいいし、茂みや窪みがあれば、デッカに注意を促してやる。

ある意味、快適な行軍だった。見えるものこそないものの、たいして暑くも寒くもない。問題と言えば、自分たちがどこに向かっているのかわからないことくらいだ。

「ハワードのことは残念だった」いまさらながら、デッカが言った。「友だちだったんだよな」

「ハワードを好きなやつなんていなかった」

デッカは言い返さなかった。

「あいつはドラッグや酒の密売人くらいにしか思われていなかった。けど、ちがう一面だってあったんだ」言いながら、片足で空き缶を踏みつぶし、もう一方の足でホリネズミの穴と思われる土くれをぺしゃんこにする。

「ともかく、俺のことは好きでいてくれた」

デッカの返事はない。

「おまえは友だちが大勢いるからわからないかもしれないけど――」

「そんなにはいない」デッカがさえぎった。その声はまだ震えている。あそこで何があったかは知らないが、おそらく最低な出来事だったにちがいない。オークの知るかぎり、デッカはとてつもなく強い少女だ。ハワードはデッカについてしょっちゅう話していた。悪口を言っていたこともある。たぶん、デッカのハワードを見るあの目つきが原因だったのではないかと思う。顔をうつむけたまま、けれど眉毛を突きとおして見ているのではないかと思うような、あの視線。こちらからは、きっちり編まれたコーンロウと、広いおでこと、鋭い両目しかうかがえない。

「サム」オークはつぶやいた。

「ああ」デッカの声が和らいだ。「サムがいるな」

「エディリオ」

「たしかに、エディリオも仲間だ。でも、友だちとは少しちがう。おまえこそ、シンダーと友だちじゃないのか？　シンダーはおまえを怖がっちゃいないだろう」

その言葉にオークは驚いた。「あいつは俺に親切だ」と認めてから、ちょっと考える。

「それに、かわいい」

「いや、別にあの子がおまえを好きだって言ってるわけじゃないぞ」

「え、ああ、わかってる」もう少し肌が残っていれば、危うく赤面していたにちがいない。

「もちろん、そういう意味で言ったんじゃない」無理やり笑ってみせる。「そういうのは、俺には関係のない話だ。俺みたいなやつを好きになる女子は、そう多くないだろうよ」なるべく惨めに聞こえないように言いたかったが、たぶん、失敗だ。

「ま、私だって同じようなもんだ。私のことを好きになる女の子は多くないだろうから」

「それを言うなら男だろう」

「いや、女だ」

驚きのあまり、オークは足を踏みはずした。「おまえ、レズなのか?」

「私は同性愛者だ。そしてここに仲間はいない。ほかに同性が好きな女の子はいないみたいだからな」

その告白に、オークはすっかり戸惑ってしまった。これまで「レズ」というのは、いけ好かない女子に対するほんの悪口でしかなかった。本気でその意味を考えたことなど一度もなかった。それがここへきて、考えざるを得なくなったのだ。

そのとき、ぴんときた。「じゃあ、要するにおまえは俺みたいなもんだってことか」

「え?」

「ひとりぼっちだ。つまり俺と一緒だ。俺みたいなやつは俺しかいない」

デッカが鼻で笑うのが聞こえた。気さくな笑いではなく、不快な響き。だがそれは、デッカの精いっぱいの反応だった。

「そうだ」オークが続ける。「おまえと俺は、それぞれひとりぼっちなんだ。たったひとりの石人間と、たったひとりのレズ」

「同性愛者だ」デッカが訂正する。だが、そこに怒りはこもっていない。

そのとき、オークの頭に何かが直撃し、目にも何かが刺さった。「気をつけろ。木だ。避けてとおるから腰につかまれ」

ラナは正しかった。ほどなく問題が発生した。木切れに火をともして自宅へ向かおうとする子供を、クインは止めた。

「家に必要なものを取りに行くだけだよ」

「広場の外に火を持ち出すのは禁止だ。悪いけど、またジルの騒動みたいに町を燃やさせるわけにはいかないんだ」

「じゃあ懐中電灯を貸してくれ」

「いや、それは――」

「じゃあ黙ってろよ。たかが漁師のくせに」

クインはトーチをつかんだ。子供は取り返そうとしたが、しかしクインのように、何カ月もオールを漕いで過ごしてきたわけではない。

ひょいとトーチを取りあげる。「どこに行こうと構わない。でも火はなしだ」

その子供を広場に連れ帰ったクインの目に、二本のトーチが遠ざかっていくのが見えた。

悪態をつき、漁師仲間にあとを追わせる。しかし、漁師たちは疲れ果てていた。木材を切り出し、運搬し、細かく切り分け、そのうえ食料を分配してトイレ用の塹壕まで整えたのだ。

やはり思ったとおりだ。ラナはいま、無言でクインを見つめながら、クインも同じ結論をくだすだろうと確信していた。

「ケイン」クインは言った。「火勢を復活させられるか？」

ケインはしばらく姿を消していた。どうやら海に行って体を洗ってきたらしい。服が濡れ、いくぶん身ぎれいになっている。髪は後ろに撫でつけられ、ペニーにつけられたホチキスの跡は、ラナの治療で癒えていた。

　両手は——少なくとも手の甲は——いまも小さなセメントの欠片で覆われていた。指と指を切り離すのに苦労していたようだが、手のひらはかなりきれいになっている。

　火明かりのもとでも、その顔は青ざめて見えた。ハンサムな十代の少年が、一足飛びによぼよぼの老人になってしまったみたいに、ずいぶん年老いて見えた。

　それでも立ちあがったその姿は、どうにか威厳を保っていた。

　ケインは階段に向かった。教会のなかに、燃やせるものは残っていない。最後に残った屋根の部分も、度重なる衝撃に耐えかねて、土埃で広場の焚火を煽りながら、崩れ落ちていた。そしてこのとき、疲れ果てた漁師たちは手すりを引きちぎり、町庁舎のなかから古い木製の事務椅子や写真立て、壊れた机を持ち出していたのだった。

　ケインは机を解体してできた大きな木片に狙いを定めた。腕を伸ばし、両手を広げる。

　机がふわりと浮きあがった。

　顔をあげた子供たちの頭上を飛んでいく。ケインはその木材をゆっくり焚火にくべた。

　ケインが戻った、クインはそう宣言しようとして身を引き締めた。やはり責任者はケインだ。彼が王なのだ。そして悲しいことに、クインはその事実を歓迎していた。この事態を取り仕切るには、自分では荷が勝ちすぎる。

「ほかにできることがあれば言ってくれ」ケインは静かにそう言うと、腰を下ろし、胡坐をかいて炎に見入った。

ラナがそばにやってきた。「どういうこと？　悪さをすることにかけては天下一品のケインでしょう。あいつには悪者になってもらわなきゃ困るのに、いきなり大人しくなっちゃうなんて」

クインは疲労困憊で、気の利いた返事のひとつも思いつかなかった。肩をすぼめてうなだれる。「あとどれくらい持ちこたえればいいんだ？」

「持ちこたえられなくなるまで」ラナが言う。

そのとき、パニックがはじまった。クインには何があったかはわからなかった。突然、焚火の反対側にいた子供たちが叫び出し、悲鳴をあげはじめたのだ。もしかすると、ネズミが駆け抜けた程度のことだったのかもしれない。

それでも、その声につられた子供たちまで騒ぎはじめ、あっという間にパニックは広がった。

ラナが悪態をついて駆け出した。クインもすぐあとに続く。わけもわからず子供たちが悲鳴をあげ、焚火の輪から後ずさり、われ先にと走り出す。

サンジットの妹のピースが、クインにぶつかった。ピースの肩をつかんで声を張りあげる。「何があった？」

ピースは答えず、ただ首をふると、どこかへ走り去ってしまった。

ひとりの子供が暗闇に向かって駆け出した。服に火が燃え移り、逃げ惑うその子の背後で炎がたなびいている。ダーラ・バイドゥーがその少年に向かってフットボール選手並みのタックルを食らわせ、地面に押し倒して炎を消した。

ほかの子供たちは火のついた木切れを手に持ち、まるで敵に囲まれたいにしえの戦士のごとく互いに背を預け、憑かれたように周囲を牽制《けんせい》している。

そのとき、「ママ!」と叫ぶひとりの少女が炎に駆けこみ、クインは恐怖に慄然とした。急いで少女を止めようとしたが、炎の熱に阻まれ、間に合わない。「ばか! よせ! やめろーー!」

と、その瞬間、まるで神の御手に阻まれたかのごとく、少女が炎の外へはじかれた。地面をごろごろと転がされる。乱暴だが、効果的だ。ショートパンツに燃え移った炎が鎮火した。

クインはふり向き、感謝をこめてケインを見た。しかしケインは、クインを見てはいなかった。ラナが子供たちに向かって声を張りあげ、ばかな真似をやめて落ち着くよう、叫んでいるのが聞こえた。

その声に耳を傾ける者がいる一方で、まったく聞いていない者もいる。トーチを手にした何人かが、闇のなかへと消えていく。ぼろぼろの、この哀れな町が火に包まれるまで、あとどのくらいだろうと、クインは思った。

ラナが怒りもあらわにこちらへ戻ってくると、そのまま怒りをぶちまけた。「何があったか知りもせずに、ばかな誰かの叫び声に反応して駆け出すなんて、牛の群れと一緒じゃない。人間なんて大嫌い」

「逃げ出した連中を追ったほうがいいのかな」クインは声に出してつぶやいた。

しかしラナは、まだ興奮が冷めやらぬようで「ほんっと、ときどきこいつら全員呪ってやりたくなる」そう言って、石段にどさりと腰を下ろした。

クインは、ケインが薄く笑っているのに気がついた。その瞳が興味深そうにクインを見る。「クイン、訊いていいか。いつまでストライキを続けるつもりだったんだ?」

「なんだって?」

「シガーの件で、ここにいる全員を飢えさせるつもりだったんだろう?」

クインは体の横でぐっとこぶしを握った。「そっちこそ、いつまでペニーをかばうつもりだったんだ?」

ケインが小さく笑う。「責任者をやるのも楽じゃないだろう?」

「いいかケイン、俺は誰も傷つけちゃいない。人の精神を壊すほどいかれた少女を誰かに差し向けるなんて、そんなことはしていない」

ケインがわずかに肩を落とし、視線をそらした。「そうだな……けど、おまえのせいで俺はずいぶん打ちのめされたぞ。アルバートのやつも、俺を排除する方法をすでに用意していたしな」

「あいつは、いざとなったら逃げるつもりだったんだ」

炎の光のなかでケインの瞳がきらめいた。「ああ、かもな。俺はあの島が気に入っていた。出るべきじゃなかったんだ。ダイアナは反対したのに。ボートはほかにもある。そのうち、アルバートに挨拶に行ってやるさ」

「それがいい」クインは言った。シガーの真っ黒な眼窩に浮かんだ、豆粒のような小さな瞳が脳裏をよぎる。せいぜい島に行くがいい。アルバートの設置したミサイルが実際に使えるかどうか、確認するのも悪くない。

だがケインは、すでにクインの怒りに興味を失ったようだった。「まあ、ここでじき死ぬ確率のほうが高いけどな」

「ああ」これにはクインも同感だった。

「もう一度ダイアナに会いたかったな。もう赤ん坊はいないだろうし」

「ほっとしてるの？」ラナがとげのある口調で訊いた。

ケインは、質問を忘れたのではないかと思うほど、じっと考えこんでいた。やがて、ぽつりとつぶやいた。「いや、悲しいさ」

33

5時間　12分

あれは光?

アストリッドは大きく目を見開いた。じっと見つめる。

まちがいない。オレンジの光。火だ。

火だ!

「シガー、町よ。あそこに火が見えるわ」

「僕も見えるよ。悪魔が踊っているみたいだ!」

ふたりは足を速めた。次第にブーツの下の地面は固く平らではなくなり、ときどき何かの草に足を取られたかと思うと、やがてでこぼこと波打ちはじめ、前進を阻む隆起した土くれが、整然と植物の立ち並ぶ畝に変わっていった。

アストリッドには、光しか見えていなかった。

そして、シガーの悲鳴が鳴りわたった。

だが、シガーが叫ぶのは毎度のことだ。アストリッドは狂ったような悲鳴に構うことなく歩き続けた。

ようやく、はっとした。ブーツの革に何かが当たっている……？

「ミミズよ！」大声で叫び、後ずさる。よろけた拍子に尻もちをつき、地面に電気が走っているみたいに勢いよく飛びあがると、ほうほうのていで固く平らな地面のある場所まで逃げこんだ。

手探りで自分の体を確認する――いた。体をくねらせたミミズが、すでにブーツの革を食い破り、アストリッドの肉体に達しようとしていた。抗《あらが》うミミズを両手でつかみ、全力で引っ張る、と、離れたミミズがコブラ並みの速さで向きを変え、今度は凶暴な歯をアストリッドの腕に沈めてきた。「いや！　離して！」叫びながら懸命に尻尾をつかみ、ようやく体から引きはがした。

ミミズを遠くへ放り投げる。

シガーがしくしくと泣いていた。

やがて暗闇のなかで、泣き声よりも残酷な、けたたましい笑い声が響きわたった。

アストリッドは震える手でショットガンを構えると、発砲した。

畑の端が見えた。

ミミズのただなかで立ちつくす、シガーの姿が見えた。

シガーは畑のなかにいた。

貪欲な口がシガーを掘り進む音が聞こえてくる。飢えた犬が食べ物にがっつくように――。

「ピーター！　ピーター！　シガーを助けて！」

シガーが小さく「ああ」とつぶやいた。

暗闇のなか、ミミズたちが無情に貪る音だけが響きわたっていた。

アストリッドはなすすべもなくその音を聞きながら、へなへなと座りこんだ。涙がこぼれ落ちてくる。膝を引き寄せ、両手で頭を抱えて泣いた。

ミミズの音が消えるまで、どのくらいかかったのかはわからない。悪臭だけが残っていた。

これでひとりぼっちだ。まるで生きているみたいな闇のなか、完全にひとりぼっちになってしまった。暗闇にすっぽりのみこまれてしまった彼女はこのとき、どこかの獣の腹のなかにいるかのような気分だった。

「いいわ、ピーター」ようやく、口を開く。「こうするしかないんでしょう？　扉の向こうにあるものを見せてちょうだい。どんな狂気を隠してるの？　ほら、見せなさいよ！」

そのとき、ピーターを見た。いや、ピーターではない。漆黒の闇のなか、まるで闇そのものがひずんだように、何かが浮かびあがってくる――幼い少年。

「そこにいるの？」

頭皮から頭蓋、そして脳内へとつららが押しこまれたみたいに、ひやりとした感覚が突き抜けた。痛みはない。ただ、ひどく冷たいだけ。

「ピーター？」アストリッドはささやきかけた。

ピーター・エリソンは動かなかった。じっとその場で固まっていた。彼女の頭にそっと触れたまま、微動だにしない。

姉のアヴァターは、複雑に入り組んだ美しい造形を内包していた。そこには記号を取り巻く迷路があり、迷路を内包する地図があり、その地図は天体の一部で……。

ピーターは身を引いた。彼女の内側は、なんと美しく、複雑なゲームなのだろう。

これが、あの黄色い髪と射るような青い目をした少女の正体だったのだ。息をのまずにはいられない。もし、呼吸すべき肉体があったなら。

この複雑ならせんとパターンで遊んではいけない。これまでもそうやってアヴァターを壊してきたが、これは、ばらばらにしてしまったのだ。これは、絶対に壊すわけにはいかない。

ぼくだよ、ピーターだ。

ピーターが話しかけると、アヴァターが震えた。指の先でぶるりと身をよじったそれは、小さくて軽いヘビのようだ。

「ピーター、もとに戻してくれない？　フェイズを、もう終わりにしてほしいの」

声が聞こえた。言葉が光となって、アヴァターから直接立ち昇ってくる。

もとに戻す？　ピーターはいぶかった。自分の創りあげた、この巨大にして最低な世界をもとどおりに？

その答えは、ある種の後悔となってピーターの胸に押し寄せた。ピーターはその力に、自分にこの世界を創り出させたものに手を伸ばしてみたが、そこには何も見当たらない。

ぼくのなかにあるんだ、この力は。

「終わらせることはできないの？」

無理だ。

無理だよ、お姉ちゃん。

ごめんね。できない。

「じゃあ、光を戻してくれない？」

ピーターはアヴァターから身を引いた。彼女の問いに、胸がざわめく。

「待って、行かないで」

ピーターは、その昔、この声がどれほど自分を傷つけたかを覚えていた。まだ肉体があり、奇妙にねじくれた脳みそのせいで、音も色も、すべてが騒がしかったあの当時。

ピーターは動きを止めた。この美しいアヴァターの内側に触れ、その悲しみを取りのぞいてあげたい衝動がこみあげる。いや、だめだ、自分の指は不器用すぎる。いまではそれがわかっていた。テイラーという名の少女を治そうとして、結局ボロボロにしてしまったのだ。

「ピーター、ダークネスは何をしているの？」

ピーターは考えこんだ。そういえば最近、あれの姿を見ていない。ピーターにはあれの姿が見えるのだ。タコのようにうごめきながら、自分のいまいる名もなき場所までやってくる、緑色に光る触手が。

ダークネスは弱っている。バリア全体に張りめぐらされたパワーが弱まってきている。その力こそ、ピーターがバリアを創り出す際に利用したものだった。けたたましい音や、恐怖に引きつった顔が並んだあのパニックの瞬間、ピーターは脳内で叫びながら、ダークネスに向かって手を伸ばし、バリアを作らせたのだ。

その力がいま、弱ってきている。そのうち、壊れて割れてしまうだろう。

死んでしまう。

「ダークネスは、ガイアファージは死にかけているの？」

あれは生まれ変わろうとしている。

「生まれ変わったらどうなるの？」

ピーターにはわからなかった。言葉に詰まり、自分の内面を姉に開いてみせる。自分の創った巨大な球体、秩序も法則も撥《は》ねつけるバリア、ガイアファージで作られたバリア、それが生まれ変わるための卵になったこと、絡まり合った数字、十四、宇宙から別の宇宙へと何かが通過するたびに生じるひずみ——そうしたすべてのイメージを、アストリッドに示してみせる。気づくとアストリッドが、頭を抱えて悲鳴をあげていた。姉のアヴァターのなかから、奇妙な悲鳴が飛び出してくる。ぽんと言葉が湧き出しては、ピーターのまわりで弾けていく――。

ピーターは身を引いた。

自分は、姉を傷つけている。

どうしよう。不器用な指先と、自分の愚かさのせいで、姉を傷つけてしまった。

嵐に舞う雪片のように、アストリッドのアヴァターがひらひらと飛ばされていく。

ピーターは背を向けて駆け出した。


「ああ！　生まれる！」

仰向けになって膝を曲げ、脚を大きく広げたダイアナは、全身汗だくになって体をこわばらせていた。いまや陣痛は、数分おきにやってくる。しかも一度の陣痛が長いため、休む時間はないに等しく、熱くすえた空気を一瞬吸いこむのが精いっぱいだ。

泣き叫ぶ気力は残っていない。ひたすら肉体の指令にしたがうだけ。そして肉体は、本来なら数カ月後にやるべきことをやっていた。準備はできていない。赤ん坊の準備も整っていない。それでも、腹に襲いかかる強烈な波は別のことを主張する。

時は来た！

いったい誰が出産を手伝ってくれるというのだ？　誰もいない。ドレイクは畏れをにじませて見入っているし、ペニーは嘲るように口の端を歪ませている。どちらも手出しをしなければ、口を開こうともしない。心で、そして頭でわかっていたのだ。この空間で、ダイアナのほかに赤ん坊の安否を気遣っているのは、緑色に脈打つ怪物だけだということが。

ダイアナは、それの渇望を感じた。

赤ん坊の運命を決するその意思を。

痛みがあることはわかっていた。それでも、ドレイクの鞭ほどひどくはない。

泣き叫んだのは、痛みのせいではなく、絶望のため、決してこの子の母親になれないのだという確信のためだ。母になることすら叶わぬからだ。自分が許されず、人間社会から追放されたまま、いまなお邪悪な行為の傷を負っているからだ。

人肉を食べたことで――。

耐えがたいほど飢えていたのだ。それこそ、死にそうなほどに。

もう謝ったでしょう。自分の行動を後悔し、許しを求めたでしょう。これ以上、どうしろというの？　どうしてこの子を助けてくれないの？

ペニーが傷ついた足をかばうようにしてそばへ近づいてきた。前かがみになり、ダイアナのこわばった顔をのぞきこむ。

「この人、祈ってるわ」そう言って笑う。「祈るべき神を見せてあげたほうがいいかしら？私ならどんなものでも――」

ダイアナの血の涙に覆われた視界の先に、ペニーがよろめくのが見えた。マリオネットのように激しく引き戻された少女が、顔から壁に激突する。

ドレイクが笑った。「ばかなやつ。何か欲しいものがあれば、ガイアファージが知らせるさ。求められてもいないのに、おまえの力のすごさとやらを考えるのはやめておけ。ここに神はひとりしかいないし、それはダイアナの考える神じゃない。それにもちろん、おまえの思っているようなものでもな」

ダイアナは、妊娠に関する本で読んだ知識を思い出そうとした。しかし出産のパートはほとんど読んでいなかった。出産なんて、まだまだ先のはずだったのだ！

陣痛がくる。ああ、大きい。

吸って、吐いて。

またくる。

「あああああ！」たまらず叫んだその声に、ドレイクの嘲笑が重なった。しかしドレイクは、笑いながらその姿を変化させていた。むき出しの歯に、金属のワイヤーがきらりと光る。がんばれ、耐えるのだ、ダイアナは自分に言い聞かせた。考えてはいけない。とにかく耐えて――。

新たな陣痛。巨大なこぶしに内臓をきつく、締めつけられているみたいだ。

ブリトニーが現れた。ダイアナの脚のあいだにひざまずく。

「頭が見える。頭頂部よ」

「もう、少し――」ダイアナは喘いだ。そして己を鼓舞するように叫んだ。「いきめ！」

そのときだった。目にも留まらぬ速さで何かが飛来し、ブリトニーの頭が転がり落ちた。ダイアナの腹の上に着地したそれが、どさりと横倒しになる。

ズドン！

ペニーの左腕に何かが命中。小さなステーキほどの肉塊が蒸発し、左肩にあいた穴が血煙をあげる。

ブリアナの顔が現れ、ダイアナを見下ろした。「ここを出よう！」

「無理よ……無理……ああああああ！」

「まさか、出産してるの？」信じられないと言わんばかりに、ブリアナがなじるように言う。「このタイミングで？」

ダイアナは、ブリアナのシャツを力いっぱい握った。「この子を助けて。私のことはいいから。この子を助けて！」


サムは彼女を見つけた。姿ではなく、その音で。泣き声と、引きつった笑い声で。いくつか光をかかげると、こちらに気づくことなくうずくまっている、アストリッドの姿が見えた。

少し離れたところに、ミミズの群がった骸《むくろ》が見えた。

サムは無言でアストリッドの隣に腰を下ろした。その肩に腕をまわす。

サムの存在に気づいていないのか、はじめ、アストリッドはなんの反応も示さなかった。やがて、わっと泣き出し、サムの首もとに顔をうずめた。

しゃくりあげる音が変化し、恐怖で引きつった笑いがやみ、悲痛な嗚咽がおさまっていく。やがてアストリッドは、静かに泣いた。

サムは何も言わずにじっと寄り添い、好きなだけ彼女を泣かせてあげた。

悪を倒して仲間を救わんと湖を出た戦士はいま、豊かなブロンドの髪に指を絡ませ地面に座る、ただの少年になっていた。

その目は何も見ていなかった。何も期待していなかった。何も企んではいなかった。ただ、座っているだけだった。

ブリアナは、ブリトニーの頭を拾いあげた。びっくりするほど重い。その頭を、トンネルの彼方《かなた》に向かって思いっきり投げつける。

ブリトニーの胴体がふらりと起きあがり、早くも頭を探しに行こうとするかのような仕草を見せたので、ブリアナはその脚を至近距離から撃ち抜いた。血色の悪い脚を一本失い、ブリトニーの体がバランスを崩して倒れこむ。

ペニーがショックをありありと浮かべて見つめる肩の傷口からは、血液がとめどなく溢れていた。

とどめを刺せ、ブリアナは自分に言い聞かせた。しかし、踏みきれない。ペニーは人間だ。普通ではないとはいえ、やはり生身の人間なのだ。一方で、ドレイク／ブリトニーはそうではない。頭を切り落とされた人間は、普通、立ちあがって歩き出そうとしたりはしない。

弾丸を薬室に送りこみ、ペニーを狙う。

と、ふいに銃が手のなかで吹き飛んだ。暴発！

銃を取り落としながら、しかし、ブリアナにはわかっていた。これはペニーの見せる幻覚だ。

水鉄砲のように血を噴射しながら、この少女はなおもブリアナの頭を掻きまわすことができるのだ。

幻覚を無視してショットガンに手を伸ばす。と、そのとき、ダイアナの切迫した悲鳴が響きわたり、ふり返ると、いまにも赤ん坊が生まれそうになっていた。

「嘘でしょ！」ブリアナが悪態をつく。「勘弁してよ」

しかし、ダイアナの獣のようなうなり声とともに、それはぐんぐん押し出され、ここでブリアナが行動を起こさなければ、赤ん坊は岩の上に投げ出されてしまうだろう。

すばやくショットガンを引き寄せ、ズドン！　ろくに狙いもせずにペニーに向かって発砲、そしてすぐさま、赤ん坊の頭の下に両手を差し出した。

「ヘビみたいのが首に絡まってる！」ブリアナは叫んだ。

ダイアナが体を起こして叫ぶ。「それはへその緒。首に絡まってたら、窒息しちゃう！」

「ええ、ぬるぬるしたの嫌いなんだけど」不満をもらしながら、ブリアナは赤子の頭を少しだけ押しやったが、いまにも生まれ出ようとしている赤ん坊を押し戻すのは容易ではない。「うわ！」と何度か叫びながら、赤ん坊の頭に絡まったへその緒をどうにかほどいていく。

　すると、赤ん坊がするりと出てきた。べしゃりと何かがこぼれる音とともに出てきた赤子は、半透明の得体の知れない何かをくっつけ、へそからは脈打つヘビのようなものが伸びている。

　ダイアナが体を震わせた。

「こんなのやったことないし」ブリアナは言いながら、ペニーのようすを確認しようと視線を向けたが、見当たらない。

　ブリトニーの体も消えていた。こちらは頭を探しに行ったにちがいない。

「へその緒を切って」ダイアナが言う。

「え？」

「へその緒。ヘビみたいなやつ」

「ああ、このヘビみたいなやつね」

　マチェテを手に持ち、高くかかげて、へその緒を両断。「血が出てる！」

「結んで！」

　ブリアナはTシャツの腰の辺りを引きちぎると、結びやすいようにねじってから、十五センチほどになったへその緒の端に巻きつけた。「うわ、ぬるぬるする」

　両手を赤ん坊の下に差し入れた。背中もぬるぬるしている。それからようやく赤ん坊を見下ろし、笑みを浮かべた。

「女の子だ」

「連れてって！」ダイアナが叫ぶ。

「すうすう言ってる。あれ、赤ん坊って泣くもんじゃなかったっけ？　映画なんかじゃ泣いてるけど」

眉をひそめて赤ん坊を見つめる。赤子の目は閉じたまま。何かが、おかしい。この子は泣かないばかりか、ものすごく落ち着いて見える。まるで、この世に生まれたことなど、たいしたことではないとでも言いたげに。

「ここから連れ出して！」そう叫んだダイアナの声が、何やら遠くから聞こえた。

ブリアナは赤ん坊を抱きあげた。と、その目が開いた。小さな青い瞳。青い――？

その瞳をまじまじと見つめる。赤ん坊も見つめ返してくる。じっとブリアナを見つめ返すその瞳は、新生児が薄く開けた目ではなく、知性を備えた子供のそれだった。

「え？」

と訊いたのは、赤ん坊が何か言ったように聞こえたからだ。この子は、ベビーベッドに寝かせてほしがっている。

それはそうだろう。白いすてきなベビーベッドに寝かせてほしくない赤ん坊などいはしない。

そのとき、病院内でサイレンが鳴り響いた。執拗に鳴り続けるサイレンをブリアナは無視した。それより赤ん坊をベビーベッドに……。

ちがう。これはサイレンじゃない。

声だ。

走って、走って、走ってえええ！

呼吸が浅くなる。赤ん坊は緑のシーツがかかった快適なベビーベッドに寝かせてほしがっている。

緑？　白じゃなくて？

たしかに、緑もいい色だ。

これ以上、赤ん坊を抱いていられない。この子は百万キロくらいあるにちがいない。腕がだるくて、緑のシーツに――走って！　走って！　だめーーー！

ブリアナはまばたきをした。はっと息を吸いこむ。

見下ろすと、不気味な緑色に覆われた石の上に赤ん坊が横たわっていた。よく見ると、石は無数の小さなアリのよう。

「だめ、ブリアナ！　だめよ！」ダイアナが叫んだ。

ブリアナは自分がたったいましてしまったことに呆然としたまま、ざわざわとうごめく緑色のかたまりが、赤ん坊の腕や脚や腹に殺到し、水が入っていくように鼻や口に流れこんでいくのを見つめていた。

ぼろ切れを肩の傷に当てたペニーが、笑いながら後ずさったかと思うと、どさりと床に倒れこんだ。

「私、いったい何をしたの？」ブリアナは叫んだ。

物音。ふり向きざまにしゃがみこみ、かろうじて鞭を回避する。

ショットガンをつかみ――ズドン！　ドレイクの腹をぶち抜いた。その顔に、サメの笑みが広がった。

もうやだ。たくさんだ！

ブリアナは駆け出した。

外の世界

デニーズの駐車場に停めてあった車にたどり着いたとき、アバナ・バイドゥーは震えていた。息が苦しい。

だめだ、絶対にそんなことをさせるわけにはいかない。だが、まずは落ち着かなければ。連中の計画を止めるつもりなら、コニー・テンプルに腹を立てている場合ではない。

嘘つき！

アバナはiPhoneを取り出すと、震える指先で〈家族リスト〉を開いた。

最初はEメールからだ。

緊急事態発生！ドームが爆破されようとしています。爆破に関するたしかな証拠をつかみました。至急地元の上院議員及び下院議員、そしてメディアに連絡してください。一刻を争います。近くにお住まいの方はここへ来てください！　化学薬品流出というのは嘘です！　どうか騙されないで！

つぎはテキストメッセージだ。内容はEメールの短縮版。

核爆弾で〝異変〟が吹き飛ばされようとしています。関係者に連絡を！　冗談でもまちがいでもありません！

ついでツイッターを開く。

＃ペルディド家族　核が使われる模様。冗談でもまちがいでもない。いますぐ助けが必要。可能なら集まって！

そしてフェイスブックには、少し長めの文章で同じ内容を投稿した。

よし。これで隠蔽はできないはずだ。

コニーが店から駆けてきた。自分の車に飛び乗り、エンジンをかけ、タイヤをきしませアバナの隣までやってくる。アバナは車の窓を下ろした。

「アバナ、私に腹を立てるのはあとよ」コニーが言った。「ついてきて。通れる道があると思う」

言うなり、コニーは駐車場にタイヤの跡を残して走り出した。

「たしかにね」アバナはつぶやくと、片手で車を発進させた。反対の手に握った電話が、続々とメッセージを受信しはじめていた。

34

4時間　21分

「あの子は制御できていないの」アストリッドが言った。永遠とも思える沈黙を経て、ようやく口にした最初の言葉だった。

あれからしばらくして、アストリッドが泣きやもうとしていることにサムは気づいていた。しかし、なかなか止められなかった。そうしてさらに長い時間が経ち、もしかしたら彼女は眠ってしまったのかもしれないと思った。そして、もしそうなら、このまま寝かせてあげようと思っていた。

エディリオやほかの仲間たちが自分に何かを——すべてを——解決するよう望んでいることはわかっていた。ついさっき、自分がリーダーではなく、その肩にすべてを負っているわけではないのだと思いいたった。自分の役目は戦うことなのだとわかって安堵した。驚異的な力を持った戦士、それが自分なのだと。この両手には力があり、その力を使うだけの強さと勇気と暴力性を、自分はたしかに備えている。

しかし同時に、アストリッド・エリソンを愛するひとりの少年でもあった。こんな状況で、とても戦う気になどなれはしない。ドレイクが目の前に現れ、命がけの戦いでも挑んでこないかぎり、打ちのめされたアストリッドを置き去りにするなど、絶対にできはしない。

自分は戦士だ。だが、これもまた自分なのだ。これが何であれ。

「誰が？」サムは訊いた。

「ピーターよ」

「ピーターはもういないだろう」

アストリッドがため息をついて身を離す。サムがようやく解放された腕を伸ばすと、すっかり痺れてしまっていた。

「あの子を頭のなかに呼んだの」

「記憶を思い出したってこと？」

「ちがう。それに言っておくけど、別に頭がおかしくなったわけじゃないから。たしかに危なかったけど、その前にあなたが来てくれた。それで、ついあなたにすがりついてしまったの。みっともないわよね。われながら恥ずかしくて嫌になっちゃう。でも、本当にぎりぎりだった。頭のなかがぐちゃぐちゃになって、混乱して……うまく説明できないんだけど。脳内が損傷したみたいな……ああ、ごめん、余計わからないわよね」

サムは黙って彼女の話を聞いていたが、まったく理解できていなかった。彼女は頭が混乱したというが、もしそうなら、それはおそらく……ストレスのせいだろう。

まるでサムの思考を読んだように、アストリッドが小さく笑った。「いいえ、サム。私は大丈夫。泣いたらなんだかすっきりした。ごめんね、泣かれたって困るよね」

「君はあんまり泣かないからね」

「あんまりじゃなくて、まったくでしょう」いつもの毅然《きぜん》とした口調でアストリッドが言った。

「まあ、めったには」

「ピーターのせいなの。あの子は……あの子がなんなのかはわからない」その言葉には驚嘆の響きが、新たな発見に対する感慨のようなものがこめられていた。「フェイズには、ある種の異空間が、ある種の現実が存在する。ピーターは精霊のような存在で……あの子の肉体は消えて、昔の脳みそからも解放された。データっていえばいいのかしら、あの子はデジタル化された何かに変容している。ええ、自分でもわかってるわ、おかしなことを口走ってるって。これは私に理解できる事象じゃない。どうにもつかみどころがなくて、ピーターにも説明できない」

そう、とサムはうなずいた。ほかにどう言えばいいのかわからない。

「覚えているのは、ガイアファージのこと。ここで何が起こったのか、わかったわ」

それから三十分ほどかけてアストリッドは説明した。最初はしどろもどろだった口調が、自分を取り戻すにつれて明確に、歯切れよくなっていき、やがて矢継ぎ早に繰り出される説明についていけなくなったサムは、話が終わるころにはぐったりしてしまっていた。

それでもサムの理解の遅さにいらつき、呆れたような表情を見せるアストリッドの姿は、サムにとって何よりほっとできるものだった。

「つまり、ガイアファージはバリアの一部で、バリアはガイアファージの一部なんだね」

話が終わると、サムは自分なりに要約した。「ガイアファージはバリアを作るためにピーターが利用した素材で、そのガイアファージの燃料が尽きようとしている。エネルギーがないからバリアが弱く――黒くなって、たぶんこのままだと壊れてしまう。って、それすごくいい話じゃないか。最高のニュースだ」

「そうね。ガイアファージがバリアから脱出しないかぎりは」

「どうやって脱出するのさ？」

「わからない。けど、想像ならできる。いい？ ガイアファージがドレイクにあのおぞましい鞭を与えるには、ラナの力が必要だった。あれからガイアファージは、ずっとラナを取り戻そうとしているし、ピーターのことも誘いこもうとした。ピーターはいま、その力の大半を失ってしまっていて、あの子の目に見えるデータ・パターンを介して人や動物に干渉することはできるみたいだけど、以前のような奇跡はもう起こせない。なぜだかあの子の力は、肉体があって初めて機能していたみたいだから。ラナの力がラナの肉体に宿っているように」

「赤ん坊か」サムははっとした。「ガイアファージは赤ん坊を欲しがっている。それはわかっていたけど、理由まではわからなかった」

「ダイアナは能力値が読めるでしょう？　これまでに……」

サムはうなずいた。「赤ん坊は三本だって。まだ生まれてもいないのに。あの子が生まれたら、あるいは成長したら、どんなことになるか想像もつかない。ダイアナはまだ妊娠四カ月か、五カ月……ごめん、正確にはわからないけど。そういう話をされるたびに、なんていうか、その……」サムは、ふいに悪寒が走ったみたいに、ぶるりと体を震わせた。

アストリッドが信じられないと言わんばかりに首をふる。「嘘でしょう？　そんなことで――妊娠に怖じ気づいたっていうの？」

「だって、ダイアナは僕に触らせようとしたり、そのお腹をだよ、いろんな気まずい話をしてくるから」そう言って、自分の胸を指さし、小声で言う。「乳首のこととか」

「ふうん」冷ややかな声。「それで動揺したってわけね」

サムは慌ててアストリッドに腕をまわし、キスをした。もうすっかりいつものアストリッドだ。

「それで？」しばらくして、アストリッドが訊いた。

「ドレイクがダイアナを鉱山に連れていく時間は充分にあった。そこに乗りこむのは、僕ひとりじゃ無理だ」サムは考えを口にしていった。「ダイアナにはつらいと思うけど、とりあえず赤ん坊が生まれるまでは彼女が殺されることはないと思うし、それはまだ何カ月も先のことだ」

「逆を言えば、ガイアファージのバリアが壊れるまで数カ月あるってことよね。そんなに長いあいだ、こっちはどうやって生き延びる？」

サムは肩をすくめた。「それは、わからない。いまのところは。でも鉱山に行くなら、もっと戦力が必要だ。ブリアナ、デッカ、テイラー、オーク、それにケイン。とくにケインが手を貸してくれれば、かなり助かる」

「じゃあ、ペルディド・ビーチへ向かう？」

「ああ。ゆっくり、慎重にね。少しでもみんなが安全に移動できるよう〈サムの太陽〉を道々残していこう。帰りは精鋭たちと一緒に湖まで戻りたい。ガイアファージの追跡はそれからだ」


しばらくして、ドレイクは鞭の手で赤ん坊を取りあげた。柔らかい。ドレイクには、この赤ん坊が何なのか、誰であるのかわかっていた。

そっと、ダイアナの腹の上に置く。

「ミルクをやれ」

ダイアナがかぶりをふった。

そのようすに笑みがこぼれる。どうやら皮肉も尽きたらしい。もう少しいじめてやろうか……。いや、だめだ。ガイアファージの意思は明らかだった。赤ん坊を育て、守らなければ。何しろこの赤ん坊はガイアファージなのだ。ドレイクの神であり、付きしたがうべき人物なのだ。

たとえ、赤ん坊が女であっても。

それだけが悔やまれた。男の体を手に入れられればどれほどよかっただろう。だが、まあいい。肉体など、どうせ道具か武器にすぎないのだから。

ドレイクから赤ん坊を受け取ると、ダイアナはぎゅっと目を閉じて、涙を流した。

赤ん坊がダイアナにしがみつき、母乳を飲む。

それからドレイクは、ガイアファージに急かされるようにしてペニーのもとへ向かった。

ペニーの顔は幽霊のように真っ白だった。鉱山の地下は相変わらずの熱さだというのに、ぶるぶると体を震わせている。

ペニーは自分の血だまりのなかに倒れていた。

別にどうでもよかった。ひとりよがりで、自信過剰の女など、ガイアファージには必要ない。

そのとき頭に声が響き、ドレイクははっとしてふり向いた。赤ん坊がダイアナの腹の上に座っていた。座って、ドレイクを見ていた。

赤ん坊には詳しくないが、それでも、これは普通じゃない。それくらいはわかった。どう考えても尋常じゃない。いまだに粘膜で覆われたままの赤ん坊が、体を起こして誰かと目を合わせるなど、ありえない。

さらに驚いたことに、赤ん坊は何やら言葉を発しようとしているようだった。声にこそならなかったものの、ガイアファージの意思ははっきりと伝わった。

「わかった」しぶしぶその命令にしたがう。

ドレイクはペニーに鞭を巻きつけた。小柄なペニーを運ぶのは造作もない。身を震わし、ぶつぶつとうわごとをつぶやいている少女を、小さなガイアファージのもとへと連れていく。

ペニーを降ろすと、赤ん坊がひっくり返った。ちがう状況なら滑稽だと思っただろう。頭が大きくて、うまくバランスが取れないのだ。

ころりと転がった赤ん坊は、しかし目をみはるほどの速さで四つん這いになった。ペニーのほうへ這っていく。

ぷっくりとした手を伸ばし、ペニーの無残な傷口に触れる。

ペニーが、苦痛とも喜びともつかぬ喘ぎをもらした。

ペニーが鞭の手を与えられたら、そう思ってドレイクは刺すような嫉妬を覚えたが、それは傷を癒やしただけだった。

ショットガンで破壊された肉体を、一瞬で治してしまった。

やがて赤ん坊は、ふたたび母の胸へと戻っていった。

まさかジャスティンのもとに戻ってこられるとは思ってもみなかった。だが、漆黒の闇のなか、静かに呼吸をしながら、たしかに少年はそこにいた。そしてブリアナも、満身創《まんしんそう》痍《い》ではあったが、なんとか生きて戻ってきた。

「ジャスティン、私」疲れた声で呼びかける。

「ダイアナは？」

「だめ、うまくいかなかった。戦ったけど勝てなかった。私ひとりじゃ無理みたい。それに……」そこで口をつぐむ。赤ん坊のことは話したくなかった。どういうわけか、ガイアファージに赤ん坊を渡してしまったことも。

「サムを見つけないと」ブリアナは言った。「この暗闇じゃ、むずかしいと思うけど」

「ぼくも連れてってくれるよね？」

「大丈夫。あんたをこんなところに置き去りになんてしないから」実を言えば、それを考えていた。この暗闇で、ただでさえ身動きが取れなくなっている。ジャスティンを連れていけば、さらに動きは遅くなるだろう。

ふたりは手探りで、気の遠くなるほどゆっくりと、鉱山の出口へ向かいはじめた。この穴から出れば、世界は魔法のようにもとどおりになっているのではないか、どこまでも楽観的なブリアナは、そんな期待を抱いていた。太陽が輝き、光に満ち溢れた世界。

だがようやくその顔に新鮮な空気を感じたとき、それがむなしい望みだったと知れた。旅路は狭い暗闇から、広い暗闇へと変わっただけだった。相変わらず視界は閉ざされ、動きも遅いままだった。

広場の炎はずいぶん小さくなっていた。ずっと燃やし続けていれば、そうなることはわかっていた。ケインの助けがあるとはいえ、建物から可燃性の素材を引きはがし、火にくべるというのは容易ではない。いまやその炎は、焚火同然になっており、その明かりは、先頭で輪になった子供たちにかろうじて届くかどうかという程度。大半の子供たちは隣の人物もほとんど見えない暗闇に座り、炎をじっと見つめていた。

暗闇で喧嘩がはじまった。クインには怒鳴ることしかできなかった。

罵り合う声についで、鈍器で肉体を殴ったような不快な音が響きわたる。

それからすぐに誰かが——誰かはわからない——燃えた椅子の脚を持って夜のなかへと駆け出した。

町の西はずれで、最初の火の手があがった。延焼する——。百メートル四方に火の粉をまき散らすその家を見て、クインは確信した。一見そうは見えないし、少なくともすぐには燃え広がらないかもしれない。けれど、大きな炎は人々を引きつける。虫が明かりに引き寄せられるように、子供たちがわれ先にと駆け出す声が、じきに響きわたるだろう。

「サンジットは無事かな」ラナがつぶやいた。

「俺はエディリオのことを考えてたよ。もしあいつがここにいれば、こんなひどい状況にはならなかったと思うんだ」そう言ってクインは笑った。「変だよな。以前はあいつを嫌っていたのに。『メキシコ野郎』とか呼んでさ。ほかにもひどいことをしたはずなのに、いまはあいつに戻ってきてほしくてたまらない」

ふたりのそばで、ケインが能力を使って家々から木製のドアを引きはがしては、火にくべていく。「すんだことをうじうじと後悔するなんてあほらしい」

「おまえの兄貴は、サムはいつも悩んでいたぞ」クインは言ってから、顔をしかめた。ひょっとしてこれはサムを裏切る発言かもしれない、そう思ったからだ。いや、もうすんだことだろうか。すべては終わったこと？　こうしてのんびり話していられるのも、あるいはこれが最後なのだろうか。

「へえ」ケインが言う。「ばかだな」

のんびりとした会話はそれきり途絶えた。ケインは自分の作業に戻った。仲良しごっこにすぐに飽きてしまったのだ。ほかの子供たち同様、ケインもいまのところ炎が気に入っている。古代の人々が、炎をあがめていたのも無理はない。ライオンやハイエナのうろつく暗闇で、それは燃える枝以上のものに見えただろう。

「腹が減った！」闇のなかで誰かが叫んだ。

クインはその叫びを黙殺した。泣き言はいまにはじまったことではない。そしてこれが最後になることもないだろう。絶対に。

ラナはしばらく黙ったままだった。クインが大丈夫かとたずねても、返事はない。しばらく放っておいたが、やがてパトリックがクインに鼻を押しつけてきたので、もう一度、声をかけてみる。「ラナ、パトリックが夕飯探しに行っちまうぞ」

またも返事なし。クインはもと王さまをかすめて、ラナに近づいた。目を見開いて、呆然と炎を見つめている。

クインはその肩を揺すった。

「何?」はっとしたようにクインを見る。

「大丈夫か?」

ラナはかぶりをふった。眉間のしわが深くなり、その顔に黒とオレンジのラインがくっきりと刻まれる。「ここに大丈夫な人間なんていない。あれが解放されたの。ああ、ついに解き放たれてしまった」

「何を言ってる?」いらだったようにケインが割りこんだ。

「ガイアファージ。あいつが来る」

ケインがはっと口をつぐむのをクインは見た。その目を大きく見開き、あごをきつく食いしばる。

「感じるの」ラナが言う。

「そんなの、ただの——」言いかけたクインをケインがさえぎった。

「そいつの言うとおりだ」そう言って、不可解な、怯えたような視線をラナと交わす。

「あいつは変化した」

「来る」とラナ。「あいつが来る!」

そうしてクインは、この先絶対に見ることはないと思っていたものを——ラナの瞳に浮かぶ純然たる恐怖を——見たのだった。

35

4時間　6分

赤ん坊は歩こうとした。失敗して、ぺたんと転ぶ。まだ足もとがおぼつかず、バランスがうまく取れていない。だが、そもそもその試み自体がおかしい。本来ならまだ生まれてもいないはずなのに、それが立ちあがろうとするなどありえない。

「俺が連れていく」ドレイクが言った。

「だめよ」ペニーが反対する。「鞭の手が必要になるかもしれないでしょう。だから私が連れていくわ。私の能力は手がふさがっていても使えるから」

ダイアナには、ドレイクが機嫌を損ねているのがわかった。ペニーが気に入らないのだ。あのまま死んでくれたほうが嬉しかっただろう。ドレイクはいま、叩きのめすことも、脅かすこともできない女性陣のあいだに閉じこめられている。

「あいつはどうするの?」口の端を歪め、嘲りを前面に押し出した口調でペニーがダイアナの疲れ果てた顔を指さした。破れた衣服はかろうじて掻き合わされていた。汚れとけがにまみれ、憔悴《しょうすい》しきっている。

ドレイクの顔がさらに不機嫌さを増した。「ガイアファージが生かしておけと言っている」

ペニーが鼻を鳴らした。「どうして？　女の体で生まれたからって、情まで深くなったとか？」

「黙れ」ドレイクが一喝する。「こんなのはただの容《い》れ物《もの》だ。主人にとっての武器にすぎない。中身は変わっちゃいない。ガイアファージはいままでどおりの存在だ」

「ええ、そうでしょうとも」皮肉めいたペニーの声。

ドレイクがダイアナの前にしゃがみこんだ。「おまえ、見苦しいな。車に轢《ひ》かれた動物みたいだ。くさいし、無様だ」

「なら、さっさと殺しなさいよ」ダイアナは本気でそう口にした。「ほらドレイク、やりなさいよ」

ドレイクが大げさにため息をついてみせる。「赤ん坊にはミルクがいる。おまえは乳牛だ、ダイアナ」

そう言って、声をあげて笑う。ペニーも笑った。ダイアナがその目に軽蔑を浮かべてドレイクを眺めていると、やがてそれが加わった。恐ろしさに身の毛がよだつ。赤ん坊が、ダイアナの子供が、歯のないピンク色の歯茎をのぞかせて、不気味な笑みを見せたのだ。

「行くぞ、乳牛」ドレイクが言った。

「頭おかしいんじゃないの？　私はたったいま出産したばかりなのよ。動けるわけ――」

どちらが先にダイアナを立たせるかを競うみたいに、ふたり同時に仕かけてきた。ドレイクの鞭と、ペニーの悪夢。ダイアナは立ちあがった。吐きたいくらいにくらくらしたが、あいにく胃のなかは空っぽだ。

やがて、洞窟に残されていたガイアファージの緑色の光が見えなくなると――毒々しい緑の物体すべてが赤ん坊に入りこんだわけではなかった――辺りはほぼ暗闇に包まれた。ほんの数メートル先には、漆黒の闇が広がっている。

ダイアナは、ところどころに岩の裂け目があったのを思い出した。そこに身を投げれば、きっとこの地獄のような生を終わらせることができるだろう。もしドレイクに止められなければ、だが。

いや、ドレイクではない。いつの間にかブリトニーが姿を現していた。息遣いがドレイクのものではない。交代時間が早くはないだろうか？　ひょっとしてドレイクが弱っているのかもしれない。ダイアナはあえてそう思うことにした。ついでにドレイクとペニーが仲間割れでもしてくれたらもっといい。

ダイアナは少し肩の力を抜いた。ブリトニーもガイアファージの道具であることに変わりはないが、彼女は、ドレイクのような病的な憎しみは抱いていない。

そして残念ながら、坑道の知識にも乏しかった。ついでにいえば、ペニーにひるむようすもまったくない。

「ねえ、ダイアナ。何が不気味か教えてあげましょうか?」ペニーが言った。「かりにまた妊娠したとするでしょう? で、今回は、そうね、お腹にネズミが詰まっているの。空腹を抱えたネズミが!」

つぎの瞬間、ダイアナは自分の腹が膨れていくのを感じた。そこには無数の――。

「だめよ」ブリトニーが静かに言った。「彼女は主の母親よ」

幻覚は、形になる前にふつりと消えた。

「うるさいわね」ペニーが言う。「ドレイクならまだしも、あんたにつべこべ言われたくない。雑魚のくせに」

ブリトニーは言い返さない。ただ「彼女は私たちの神に命を授けたの」と、静かにくり返す。

おそらく石につまずいたのだろう、ペニーが赤ん坊を抱えたまま、ばたりと倒れこんだ。ダイアナのほうへ倒れてきた体は、しかしかろうじてダイアナを巻きこむことはしなかった。

赤ん坊が固い石にぶつかる、嫌な音が響きわたった。

暗闇のなかから、怒った赤ん坊のか細い泣き声が聞こえてきた。赤ん坊が泣いたのは、これが初めてのことだ。その声は、普通の赤ん坊となんら変わらなかった。

ダイアナの心と体が反応し、胸から乳がにじみ出る。

暗闇を手探りで進み、赤ん坊の腕に触れた。赤ん坊を抱き寄せ、胸にかき抱く。赤ん坊がダイアナの胸にしがみつき、夢中で母乳を吸いはじめた。

　そこで初めて、ダイアナは赤ん坊の能力値を読み取った。四本。ケインやサムと同じ――。

　四本。まだ赤ん坊のこの子が！

「主は彼女が運んだほうがいいみたいね」ブリトニーが言った。

「冗談でしょう？」ペニーが信じられないと言わんばかりの声を出す。「あんた、そこまでイカれてるの？　このふたりがジーザスと聖母マリアだとでも？」

「私が先頭を行く」ブリトニーは構わず続けた。「主のために道を開くわ」

　ダイアナは赤ん坊を見下ろした。なぜだか、そのほっぺが見えた。ありえない。漆黒の闇のなか、見えるものなどないはずなのに。

　それでも、やはり赤ん坊の頬が見えた。ぎゅっとつぶった両目も見える。乳房に押しつけられたバラのつぼみのような唇と、小さなこぶしも。

「光ってる！」ブリトニーが声をあげた。「主が私たちのために光をくださったんだわ！」

「いい加減にして。それ以上言うと――」

「静かに！」ブリトニーが片手をあげた。赤ん坊の発する光に照らされ、そのようすがはっきりと見えた。「主が話しかけているわ。そう、ここを出るのね……」

「ここを出るって」ペニーが皮肉をこめて高らかに言う。「そんなの当たり前じゃない。ドレイクは病的だけど、少なくともばかじゃないわ」

「バリアのもとへ行って、生まれ変わりの準備をしないと」

ふたりのやり取りを聞き流し、ダイアナは胸に抱いた赤ん坊のことだけを思っていた。結局のところ、この子はダイアナの子供なのだ。たとえガイアファージが入りこみ、思考を操って利用しようと、ここにいるのは彼女の娘なのだ。彼女と、ケインの。かりにこの幼い子供に過酷な運命が待ち受けていたとして、それは誰のせいなのか――その罪は、ダイアナとケインが負うものだ。

ダイアナに、ガイアを拒否する権利はない。

ふいに、その名前が降ってきた。まるで、ずっと前から決まっていたかのように。悲しかった。もっとほかの名前、たとえばサリーやクロエやメリッサと名づけられたなら、どんなによかっただろうと思う。けれど、ほかのどんな名前もふさわしくはなかった。

ガイア。

ガイアが目を開けた。青い目を細めてダイアナを見あげる。

「そうよ」ダイアナは言った。「私があなたのママよ」


「光だ」デッカが言った。「すごい、自分の両手が見える」

デッカは〈サムの太陽〉に近づくと、自分の傷跡を調べた。ペニーの幻覚は強力だ。いまでさえ、あれが幻だったとはとても思えない。しかしその肌に傷跡はなかった。

「向こうのほうにたくさんあるぞ」

オークが指を差し、その姿がデッカに見えた。もちろん、鮮明ではない。オークの体を形作る小さな砂利を、濃い影が取り巻いている。その両目は深い井戸の底をのぞきこんだよう。口もとと頬にわずかに残った人間の肌も、ほかの部分と同じく灰緑色がかって見える。

それでもその姿は本物で、声と指先の感触を頼りに存在するだけのものではなかった。

「ああ、でも向こうに固まっているからってどうなんだ?」

おそらく半ダースほどの〈サムの太陽〉が、右側に広がっているのがわかった。左側には、わずかに四つ。「あの先は行き止まりかもしれないし、あの光がずっと続いているかもわからない。コンパスがあれば……なあ、私たちはどっちに向かってるかもわからないんだ。サムが右にいるのか、左にいるのか、知る手段がない」

「ばかげてるかもしれないけど、こういうのはどうだ?」オークが言った。

「どのみちばかげたことしか思い浮かばないさ。で、なんなんだ?」

「高いところから見たら、もっとよく見えるんじゃないか」

デッカが応じる。「ああ、たしかにそのとおりだ。全然ばかげてなんかいないじゃないか。私こそ、どうして思いつかなかったんだろう」

オークが巨大な肩をすくめた。「おまえは今日、あんまりついてなかったから」

その控えめで、しかし思いやりのある言い方にデッカは思わず苦笑した。「そうかもな。ところでオーク、ちょっと飛んでみる気はないか?」

「俺が？」

「別に構わないだろう？　あそこに岩場がある。重力を無効にすると周囲のものも浮きあがって目に入ってしまうから、砂より石のほうがいい」

ふたりは岩場のほうへ移動した。オークはどこかの展示品のように硬くなって立っていた。デッカが重力を消し、オークが浮きあがる。三メートルほどあがったところで、オークが豪快な、いかにも楽しげな笑い声をあげた。

「すげえ！　こいつはいい！」

十メートルの高さまでいくと、オークの姿は影も形も見えなくなった。「何が見える？」

「火だ」オークが答える。「あと〈サムの太陽〉は、そっちに向かってるっぽい」

「わかった、じゃあ降ろすぞ」

地上に降り立ったオークに向かって、デッカは言った。「火は、どんなようすだった？」

「ふたつか、三つ見えた。全部近かったと思う」

「ペルディド・ビーチか？」

「だと思うけど」自信なさげな声。

「よし、じゃあ〈サムの太陽〉をたどって町に向かおう」

オークはためらった。「おまえはそうしろ。でも俺は、ドレイクを見つけて殺そうと思う」

「オーク、いまは何も探せない。こんなに暗くちゃ無理だ。この状況で、たまたまドレイクを見つけ出せると思うか?」

オークはうなずいたが、納得はしていないようだった。「デッカ、俺はおまえほど暗闇が気にならないんだ。暗闇なら、いまの自分でいなくていい。ほら、みんなに姿を見られなくてすむだろう? それに、町にはきっと酒がある。だから俺は、このまま闇のなかを行くよ。そのほうがいいと思うんだ」

オークが巨大な手のひらを差し出してきた。デッカはその手を取りながら、なぜだか胸がいっぱいになった。「ありがとう。あんたのおかげで助かったよ」

「いいって」

「いいや、聞いてくれ。あんたが良心の呵責《かしゃく》を感じているのは知っている」

オークがうなずいて、つぶやく。「でも、もう許されたんだ。祈って、許してもらった。まあ、だからって重しが取れたわけじゃないけど」

「うん。だからもし、その重しに押し潰されそうになったら、私を助けたことを思い出してほしい。いいな?」

オークは戸惑っているようだったが、一方で笑みを浮かべたようにも見えた。オークの表情を読むのはむずかしい。やがてオークは、のしのしと巨体を揺らしながら、暗闇へと消えていった。

デッカは左に伸びる〈サムの太陽〉をたどりはじめた。

「あそこに光がある。ハイウェイの向こう。あ、また光った！」ラナが言った。

「〈サムの太陽〉だ！」と、クイン。どっと安堵が押し寄せた。一気に緊張が緩み、そのまま気絶しそうになる。よかった、サムがこっちに向かっている。

クインとラナとケイン——それにパトリック——は、消えかけのキャンプファイアからこっそり離れていた。広場にはクインの仲間を一応責任者として残してきたが、どのみち「やめろ！」と叫ぶことくらいしか、あそこでできることはない。

たいまつはペルディド・ビーチ中に広がっていた。数人ずつ固まった子供たちが、食べ物を、水を、大切なおもちゃを、そして寝床を求めて散っていた。

そしてこのとき、ハイウェイ沿いにつぎつぎと〈サムの太陽〉が咲いていた。

パトリックが挨拶代わりに一度吠え、光のほうへ駆けていく。

「英雄万歳だな」ケインがつぶやく。「ミスター・サンシャイン」

それから十分後、百メートルも離れていない地点にふたたび〈サムの太陽〉がともり、三人もそちらに向かって歩き出した。慎重に、ゆっくりと。ハイウェイにはトラックをはじめとする、さまざまな瓦礫が散乱している。

やがてクインは、ぼんやりとしたふたつの影を目にした。

ふたつのグループが出会い、サムがその場面を照らし出す。

「クイン、ラナ」サムが言った。片手でパトリックの毛を掻いている。「ケイン」

「よお、兄貴。調子はどうだ？　なんだか妙な天気だな」ケインが応じる。

「その手、どうしたんだ？」サムが訊いた。

ケインが、まだコンクリートがところどころ貼りついたままの手をかかげてみせる。

「これか？　たいしたことじゃない。ちょっとばかしローションが必要なだけだ」

「アストリッド？」とラナ。「戻ってきたの？」

「やれやれだな」クインは小さくつぶやいた。

「これで、ハッピーエンドだな」ケインが嚙みつくように言う。「ハッピーエンドは大好きだ」

クインはケインに黙るよう言おうとして、ふと思いとどまった。ケインは権力に取り憑かれた愚か者だが、今日は散々な目に遭ったのだ。下手に刺激すれば、皮肉じゃすまなくなるかもしれない。

「明かりをつけに来たの？」ラナが訊いた。「もちろん、明かりもありがたいんだけど、実はもっと大きな問題があって。もうすぐ、ガイアファージがここへ来る」

「どうやって？」アストリッドが鋭く問い返した。「だってガイアファージは鉱山の底にいる緑色のかたまりなんでしょう？」

「方法はわからない」あいまいに、言葉を濁す。「とにかくやって来る。だから私たちはここへ来たの。あなたたちを待っていたわけじゃない。あいつを待っているの」

「どうやって知ったのかは訊かないでおくわ」アストリッドが言った。

「へえ？」とラナ。「じゃあこっちが訊くけど、どうして詮索しないの？　私の言葉を大人しく信じるなんて、らしくないじゃない。そっちこそ何か知ってるんでしょう」

「おい、天才アストリッドだぞ？　なんでもお見とおしに決まってるだろ」ケインが言う。

「あれはダイアナを手に入れた」アストリッドはそう言うと、小首をかしげてケインを見た。「それに、あなたの子供も。少なくともダイアナはあなたの子だって言ってたわ」

「ああ」言って、ケインはさらに続けようとしたが、口をつぐんでぽつりと言った。「赤ん坊、か」

「ちょっと待って」ラナが割って入った。「サンジットは？　彼は……」

「危ないところだった」とサム。「でも心配ない。僕の知るかぎり、サンジットは湖で無事に過ごしている。君からのメッセージは受け取った。遅すぎたけどね。それにアストリッドは君へのメッセージを持っていくところだった」

「明かりがなくなると、こうもうまくいかないもんなんだな」クインがこぼす。「計画はたくさんあるのに、何ひとつ叶わない」

「ガイアファージは肉体を探している」アストリッドが続けた。「あれは物理的な肉体を必要としている。バリアは死にかけていて、じきに壊れてしまう。ようやく終わろうとしている。でも、そうなったら、ガイアファージもここから出ていこうとするはずよ」

「それは天才的頭脳で導き出した答えか？」ケインが揶揄《やゆ》するように言う。「じゃあ、これが何時に終わるのかも教えてくれよ。俺はぶっちゃけ、もうここを出たいんだ。アイスクリームが恋しくて仕方ない」

「いつかはわからない。まだ何カ月もかかるかも。あなたの息子か娘が——」

「いい加減にしろ！」それまでの皮肉屋の仮面を捨てて、ケインが怒鳴った。「赤ん坊を引き合いに出すのはやめろ。それを言えば俺が何かするとでも思ってるのか？　ただダイアナと寝たってだけで、いきなりちがう人間になるって？」

「あなたは彼女を妊娠させたのよ」アストリッドは静かな口調で応じた。「そろそろ自分以外のことも考えるようになったと思ったんだけど」

「もちろん、考えてるさ」強烈な皮肉をこめてケインが言い返す。「子供のために裏庭でフットボールを投げてやったり、バーベキューを焼いたりしてやりたいね。いわゆる父親の仕事ってやつをさ。あいにく、この暗闇じゃちょっとばかりむずかしそうだけどな」

そのとき、道路の少し先にぽつんと炎が浮かびあがった。幼い子供たちの騒々しい声が聞こえてくる。

「は、これで少しは明るくなったな」ケインが言う。「で、ラナいわく、ここにガイアファージがやってきて、おまえたちの話では、向こうはダイアナを手に入れた——見事にあいつを守ってくれたみたいで恐れ入るよ——そんでもって、俺は育児教室に入るべきで、そうそう、ついでにバリアも壊れると。いつか。たぶん、俺たちが飢え死にしたあとに」

顕微鏡で検体を観察するように、サムはじっとケインのようすを見守っていた。いったいどうするつもりだろう。「結局、おまえは戦うのか、戦わないのか？」

「俺が？」ケインが笑った。「おいおい、サム。天才少女がバリアは消えるって言ってるんだぞ。その前にむざむざ殺されようって？　バリアが卵みたいにパカンと割れるのを待てばいいだろう。それでガイアファージがここから出ていくっていうなら、俺は黙って見送るね」

「ダイアナとおまえの……赤ん坊が連れていかれてもいいのか」

「アルバートの話、聞いたろう？」ケインは海と島を指さそうとしたが、コンクリート片に覆われた手に視線が集まり、すぐに手を脇に下ろした。「あいつはこの事態を把握するやいなやボートを確保して島へ逃げた。何が笑えるかって、それをずっと前から計画していたってことだ。あいつはテイラーを買収して、どうやらミサイルもいくつか手に入れていた。どうやって回収したかは知らないが、そいつも島に運んだはずだ」

サムがぐっと歯を食いしばるのをクインは見た。「いまごろ」ケインが続ける。「アルバートは島でチーズやクラッカーを食べながら、俺たち間抜けを笑っているだろう」

サムはその話を無視した。少なくとも無視しようとつとめた。「ケイン、ブリアナの居場所がわからない。それにデッカやオークがどこにいるのかも。ジャックはもう死んでしまったかもしれないし、どのみち戦える状態じゃない。ドレイクだけなら、僕ひとりでも倒せるかもしれない。わからないけど。でも、ガイアファージについては、たとえばどうやって、どんな姿で来るのか、まったく想像もできないんだ。どんな能力を持っているのかも。それに――」

クインが手をあげてサムをさえぎった。「ペニーだな。俺たちはあいつがハイウェイを渡るところまでは見届けた。あいつもこの闇のどこかにいる」

「ペニーがドレイクに偶然会ったとも思えないけど」そう言ったラナの声は、しかし不安そうだった。

「それなら」ケインがコンクリート片のついた人差し指をかかげてみせる。「俺がペニーを引き受ける。ペニーが現れたら、俺があいつを仕留めてやる。二回殺してやるよ」

会話が途切れた。弱々しい明かりのもと、五人と一匹が無言で立ちつくす。

クインが口を開いた。「ケイン、いいか、おまえの姿はみんなに見られたんだぞ。セメントを引きずって猿みたいに歩く姿も、頭にホチキスで留められた王冠も。ケイン王は打ちのめされて、それなのにおまえはペニーのやつを倒せば満足なのか？　それじゃあこの先も笑い者だな。そう、たとえバリアが消えても、テレビでその話を聞くことになる。それにネットでも冷やかされるだろうな」言いながら、ケインの両手を注意深く見守った。自分が近くの壁まで吹き飛ばされる前に、誰かがケインを止めてくれるといいのだが。

ケインがゆっくりと、獰猛な視線をクインに向ける。クインは邪悪な熱を感じた。侮辱を弄ぶのは危険だ。

「人はどう思うだろうな。おまえはこれまで散々威張り散らしてきたけど、それでもひとつだけ正しいことをした。ブリアナを手伝って虫をやっつけてくれた。だからこそ、みんなはおまえを王と認めたんだ」

「ブリアナを手伝って？」ケインが吐き捨てるように言う。「あいつが俺を手伝ったんだ」

「どっちでもいいさ、それもペニーのおかげで帳消しだな」

「そのくらいにしておけ」ケインの鋭い声が飛ぶ。

「人の印象っていうのは、最後がどうだったかで決まるんだ。このままだとおまえは、惨めに泣き叫んで、ペニーに猿回しの猿よろしく踊らされた間抜けってことになるだろう」

〈サムの太陽〉のもとでは、ケインの顔色が見た目どおり蒼白になっているのかどうかはわからない。両目をすぼめ、狼のように歯をむき出さんばかりの顔で、クインを真正面から見据えている。

クインをにらみつけたまま、サムに話しかける。「サム、どうやらこの負け犬も成長したらしいな」

「ああ、みたいだな」サムも驚いているようだった。

それからクインに向かって言う。「そんなに俺の評判を気にしてくれるのならこうしよう、サムのドレイク狩りには協力する。ただし――」

「ただし？」とクイン。

「おまえも一緒に来るのなら」そう言って、ケインは残酷な笑みを浮かべた。「おまえには散々手を焼かされたよな。俺がペニーにあんな目に遭わされたのも、もとはと言えばおまえのせいだ。なあ、ここは本当に暗い。ドレイクや、ひょっとしたらペニーもいるかもしれない。もちろん、親玉本人もな」

クインは思わず、怪物たちの潜む闇を盗み見た。

「こいつは漁師だ」サムが割って入った。「武器だって持ってないんだ」

ケインが声をあげて笑う。「ペルディド・ビーチに行ったことはあるか？　素朴ないい町だぞ。食料や娯楽はほとんどないが、武器には事欠かない。そう、武器だけは大量にある。必要ならあそこから持ってくればいい」

「俺は、銃の撃ち方も知らない」

クインの抗議に、ケインが酷薄な笑みを浮かべる。「銃はドレイクやペニー、それにもちろんダークネスを撃つために使うんじゃない。おまえが向こうに捕まったときに、自分の口に突っこんで引き金を引くためだ」

36

18分

ダイアナは漆黒の闇を延々と歩き続けていた。赤ん坊の肌が発するほのかな光のおかげで、その足取りはわずかに軽い。この子は暗闇を照らす光だ。

ガイア。私の娘。

ガイアファージの群れである緑の粒子が娘の鼻や口に侵入していく光景には、いまだにぞっとさせられる。どうしても、どうやっても止めることができない。

ダイアナには、絶対に忘れることができない事柄がたくさんあった。けれどこの子の前では、呆れるほど青く、不自然なほど敏《さと》い瞳でこちらを見あげるふっくらとした幼い娘の前では、すべてが霧散してしまう。

鉱山のふもとのゴーストタウンに行くまでにも、赤ん坊は少しずつ重くなっているようだった。まもなく授乳も必要なくなるだろう。すでに小さな歯に噛まれている感触がある。

そのとき、ガイアは母親をどうするだろう。

「どうでもいいわ」ダイアナはつぶやいた。「どうでもいい。この子は私のものだもの」

ガイアの顔を熱心にのぞきこみながら、ブリトニーがすぐ隣を歩いていた。その顔は熱狂的な信者のそれだ。そのうちガイアがしゃべれるようになって、ブリトニーに崖から飛びおりろと命じれば、きっと喜んで飛ぶだろう。

けれど、いまのところガイアはダイアナを通じてしゃべっていた。

母親を通じて話しているのだ。

ダイアナには、娘の気持ちを完全に把握することができた。いや「娘の」というのは正しくないかもしれないが、かといって、ガイアファージの冷酷な暴力ともちがう。ガイアとダークネス。ふたりはひとつになろうとしていた。ともに育っていくふたつの存在は、今後どちらに重きを置くにしろ、赤ん坊だけのものでも、怪物だけのものでもない。

ダイアナには、ひとつだけ忘れられない記憶があった。どうしても。ガイアが、アルバムをめくるようにダイアナの記憶を紐解《ひもと》いていく。まるで何かを嗅ぎつけたみたいに。

特定の何かを探して。

ガイアに抗うすべはなかった。この子に隠し事はできない。ダイアナはただ、過去の記憶が暴かれていくのを見守ることしかできなかった。

ガイアは、ダイアナの知り合いを調べていた。ブリアナ、エディリオ、ダック、アルバート、マリア……。

だめ、パンダはやめて。

ケイン。ガイアがケインの映像を吟味する。コアテスでの最初の出会い。何度も戯れ、からかったこと。ケインが自分を求めるように仕向けた方法。ケインのなかに見た暗い野望。ケインが初めて能力を見せた日。

これまでおこなってきた数々の悪行。戦い。殺人。

そうよ、でも、もうやめて。全部認めるから、これ以上は深入りしないで。

ガイア、お願い。

ガイアが最初に見つけたのは、においだった。人間の体が焼ける、あのにおい。

ダイアナの目に涙が溢れた。

「どうしたの?」ブリトニーが訊いてくる。

赤ん坊は、ダイアナが味わったものを味わっていた。

パンダという名の少年の肉を喜んで受け取ったダイアナの胃袋を感じていた。

そうよ、ダイアナは身内に向かって言った。私は怪物なの。そして、あなたも。だけど、ママはあなたを愛しているわ。

「向こうに光が並んでる」ペニーが言った。「クリスマスのライトみたい」

光のほうへ、ダイアナの頭のなかでガイアが告げた。

「光のほうへ」無意識のうちに、言葉がこぼれ出る。「光をたどって左に向かいましょう」

「乳牛は黙ってて」ペニーが言う。「あんたの命令なんて受けないわ」

ガイアが、自分を抱くダイアナの腕を蹴った。よいしょと身を起こし、ダイアナの肩越しにペニーを見やる。

ガイアがダイアナの肩越しにこぶしを突き出し、手を広げると、ペニーが悲鳴をあげた。

ダイアナは足を止めた。目をこらし、耳を澄ます。恐怖、あるいは痛みにもだえるペニーのようすに、残忍な喜びが湧きあがる。その恐怖を引き起こした娘もまた、喜んでいた。

ガイアはけらけらと、子供らしい無邪気な笑い声をあげた。

ペニーはずいぶん長いこと叫んでいたらしい。気づくと、ブリトニーに変わってドレイクが姿を現していた。

ようやく叫ぶのをやめると、ペニーは貧弱な尻を地面につけたまま、恐怖の面持ちで呆然と赤ん坊を見つめた。ドレイクが言う。「なるほど、赤ん坊には力があるんだな」ついで、腰の鞭をほどく。「だからって、ダイアナ、俺がおまえに手を出さないと思うなよ」

ダイアナは、ドレイクの生気のない視線を受け止めた。と、そのとき、自分の体が軽くなっているのに気がついた。たったいま地獄を見てきたばかりだというのに……妙に調子がいい。ダイアナは自分の体をチェックした。鞭で打たれた背中、青あざ、恐ろしいほど伸びた腹、裂けた箇所。

痛くない。

ガイアが癒やしてくれたのだ。

「いいえ、ドレイク」ダイアナは言った。「私への言動にはくれぐれも注意したほうがいいと思うわ」

ふたたび母の腕に抱かれたガイアが、二本の歯を見せて笑った。

「向こうから何か来る」サムが言った。

「光だわ」とアストリッド。

「ダークネスという名の光ね」どこか遠い声音でラナがつぶやく。

「〈サムの太陽〉をたどってきてる。まっすぐこっちに来るぞ」ケインの声には、もはや嘲笑の響きも、脅すような響きもなかった。サムは、ケインとラナが同じ表情を浮かべているのに気づいた。ふたりとも、魂の奥底で、これから訪れるものを知っているのだ。

ラナがケインに近づき、軽く腕に触れる。ケインはふり払わなかった。

それはふたりが共有する、奇妙な連帯感だった——ガイアファージの記憶と、心に触れられた痛みの記憶。魂に刻まれた傷の数々。

「『恐怖は心を殺すもの』」記憶をたぐりながら、ラナが口ずさむ。「『恐怖は消滅をもたらす小さな死だ。ぼくは自分の恐怖と向き合おう。ぼくは……』ずっと前に読んだ本の一節。残りは忘れちゃったけど」

予想どおりというべきか、アストリッドがそのあとを引き取った。「フランク・ハーバートの『デューン』ね。『恐れてはいけない。恐怖は心を殺すもの。恐怖は完全なる忘却をもたらす小さな死。ぼくは自分の恐怖と向き合おう。それがぼくの上を、ぼくの中を、通過するのを受け入れよう。そして通り過ぎてしまったあとで、心の目をその軌跡に向けてみよう。恐怖が去った場所には、何もないはずだ』」

アストリッドとラナが、声を合わせて締めくくる。「『ぼくだけが残っているだろう』」

ふたりがそろってついたため息は、ほとんど泣き声のようだった。

サムはアストリッドを引き寄せキスをした。それから、彼女を押しやって言う。「愛してる。心から。この先もずっと。でも、ここから逃げてほしい。僕には君を守ってあげられる余裕がない」

「わかってる」とアストリッド。「私も愛してるわ」

ラナは険しい顔で、挑むようにハイウェイの先をにらんでいた。サムには、その心中がよくわかった。

「ラナ、君の力ではあいつは殺せない。その力はみんなを救うためにある。だから、行ってくれ」

そうして、三人だけが残された。前方の薄暗がりを見つめる、サム、ケイン、クイン。

三人の目にはこのとき、三つの影が見えていた。真ん中のひとりが、色味の異なる〈サムの太陽〉を抱えているみたいに見えた。顔はまだわからない。しかし、くねくねとうごめく触手はまちがいない。

「三人だ」ケインが言った。「ということは、たぶんペニーもいるな」それから、大きく息を吸う。「逃げろ、クイン」

「おい、せっかく釣り針をはずしてやったんだろうが。なにせ俺はいいやつだからな。おまえはみんなに伝えてくれりゃいいんだよ。俺の最後の言葉が『逃げろ、クイン。逃げて生き残れ』だったってな」

「嫌だ、断る」

「クイン」とサム。「おまえは何も証明する必要なんてない」

クインは拳銃を手に入れていた。弾の三発入ったリボルバー。

「俺も、戦う」震える声でクインは言った。

「兄貴、作戦はあるか?」ケインが訊く。

「まあな」サムがすぐそばの〈サムの太陽〉を消すと、三人の姿が闇に溶けこんだ。つぎの明かりは道路を百メートルほどくだったところにある。「クイン、最後の光のところまで下がってくれ。向こうは僕たちと同じ程度にしか見えていないはずだ。奴らはおまえのいる場所に向かって歩いていく。ケイン、左へ。僕は右側で待つ。十五メートルまで近づいたら攻撃を開始する。できればペニーに見つかる前に」

「最高の作戦だな」ちょっと皮肉っぽく応じてから、それでもケインは左の道路脇へと姿を消した。

「クイン。さっきケインが言ったことだけど、弾は一発残しておいたほうがいい」そう言い残して、サムも暗がりに身を投じた。

クインが退却するのを見守る。これでクインは、つぎの〈サムの太陽〉に近づくまで闇に身を浸すことになる。かりにいまの現場をドレイクが見ていたとしても、こちらの人数までは把握できていないだろう。そうして、クインがふたたび姿を見せれば、ほかの襲撃者に備えてドレイクは足を止めるにちがいない。

そこに好機を見出せるかもしれない。その一瞬の隙をついて、ふたりで不意打ちを食らわせられるかもしれない。運がよければ三人のうち、少なくともひとりは減らせるかもしれない。

それにしても、三人目は誰だ？

ドレイク。ペニー。そして昔のヘッドライトみたいに光っている誰か——あるいは何か。いや、あれが誰であろうと、とサムは自分に言い聞かせた。まずはペニーだ。

恐れるべきはペニーなのだ。


「パパ」ガイアが言った。

ダイアナはまばゆく光るわが子を見つめた。すでに二歳児くらいの大きさになっている。口には歯が、頭には両親譲りの黒っぽい髪の毛が生えている。動きももはや自制され、やたらと手足をばたつかせたりはしない。ひょっとしたら、もう歩けるのではないだろうか。

「いま『パパ』って言った？」

ガイアは暗い道路の右側をじっと見つめていた。正面には、〈サムの太陽〉のもとに立つ、長い影がひとつ。その人物の向こうに、少なくともふたつほど炎が見え、うちひとつはかなり近い。

ガイアがふたたび頭のなかに入ってきた。直接、ダイアナの記憶に訴えかけてくる。ケインの映像――その瞬間、ふいに事態を理解した。

「待ち伏せよ！」

「黙れ――」言いかけたドレイクの背後に、いきなりものすごい力が押し寄せた。そのまま押しやられて見えなくなる。

ついで反対側から、おぞましい緑色の光が撃ち出された。

ペニーは、ダイアナの警告に反応していた。緑の光が夜を切り裂いたときには、すでにダイアナの陰に隠れようと動いていた。髪の半分が焼け縮れ、ひどいにおいが辺りに漂う。

背後から咆哮が聞こえたかと思うと、鞭を構えたドレイクが、敵を探して駆け出した。光がその脇腹をえぐる。ドレイクはゆらりと倒れた。しかし倒れこむ間に、えぐれた火傷が癒えていく。

ダイアナは、暗闇からサムが飛び出してくるのを見た。「ダイアナ、しゃがめ！」そう叫んで、一瞬前までドレイクのいた場所目がけて光を放つ。

サムの手のひらから放たれた光で、ふいにある人物の姿が浮かびあがった。ケイン。

ケインを見たのは四カ月ぶりだった。ガイアができたのはその少し前だ。

ふたりの目が合う。ケインが凍りつく。ダイアナをじっと見つめるその顔が痛みに歪む。

その一瞬は長すぎた。

ケインが後ろに飛びのき、破片に覆われた手の甲で、自分の体を必死に叩く。叩きながら叫び、その声を聞いたサムが怒鳴り声をあげる。「ペニーだ。ケイン、幻覚だ！」

ケインは自分を取り戻したかに見えた。しかし、かろうじてという程度。かかげた両手を大きく動かし、ペニーを闇のなかへと吹き飛ばしてしまう。

まずい。姿の見えないペニーはさらに危険だ。

ペニーを探し、サムはとっさに閃光で周囲を照らした。駆けていくペニーが刹那、光に浮かびあがる。しかし茂みを燃やし、砂を爆ぜさせながら追跡したときには、すでにペニーはいなかった。

そこには、アストリッドが立っていた。

炎に包まれたアストリッドが、悲鳴をあげながらサムのほうへ駆けてくる。肌が焼け焦げ、肉の焼けるにおいが立ちこめる。ブロンドの髪が炎に包まれ、先端の炎が額や頰を焼いていく。

「アストリッド！」サムは叫んで彼女のほうへ駆け出した。炎を消そうとシャツを脱いだところで、いきなり、焚火に落ちたマシュマロみたいにアストリッドが膨らんだ。体が膨張し、肌が炭と化し、瞳が焼けただれ……。

幻覚が消えた。

サムは暗闇のなかにいた。呆然と、息を切らして。

ふり返ると、ダイアナの腕に抱かれた子供の光が見えた。落ち着いたようすで、クインのほうへ歩いていく。

ケインは？　ケインはどこだ？

鞭の音が聞こえた。サムは音の方角に駆け出した。だが、あまりの暗さに、まずは〈サムの太陽〉をかかげなくてはならなかった。

「クイン！　走れ！　そこから逃げろ！」サムは叫んだ。

クインが果敢に挑もうとするのが見えた。いや、あれは果敢ではなく無謀だ。

しばらくしてサムはケインを見つけた。息はあったものの、ようやく意識を取り戻したところだった。喉もとに、生々しい赤い傷跡が見える。

ケインは体を起こすと、差し伸べられたサムの手を取った。

「ドレイクか？」

ケインがうなずいて首をさする。「ああ、でもペニーにやられたようなもんだ。そっちは？」

「ペニーだ」

「そうか。なら、つぎは真っ先にペニーを仕留めよう」

ドレイク、ペニー、ダイアナ、そして腕に抱かれた赤ん坊が、道路をくだっていく。

「そういえば、ダイアナが赤ん坊を連れてたな。お祝いを言ったほうがいいのか？」

「不意打ちは失敗だ」サムの言葉を無視してケインが言う。「向こうはもう臨戦態勢だ」

それを強調するかのように、つぎの〈サムの太陽〉までたどり着いたドレイクがふり返り、笑いながら鞭をふりおろした。笑い声と、鞭の音が鳴り響く。

「どうして僕たちを片づけなかったんだろう？」サムは疑問を口にした。

「ばかげた話でも、おまえは信じるか？」とケイン。

「ここはフェイズだ」

「赤ん坊だ。赤ん坊がドレイクを止めたんだ。俺は奴に背後から首を絞められていて抵抗できなかった。いや、たとえあいつを吹き飛ばせたとしても、相当きつく締めあげられていたから、俺の首ごと飛んだかもしれない。そのとき、赤ん坊を見た。じっと俺を見つめていた。で、ドレイクが俺を解放した」

ケインが本当にそう思っているのか、サムにはわからなかった。ただ、不可思議な話を疑う日々は、もう過去のものだ。

「やつらはバリアに向かっている」

「じゃあ、本当に割れるのかもな」

「かもしれない」サムは言った。「でも、奴らは町を通過する。おまえの国民がやられるぞ、ケイン王」

悲鳴がふたりの耳に届いた。

「やれやれ、クインにいい話を提供してやれそうだな」ケインが皮肉をこめて言う。「俺の評判やら何やらの」

「まずはペニーだ」サムは言うと、駆け出した。

37

3分

ガイアにつられてダイアナも笑っていた。一行は先ほど、燃え盛る一軒の家を通過した。その家のすぐそばに、何人かの子供たちが身を隠していた。

ペニーが能力を使い、子供たちを燃える家のなかに飛びこませた。

ガイアが笑い出すまで、ダイアナは怯えていた。だがやがて、笑いが止まらなくなった。何やら、おかしくてたまらない。

ガイアはユーモアのある子供だった。こんな幼児がユーモアを解するなんて。絶対に自分の遺伝子だ、とダイアナは思った。ガイアはユーモアのセンスを母親から受け継いだのだ。

通りでは、ガイアが放つ光が、炎に集まる虫のように子供たちを引き寄せた。絶望的な漆黒の闇のなかで長い時間を過ごしたのだ、彼らがその光を切実に求めてやってくるのも当然だろう。

そうして集まってきた子供たちが、ドレイクの鞭でふたたび散り、あるいは鞭の届かない場所で右往左往していた。

ガイアが笑いながら手を叩く。なんと成長が早いのだろう。

まもなくバリアが消え、ダイアナとガイアは自由になる。そうしたら動物園にでも行ってみようか。それとも……子供がピザとゲームを楽しめるあの場所はなんと言ったっけ？〈チャックEチーズ〉だ！　ゲームで遊んで、ピザを食べてもいい。それから家でテレビを……そうだ、家を見つけよう。いったい、誰に私たちを止められる？　ドレイクとペニーを召使いとしてしたがえた親子を。は！　召使い。

誰が刃向かえるというのだ？　ケインとサムをあれほど簡単にいなした私たちに。

しかもガイアは、まだ能力のすべてを示してはいない。

ダイアナはわが子と、大声で笑いながら踊り出したい気分だった。だがこうして喜びの絶頂にいるいまも、何やら違和感を覚えていた。極度の緊張感に見舞われていた。喜びの叫びと、喜びの悲鳴をあげ、そうしてこの子を、わが子を、愛する娘を、喜びのあまり、ナイフで刺してしまいたかった。

ガイアがダイアナを見つめていた。ひたと視線が注がれる。ダイアナは目をそらせなかった。その視線がダイアナを切り裂き、真実を暴き出す。ガイアにはダイアナの恐怖が見えるのだ。娘を恐れる母の恐怖が。

ガイアが笑いながら手を叩き、青い目をきらきらと輝かせ、そうしてダイアナの体から力が抜け、吐き気がこみあげてくる。肉体が耐え抜いてきたすべての苦痛は、ただ隠されていただけで、実は何ひとつ消えていなかったのではないか、そんな感覚に見舞われる。自分は抜け殻だ。いまにも折れそうな、枝のような二本の脚でよろめく、虚ろな虚無だ。

赤ん坊を抱きしめ、きらめく瞳を恐怖の面持ちでのぞきこむダイアナに、燃えている子供たちの悲鳴が追ってきた。

コニーの車はこの道に耐えられる仕様ではなかった。チェーンソーで金属を切断するような音を響かせながら、車体の底が延々と地面をこすっていく。

だがもうためらう時間は過ぎていた。いまは母親らしくふるまうときだった。危険にさらされたわが子の――わが子たちの――母親として。

バックミラーにアバナがついてくるのが見えた。彼女のSUVのほうが、多少スムーズに走っている。わかった、もし今日を無事に生き延びたら、あの車で帰ることにしよう。もし、アバナがまた口をきいてくれたなら。

バリアまで残り一キロを切ったところで、危険なほどハイウェイに近づいた。ふたりの巻きあげる砂塵《さじん》は、誰の目にも明らかだろう。

しかもペルディド・ビーチの異変という、異様な空白がこの一帯を覆っているのだ、案の定、コニーは頭上にヘリコプターの音を聞いた。

ヘリコプターのローター音に負けないほどの大音量で、スピーカーががなり立てる。

「そこの車、危険な立ち入り禁止区域に入っています。ただちに引き返しなさい」

何度か同じ警告がくり返されたあと、速度をあげて追い越していったヘリコプターが空中で旋回、やがて四百メートルほど先の道路に下降しはじめた。

バックミラーに、急ハンドルを切って荒地へ乗り入れるアバナのSUVが見えた。ハイウェイとバリアの境に向かっている。そのまま行けば、大急ぎで撤収された野営地を突っ切ることになるだろう。

野営地にはまだトレーラーが何台か残っていた。それに衛星アンテナ、ゴミの収集箱、仮設トイレなども。

コニーは悪態をつくと、自分の車に謝ってから、アバナのあとを追いはじめた。もはや車体の底をこするどころではない。車体が浮いたかと思うと地面にぶつかり、ぶつかったかと思うと宙を舞う。そのたびにコニーの骨に衝撃が走った。天井に激突した回数はすぐにわからなくなった。両手がハンドルから引き離される。

野営地を突っ切りながら毒づいていると、いきなり、アスファルトが現れた。

先ほどのヘリコプターがふたたび現れ、頭上を越えていく。

そして自殺行為ともいえる操縦を敢行し、バリアのすぐ手前の道路に機体を無理やり着陸させた。

銃を下げた憲兵がふたり、飛び出してくる。

それから、三人目の兵士。

アバナはブレーキを踏んだ。

コニーは停まらなかった。ぼろぼろになった車をヘリに向け、アクセルを踏みこんだ。車がヘリのスキッドに激突、エアバッグが膨らむ。シートベルトが体に食いこみ、何かが折れる音が鳴り響く。強烈な痛み。

車外へ飛び出し、ねじれたスキッドの残骸につまずいた。見ると、ヘリコプターのローターがコンクリートに突っこみ、動けなくなっていた。

コニーは走った。足がふらつき、どうやら鎖骨が折れているらしいと気づいたが、構わずバリアへ向かって駆けていく。バリアにたどり着ければ、向こうの手をすり抜けてバリアに張りつけられれば、最悪の事態を止められるかもしれない。

走り出したアバナが捕まり、一方でコニーは身をかわした。そして身をかわした瞬間、かわされた兵士が「コニー！　よせ！」と叫んだ瞬間、ようやくコニーは三人目の兵士がダリウスであることに気がついた。

コニーはバリアにたどり着いた。

足を止め、どこまでも灰色の壁を凝視する。

ダリウスが、息を切らして追いついてきた。「コニー、手遅れだ。もうどうしようもない。装置に異常が起きた」

コニーはとっさにダリウスに食ってかかった。感情的になるあまり、何を言われたかわからなかったのだ。「このなかに私の子供たちがいるのよ。大事な息子たちが！」

ダリウスがコニーの腕を取り、きつく握る。「カウントダウンは中止になった。君たちの作戦が功を奏して。だから止めるはずだった」

「え？」

アバナがこちらへ駆けてきた。アバナの拘束を解いた憲兵たちの表情が一様にこわばっている。もう、逃亡女性ふたりに興味はないようだ。

「聞いてくれ」ダリウスが言った。「核は止められない。この場所のせいだ。何かが起こっていて、カウントダウンが止まらないんだ」

ようやく、ダリウスの言葉がのみこめた。

「時間は？」コニーが訊く。

ダリウスが憲兵を見た。このときになってようやく、彼らの覇気のない、こわばった表情の意味をコニーは理解した。「一分と十秒」体の大きなほうの憲兵が答えた。答えたあと、憲兵は道路にひざまずき、両手を合わせて祈りを唱えた。


堂々と明かりをかかげて敵に姿をさらすか、あるいは明かりなしでちまちま進むか――サムは悩んだ末に、折衷案を取ることにした。〈サムの太陽〉を放り投げつつケインとともにビーチへ走り、そうしてビーチ沿いの崖下に身を隠したのだ。

海はかすかな、ごく微量の燐光《りんこう》を発していた。波どころか、さざ波さえ見えないものの、しかし漆黒の闇との対比でほの暗く浮かびあがって見える。

「ここだ」〈サムの太陽〉をかかげて言った。それから左手にある、威圧的な石の壁を指さす。「登るのはそんなに大変じゃない」

「登る必要はないさ」

サムは足先が地面を離れるのを感じた。岩肌を舐めるように浮きあがっていく。不気味な光のなか、岩肌は折れたナイフの刃先のようだった。

あたふたと、どうにか固い地面に着地する。明かりをともすべきだろうか？　いや、ハイウェイに近すぎる。サムの勘によれば、クリフトップは右手にあるはずだった。ここが思ったとおりの場所ならば、ホテルの私道を横切って、すぐにバリアとハイウェイの交わる地点へ降りていくことができる。

ケインがサムの隣に着地した。

「明かりは？」

「やめておこう。不意打ち第二弾だ」

ふたりは足場の悪い地面につまずき、転び、悪態をのみこみながら、よろよろと道を渡っていく。

私道のすぐ脇、道路から十五メートル弱の場所にある風防にたどり着いたところで、何かが割れるような音を聞いた。雷鳴のとどろきのようだが、閃光は見えない。

それは、永遠に続くのではないかと思われた。

「はじまった」奇妙で、子供じみた、それでいて美しい声が耳朶《じだ》を打つ。「卵が割れる！

あとちょっと！」

「この子、しゃべってる！」ダイアナが叫んだ。

「出られるぞ」ドレイクも叫ぶ。「割れるぞ！」

「いまだ」サムが鋭く言い放つ。

ふたりは砂地を一気に駆けおりた。ターゲットを視界にとらえるや、ケインが両手をふりおろし、文字どおり宙に身を投げる。飛びあがったケインに、ペニーがすぐさま気がついた。

サムは慎重に狙いをつけた。

そのとき、ダイアナがペニーとサムのあいだに割りこんだ。冷静に、淀《よど》みなく、まるでサムの存在に気づいていたかのように。

「ペニーを！」叫んだケインが、恐ろしい幻覚に悲鳴をあげながら、地面に落ちた。

急いでそちらへ向かう。駆けながら放った閃光が、ドレイクの顔面を直撃。仕留められないにしても、これで少しは時間が稼げる。

ダイアナを乱暴に肩で押しのけたサムは、小さな青い目が自分を追っているのを見た。

ペニーがふり向く。

サムがとっさに閃光を放つ。

ペニーの左脚が炎に包まれた。パニックに陥ったペニーが、衣服の炎を煽りながら、鋭い悲鳴をあげて駆けまわる。

「やめて、サム！」ダイアナが叫んだ。

ものすごい力が、サムを宙へ吹き飛ばした。まるで足もとに爆弾がセットされていたみたいな衝撃。と、ふいに回転が止まり、落下も止まった。

見下ろすと、赤ん坊がサムを見あげ、笑いながら手を叩いていた。それから、まるまるとした小さな指を動かし、粘土を伸ばすような仕草をしてみせる。

サムは体が引き延ばされるのを感じた。肺の空気がどっともれ出る。巨大な両手が乱暴にサムをつかみ、そのまま引きちぎろうとしているかのようだ。

骨の鳴る音がした。

ろっ骨が剝離《はくり》する鋭い痛みを感じた。

赤ん坊がサムをそばに引き寄せた。まるで、もっとよく見たいといわんばかりに。このままサムを引きちぎり、その鮮血を浴びたくて仕方がないといった様相で――。

ダイアナがふらつき、赤ん坊に覆いかぶさるようにして倒れこむ。しかし、どちらも地面にはぶつからない。

サムも落ちた。だが、こちらもコンクリートに激突しない。

デッカ！

デッカは、マラソンを走り終えたばかりのように息を切らしていた。怒りの形相で両手をかかげ、道路の中央に立っている。まるで地獄にでも行っていたみたいだ、とサムは思ったが、とにかく、最高のタイミングで現れてくれた。

サムはためらわなかった。地面に足が触れると同時に、骨の砕けた痛みを無視して躍りあがる。

ペニーが地面を転がっていた。火はすでに消えていたものの、その肌はてかてかのハムのようになっている。

サムは、幻覚ではなく本物の痛みに喘ぐペニーのもとへと駆け寄ると、その体をまたいで、両手を下に向けた。

「おまえは生かしておくには危険すぎる」

いきなり、サムの体が炎に包まれた。だが、手遅れだ。ここまできたら、あとは閃光を放つよう念じるだけ――。

そのとき、すぐそばでコンクリートのかたまりが浮きあがり、足もとの道路が揺れるほどのすさまじさで、ペニーの頭を直撃した。

ペニーの動きが、スイッチが切れたようにぴたりと止まった。

ケインが激しく肩で息をしながら彼女を見下ろす。「ざまあみろだ」低くつぶやき、セメントのかたまりをこれみよがしに蹴りつけた。

ドレイクの溶けた顔が戻りはじめていた。まだ電子レンジに入れたアクションフィギュアのような容貌だったが、それでも、鞭さばきは完璧だ。

ドレイクの攻撃を受け、サムは悲鳴をあげた。

ケインがペニーを殺したコンクリートのかたまりを持ちあげ、ドレイクに投げつけようとした。

「だめ、パパ」ガイアが言った。

38

15秒

「それじゃあ、爆発して全員死ぬのね」コニーは静かに、奇妙なほど落ち着いた声音で言った。「もしくは……別の何かが起こる」

アバナがコニーの手を取った。両方の手を。

そのとき、ハイウェイをやってくるほかの車両が見えた。サイレンがないから警察ではない。警察や兵士たちは、すでに安全な場所まで退避している。

それは普通の車やバンだった。両親。友人。Eメールやツイートを受け取った人々が、もはや止められなくなってしまった事態を止めようと、駆けつけてきたのだ。

コニーとアバナは顔を見合わせた。恐怖と、悲しみと、罪悪感を浮かべて――彼らは自分たちのせいで死んでしまう。

コニーは憲兵たちを見た。大尉の線章が入った、金髪の女性パイロットが、損傷した機体に悪態を投げつけたあと、ほかの憲兵に加わっていた。

「ごめんなさい」コニーはぽつりと言った。「あなたたちをこんな目に遭わせてしまって」

そのとき、何かが割れる音がした。ゆっくりととどろく雷鳴のような、あるいは世界規模の卵の殻が割れるような……。全員が口をつぐみ、耳をそばだてる。ずいぶん長い時間、その音は続いた。

「割れる」アバナがささやく。「バリアが割れるわ！」

手遅れだ、とコニーは思った。もう遅い。

コニーはダリウスのそばに行くと、ふたり並んで最期のときを待った。


赤ん坊は、もうダイアナの腕に抱かれてはいなかった。立っていた。光り輝く二歳児ほどの裸の子供が、自分の足で立っていた。

ケインの体が吹き飛ばされた。バリアにまともに押しつけられて痛みに叫ぶ。容赦なく強まっていく圧力に、やがて声すら出なくなる。

ケインは押し潰されていた。まるでトラックに激突し、トラックが虫をぺしゃんこにするみたいに、文字どおり、ケインの体が平らになっていくのをサムは見た。

「やめさせてくれ！」サムはダイアナに怒鳴った。

「私……」ダイアナは途方に暮れていた。ようやく悪夢から目覚めたかと思ったら、さらなる悲惨な現実を目の当たりにしてしまったかのように。

「このままじゃケインが死んでしまう！」

「やめて、ガイア」ダイアナが力なく言う。「あなたの父親を殺さないで」

しかし子供は決然とした表情を浮かべたままだ。ふっくらと愛らしい唇が不敵に歪む。

サムは両手をかかげた。

「下がれ、ダイアナ」

ダイアナは動かない。

サムはケインを一瞥した。

光を放つ。二本の恐ろしい閃光が子供に直撃した。

その瞬間、目のくらむような光のなかで、世界が爆発した。

ケインが地面にずり落ちる。ダイアナが目を覆って後ろへ下がる。ドレイクが鞭で目を覆う。

サムは光に目がくらんだ。それは自分の両手が放つ光でも、赤ん坊の光でもなかった。

陽光。

太陽の光だ！

熱く、まばゆく燃え盛る、南カリフォルニアの昼間の陽光。

音はなかった。前触れもなかった。たったいままで〈サムの太陽〉の貧弱な光しか持たなかった暗闇の世界が、あっという間に太陽を直視したかのようなまばゆい光に包まれた。

サムは片目をこじ開けた。そこに見えたのは信じられない光景だった。人が、大人がいたのだ。

四人、いや五、六人の大人たち。

ヘリコプターの残骸。

ファーストフード店。

以前、一瞬だけ垣間見えた外の世界がそこにはあった。ただし、今回の幻覚はなかなか消えない。

バリアが消えたのだ！

ドレイクが恐怖と興奮の入り混じった雄叫《おたけ》びをあげた。鞭をふり、消えたバリアに駆け寄っていく。

満身創痍のケインが、よろよろと自分の足で立ちあがった。

だが、何かがおかしい。ケインは何かにもたれかかるようにして起きあがると、ふいに手を離した。

バリアだ。

ドレイクが壁にぶつかった。しならせた鞭が、見えない何かに弾かれる。

大人たち――ふたりの女性と兵士たち――が、あんぐりと口を開けていた。

向こうからも見えるのだ！

悲鳴をあげているダイアナが。

乱暴に鞭をふりまわしているドレイクが。

無残にも頭を砕かれ、道路に半分めりこんだペニーの顔が。

サムの閃光を食らってもなお、無傷のまま立っている幼い少女の姿が。いつの間にか子供たちが集まっていた。外の世界へ近づき、そうしてバリアにはじき返されている。

バリアは消えていなかった。ただ、透明になっただけ。

サムの心臓が止まりかけた。突如、ある人物の顔が目に飛びこんできたのだ。

母さん。

無防備な幼い少女に手のひらを向けるサムに向かって、母親が口を動かして何かを言っている。

だめだ、やめるわけにはいかない。以前は、思いとどまった。けれど、今回は止められない。

サムの光が燃えあがる。

母さんの顔が、こちらを見つめる全員の顔が、声のない悲鳴をあげる。だめ！　やめて！

少女の髪が炎に包まれた。ダイアナ譲りの豊かなブルネットが盛大に燃えあがる。

サムがふたたび光を放つと、ようやく少女の肉体が燃えはじめた。

その間少女は——ガイアファージは、激しい憤怒を浮かべて、サムを一心に見据えていた。青い瞳でひたと見つめたまま、溶けゆく天使のような唇をいやらしく歪めている。

やがてガイアファージは火柱と化し、顔の造作もわからなくなった。

サムは撃つのをやめた。

赤ん坊が――悪魔が、背を向けてハイウェイを駆けていく。

顔を歪めたダイアナがそのあとを追う。

虚無と恐怖を瞳にたたえたドレイクもまた、力なく鞭をふりまわしながら、背を向けて駆け出した。

満身創痍のサムとケインはそろってその場に立ちつくし、ペニーの無残な遺体越しに、母親の顔をじっと見つめた。

その後

ヘリコプターが頭上に到着した。機体にはサンタバーバラにある報道局のロゴが描かれている。もちろん、音は聞こえない――ドームがいまも音を遮断しているのだ。しかしアストリッドには、コックピットにいる人間の顔が見えたし、カメラの望遠レンズらしきものがこちらを狙っているのもわかった。

ヘリコプターの姿は、ダイヤモンドよりも硬い透明なバリアの向こうで、少し霞んで見えた。雨が降っている。ドームに叩きつけられた雨粒が、小川となって流れ落ちてくる。

バリアの内側では、子供たちがハイウェイの両側にずらりと並び、外の世界にできるかぎり近づいていた。これまでのところ、ペルディド・ビーチから三、四十人ほどの子供たちが集まってきていた。彼らが最初に目にしたのは、兵士、ライトを点滅させて駆けつけた州警察、ヘリコプター、ひと握りの親たち。

やがて、アロヨ・グランデやサンタ・マリーナ、オーカットにある新しい自宅から、親たちが続々と車で駆けつけてきた。サンタバーバラやロサンゼルスなど、遠くに新居を見つけた家族の到着は、もう少しあとになるだろう。

そのうちの何人かが、プラカードをかかげていた。

チャーリーはどこ？

ペットはどこ？

愛してる！

インクは雨でにじんでいた。

あなたがいなくて寂しい！

大丈夫？

フェイズには、紙があまり残っていない。子供たちは何も持たずに駆けつけていたが、誰かが壁板やぼろぼろの段ボールを見つけ出し、小さな石を使ってメッセージを送り返した。

僕たちも愛してる。

ママに無事だって伝えて。

助けて。

こうしたすべての光景が、ヘリコプターのテレビカメラに、大人たち——両親や警察や見物人たちに、目撃された。いくつものスマホで写真を撮られ、動画に収められた。この先さらに多くの、はるかに大勢の人間がやってくることになるだろう、とアストリッドは思った。

バリアを隔てた海上に、ちらほらとボートが姿を現しはじめていた。彼らもまた、双眼鏡や望遠レンズを使ってこちらを見つめている。

年配の男女が、何かを走り書きしながら、船内から飛び出してきた。そこにはこう書かれていた。うちの猫、アリエルのようすを確認してくれる？

これには誰も答えられなかった。なぜなら猫は、すべて食べられてしまっていたからだ。

うちの娘は？

うちの息子は？

子供の名前の書かれたメッセージを見て、こうした質問に答えるのは誰の仕事だろう、とアストリッドは苦々しく思った。彼らの娘も息子も死んでいる。人食いミミズに食われて。コヨーテに襲われて。

チップスを取り合ったあげくに。

みずから命を絶って。

消防署がまともに機能しないこの町で、マッチで遊んだために。

殺すしか、それしか方法がなかったから。

この見物人たちに、フェイズ内での生活をどう説明すればいいのだろう。

やがて警察車両の最後尾辺りに、一台の見慣れた車が停止した。男が飛び出した。女のほうはゆっくりとおぼつかない足取りだ。アストリッドの母親と父親が、バリアへ近づいてくる。父親が、倒れそうな母親を支えている。

ふたりを目にして、アストリッドの心は引き裂かれた。ピーターの、狂気ともいえる奇跡がバリアを創り出した瞬間に、フェイズ一帯で生活していた大人や年長の若者たち。これまでアストリッドは、この謎を解き明かそうとどれほどの時間を費やし、どれほどの可能性を検討してきただろう。死んだ両親、生きている両親、パラレルワールドへ飛ばされた両親、記憶を書き換えられた両親、過去からも現在からも消されてしまった両親……。

それがいま、アストリッドの目前にふたたび現れ、泣いて手をふり、こちらを見つめ、心の傷に苦しみながら、説明を求めている。ほとんどの子供が――アストリッドも含めて――とても漆喰《しっくい》の破片や板切れに書ききることのできない、説明を。

ピーターはどこにいるの？

アストリッドの母親がメッセージをかかげた。雨が激しさを増していたこのとき、母親はその文章を布バッグの横に、油性ペンで直接書きつけた。

アストリッドはその文字を長いこと見つめていた。そうしてようやく、肩をすくめて頭をふった。

ピーターの居場所はわからない。

ピーターがなんなのかすら、わからない。

サムが隣に立っていた。アストリッドに触れてはいない。これほど大勢が見ている前では。アストリッドはサムに寄りかかりたかった。目を閉じて。つぎに目を開けたときにはサムと湖にいたかった。

この場所から出て、両親の愛する娘としてまた昔の生活に戻りたい、それだけを願い続けてきた絶望の月日は過ぎ去った。いまはもう、彼らの顔を見ることさえ耐えがたい。この場を立ち去る理由を切実に求めていた。彼らは他人だ。そしてサムがずっと言ってきたように、最後には私たちを責める側の人間になるだろう。

これ以上は無理だ、もう何も感じられない、そう思ったとき、彼らの存在が胸に突き刺さった。もう、無理なのだ。ある絶望から別の絶望へと、急に切り替えることなどできはしない。

サムの後ろに、まるで隠れるみたいに、デッカが腕を組んで立っていた。クインとラナが少し離れたところに立っている。ふたりは外の光景に啞然《あぜん》とするばかりで、まだ話すべき相手はいないらしい。

「まるで動物園の猿だな」サムが言った。

「ちがうわ」とアストリッド。「猿みたいな人間よ。ほら、彼らが私たちを見る目つき。この状況がどう映っていると思う？」

「僕は最初からこの場面を想像していた」

そうね、とアストリッドはうなずいた。

「この状況がどう映っているかって？　母さんが目撃したのは、両手から閃光を発射して、赤ん坊を灰にしようとした人間だ」サムの声が険を帯びる。「彼らは僕が子供を燃やしたところを見たんだ。どう説明したところで、その事実は変わらない」

「私たち、さぞ野蛮人みたいでしょうね。汚れて、飢えて、路上生活者みたいな格好をして。そこら中に武器はあるし、おまけに、石で脳みそを潰された少女の死体まで転がっている」言いながら、アストリッドは母親を見た。その目には明らかに……あれは何？　喜びではない。安堵でも。

恐怖。

距離。

このとき、両親と子供のどちらの側も、互いを隔てる巨大な溝を目の当たりにしていた。アストリッドの父親は小さく見えた。母親は年老いて見えた。ふたりとも現実ではなく、古い写真のなかの人物のようだった。記憶の両親ほどリアルではない。

ふたりはアストリッドの内側を探り、娘の面影を探している、そう思えてならなかった。まるでここにいる自分ではなく、とうに消えてしまった少女に会わせてほしいと請うように。

ブリアナが現れた。壁の向こうでしんと黙りこんだ大人たちの口が、ようやく機会を得たとばかりに、「おー」や「あー」の形を示す。何人かが指さし、カメラが向けられる。

ブリアナは軽く敬礼をして手をふった。

「カメラに映る気、満々だな」デッカが皮肉をこめて言う。

「ここ、すごく明るいんだけど、私だけ？」とブリアナ。それからマチェテを引き抜き、通常の十倍速でふりまわすと、ふたたび鞘《さや》に収めて、唖然と見つめる見物人たちに軽くお辞儀をしてみせた。「うん、いいね。映画に出られるかも。ブリーズにはどんな特殊効果もかなわないってね」

アストリッドは、久しぶりに息をつけた気がした。張りつめた緊張感をわずかでも和らげてくれたブリアナに感謝だ。

「ところで本題だけど、あいつら砂漠に向かったよ」ブリアナはサムに報告した。「ママと、娘と、鞭おじさんの幸せな一行のことね。ちょっと近づきすぎて、危うく赤ん坊に巨大な石の下に埋められるところだった。悪い赤ちゃん《バッド・ベイビー》だね、あれは」

言って、ブリアナが満足そうにうなずく。「ふむ、〝バッド・ベイビー〟か。私のキャッチコピーにしようかな」

「やめておけ」デッカが言う。「使うなよ」

アストリッドは笑った。すると母親が、自分に笑いかけられたと思ったのか、笑みを返してきた。

「さっきのあれ、録画されたみたいだな」サムが言った。「僕があれを……怪物を燃やしたところをさ。外の人々にどう映ると思う？　あれを見てどんな気持ちになると思う？」

サムが動揺するのも無理はない、とアストリッドは思った。コニー・テンプルが、息子を見るたびに恐怖の表情を浮かべているのだ。そう、誰の目にも明らかなほどに。

「息子」と単数形で言ったのは、ケインのほうは、母親を一度だけまじまじと見つめたあと、背を向けて町へ戻ってしまっていたからだ。

「あなたはずっとこのときを恐れていた」アストリッドは低い声で言った。「批判されるのを恐れていた」

サムがうなずく。地面に視線を落とし、それからアストリッドに目を向ける。その目に悲しみを見るだろうと思っていた。あるいは罪悪感を。だが、不屈の少年の瞳を目にしたとき、アストリッドは安堵のあまり叫び出しそうになった。それはオークからはじまり、ケインやドレイクやペニーとの戦いに真っ先に立ち向かった少年の目だった。

アストリッドはサム・テンプルを見た。彼女のサム・テンプルを。

「まあ」とサム。「向こうは好きなように考えればいいさ」

「暗くなってきたな」デッカが言う。「夜になったらペニーを埋めたほうがいい。こんなふうに人目にさらされるのは――」

デッカは口をつぐんだ。サムが動いたからだ。『オズの魔法使い』に出てくる〝東の魔女〟の悪趣味なパロディーみたいに、石で頭を潰されたペニーの遺体が転がっている場所へ向かってまっすぐに歩いていく。

カメラがサムの動きを追う。

視線が――その多くに敵意と非難がこめられている――サムの足跡を逐一なぞる。

サムはまっすぐカメラを見た。それから母を。アストリッドは息を詰めた。

そうしてサムは、淡々と、ペニーの遺体を灰になるまで燃やしつくした。

コニー・テンプルは、その光景を見据えたまま彫像のように立ちつくしていた。

ことが終わると、サムは母親に向かってうなずき、それから背を向けてアストリッドのもとへ戻ってきた。「ペニーを広場にいる子供たちと一緒に埋葬するわけにはいかない。埋葬するならシガーやテイラーの遺体を見つけよう」

ラナが小さく頭をふる。「テイラーは死んだとは言いきれない。かといって、生きているかもわからない」

サムはうなずいた。「まさに外の人々が理解に苦しむ状況だな。でもまあ、それはそれとして、僕たちにはまだ食べさせなきゃいけない子供がいるし、殺さなきゃいけない怪物もいる」サムはアストリッドに手を伸ばした。「行こうか?」

アストリッドはサムの肩越しに視線をやり、母親の不安が刻まれた顔を見た。それから、サムの手を取る。

「僕らにはやることがたくさんある」近くにいる子供たちに向かって、サムが言う。サムは外の世界に背を向けていた。「やるべきことも、解決すべきことも。この戦いはまだまだ終わりじゃない。やつらは必ず戻ってくる」そう言って、ガイアファージの消えた北のほうを頭で示す。

「クイン。ペルディド・ビーチで責任者を続けてくれるか? アルバートの代わりに。ケインも文句はないはずだ」

「断る」クインは言った。「絶対に、嫌だ」

サムは少し驚いたようだった。「嫌なのか? じゃあ、ケイン、ラナ、エディリオ、アストリッドに、これからどうするか考えてもらおう」

「そうしてくれ」クインが激しく同意し、それからサムの肩に軽くパンチを入れた。「ありがとな、今回も俺たちを助けてくれて。俺じゃ力不足だ。やっぱり俺は釣りをするよ」

両親をふり返ったほうがいい、とアストリッドは感じていた。もう行くねと告げ、あるいはいくらか弁解し、もしくはここに残ってふたりを安心させるべきだと思った。けれど、根本的な何かが変わってしまった。たとえば磁極が変わり、物理の法則が書き換えられてしまったように。自分はもう、彼らの世界に属していない。もはや両親のものではない。

私は彼のものだ。

そして、彼は私のもの。

そう、ここは私たちの世界なのだ。

訳者あとがき

〈GONE〉シリーズ第五弾『GONE ゴーンⅤ 暗闇』をお届けします。

じつに四年半ぶりのシリーズ続刊。楽しみにしてくださっていたみなさま、大変長らくお待たせいたしました。

舞台は前作から約四カ月後のフェイズ。「大分裂」セレモニーのあと、ケインとサムがそれぞれ治めることになったペルディド・ビーチとトラモント湖に、しばし平穏な日々が訪れます。しかしサムとケインが平穏な日々に倦みはじめたころ、バリアがなぜか黒く変色しはじめ、じょじょに光が奪われていきます。ドーム全体が暗闇に閉ざされるというフェイズ史上最大の危機に直面するなか、ダークネスと子供たち、闇対光の対決がいよいよクライマックスへと突入します。

今作の読みどころのひとつは、ついに明かされた「外の世界」。サムやダーラの母親をはじめとする「家族」の状況や、軍や専門家が詳細にドームの調査や分析をおこなっているようすが明かされ、とくに「家族」たちのどうにもできないもどかしさや苦しみが伝わってきます。しかし、そうした苦悩のもとにあっても、金曜日にはリブを焼き、ホテルで密会し、デニーズに出かけるなどする彼女らの行動を見ていると、いちばんの味方であるはずの大人でさえ、フェイズの子供たちに比べればずいぶんのんきな絶望の仕方だなと感じてしまうのは少々意地悪でしょうか。もちろん、立場によって異なる苦悩がありますし、彼女らが子供たちと同等の飢餓や恐怖を味わう必要はないわけですが、こうして比較すると、置かれた状況によって絶望の次元がまったく異なることに驚くと同時に、「もう昔の自分には戻れない」とたびたび口にするフェイズの子供たちの言葉の真意が胸に迫ります。

フェイズの絶望のなかでも、今回ダントツに過酷なのはダイアナではないかと思います。ネタバレになるので本編を未読の方は先に本編を読んでいただきたいのですが、ケインとの子を身ごもったダイアナは、今作の終盤で赤ちゃんを出産します。この出産シーンがとんでもなく壮絶で、訳しながらダイアナが気の毒で仕方ありませんでした。

ダイアナのほかにも、多くの子供たちが悲劇的な体験をします。そんななかで救いだったのは、デッカとオークのやり取りでしょうか。それぞれの事情から絶望と孤独の底にいて、誰ともわかりあえないとあきらめていたところへ、ふいに孤独と孤独が化学反応（?）を起こして友情が芽生えるあの場面。オークは本シリーズ中でも、もっとも特異なキャラクターのひとりですが、前半と後半では、もはや同じキャラクターとは思えないほどの変貌を遂げます。聖書がしばしば引用されることからもわかるとおり、本作は「神」や「神の教え」が重要なファクターとして用いられており、おそらく、オークは贖罪の体現者なのでしょう。一方で、もとから無宗教のサムや、途中で信仰を捨てるアストリッド、最後まで信仰を捨てないエディリオなど、登場人物たちの「神」に対するスタンスはさまざまです。

そしてフェイズにおける「神」であるピーターは、相変わらず無自覚に命をもてあそびながら、しかしじょじょにその罪深さに気づきはじめます。フェイズの恐ろしさのひとつは、強大な敵がガイアファージひとりではなく、唯一ガイアファージに対抗できる力を持つ少年までもが、気まぐれに子供たちの命を奪う点にあります。ピーターがつくりだしたバリアに閉じこめられた子供たち（をはじめとする生き物たち）は、五歳児のピーターに生殺与奪の権利を握られているのです。しかも当の少年にはその自覚がなく、ゲームをしているだけだと思っているとしたら、これほど不条理な世界はありません。

さて、つぎはいよいよ最終巻。フェイズの世界はどのような終わりを迎えるのでしょう？　サム、ケインをはじめとする子供たち、そしてガイアファージやピーターの運命は？　外の世界の反応は？　最終巻は本作と同時刊行しますので、続けて読んでいただけたら嬉しいです。みなさまとフェイズの最後を迎えられるのを楽しみにしています。それではまたすぐにお会いしましょう。

二〇二三年一月

片桐恵理子

訳者紹介　片桐恵理子
愛知県立大学文学部日本文化学科卒。カナダ6年、オーストラリア1年の海外生活を経て帰国したのち、翻訳の道へ。おもな訳書に、グラント〈GONE〉シリーズ（ハーパーBOOKS）がある。

ハーパーBOOKS

GONE ゴーンV 暗闇《くらやみ》

2023年2月20日発行　第1刷

著　者　マイケル・グラント
訳　者　片桐恵理子《かたぎりえりこ》
翻訳協力　147トランスレーション
発行人　鈴木幸辰
発行所　株式会社ハーパーコリンズ・ジャパン
東京都千代田区大手町1-5-1
03-6269-2883（営業）
0570-008091（読者サービス係）
印刷・製本　中央精版印刷株式会社

Printed in Japan
ISBN978-4-596-76841-4